BESTSELLER

Toni Hill (Barcelona, 1966) es licenciado en psicología. Lleva más de diez años dedicado a la traducción literaria y a la colaboración editorial en distintos ámbitos. Entre los autores traducidos por él se encuentran David Sedaris, Jonathan Safran Foer, Glenway Wescott, Rosie Alison, Peter May, Rabih Alameddine y A. L. Kennedy. Sus dos primeras novelas, protagonizadas por el inspector Héctor Salgado, se han publicado en más de veinte países y han sido un éxito de venta y crítica: *El verano de los juguetes muertos* (2011) y *Los buenos suicidas* (2012). La esperada continuación de la serie dedicada al inspector Héctor Salgado, y el cierre de todos los misterios que quedaron pendientes, llega con *Los amantes de Hiroshima*.

Biblioteca
TONI HILL

Los amantes de Hiroshima

DEBOLS!LLO

Primera edición: noviembre, 2014

© 2014, Toni Hill Gumbao
© 2014, Penguin Random House Grupo Editorial, S. A. U.
Travessera de Gràcia, 47-49. 08021 Barcelona

Quedan prohibidos, dentro de los límites establecidos en la ley y bajo los apercibimientos legalmente previstos, la reproducción total o parcial de esta obra por cualquier medio o procedimiento, ya sea electrónico o mecánico, el tratamiento informático, el alquiler o cualquier otra forma de cesión de la obra sin la autorización previa y por escrito de los titulares del *copyright*. Diríjase a CEDRO (Centro Español de Derechos Reprográficos, http://www.cedro.org) si necesita fotocopiar o escanear algún fragmento de esta obra.

Printed in Spain – Impreso en España

ISBN: 978-84-9062-416-6 (910/6)
Depósito legal: B-17.358-2014

Compuesto en Fotocomposición 2000, S. A.

Impreso en Liberdúplex
Crta. BV 2249, km 7,4
08791 Sant Llorenç d'Hortons

P 6 2 4 1 6 6

Pero él había vuelto ya a la ventana, y miró una y otra vez sin ver absolutamente nada. La impresión de aquella pérdida de la que yo me sentía tan orgullosa le hizo proferir un grito como el de una criatura que se lanzara al abismo, y el ademán con que lo acogí fue el necesario para salvarlo de la caída. Lo cogí, sí, y es fácil imaginar con qué pasión; pero al cabo de un minuto comencé a darme cuenta de lo que en realidad tenía entre mis brazos. Estábamos solos, el día era apacible, y su pequeño corazón, desposeído, había dejado de latir.

HENRY JAMES, *Otra vuelta de tuerca*

Prólogo

Lo primero que la alertó fue una sombra en el espejo. Una mancha fugaz, pasajera, rápidamente relegada al fondo de la mente por el hormigueo que reptó por el centro de su espalda y la obligó a cerrar los ojos mientras Daniel le deslizaba la lengua por el cuello, a sabiendas de que se trataba de uno de sus puntos débiles. Un preámbulo sencillo, un prólogo que mezclaba la caricia húmeda con el cosquilleo amable de unas mejillas mal afeitadas, y sin embargo eficaz: conseguía vencer cualquier resto de reticencia, desarmarla y sumergirla en un estado casi de trance. Aun así, la señal de alarma debió de persistir en algún lugar de su cerebro porque en cuanto él se detuvo volvió a mirar. Para entonces el cristal, viejo y picado, le devolvió sólo la imagen borrosa de su cara y el cuerpo fuerte y agitado de Daniel encima de ella. La espalda brillante de sudor, las nalgas como una mancha reluciente, casi cómica, sobre aquellos muslos morenos, y sus propias manos tensas, uñas que se clavaban en los hombros de su pareja empujándolo hacia sí misma como si temiera perderlo.

Una visión conocida y excitante que desplazó todo atisbo de temor.

El espejo había sido idea suya, aunque a Daniel no le había importado lo más mínimo. De hecho, pocas cosas relacionadas con el sexo lograban molestarle, y si ella disfrutaba observándose mientras hacían el amor, si eso la hacía gozar más aún, él no tenía nada que objetar. «Como si quieres ponerlos en el techo», le había dicho con esa sonrisa voraz que le secuestraba la expresión de la cara, por lo general apática, en cuanto hablaban de sexo. Así que fueron a comprarlo juntos y, con el único fin de divertirse y escandalizar a la dependienta de la tienda de muebles, discutieron los pros y los contras de los distintos modelos y formas hasta inclinarse por uno a la antigua usanza, de marco blanco y hoja oscilante, que colocaron aquella misma tarde junto a la cama. Ella se desnudó y se tumbó sobre las sábanas mientras él, obedeciendo instrucciones, lo iba inclinando hasta que ella dio su aprobación. O, más bien, hasta que él se cansó de limitarse sólo a mirar y se lanzó sobre aquel cuerpo espléndido que se le ofrecía sin rubor. De aquello hacía ya meses y desde entonces habían sucedido muchas cosas. No todas buenas. Algunas terribles. Pero lo curioso era que en esa casa abandonada, el lugar inhóspito que se había convertido en su refugio, habían encontrado otro espejo: madera carcomida y un cristal que ya nada lograba limpiar. Pero a ellos les servía.

Cris se relajó, tratando de olvidar aquella sensación de inquietud que permanecía agazapada, lista para regresar en cualquier momento. No era nueva, la acompañaba a menudo en los últimos tiempos. Cerca, un pájaro de hierro volaba hacia su nido y, cuando el techo de la casa tembló bajo la sombra ensordecedora del avión, ella abrazó a Daniel con más fuerza, instándole con una sacudida a que terminara de una vez antes de que su mente se impusiera al instinto y le secara las ganas, pero él no quiso obedecerla. O tal vez malinterpretó su gesto y se paró. «No hables ahora —le rogó ella sin palabras—. ¡Joder, no lo estropees hablando!»

—¿Estás bien? —le susurró él al oído.

Cris deslizó los brazos por su espalda y luego los dejó caer a los lados, inertes, resignados ya al vacío que reemplaza a los orgasmos perdidos. Volvió la cabeza hacia la ventana para eludir el cuadro que se dibujaba en el espejo; no quería contemplar el desengaño en su propia cara para evitar recordarlo más adelante. No era la primera vez que echaba de menos el estado de ligereza, la inconsciencia frívola que provocaba en ambos la combinación justa de alcohol y coca.

A pesar de todos los argumentos en contra, de las razones esgrimidas y acordadas, el sexo sin drogas no era lo mismo.

Acercó la cara al pecho de Daniel y aspiró su olor. Luego levantó la cabeza y le miró a esos ojos que eran casi negros, un efecto realzado por las cejas pobladas y oscuras, y sintió un atisbo de ternura al comprobar que aún se apreciaban en su cara rastros de los golpes recibidos. Estaba a punto de llevar la yema de su dedo índice al moretón que conservaba él en la mejilla y que le daba aspecto de boxeador en horas bajas cuando oyó algo que, en ese instante, no logró identificar. Aunque hasta entonces nadie se había acercado a aquella casa, perdida en mitad del campo, los dos sabían que estaban expuestos a que cualquiera entrara en ella. Críos jugando, adolescentes en busca de un lugar donde echar un polvo, yonquis desesperados por un pico, falsos amigos. Cris habría dicho algo si él no hubiera atajado el intento con un beso con el que deseaba avivar los rescoldos del fuego. La besó con fuerza, exigente y avasallador, y ella identificó el sabor del Daniel que conocía, y se esforzó por ser la Cristina de siempre: atrevida, pasional, impetuosa.

A partir de ese momento se empeñaron en olvidarse del entorno, del pasado reciente, y acordaron repetir la danza cuyos pasos conocían y habían practicado mil y una veces, sin querer enterarse de que, por mucho que se empeñaran, el resultado empezaba a tener visos de imitación. Querían quererse igual que antes, como si nada hubiera sucedido, y sin embargo no lo lograban del todo. Aun así, sus cuerpos jóvenes reaccionaban al roce y a la piel, y quince minutos después Cristina tuvo la satisfacción de contemplarse en el espejo segundos antes de llegar al orgasmo, lo cual la excitaba profundamente.

Entonces lo vio. Lo vio, ya sin la menor duda, y antes de distinguir el arma que llevaba en la mano, el instrumento que al cabo de un instante se estrellaría contra la superficie del espejo, Cristina olió el peligro y presintió que Daniel, en cambio, permanecía ajeno a él, demasiado relajado para percibir la amenaza hasta que fue demasiado tarde. Por eso intentó avisarle, exhaló un gemido que tenía poco que ver con el placer. No sirvió de nada. La barra de acero se abatió con fuerza contra la cabeza de su amante y la aplastó con un crujido seco. Ella abrió la boca e intentó traducir el pánico en un grito que nació mudo.

Cristina Silva se llevó consigo una última imagen. En un aciago presagio de lo que sería su final, entrevió su cara fragmentada en la telaraña que surcaba el cristal. Sepultada bajo un cuerpo inerme que se había convertido en un escudo inútil, un peso muerto que le impedía moverse, lo único que pudo hacer fue cerrar los ojos para eludir la visión de aquella arma que, después de machacar la nuca de Daniel, iba a caer sobre ella sin demostrar el menor atisbo de duda o de piedad.

El dolor es misericordioso. El primer golpe la dejó inconsciente y no sintió nada más.

Las víctimas

1

«Para sobrevivir al sistema hay que engañar al sistema.» Sin saber por qué, esta frase se ha convertido en un mantra en los últimos días. Ni siquiera está seguro de dónde la ha sacado, si la ha oído en alguna película o se trata de un lema que alguien ha soltado por ahí en estos tiempos de indignación pacífica, pero se ajusta como un guante a su situación y, a falta de otro mejor o más original, Héctor lo ha adoptado como síntesis perfecta: la única oración que es capaz de pronunciar, la tesis que justifica lo que está a punto de llevar a cabo.

Sentado en una silla incómoda, en un cuarto insultantemente vacío, su mente no tiene con qué distraerse salvo el reloj de la pared. De plástico barato, tan blanco como las paredes, las manecillas se mueven con lentitud ofensiva. Sabe que la espera forma parte del juego. Él mismo ha estado al otro lado de una puerta parecida a la que ve ahora en el extremo izquierdo de esa habitación y ha aplazado el interrogatorio del sospechoso muchos minutos más de los necesarios. La espera provoca irritación, la irritación da pie al nerviosismo, el nerviosismo engendra descuidos y en ellos, a veces, despunta la verdad.

Eso es precisamente lo que no puede permitirse hoy. Lo que va a contar podría ser cierto. De hecho, lo será siempre y cuando le crean. De eso depende: de su firmeza, de lo convincente de su actuación, del aplomo que aporte como narrador a la historia. Porque la verdad no es un valor absoluto. Lo fue en un pasado reciente; ya no. Quiere persuadirse de que la única verdad que importa es la que es creída, porque los pecadores no pueden permitirse el lujo de aspirar a otra cosa. Sonríe, ignorando por qué le ha venido a la cabeza esa palabra, «pecadores», cuando jamás ha sido un hombre creyente. Si ha tenido fe en algo a lo largo de su vida es precisamente en lo que va a traicionar dentro de un rato. En la necesidad de llegar al fondo de las cosas, de desenterrar los hechos y someterlos a la fría luz de la intemperie. Desea que quienes van a interrogarlo no se parezcan a él, al inspector que ha repetido en múltiples ocasiones que, dado que la justicia es imperfecta, el único consuelo real es sacar los hechos a la luz.

No es que haya renunciado a sus principios. Ahora sabe, sin embargo, que a veces esa catarsis puede traer algo muy distinto al consuelo. Puede conllevar una condena, una maldición. Y sobre todo puede ser, en su esencia, mucho más injusta que una mentira útil.

Carraspea y de nuevo mira, sin querer, el reloj, que sigue avanzando a su ritmo, ajeno a deseos y presiones. Así debería ser el trabajo policial, piensa: automático, coherente en su ejecución, constante y pausado. Aséptico y yermo de emociones. La realidad, en cambio, no puede ser más distinta. Avanza a ráfagas, por corazonadas que a veces suponen un retroceso o desembocan en una vía muerta; después se retoma despacio, intentando aprender la lección, pero el frenesí de la investigación acaba imponiéndose y el paso se acelera otra vez. En ocasiones, con suerte, se llega a la meta después de ese sprint, y se rebasa con el cuerpo dolorido y la cabeza embotada por el esfuerzo.

Por eso pasa lo que pasa. Por eso muere alguien. Por eso él está donde está.

«Engañar al sistema es la única forma de sobrevivir.» Héctor toma aire y lo retiene en sus pulmones con el fin de darse el coraje necesario para enfrentarse a lo que le espera. Nunca ha sido un buen mentiroso, pero ahora debe intentarlo. Lo peor de todo es que jamás ha creído en la venganza: todo sería mucho más sencillo si estuviera convencido de que el asesino de Ruth merece la muerte. No es así, no lo piensa, nunca defendería esa tesis que reivindica el «ojo por ojo» porque le parece simplista, irracional, impropia de un sistema civilizado. Por supuesto que la rabia jugó su papel, pero la ira no da derecho a la venganza, sólo a la justicia.

Tampoco lamenta que ese hombre haya muerto, aunque sí se arrepiente, y mucho, de no haber previsto que eso podía suceder, de no haberse adelantado a los acontecimientos, de no haber intuido el desastre antes de que éste tuviera lugar.

Por todo ello y por varias cosas más, su castigo está claro. Debe mentir y cargar con la soledad que acompaña a los embustes. El desahogo, esa catarsis liberadora, le está vedado. Sólo una persona le acompañará en ese viaje, aunque sea a distancia. Sí, eso también está claro, y sin duda le duele más que su propio destino. Respira hondo al pensar en Leire Castro, en su decisión inquebrantable, en una obstinación que al final ha sido contagiosa, y se esfuerza por apartar de su mente otros momentos compartidos. Es vital, tristemente imprescindible, ahuyentar el mínimo indicio de que por unos días él dejó de ser sólo su jefe, y para ello hay que olvidar: alejar de la voz esa nota tierna que surge sin querer y revela los sentimientos. No lo han hablado, no ha hecho falta; no obstante, está seguro de que ella ha llegado a la misma conclusión. Quizá sea lo mejor de todos modos. Quizá lo que pasó se debiera al influjo de la primavera, o al caso que investigaron en los últimos tiempos, tan marcado por gente que, en cierto sentido, transgredió las reglas no escritas del amor hasta más allá de lo razonable. Ahora ya da lo mismo. El primer castigo por la mentira es precisamente ése: olvidarse de Leire.

La puerta se abre y, aunque lo aguardaba, no puede evitar un leve sobresalto. Las manecillas del reloj parecen detenerse también. Él se levanta, despacio, fingiendo la tranquilidad necesaria para que el público que le espera al otro lado se crea su actuación. No va a ser fácil. Pero de eso se trata: de engañar al sistema.

De sobrevivir.

Aunque el sol de verano suele molestarle, hoy lo necesita. No ha podido quedarse en el piso, las paredes la oprimían y, dado que su madre está pasando unos días en casa y puede cuidar de Abel, Leire ha optado por salir. Una vez en la calle tampoco se ha sentido con ánimos para pasear, de manera que ha buscado una mesa libre en una terraza cercana y lleva un rato mirando a la gente sin verla realmente. Lo único que le interesa, lo único en lo que Leire puede pensar ahora, es en Héctor enfrentándose a las preguntas, como hizo ella ayer. Capciosas, insinuantes, exhaustivas. La misma cuestión formulada desde ángulos diversos hasta que pierdes cualquier noción de tiempo y todo parece un *déjà-vu*. Sus interrogantes y tus respuestas forman una especie de sinfonía monocorde, casi amable, con súbitas notas disonantes para las que, afortunadamente, crees estar preparada. O no. ¿Quién puede saberlo?

La gente pasea por la avenida y la Sagrada Familia se interpone entre ellos y el sol. Leire ha pedido un café que no ha llegado aún y, por un instante, siente la tentación de marcharse. Pero no sólo de esa terraza, sino de la ciudad. Contra lo que es habitual en ella, la invade la urgencia de rodearse de su familia, de sus padres, de refugiarse en ellos como una niña pequeña que ha despertado en mitad de la noche asediada por la peor de las pesadillas. Qué absurdo. Ella no había sufrido terrores nocturnos y siempre se había reído de su hermano que, a pesar de ser dos años mayor, corría a cobijarse en la cama de sus padres a media noche. Ella no: nunca había mirado debajo de la cama en busca de posibles monstruos, ni temido al hombre del saco, ni imaginado fantasmas en la oscuridad. Tampoco ha cambiado tanto; es la realidad lo que la inquieta. Lo que han hecho. Lo que contó ayer. Lo que Héctor debe de estar exponiendo en este momento. Lo que ambos tendrán que repetir, juntos y por separado, hasta que se cierre el caso de una vez. Y sin embargo no siente remordimiento alguno. Está convencida de que hizo lo que debía, y eso aleja de su mente cualquier temor que no sea el de algo real. Tangible. De este mundo.

«Lo hice por ti, Ruth», murmura casi en voz alta y, aunque jamás había creído en espíritus ni influencias sobrenaturales, ahora está segura de que esa mujer le da su bendición. Empieza a notar el calor y entrecierra los ojos. Inspira. Ojalá pudiera relajarse, aunque el yoga o la meditación siempre le han parecido bobadas para neuróticos. Daría lo que fuera por visualizar un arroyo, un cielo azul o una fuente, pero a su cabeza sólo llegan imágenes de aquella casa donde encontraron los cuerpos. Han pasado semanas y no ha conseguido olvidarla, y ahora se esfuerza por sumergirse en ella. Por recordar cada detalle, cada instante. Porque cualquier cosa es mejor que pensar en lo otro: en el disparo venido de la nada, como una bomba; en la sangre, esa mancha roja tan pequeña que parecía incapaz de contener la vida de alguien, manchando el suelo de una forma casi impertinente.

Como su mente desdeña los amaneceres y los riachuelos, tiene que conformarse con recurrir a los otros muertos. «Los amantes de Hiroshima», los llamó alguien en la prensa, y aunque la palabra «amante» se le antoja anticuada, debe reconocer que es bonita y que ella misma la usó no hace mucho, en forma de pregunta irónica. «¿Somos amantes?», inquirió. Y Héctor se encogió de hombros, con esa media sonrisa, sin responder enseguida.

No. Debe controlar esos pensamientos que se escapan a la voluntad y se agitan, rebeldes, contra lo que ya está decidido. Debe volver a concentrarse en los amantes muertos, en aquellos que ya se encuentran más allá del desamor o la nostalgia, en los que hallaron una mañana de mayo en el sótano de una casa abandonada, juntos, abrazados, como si hubieran muerto después de hacer el amor.

2

Ni siquiera notó que el coche se detenía. De hecho, lo último que recordaba era haber apoyado la cabeza en el asiento, agradecida por el suave calor del sol de la mañana que la alcanzaba a través del cristal. La voz de su compañero, tímida, la sacó de unos minutos de sueño reparador.

—Leire... Lo siento —murmuró Roger Fort—. Ya hemos llegado.

Leire parpadeó y por un momento no supo dónde estaba ni qué hacía allí, lo cual le provocó una sensación inmediata de irritación consigo misma y con el mundo en general. Fort debió de notarlo porque sin decir nada más salió del coche, como si quisiera regalarle unos segundos a solas para que regresara del todo al presente. Y ella pensó, aún de mal humor, que en circunstancias normales se habría sentido avergonzada, pero el cansancio acumulado, las noches enteras en vela, le quitaban cualquier atisbo de remordimiento.

Se observó en el retrovisor. Unos círculos oscuros y delatores habían aparecido bajo sus ojos; primero fueron una sombra leve, fácil de maquillar, pero tres meses después se habían hecho oscuros e imborrables. Si seguía así, pronto formarían parte de su cara para siempre, pruebas indelebles de los sacrificios de la maternidad. Sonrió al pensar en Abel y lo echó de menos con una fuerza que casi la sorprendió. Eran las contradicciones en las que vivía inmersa desde hacía cuatro meses: la necesidad física de verlo, tocarlo, sentirlo, unida a la desesperación de las noches cuando el niño decidía, de manera unilateral, llorar como si no hubiera un mañana; como si quisiera acelerar la llegada del día a golpe de berrinche. El médico decía que eran cólicos y que no tardarían en desaparecer, pero Leire empezaba a dudarlo.

Al descender del coche la luz la golpeó en los ojos, impidiéndole ver claramente lo que tenía delante. Una nube acudió en su ayuda y aquella casa abandonada, perdida en los alrededores de la terminal del aeropuerto, apareció ante ella como si alguien acabara de dibujarla. Recordó la llamada, recibida en comisaría a primera hora de la mañana, justo cuando se sentaba a su mesa, y las palabras de su compañero: «Han encontrado dos cadáveres en una casa okupa a las afueras del Prat».

Recuperándose aún de la improvisada siesta, Leire se percató de que Fort charlaba con uno de los policías municipales, y ambos dirigían la mirada hacia el edificio. A sus oídos llegaron palabras como «punkis» y «desalojar» o «hallazgo»; sin embargo, antes de unirse a ellos siguió observando la construcción que se alzaba a pocos metros de distancia. Le costaba creer que alguien, por marginal que fuera, se hubiera atrevido a adentrarse en esa ruina. Lo que se alzaba ante ellos, la obra rectangular de adobe rematada por un tejado que podría haber sufrido los efectos de un bombardeo, era a todas luces inhabitable. La puerta de tablones de madera, carcomidos por los años y la desidia, parecía haber menguado con relación al hueco original, y las ventanas, una a cada lado, tenían un aire siniestro, ya que alguien, esos «tarados» probablemente, las había cubierto con dos parches de la misma tela, negra y raída, para evitar que entrara la luz. Uno de ellos seguía bien sujeto, cegando el hueco; el otro se había soltado y ondeaba al aire, como la bandera de un barco pirata. Extrañamente, sólo los coches de la policía local y los hombres vestidos de uniforme situados delante de la puerta daban al entorno un aire de normalidad.

«Lo que es innegable es que el antro este tiene un terreno enorme», pensó Leire mientras caminaba hacia su compañero.

Aunque dicho terreno fuera un campo devorado por arbustos y malas hierbas que se extendía hasta confundirse con el paisaje de fondo.

—Ella es la agente Leire Castro. Leire, el sargento Torres. Él y sus hombres encontraron los cuerpos.

Leire estrechó la mano del sargento, un individuo en la cuarentena que la saludó con una sonrisa nerviosa.

—Los de la científica han llegado hace poco —aclaró—. Están dentro ya.

Miró hacia la carretera antes de añadir:

—Estamos esperando al juez de instrucción.

Justo entonces una sombra enorme se cernió sobre ellos y el suelo vibró bajo sus pies. Torres amplió su sonrisa.

—Dan miedo, ¿eh? El aeropuerto está muy cerca y esos malditos trastos vuelan bajo. —Hizo una pausa—. ¿Saben lo que hay en la casa?

—Dos cadáveres, ¿no? —dijo Leire, en un tono que le salió innecesariamente brusco.

—No sólo, agente Castro. No son sólo dos cuerpos. Dejen que se lo cuente.

Y ella habría jurado que el sargento se estremecía al decirlo.

Torres les contó que habían llegado alrededor de las nueve de la mañana ya que, según su propia teoría, quienes ocupaban casas vacías eran en el mejor de los casos unos vagos por naturaleza, holgazanes inadaptados que no ponían un pie en el mundo antes del mediodía. Aunque en otros asuntos se consideraba un individuo de mentalidad abierta para sus cuarenta y seis años de edad, en lo que atañía a la propiedad privada su juicio era inflexible: no se podía permitir que una cuadrilla de mastuerzos que no habían dado un palo al agua en su vida, y que para colmo arrastraban a una jauría de perros roñosos, se apropiaran de un espacio ajeno. «Hatajo de mugrientos», los llamaba él, y el adjetivo englobaba tanto a los humanos como a esos canes famélicos que los seguían con una devoción tan ciega como incomprensible.

Una semana atrás, cuando le llegó la primera noticia de que unos individuos con pintas raras rondaban por la playa y habían sido vistos caminando en aquella dirección, el sargento se puso a investigar a quién pertenecía la propiedad y llegó a la incómoda conclusión de que, a efectos prácticos, no existía dueño conocido. La última propietaria que constaba como tal era la señora Francisca Maldonado, difunta desde hacía veinte años. Teniendo en cuenta que la susodicha había fallecido a una edad provecta, y que los impuestos correspondientes estaban sin pagar desde antes de que la mujer pasara a mejor vida, la propiedad no era de nadie, técnicamente hablando. Cabía sospechar que el terreno no había sido expropiado por el ayuntamiento y vendido como solar para construir nuevas viviendas porque, años después de que se edificara esa casa, la zona quedó afectada por los planos de obra de la nueva terminal del aeropuerto del Prat. Al final, contra los pronósticos iniciales, la casa y los campos adyacentes habían logrado salvarse y tanto las autoridades como los constructores parecían haberse olvidado de ellos, ya que ni a unos ni a otros les servían de nada: la proximidad del aeropuerto y el tráfico constante de aviones los inutilizaban para cualquier propósito.

En resumidas cuentas, el sargento no estaba dispuesto a aguantar que unos descerebrados y un par de perros, según los testigos, se instalaran en su municipio así, por las buenas, y estaba seguro de que una visita enérgica de las fuerzas del orden los persuadiría de que se largaran. No le importaba adónde fueran ni tenía la menor intención de detenerlos, a no ser que opusieran resistencia o encontrara algo manifiestamente delictivo en el interior, en cuyo caso estaría encantado de enchironarlos a todos. Sí, lo más práctico era plantarse en la casa, hacerlos salir de manera firme aunque no violenta, encargarse de tapiar la puerta y las ventanas y zanjar el tema. El sargento era un fiel seguidor de la máxima de «más vale prevenir que curar» y estaba seguro de que, más pronto o más tarde, una cuadrilla de okupas acabaría dándole problemas. Así que, veinticuatro horas antes, tras varias reuniones y una vez evaluada la información con sus superiores, había sido autorizado a actuar.

Y eso era exactamente lo que había hecho a las 8.30 horas del miércoles 11 de mayo: desplazarse hasta la casa con algunos de sus hombres. Tras tirar el cigarrillo al suelo y pisarlo con saña, Torres indicó al agente Gómez que procediera a golpear la puerta. Un gesto inútil, porque en ese preciso instante el rugido de un avión que despegaba sofocó cualquier otro sonido y la ráfaga de aire que provocó hizo temblar aquellas tablas de madera con más ímpetu que cualquier puño humano. La improvisada cortina negra de la ventana inició un aleteo frenético, como si fuera un cuervo tullido incapaz de emprender el vuelo, y otro de los agentes, uno de los más jóvenes, agachó la cabeza sobresaltado mientras soltaba un «joder» que, aunque dicho a voz en grito, también resultó inaudible para el resto. Lo cierto era que impresionaba ver aquellos bichos de acero tan de cerca, y por unos segundos las miradas de todos, Torres incluido, siguieron el rastro blanco que el pájaro mecánico dejaba en el cielo con la misma fascinación con que los niños contemplan los globos cuando se les escapan de las manos.

El agente Gómez fue el primero en volver la cabeza, y carraspeó al tiempo que se encogía ligeramente de hombros, como si pidiera permiso antes de llamar a la puerta de nuevo. Esa vez sus golpes sí sonaron, pero al igual que antes, nadie respondió.

—¿Está seguro de que hay alguien aquí, sargento? —preguntó—. Es raro que ni siquiera ladren los perros.

Torres estaba pensando lo mismo cuando oyó un gruñido seco detrás de ellos. Al volverse, se encontró con un bicho delgado como un galgo que los observaba con más curiosidad que otra cosa. Por si acaso, el sargento se llevó la mano a la porra y entonces el perro sí ladró, aunque siguió inmóvil, expectante.

—Maldito chucho —rezongó el sargento. Y, dirigiéndose al resto, ordenó—: A la mierda. Entremos de una vez.

Bajo la atenta mirada del animal, Gómez empujó la puerta y, linterna en mano, entró en la casa seguido por los demás. Luego, cuando lo contaron, formalmente en el atestado policial o en un tono más desenfadado en la intimidad de su círculo de parientes y amigos, alguno dijo que nada más entrar presintió que aquel desalojo no iba a ser como los otros, pero lo cierto es que al principio lo único que les extrañó del interior fue el orden y la limpieza que imperaban en el espacio. Una mesa, cuatro sillas, un sofá viejo y dos butacas, un espejo roto. Entonces alguno enfocó las paredes y sí, en ese momento sí se percataron de que la gente que se había instalado en aquella casa no eran okupas corrientes.

—Ahora lo verán —terminó el sargento, ya a las puertas de la casa—. Todo es de lo más raro. A nadie se le habría ocurrido que pudiera haber un sótano en una casa de esta zona; por aquí todo son marismas. Bueno, llamarlo «sótano» es excesivo: vendría a ser una bodega.

El perro, tumbado a unos metros de distancia, levantó la cabeza al oírlos llegar sin dar muestras de querer acercarse a ellos. Ladró casi por compromiso y luego volvió a echarse, resignado ya a ver su territorio invadido por extraños.

—Es inofensivo —comentó Torres al ver que Roger Fort lo miraba de reojo—. No sé qué haremos con él.

—¿Entramos ya, sargento? —preguntó Leire.

Tanto ella como su compañero habían escuchado educadamente el relato minucioso del sargento; sin embargo, Leire tenía la sensación de que, de algún modo, Torres los estaba reteniendo en el umbral, como si quisiera retrasar su acceso al interior y sembrar en ellos un sentimiento de expectación ante lo que iban a encontrarse allí. Algo que, en el caso de Leire Castro, estaba empezando a generar una incontenible impaciencia.

—Claro. Síganme.

Había poca luz, sólo la que entraba por el hueco de la puerta, de manera que las paredes estaban engullidas por la oscuridad. Torres les dio una linterna a cada uno para que examinaran el espacio. Leire no pudo evitar una exclamación de sorpresa al ver lo que el sargento, reconvertido en una especie de guía, enfocaba con la suya.

Los habitantes de la casa habían cubierto las paredes con lienzos blancos, piezas enormes que iban del suelo al techo. Fort y Leire tardaron un poco en comprender que aquellas telas iban formando una especie de retablo, que se iniciaba en el lado izquierdo de la puerta, con un dibujo de la casa vista desde el exterior. Desde el primer vistazo no les cupo la menor duda de que el artista no era ningún aficionado, ya que no sólo había representado el edificio de forma que resultaba completamente reconocible, sino que también había conseguido transmitir la idea de soledad y abandono que emanaba de él al trazar a su alrededor unos pájaros de alas rígidas que conferían al conjunto un aire macabro. Los pájaros negros se repetían en otro de los cuadros: un fondo color yema salpicado de animales de alas extendidas y picos abiertos, como si gritaran. En realidad, ese color, el amarillo en distintos tonos, era una constante en la obra, aunque no siempre adoptaba la misma forma: a veces se utilizaba para pintar manchas gruesas y dispersas, como si el sol hubiera estallado, otras para dar la impresión de una lluvia sucia y caliente. En otros cuadros, pasaba a la parte inferior del lienzo —arbustos quemados, perros siguiendo un rastro, serpientes secas, o la propia tierra parcheada—, y en uno de ellos, el más impresionante, el que hizo que los tres se detuvieran y lo apuntaran con sus linternas como si quisieran acribillarlo de luz, aquel color lo invadía casi todo. Conformaba un tapiz de flores, delicadamente delineadas en la parte inferior, que iban difuminándose a medida que ascendían, como si el artista estuviera agachado a los pies de un lecho imaginario y desde allí contemplara a sus ocupantes, que aparecían en la parte superior del cuadro. Dos calaveras negras, carbonizadas, dos brazos descarnados, dos manos decrépitas entrelazadas sobre el fondo floral.

Un roce en las piernas hizo que Roger Fort se sobresaltara y dejara caer la linterna al suelo. Era el perro, que lo observaba sin moverse de su lado aun cuando el agente hizo ademán de apartarlo, más por el susto que le había dado que con intención de hacerle daño. Otro animal callejero le habría enseñado los dientes, o habría huido escamado por palizas anteriores; éste se limitó a mirarlo con paciencia, como si ya estuviera acostumbrado a esas reacciones iniciales y no les diera mayor importancia.

El incidente tuvo la virtud de romper el hechizo y devolverlos a todos a su papel de agentes de la ley y no de visitantes improvisados de un museo secreto. Por unos minutos, Leire alumbró con la linterna el resto de la sala. Contra lo que cabía esperar, no estaba demasiado sucia: distinguió latas de comida en un estante, todas sin abrir; una bolsa de basura a medio llenar, un suéter viejo tirado en un rincón y ceniceros llenos de colillas que no eran de tabaco precisamente. Reconoció el olor a hierba que flotaba en el ambiente cerrado de la casa.

—¿Y no hay ningún rastro de los okupas? —preguntó Fort.

El sargento negó con la cabeza.

—Se han esfumado. Hay testigos que los vieron durante el fin de semana, así que no pueden andar muy lejos. Por otro lado, tampoco disponemos de una descripción detallada. Ya saben, las pintas habituales.

Leire caminó hacia la mesa, que estaba apoyada en una de las paredes de la sala y luego se dirigió hacia la cocina, si es que podía llamársele así a aquel cuarto diminuto cuyas paredes habían perdido azulejos con el tiempo y ahora parecían un álbum de cromos incompleto, lleno de huecos blancos que contrastaban con las escasas baldosas azul celeste.

—¿Okupas que friegan los platos antes de irse? —exclamó, irónica—. Sí que han cambiado las cosas.

Era verdad. En la pila de cerámica, rajada por la mitad, se veían varios platos y una olla desconchada, todo perfectamente limpio y seco. El perro se acercó a ella y husmeó en uno de los armarios bajos. Leire intuyó que dentro tenía que estar su comida.

—¿Tienes hambre? —susurró.

Abrió el armario y, efectivamente, encontró un saco de pienso. Buscó un bol, o un recipiente, pero no vio ninguno. El animal, ilusionado ante la perspectiva de alimentarse, soltó un ladrido seco y con el hocico cerró la puerta de la cocina. Allí estaba: un comedero de plástico amarillo. Leire le puso comida y se reunió con su compañero en la sala.

—¿Y los cadáveres? —preguntaba en ese momento Roger Fort.

—Abajo. En el sótano. Después de ver los cuadros, tuve la impresión de que la casa ocultaba algo más de lo que se veía a simple vista. —El sargento carraspeó—. El pintor había plasmado motivos reales: la casa, los perros. Los aviones. Lo único que parecía haber imaginado eran los muertos. Así que decidí inspeccionar la vivienda a fondo. Y los encontré.

»Síganme, por favor, aunque no cabremos todos.

Al cruzar la sala, Leire se fijó en un objeto que no había visto antes. Junto al catre que hacía las veces de cama había un espejo. Linterna en mano vio su cara proyectada en el cristal roto y se estremeció sin querer ante aquella especie de cuadro cubista. Recordó las salas de espejos de los parques de atracciones que deformaban los cuerpos; nunca le habían gustado. El perro, que se había acercado a ella de nuevo tan silenciosamente como si perteneciera al mundo felino, ladró de nuevo. A él tampoco le gustaba su reflejo fragmentado.

Leire sacudió la cabeza y siguió a Fort y a Torres hasta el fondo de la sala. Allí nacía una escalera que subía a la planta superior; detrás quedaba oculta una trampilla que descendía hacia el sótano. Se oía ruido abajo: los de la científica estaban haciendo su trabajo.

Bajaba despacio, detrás de los dos hombres, y aunque ya tenía una idea más o menos clara de lo que le esperaba, no pudo reprimir un gesto de disgusto al dirigir el haz de luz hacia aquella tumba recién profanada. Sabía lo que se encontrarían desde que vio el cuadro en la pared, pero aun así le sorprendió ver el plástico, una especie de hule estampado con flores amarillas arropando los dos cuerpos, que, descompuestos, apenas reducidos a piel y huesos, seguían fundidos en un abrazo eterno.

Ya se había acostumbrado al constante trasiego de aviones y agradecía el sol que brillaba sin complejos a esas horas. Los de la científica seguían dentro de la casa, en plena actividad, y el juez de instrucción había llegado y ordenado el levantamiento de los cadáveres. Una tarea complicada debido al estado de los muertos y a lo empinado de la escalera. Leire se volvió hacia la puerta; no le apetecía nada volver a entrar en aquella casa, pero tuvo que hacerlo cuando Roger Fort se asomó a llamarla, con una sonrisa de satisfacción que se le antojó impropia, casi fuera de lugar. Habían comenzado a trabajar juntos hacía poco, desde que ella se había reincorporado después del permiso de maternidad, y a pesar de que él se mostraba amable y era a todas luces un tipo educado, ella no estaba aún segura de si le caía bien.

—Creo que hemos tenido suerte —le dijo él al verla entrar—. Debajo de los cuerpos había una especie de mochila. No —se corrigió—: una mochila. Dentro podría haber algún objeto que nos ayude a identificarlos.

El forense no había querido arriesgarse a hacer una estimación de cuánto tiempo llevaban muertos, aunque para todos era obvio que aquellos cuerpos hacía años que estaban allí. Leire sabía que el plástico con que los habían tapado podía entorpecer las posibilidades de fijar una fecha exacta. Lo que estaba claro, ya en un análisis preliminar, era que aquellos dos cadáveres —un hombre y una mujer— no habían muerto de forma natural. Una incisión en la base del cráneo de él indicaba que alguien le había golpeado con fuerza. El de ella estaba clara y cruelmente partido en dos.

Con los guantes puestos, Fort abrió la mochila e inspeccionó su contenido. Leire aguardaba, y mientras lo hacía se concentró en los lienzos, que estaban siendo descolgados uno por uno. Retuvo mentalmente el orden en que se encontraban, aunque luego se apreciaría en las fotografías. Sin saber por qué, tenía la sensación de que la disposición de esos lienzos era importante y que, sobre todo, quería contar algo.

—Bien —exclamó Fort, aunque su rostro se ensombreció poco después, al sacar los carnets de identidad que había en sendas billeteras—. Eran muy jóvenes.

Leire observó los documentos. Las caras de las víctimas la miraban con una sonrisa forzada y ojos asustados.

—Daniel Saavedra Domènech. Cristina Silva Aranda. —Leyó las fechas de nacimiento—. Joder, sí que eran jóvenes.

—Alguien tuvo que denunciar su desaparición. No tienen pinta de...

Leire entendió lo que Fort quería decir. Alguien tenía que haber echado de menos a aquellos chicos de nacionalidad española y rostro sonriente. En las siguientes horas, dos familias confirmarían lo que ya sospechaban o tendrían que asumir la muerte de sus esperanzas.

El sargento Torres se unió a ellos.

—¿Han encontrado alguna pista de su identidad?

Leire le mostró los carnets. El hombre asintió con la cabeza.

—Eso les facilitará las cosas. Nosotros seguiremos buscando a los okupas —dijo, y los dos agentes tuvieron la impresión de que le costaba separarse del caso—. Nos mantendremos en contacto.

—Claro —afirmó Leire, aunque no estaba muy convencida de que fuera a ser así—. Encontraremos huellas en la casa, seguro. Quisieran o no, tuvieron que dejar huellas. Si alguno está fichado, podremos identificarlo.

El sargento asintió. Sonrió, con algo parecido a la resignación, y se despidió de ellos.

—Examinaremos el resto del contenido en comisaría —dijo Leire, deseosa de marcharse de allí.

Salieron, y estaban a punto de meterse en el coche cuando

un ladrido los detuvo. El perro los observaba desde el umbral y en su expresión, de animal mil veces abandonado, se adivinaba la desolación de quien es consciente de su mala fortuna. Leire suspiró y se dio media vuelta, pero entonces oyó, sorprendida, cómo su compañero silbaba con fuerza al tiempo que abría la puerta trasera del coche.

El perro dudó unos diez segundos. Luego corrió hacia su nuevo destino con la ilusión inocente de los animales. Cuando Leire miró a Fort, éste se había sonrojado ligeramente.

—Siempre he querido tener uno —dijo a modo de explicación.

Ella sonrió. El chico quizá empezaba a caerle bien.

3

Si en algo notaba que había rebasado con creces la frontera de los cuarenta no era en su forma física, que continuaba siendo bastante decente, ni en su agilidad mental, de la que no tenía demasiadas quejas, todavía. Héctor Salgado sabía ya que la edad se manifestaba en él de una manera más sibilina, inyectándole una dosis sutil de pereza a la hora de emprender ciertas actividades que en algún momento del día, normalmente a primera hora de la mañana, cuando planeaba la jornada, se había propuesto llevar a cabo.

Sin embargo, esa vagancia repentina era algo contra lo que el inspector también había aprendido a luchar. Así que ese miércoles de mayo, al llegar a casa después del trabajo, y a pesar de que su cuerpo le ordenaba subir a la azotea, abrir una cerveza y fumarse tres o cuatro cigarrillos con toda la tranquilidad que concedía estar solo, un conato de rebeldía que él calificaba de juvenil acalló esas sugerencias y le decidió a cambiarse de ropa para salir a correr.

Eran casi las ocho y media, y Héctor comenzó a trotar despacio, con la intención de calentar la musculatura, eludiendo mirar a la gente que se había dejado vencer por la desidia y se relajaba en las terrazas, bebida en mano. Aunque había probado a ponerse cascos y escuchar música mientras hacía ejercicio, la verdad era que disfrutaba más del ruido natural de la calle, del ritmo de sus propios pasos que se aceleraban a medida que pasaban los minutos. Corriendo se abstraía de cuanto le rodeaba hasta niveles increíbles, concentrado únicamente en sentir cómo su cuerpo iba soltando la tensión con cada zancada, preparándose para alcanzar una velocidad con la que muchos de su edad sólo podían soñar. Orgullo tonto, tal vez, pero completamente inocuo. Cuando llegó al Passeig Marítim y notó aliviado la brisa que desprendía aquel domesticado mar de ciudad, casi sonrió, satisfecho de encontrarse allí, ejercitando el cuerpo, en lugar de haberse apoltronado en casa. Sus abdominales, esa parte de la anatomía masculina tan tímida que se resistía a dejarse ver, se lo agradecerían. Y Lola también.

Aceleró aún más la carrera al pensar en ella. Desde la noche de la nevada, cuatro meses atrás, la relación entre los dos había experimentado una especie de nuevo comienzo. Como si acabaran de conocerse y no quisieran comprometerse más de la cuenta, se habían visto de forma esporádica: una vez cada tres semanas más o menos. El lapso de tiempo no era casual, respondía a los viajes que Lola debía hacer a Barcelona, aunque Héctor sospechaba que la periodista aprovechaba cualquier excusa para desplazarse a la Ciudad Condal. Eso sí, jamás lo habría admitido: Lola se escudaba en el trabajo y él no estaba en posición de reprochárselo. Poco a poco, a partir de comentarios sueltos, de frases espontáneas, Héctor había empezado a hacerse a la idea de que su ruptura previa, la que decidió él de manera unilateral para permanecer al lado de su mujer y su hijo, había supuesto para Lola un revés mucho más duro de lo que él se había imaginado. Nada en ella lo había revelado entonces. Lola no era de las que lloraban delante de los hombres: la vida le había enseñado a enfrentarse con aplomo, quizá con dignidad, a las malas noticias. Como madame de Merteuil, la malvada y fría dama francesa que para Héctor siempre tendría los rasgos de Glenn Close, había aprendido a clavarse un cuchillo en la palma de la mano por debajo del mantel y sonreír al mismo tiempo. Pero a diferencia de aquélla, Lola no se merecía tener que hacerlo. Bajo su fachada de mujer dura, resolutiva e incluso un poco adusta, se escondía alguien mucho más frágil que Héctor no había descubierto antes.

En su relación anterior, aquella infidelidad que para él fue sobre todo un desahogo sexual ante la inapetencia habitual de Ruth, la verdadera Lola no había salido a la luz. Se habían visto con tanta frecuencia como les fue posible, habían follado sin hablar y habían hablado sin decir demasiado, porque en esa situación las palabras tendían a deslizarse hacia lugares comunes que ambos detestaban: ni él quería criticar a su mujer delante de Lola, ni ella era tan hipócrita como para dar consejos matrimoniales al hombre con quien acababa de acostarse. Por eso, cuando él decretó el fin, nunca pensó que fuera a afectarle demasiado; como todos los casados que mantenían aventuras con mujeres solteras, estaba casi seguro de que existían otros amantes, una impresión que Lola se había empeñado en reforzar aunque, él lo sabía ahora, se correspondía poco con la verdad.

La brisa se transformaba en aire, y en el paseo ya sólo quedaban otros corredores que también se esforzaban por llegar a una meta que únicamente estaba en sus cabezas. Por superarse. Por ganarle segundos al tiempo. O quizá, como a veces le sucedía a él, esas carreras nocturnas se convertían en un simulacro de huida, la posibilidad remota de alejarse de la rutina, dejarlo todo atrás en busca de un nuevo camino, un final distinto.

Era imposible, lo sabía bien, porque antes o después las piernas se negaban a seguirle; daban media vuelta y regresaban al punto de partida, como si alguien tirara de una correa invisible y le marcara los límites. A los cuarenta y pico no se podía permitir hacer lo mismo que a los diecinueve: emprender el vuelo, huir sin miedo hacia un futuro que, teñido por la ilusión y la inmadurez, se antojaba mejor, más atractivo. Escapar a otra ciudad, al otro lado del mar, dando la espalda a una infancia no demasiado feliz y a un padre demasiado aficionado a levantar la mano. A los cuarenta y pico lo que pesaba era el presente, que actuaba como un ancla, manteniéndole sujeto a una tierra, una casa, una vida. «Importa el momento —se dijo—, las posibilidades inmediatas y reales. Correr al límite de las fuerzas, volver a casa con paso relajado, cenar con Guillermo, llamar a Lola.» Y luego, cumplidas ya todas las obligaciones, acudir a una cita que tenía prevista.

Las piernas obedecieron una orden deliberada y aceleraron de manera firme y sostenida. Era completamente de noche cuando, extenuado, casi sin aliento, Héctor emprendió el regreso. A un lado, mar y cielo se confundían ya en un todo negro ribeteado de espuma sucia. Entonces, mientras corría a paso más sosegado, los acontecimientos del día fueron desfilando por su mente, mucho más despierta y nítida que antes de iniciar la carrera.

Las fotos diseminadas sobre su mesa ponían la nota gráfica al relato verbal que sus agentes le ofrecían. Una casa abandonada, ocupada por unos desconocidos que se habían dedicado a decorar las paredes con las imágenes que ahora él tenía ante sí capturadas en fotografías. Un sótano transformado en mausoleo. Un macabro hule estampado a modo de mortaja, como si la tumba fuera un lecho de flores. La fuerte sensación de que los muertos habían sido amantes y de que alguien, probablemente su asesino, había querido que estuvieran juntos.

—¿Sabemos algo más de los cadáveres? —preguntó Héctor.

—Por ahora no —respondió Roger Fort—. Los documentos de identidad están intactos y los nombres coinciden con los de una denuncia por desaparición puesta en 2004. Estamos esperando a que nos llegue el expediente del caso.

Héctor sabía que el expediente tenía que llegar de la unidad que dirigía el inspector Bellver. Todas las denuncias de desapariciones pasaban por su departamento. «Incluida la de Ruth», pensó.

—Crucemos los dedos para que no tarden mucho —dijo secamente.

Leire sonrió. Las relaciones entre su jefe y Dídac Bellver nunca habían sido precisamente fluidas.

—¿Y la mochila? ¿Qué más había dentro? —preguntó Héctor.

El contenido de la mochila estaba cuidadosamente clasificado en bolsas precintadas. Héctor fue revisándolas, una tras otra. Una caja de preservativos. Un par de mudas de ropa interior, masculina y femenina. Un neceser con dos cepillos de dientes y una pequeña botella de gel. Todo eso entraba dentro de lo normal. Lo sorprendente era el resto.

—¿Qué es esto?

Héctor señaló unas hojas de papel, arrugadas y casi ilegibles.

Leire se acercó a la mesa. Había dejado que su compañero se ocupara del resumen oral porque, en el fondo, no terminaba de sentirse centrada en el trabajo.

—Yo diría que son letras de canciones con los acordes de guitarra.

—¿También sabe de música, Fort?

—Bueno, ¿quién no ha tocado en un grupo?

Héctor asintió, educadamente.

—Vale, pueden servirnos de algo. —Cogió un sobre grande, alargado, el típico del correo bancario. Era el último objeto hallado en la mochila.

—Esto es lo más curioso de todo, señor —dijo Fort—. Está claro que quien los mató no buscaba robarles.

Eso era cierto. Porque ningún ladrón, profesional o aficionado, habría pasado por alto el contenido de aquel sobre abultado. Billetes de quinientos euros, perfectamente doblados, y en una cantidad en absoluto desdeñable.

—¿Cuánto hay?

—Veinte billetes idénticos, señor. Diez mil euros, nada menos.

Héctor permaneció pensativo unos instantes, intentando imaginar en qué supuesto alguien podía haber ignorado la existencia de esa cantidad de dinero. Un alguien que había golpeado a aquellas dos personas hasta matarlas y luego las había dispuesto en una especie de rito funerario. Alguien capaz de asesinar pero no de robar a un muerto. De matar y después honrar, a su manera, a sus víctimas.

—Bien. Esperemos a que llegue el informe y a que los forenses hagan su trabajo... —Se interrumpió—. Aunque si existe una denuncia por desaparición, veo improbable que la mochila acabara ahí por casualidad. De todos modos, no se lo comunicaremos a las familias hasta mañana, cuando sepamos más. ¿Algo que destacar en la casa? —preguntó Héctor—. Aparte de los cuadros, claro.

—Un perro —dijo Leire, sonriendo al percatarse cómo enrojecía su compañero. Y al ver la cara de su jefe, añadió en tono más serio—: Están tratando de identificar las huellas dejadas por los ocupantes. A ver si por ahí encontramos algo.

—De acuerdo. Manténganme informado. Y, Leire, intente averiguar algo sobre esos dibujos. Luego los miraré con calma. Ahora debo asistir a una...

Héctor iba a terminar la frase cuando una llamada le informó de que el comisario Savall le esperaba en su despacho.

Oyó entreabrirse la puerta del piso de su casera y se detuvo; hacía días que no coincidía con ella. La mujer salió al rellano y Héctor no dejó de asombrarse de su buen aspecto. Aunque su edad exacta era uno de los secretos mejor guardados del universo, Carmen debía de rondar los setenta años, y sin embargo siempre iba arreglada, incluso en casa. Alguna vez se lo había comentado y ella le había explicado, con una sonrisa, que la vejez era ya suficiente desgracia para añadirle encima el desaliño. Las batas y las zapatillas no estaban pensadas para Carmen, que vestía en todo momento igual que en la calle: de manera cómoda pero formal, como si siempre esperara visitas.

—¡Mira qué cara traes! —le regañó, medio en broma—. Cualquier día esas carreras te darán un disgusto.

—Hay que poner el cuerpo a punto o se oxida —repuso él con una voz más ronca de lo que esperaba.

—Yo diría que últimamente lo estás ejercitando bastante.

—Carmen sonrió—. Y me alegro, no creas.

Él enrojeció aunque su cara de cansancio disimuló en parte el apuro. Aprovechando que Guillermo había estado de viaje de final de curso, Lola había pasado un fin de semana en su casa. A Carmen, casera por casualidad y curiosa por vocación, no se le había escapado la estancia de aquella mujer, la primera que pisaba la casa desde que Ruth se marchó.

Héctor iba a despedirse y subir a su piso, dos plantas más arriba, pero ella no le dejó.

—Espera, no te vayas tan deprisa. Pasa un ratito.

—Huelo a rayos...

La mujer hizo un gesto desdeñoso y cerró la puerta a su espalda.

—Ven a la cocina, tengo algo para ti.

No hizo falta que le dijera de qué se trataba: el olor a empanadas recién horneadas, ese aroma casi crujiente, llegó hasta él y le inundó de recuerdos y de apetito.

—No sé si me habrán quedado bien —dijo ella, mientras sacaba una docena del horno y las colocaba sobre un papel de aluminio, para envolverlas—. Ya sabes que me gusta mezclar recetas.

—Seguro que están ricas. A Guillermo le encantan, ya lo sabe.

—Ese niño tiene que comer más. Ayer lo vi y está un poco más alto, pero flaco como un palillo.

Era verdad. El chico había salido a su madre: huesos finos, extremidades largas, talento para dibujar. Lo único que había sacado de Héctor era lo que éste hubiera preferido no legarle: una seriedad impropia de los catorce años, una madurez temprana que a veces resultaba difícil de tratar. Aunque no todo podía achacarse a la genética. El último año no había sido fácil para nadie, y menos para su hijo.

La mujer hizo un paquete con las empanadas y en el último momento añadió un par más. Luego lo metió todo en una bolsa de plástico, pero no se la dio. La dejó sobre la mesa de la cocina y miró a Héctor con expresión súbitamente triste. Él intuyó de qué se trataba: a Carmen sólo podía inquietarla una persona.

—¿Pasa algo con Carlos? —preguntó.

Carlos, Charly para los amigos, era el hijo de Carmen y una cruz que la mujer no merecía. A sus treinta y pocos años, el prenda se había metido en casi todos los líos imaginables, aunque hasta entonces había logrado salir más o menos bien parado de ellos. Desde su primer arresto a los dieciocho por robar un descapotable y luego estrellarlo, la biografía de Charly era un rosario de delitos de poca monta, juergas eternas y malas compañías. Si tuviera que enviar un currículo para solicitar un empleo, su «experiencia profesional» dejaría boquiabierto a cualquier seleccionador de personal. Por suerte o por desgracia, Charly no se habría visto en esa tesitura; Héctor estaba seguro de que nunca había tenido la menor intención de encontrar un trabajo normal. Cada vez que pensaba en él le venía a la cabeza la letra de un viejo tango, cuyo título desconocía, pero que decía más o menos algo así: «No vayas al puerto, ¡te puede tentar! Hay mucho laburo, te rompés el lomo, y no es de hombre pierna ir a trabajar».

Diez años atrás, cuando Charly estaba en el punto álgido de sus adicciones varias, Héctor le había oído amenazar a su madre y había intervenido de forma tan contundente que el chaval, que entonces tenía apenas veinte años, se había largado de casa y tardado una década en volver. Carmen nunca se lo reprochó abiertamente, aunque el inspector estaba seguro de que en más de una ocasión le había culpado por la ausencia de su único hijo. Una ausencia prolongada, con apariciones puntuales en busca de fondos, que había terminado hacía poco tiempo.

El pasado enero, cual oveja descarriada, Charly había vuelto al redil y se había instalado en el piso que quedaba entre el de Carmen y el suyo propio y que la mujer siempre había mantenido vacío con la esperanza de que su chico regresara. En esos cuatro meses Héctor se lo había cruzado alguna vez por la escalera, aunque ninguno de los dos se había molestado en saludar más que con un gesto vago. Había experiencias difíciles de olvidar, y quienes habían visto a Héctor Salgado furioso tendían a recordar esa imagen con aprensiva nitidez.

Ella suspiró.

—Pasa y no pasa, Héctor. —Se dejó caer en una de las sillas y sus dedos acariciaron un paño de cocina que estaba primorosamente doblado sobre la mesa—. Da igual, vete a cenar. Guillermo te espera. Ya hablaremos en otro momento.

—Ni hablar. No voy a dejarla así. —Su tono de voz dejó traslucir un atisbo de ira al decir—: ¿Le ha causado problemas?

—No.

Él la miraba con incredulidad y ella reforzó la negativa.

—De verdad que no, Héctor. En este aspecto no tengo nada que reprocharle. Está más tranquilo y, hasta donde yo sé, ha dejado las drogas.

Héctor asintió, porque de hecho había tenido la misma impresión en las pocas ocasiones en que lo había visto. Charly era un tipo delgado, de aspecto juvenil, y de lejos, o mejor dicho, de espaldas, uno habría podido confundirlo con un amigo de Guillermo. La cara, sin embargo, no conseguía ocultar del todo los años y la mala vida: mirada huidiza, ojos oscuros incapaces de quedarse quietos un instante; ojeras profundas y perennes; pómulos rígidos que parecían querer horadar una piel fina y pálida, y boca pequeña, condenada por la costumbre a un gesto entre la rebeldía y la desgana. Ruth siempre decía que el muchacho tenía cara de hurón, recordó Héctor, aunque estaba bastante seguro de que su ex mujer se refería a otro animal porque los hurones se le antojaban simpáticos. Charly no.

—¿Entonces?

—Se ha ido —anunció Carmen con voz no demasiado firme—. Hacía tres días que no sabía nada de él y esta mañana he entrado en el piso. Se ha llevado sus cosas.

Héctor no pudo disimular un gesto de fastidio. Carmen no se merecía esos disgustos. ¿Costaba tanto despedirse, dar una explicación aunque fuera mentira y dejar a la pobre mujer tranquila? Su cabeza empezó a enumerar las posibles razones de esa partida improvisada, y se le ocurrieron tantas posibilidades que desistió.

—No me engaño, Héctor —prosiguió ella—. Sé cómo es aunque te juro que nunca he llegado a entender el porqué. Ya de pequeño su mente siempre estaba trajinando la manera de meterse en líos. Pero esta vez estaba más tranquilo. Nada hacía pensar que tuviera en la cabeza marcharse.

—Salía poco de casa, ¿verdad?

Ella apoyó la palma de la mano en el paño, como si fuera a incorporarse.

—¿Tú también te fijaste en eso? No salía casi nunca. Alguna noche le había oído bajar, pero regresaba poco después, en tan poco rato que sólo había podido dar una vuelta a la manzana. No quería alejarse de aquí. También creo que no le apetecía que le vieran demasiado. Me consta que no le quedan ya demasiados amigos en el barrio, pero alguno hay. Y sin embargo nadie, ni una sola persona, ha venido a verlo. Al menos que yo sepa.

Se interrumpió. Desplegó despacio el paño de cocina, como si no estuviera satisfecha de su aspecto, y luego volvió a doblarlo hasta dejarlo exactamente igual que antes. Levantó la vista, aquellos ojos de un azul profundo que la edad no había conseguido atenuar, y dijo, sopesando las palabras con cuidado:

—Tengo miedo, Héctor. Y, para variar, no temo lo que él pueda hacer, sino lo que pueda pasarle. Hay algo más.

—¿Sí?

—Charly tenía una pistola. Lo sé, debería habértelo dicho. Pero te juro que no lo descubrí hasta hace poco.

—¿Y por qué me lo dice ahora? —inquirió Héctor, aunque sabía la respuesta.

—Ya no está. Se la ha llevado. Héctor, tengo miedo. De verdad.

La miró a los ojos. Dios, las madres podían llegar a hacer tantas tonterías. Pero Carmen no necesitaba una reprimenda sino soluciones. Y él sabía cómo tranquilizarla, al menos de momento.

—Intentaré averiguar algo, se lo prometo. ¿Sabe por dónde ha andado en los últimos tiempos?

—No hablaba del pasado. —Esbozó una sonrisa sarcástica—. Ni del futuro tampoco, la verdad. El domingo comimos juntos, aquí, y se me ocurrió preguntarle qué pensaba hacer, cuáles eran sus planes.

—¿Y qué le dijo?

—Me contestó que el futuro es un espejismo. Que parece bonito de lejos hasta que uno se acerca y ve que es la misma mierda que el presente.

Le costó pronunciar la última frase. Carmen pertenecía a una generación en la que las señoras no decían palabras malsonantes. Casi avergonzada por haberlo hecho, se puso de pie y le tendió la bolsa con las empanadas.

—Venga, vete a casa a cenar o estarán heladas. No quiero darte más trabajo del que ya tienes.

—A cambio de esto puede darme todo el trabajo que quiera. —Se paró un momento antes de salir. Lamentaba no poder quedarse más, pero se le hacía tarde—. Carmen —añadió—, no se preocupe. Me ocuparé de esto.

—Siempre he dicho que tener un poli en la escalera no estaba de más —dijo ella, y sonrió—. Aunque sea argentino…

4

—¿Seguro que no quieres tomar nada? Leire Castro ya sabía que el chico que tenía delante rechazaría el ofrecimiento y añadiría que «sólo había pasado un momento a veros». Así fue, y Leire sonrió mientras le acompañaba hasta la habitación de Abel, que dormía en su cuna bajo un móvil de estrellas que el propio Guillermo había pintado y montado para él, y al que, por ahora, el bebé no hacía el menor caso.

—No quiero despertarlo —susurró Guillermo, sin atreverse a cruzar el umbral.

—Tranquilo. Es su mejor hora. Está cenado, limpio, y con un poco de suerte seguirá durmiendo hasta que vuelva a tener hambre. —Suspiró al pensar en la noche, en los episodios de llanto desgarrado, pero intentó no adelantarse a los acontecimientos—. Ven, acércate.

Guillermo lo hizo, aunque sólo permaneció junto a la cuna unos instantes. A Leire le hacía gracia que, en la familia atípica que rodeaba a su hijo, estuviera esa especie de «hermano mayor», que se sentía así desde el día en que por puro azar había tenido que acompañarla al hospital, cuatro meses atrás. Desde entonces, Guillermo Salgado solía dejarse caer por su casa, una vez por semana más o menos, y a ella le resultaba curioso que un chaval que aún no tenía quince años quisiera pasar un rato con una madre y su bebé. A veces le preocupaba que el chico fuera hijo de su jefe, pero lo cierto era que él apenas mencionaba a su padre a no ser que ella le preguntara. Y Leire se abstenía de hacerlo.

Durante los meses de baja maternal, las visitas de Guillermo habían sido una extraña pero agradable forma de romper la rutina. Una rutina a la que se había adaptado con una mezcla de temor y entusiasmo. Al principio se había sentido atada, como si una cadena invisible pero de eslabones indestructibles la uniera a ese cuerpecillo prematuro e indefenso, incapaz de sobrevivir sin ella. Ese miedo de ser la responsable única de la vida de aquel bebé la había abrumado al volver del hospital. Preguntas que nunca se había formulado la asediaban a todas horas. ¿Qué sucedería si a Leire le pasaba algo? O bien, ¿sería capaz ella, que jamás había querido tener ni un periquito, de ocuparse como era debido de alguien que estaba totalmente a su cargo? Luego, poco a poco, la realidad fue demostrando que, se llamara instinto maternal o sensatez pura y dura, ella, la agente Leire Castro, parecía saber qué debía hacer en cada momento y eso la tranquilizó.

También ayudaba que, en líneas generales, Abel —el «Gremlin», como lo llamaba Tomás— progresara adecuadamente. Es decir, comía, dormía y engordaba con la serenidad de un pequeño buda, y cuando estaba despierto durante el día contemplaba el mundo con similar paz de espíritu: aquellos ojos grandes, del mismo color miel que los de su padre, evaluaban su entorno con algo parecido a la resignación. Como si se dijera que, en conjunto, no había tenido excesiva mala suerte con el lugar donde había nacido o los padres que le habían tocado. Eso sí, quizá por hacer honor al apodo impuesto por su padre, a partir del primer mes Abel empezó a despertarse a medianoche atacado por un llanto inconsolable y ella pasaba horas paseándolo en brazos por el apartamento. Su perpetua sensación de fatiga la había llevado a prohibirle a Tomás, con una seriedad digna de mejor causa, que volviera a llamarlo «Gremlin».

—Como quieras —le había respondido él—. De hecho, ahora mismo tiene más pinta de cerdito. Un cerdito limpio y feliz —se apresuró a añadir ante la mirada incendiaria que ella le lanzó.

«Y sí —pensó Leire sonriente mientras lo veía dormir, tranquilo y sonrosado, con unas piernas que eran bolas unidas por pliegues—, Abel tenía aspecto de cerdito satisfecho.»

Guillermo y ella fueron al comedor y se sentaron en el sofá, delante de una tele puesta sin sonido y de un intercomunicador de última generación, con una pantalla nítida que mostraba a Abel dormido, un instrumento al que se había vuelto tan adicta como otros al teléfono móvil.

—Bueno, cuéntame, ¿cómo va todo? El curso debe de estar acabando, ¿no?

—Aún queda un poco —dijo él—. Exámenes. Lo peor. ¿Y tú qué tal? Es tu primera semana, ¿verdad?

—No me lo recuerdes —repuso Leire con un suspiro, aunque, en el fondo, en los días previos a su reincorporación le habían entrado unas sorprendentes ganas de regresar a la comisaría—. Se está haciendo interminable.

—¿Y Abel?

—Hasta septiembre se quedará en casa, con una canguro. Y luego a la guardería. Es la dura vida de los bebés de padres trabajadores.

Le había costado encontrar a la persona adecuada, y había realizado un proceso de selección que tenía más de intuitivo que de racional, pero al final había encontrado a una mujer mayor que le había inspirado la confianza necesaria para dejar a su hijo en sus manos. Leire nunca había sido la jefa de nadie y se sorprendió al descubrir lo precavida y exigente que podía llegar a ser. Teresa Costa, la señora por quien se había decidido, contaba con un largo currículo como comadrona y manejaba al bebé con más soltura que cualquiera de las otras candidatas, chicas jóvenes con más buena voluntad que experiencia.

—Por cierto, le he hablado de ti —añadió ella—. A Teresa, la señora que cuida de Abel. Por si vienes a verlo algún día.

—Claro.

Él asintió, sonriente, pero Leire no podía dejar de pensar que bajo aquella tranquilidad existía una corriente de tristeza, difícil de definir pero presente en una mirada que nunca llegaba a ser del todo alegre. Igual que la de su padre, razonó Leire, pero aun así mucho más descorazonadora en un chaval de catorce años y medio que en un hombre de más de cuarenta.

—¿Estás bien? —preguntó sin poder evitarlo.

Guillermo se encogió de hombros.

—Sí. Como siempre.

Y en ese momento, tal y como le había sucedido en algunos instantes fugaces, la cara de aquel chico se mezcló en su memoria con la foto que guardaba de su madre. Leire no quería sacar el tema: sabía que no había ningún avance y que, pese a sus propios esfuerzos, los hechos que rodeaban la desaparición de Ruth Valldaura, la ex mujer de Héctor y madre de Guillermo, seguían siendo un misterio indescifrable.

—¿Alguna vez te han pedido un favor que puede meterte en un lío? Un amigo, por ejemplo.

La pregunta había salido a bocajarro y Leire se tomó su tiempo antes de responder.

—Del cero al diez, ¿qué puntuación le darías a ese lío?

Guillermo esbozó una sonrisa.

—Tirando a veinte.

—Vaya. ¿Y el amigo merece la pena? Quiero decir, ¿haría lo mismo por ti?

—Supongo que no.

El chico parecía incómodo, como si se arrepintiera de haber sacado ese tema y Leire notó que buscaba algo que decir, un asunto que desviara la atención.

—Creo que papá tiene novia —dijo él por fin. Y si perseguía captar su interés, lo consiguió.

—¿Estás seguro?

—Bueno, habla con alguien por teléfono durante un buen rato después de cenar. Y sonríe.

Leire se rió, aunque ella no había sido nunca demasiado aficionada al teléfono; a lo sumo, algunos mensajes cortos, entre cariñosos y picantes. Pero Héctor pertenecía a otra generación.

—Sí. Ésa suele ser una buena pista. Oye, no quiero meterme en esto, pero es normal, ¿no te parece? Tus padres estaban separados desde hacía tiempo, tu madre ya estaba con Carol. Él también tiene que rehacer su vida.

Él volvió a encogerse de hombros y Leire reprimió las ganas de abrazarlo. «Dichoso instinto maternal», maldijo entre dientes.

—Ya lo sé —murmuró Guillermo bajando la cabeza—. No me parece mal y está más contento. Es sólo que...

—¿Temes que se olvide de Ruth? ¿Que deje de buscarla? —preguntó ella en voz muy baja, apoyando una mano en su rodilla—. Mírame. Yo no conocí a tu madre, aunque daría lo que fuera por haber tenido esa suerte. No creo que sea una persona a la que se pueda olvidar fácilmente. Me consta que tu padre no ha dejado de investigar y que, en el fondo, sufre por no obtener resultados. —Hizo una pausa e intentó escoger las palabras adecuadas—. Pero la vida sigue. Para él, para ti, para Carol. Vivir en el pasado no os ayudará en nada, no podéis quedaros inmóviles. Ella no lo habría querido así, y en este caso no es una frase hecha. Tú lo sabes mejor que yo.

Pero a su mente regresó aquella frase que había encontrado anotada en uno de los dibujos de Ruth. «El amor genera deudas eternas.»

Leire no supo qué más añadir y ambos se sumieron en un silencio cómodo hasta que, de repente, sobresaltándolos a los dos, se abrió la puerta y Tomás apareció en el salón.

—¿Se puede saber qué hacéis aquí a oscuras?

Entonces tanto Leire como Guillermo se dieron cuenta de que era cierto, se había hecho de noche. Las torres de la Sagrada Familia aportaban destellos tenues a través del balcón, pero ellos estaban sentados, ante una pantalla diminuta y contemplando a un bebé dormido, tan absortos en sus pensamientos que se habían olvidado de encender la luz.

Fue más tarde, después de cenar y de que Tomás se marchara a su piso, cuando, tras entrar por enésima vez a comprobar que Abel seguía dormido, Leire se acostó y sacó de la mesita de noche la foto de Ruth que había encontrado en una de las carpetas de dibujos, en el piso donde vivía cuando desapareció.

En realidad, uno de los hechos más extraños de todo aquel caso era que el loft hubiera aparecido intacto. Ni una sola señal de violencia, nada fuera de lugar. Los platos del desayuno, la última comida que tomó Ruth en casa, estaban limpios y colocados en el escurreplatos. Faltaba su bolsa de viaje pequeña y cuatro prendas, las imprescindibles para pasar un fin de semana en un apartamento en la playa. Según todos los indicios, aquel viernes de julio Ruth había abandonado el piso y cerrado la puerta con llave, pero por alguna razón nunca había llegado hasta su coche, que por lo que Leire sabía aún permanecía a una manzana de distancia, en un aparcamiento cercano. En algún punto del camino, Ruth Valldaura Martorell, diseñadora de treinta y nueve años de edad, separada y unida sentimentalmente a su socia, Carolina Mestre, había desaparecido para siempre.

Leire había prometido dejar el caso cuando tuvo a Abel. No sólo a sí misma sino también a sus superiores; aún temía que, tras volver de la baja, el comisario Savall le dijera algo al respecto, cosa que de momento no había sucedido. Pero, lo más importante, se lo había prometido a su jefe directo. Recordaba la conversación con Héctor como si lo tuviera delante. Aquella mirada que dudaba entre la reprimenda y el agradecimiento, y que denotaba una pizca de frustración. La decepción de que Leire, a pesar de haber avanzado en el caso, tampoco había alcanzado ninguna conclusión definitiva sobre unos hechos cuya resolución chocaba siempre con los mismos interrogantes.

Durante los meses anteriores a que Leire se uniera al equipo de Salgado, éste había colaborado en el desmantelamiento de una red de prostitución de chicas africanas, algunas casi niñas, que vivían esclavizadas y atemorizadas por creencias tan arraigadas como perversas. Los traficantes no usaban la violencia, al menos no en exceso, porque no les hacía falta. Ya se encargaba uno de ellos, el viejo conocido como doctor Omar, de meter a las chicas en vereda con ritos y amenazas en los que ellas creían a pies juntillas. En realidad, la única que se había atrevido a mencionar su nombre, una chiquilla nigeriana llamada Kira, había terminado muerta por su propia mano, aterrada ante las consecuencias que podía conllevar su traición. Y a partir de ahí, todo se había descontrolado. «Bueno —pensó Leire—, para ser exactos, Héctor Salgado se descontroló y le propinó una dura paliza al doctor.» Ése había sido, con toda probabilidad, el inicio de todo.

Leire volvió a mirar la imagen de Ruth. ¿Cómo se le había ocurrido a esa mujer morena, atractiva e independiente pensar que podía actuar por su cuenta e ir a ver al viejo Omar para intentar persuadirle de que se olvidara de lo que su ex marido le había hecho? Seguramente por ese aire aristocrático, copiado de su familia; ese aplomo que la hacía creerse inmune a amenazas difusas.

—Lo hiciste, Ruth. Tu imagen quedó grabada en las cintas visitando a ese hijo de puta. No podemos saber qué te dijo, pero tuvo que ser algo perverso porque en tu cara ya no había confianza, sino sorpresa. Y asco. Claro que tú no podías saber a qué te enfrentabas y pensaste que tu intervención, tu encanto, allanarían el camino para tu ex. Si el amor genera deudas eternas, tú le debías algo a Héctor porque te amó y lo amaste. Sí. No puedo reñirte por eso. Y no sé si en algún momento creíste en las maldiciones que el doctor lanzó contra vosotros, si llegaste a tomártelas en serio.

Lo que ni Ruth ni nadie podían haber sospechado fue que el caso daría un vuelco definitivo e inesperado cuando Omar, a quien se le daban mejor las maldiciones ajenas que las predicciones sobre sí mismo, fue asesinado por su propio abogado, un tipo mediocre que, espoleado por la codicia, encontró el valor para matarlo. En medio de todo eso, cuando la investigación sobre la muerte de Omar aún estaba a medias, Ruth desapareció.

Se había esfumado después de haber hablado por teléfono con su madre, con su ex marido y con el hijo de ambos, Guillermo, para decirles que pensaba pasar el fin de semana en Sitges. Sola. Tranquila. Antes de irse había enviado un mensaje más: a su pareja de entonces, Carolina Mestre. Resultaba tan propio de Ruth el desear alejarse de todos durante unos días como informarlos de sus planes. La sensatez y la independencia eran compatibles, y Ruth era una buena prueba de ello.

Las investigaciones de Leire, que en las últimas semanas de su embarazo casi se había obsesionado con el caso, sólo habían aportado, aparte de esas macabras cintas de vídeo, un dato más. Algo que pertenecía al pasado de Ruth, algo que probablemente ni ella misma sabía y que, tal vez, de saberlo, habría optado por no hacer público. Pero los muertos ya no tienen derecho a secretos, ni a que se respete su intimidad. Y los desaparecidos tampoco.

—Tuve que contárselo a Héctor. Lo comprendes, ¿verdad?

Leire había desgranado el relato de los días previos al parto ante un atónito inspector Salgado. Ya estaba todo en comisaría: la copia del expediente de Ruth y las cintas que había encontrado. Su investigación paralela, sin permiso de nadie, no había aportado nada más, al menos oficialmente.

Había recibido a Héctor en su casa, al salir del hospital y, como era costumbre en su jefe, éste la había dejado explayarse sin interrumpirla. Sin embargo, Leire no era capaz de predecir cuál sería su reacción final y se sintió nerviosa, intranquila, cuando él no dijo nada y siguió ensimismado, procesando una información que, ella era consciente, volvía a relacionarle directamente con el caso de su ex mujer. Si Ruth había ido a ver a Omar para defenderle, si se había metido por él en la boca del lobo, sobre Héctor recaía una responsabilidad difícil de eludir.

—Hay algo más —había añadido Leire al final en voz muy baja.

Se levantó y se dirigió al mueble donde había guardado los otros papeles, los que no eran estrictamente policiales, antes de devolver el expediente. Se lo entregó a Héctor, que lo leyó por encima y la miró sin comprender.

Ella carraspeó.

—Creo que Ruth no era hija de los Valldaura. Y también que fue adoptada al nacer, de una forma bastante irregular.

—¿Qué?

—Prometí que no revelaría la fuente, pero esto es un extracto de cuentas de un convento de monjas de Tarragona. Hay una donación a nombre de Ernest Valldaura que coincide con la fecha de la partida de nacimiento de su hija Ruth. Podría ser una casualidad, pero ese sitio, que ya está cerrado, ha sido denunciado por varias mujeres que afirman que dieron a luz allí, y a las que, según ellas, les robaron los bebés.

Héctor acusó la noticia. Sus ojos oscuros se volvieron más negros, llenos de preguntas para las que ella tampoco tenía respuestas. El tema de los bebés robados, no sólo durante la dictadura sino también después, en plena transición política e incluso ya avanzada la democracia, era un escándalo que en esos momentos ocupaba titulares y programas de televisión. Fueran o no ciertas todas las denuncias, el efecto era estremecedor y denotaba una ausencia absoluta de principios. Un mercadeo infame de seres inocentes y una red más indecente aún de culpables: los que callaban, los que entregaban, los que cobraban por ello. Los que convencían a madres consternadas por la muerte de sus bebés y se lucraban, involucrando a otra familia, tan inocente como la original, en sus turbios manejos. El asunto estaba levantando mucho revuelo, al menos en los medios, aunque la prescripción de los delitos y la dificultad de hallar evidencias claras complicaban mucho que se hiciera justicia.

—No creo que tenga nada que ver con su desaparición, por eso no lo incluí en el expediente cuando lo devolví. Es... un tema familiar. —Tomó aire—. Pero opino que debes saberlo. Por si acaso.

Él asintió, pensativo.

—No cuentes nada de esto —repuso por fin—. Al menos de momento. Guillermo apenas tiene otra familia, aparte de los padres de Ruth. Mi hermano y los suyos están en Buenos Aires, casi ni se conocen. No quiero añadir más sorpresas a su vida si no es estrictamente necesario.

—Claro.

Héctor se levantó, dispuesto a marcharse, aunque Leire intuía que la conversación no había terminado aún. No se equivocaba.

—Leire —le dijo él, mirándola fijamente a los ojos—. Gracias.

—¿Pero…? —añadió ella, segura de que el agradecimiento no era lo único que quería transmitirle.

El inspector sonrió, con esa misma media sonrisa que ella empezaba a reconocer.

—A partir de ahora déjalo en mis manos. Dedícate a tu hijo. Esto es asunto mío.

—El trabajo en equipo da mejores resultados que ir por libre. Usted —y recalcó el tratamiento que usaba sólo en comisaría—, usted lo repite siempre.

—Es verdad. Pero en los equipos hay un jefe. Y en éste soy yo.

El tono era ligero, y sin embargo contenía una nota de advertencia que ella no podía pasar por alto.

—Escucha —prosiguió él—, como inspector, parte de mi trabajo es evitar que os metáis en líos. Y, como Héctor, creo que debo ocuparme de este tema personalmente.

Ella asintió, aunque no quiso dar su brazo a torcer del todo.

—Usted manda. Sobre todo porque no creo que tenga mucho tiempo para nada ahora… —Sonrió. Abel había empezado a lloriquear.

—¿Lo ves? —repuso él—. Estos meses con tu hijo pueden ser fantásticos, Leire. No los estropees con cosas feas. Te prometo que si necesito tu ayuda, te la pediré.

—Trato hecho, jefe. Y ahora, si me disculpa…

El llanto de Abel reclamando comida se hacía más fuerte y ella lo cogió en brazos. El bebé se calmó por un momento y luego, al percibir que el preludio a la alimentación se prolongaba más de lo habitual, retomó su protesta con más impaciencia.

—Creo que definitivamente tiene otras obligaciones urgentes que atender, agente Castro. Olvídese de la comisaría, de los jefes y de los casos abiertos. No quiero verla hasta dentro de cuatro meses, ¿entendido?

Ella asintió, casi ruborizada ante el tono regañón que, mezclado con aquel suave acento argentino, casi inapreciable, resultaba una combinación bastante sexy. «Lárgate ya», pensó. Tener un jefe atractivo no era nada cómodo, la verdad.

«Pues los cuatro meses ya han terminado», murmuró Leire para sus adentros. Respiró hondo, comprobó la hora y se dijo que era mejor aguantar despierta un poco más, ya que la próxima toma de Abel sería dentro de cuarenta y cinco minutos. «Soy una vaca con temporizador», pensó mirándose los pechos.

—¿Sabes una cosa? —susurró dirigiéndose de nuevo a la foto de Ruth—. Creo que estoy aprendiendo a hacer las cosas bien. Sin precipitarme, con honestidad y sin hacer daño a nadie. Al menos de forma voluntaria.

Después de algunas deliberaciones, ella y Tomás Gallego, el padre de su hijo, habían decidido seguir el plan previsto y él se había instalado en un estudio cercano a principios de febrero. Cierto era que su trabajo, asesor financiero en una consultoría de ámbito internacional, le obligaba a viajar constantemente, pero a Leire eso no le importaba. Abel Gallego Castro tenía un padre que, aunque no viviera en su mismo hogar, lo visitaba siempre que podía. A diario si se encontraba en Barcelona, y con el mismo entusiasmo que cualquier otro progenitor primerizo. El sexo seguía sucediendo, esporádicamente, aunque no podía decirse que la mayoría de las visitas acabaran con un revolcón de mamá y papá; en realidad, cada vez se parecían más a dos amigos. De momento habían obviado otra clase de promesas. Tomás y ella se gustaban, se entendían bien y el tiempo diría si su relación pasaba a mayores o se quedaba en lo que ya compartían. Un hijo, algo único. El primero para ambos.

Abel se quejó unos veinte minutos después y ella corrió a cogerlo, rezando para que esa noche no se repitiera el llanto que duraba hasta el amanecer.

5

Era casi la una de la madrugada cuando Héctor volvió a salir. Guillermo ya dormía, pero aun así cerró la puerta del piso con cuidado, para no despertarle, y bajó por la escalera despacio, como si en lugar de un inspector de policía fuera un ladrón.

Le recibió una calle casi desierta. Los primeros cinco minutos sólo se cruzó con un tipo que paseaba a un perro ridículamente pequeño y con otro hombre, más joven y extranjero, que rebuscaba en el interior de un contenedor de basura mientras su esposa, menuda y embarazada, le esperaba junto a un carrito de supermercado al que le faltaba una rueda. Era una imagen que se estaba volviendo habitual. Ésa y los carteles que anunciaban locales en traspaso, negocios que cerraban, espacios vacíos. Durante el día uno no se fijaba tanto, pero de noche, sin nada con lo que distraerse, esos letreros colgados sobre persianas sucias, definitivamente bajadas, llamaban la atención y daban al paisaje urbano un aire de ciudad en venta.

Fue andando por su calle con paso rápido hasta el cruce con Marina, y luego giró a la izquierda. Tres bocacalles más abajo estaba el parque donde había quedado con Ginés Caldeiro. Sus encuentros iban variando de ubicación, pero no era la primera vez que se veían allí. A Caldeiro le gustaba aquel espacio porque por las noches nunca había nadie y porque en él había una sugerente escultura de un culo, «maravillosamente redondo», que le ponía de buen humor.

Cuando Héctor llegó, a la hora en punto, Ginés ya estaba allí, aunque no precisamente admirando el trasero de piedra: hablaba en voz baja por el móvil, sentado en un banco. En cuanto vio a Héctor cortó la llamada.

—¿Negocios a estas horas? —preguntó Salgado.

El otro sonrió.

—Mis negocios no tienen horario. Ya lo sabe.

Héctor lo sabía y no preguntaba. Lo conocía desde hacía años, los suficientes para saber que la mayoría de ellos eran ilegales aunque no inmorales. Era una diferencia difícilmente defendible pero importante para Salgado. Caldeiro llevaba años metido en el contrabando de tabaco, antes había estado liado con temas de drogas y había acabado en la cárcel. Otros negocios de Ginés incluían lo que él llamaba «atención turística de alto standing», es decir, proporcionar chicas amables y pequeñas cantidades de coca a ejecutivos que pasaban una o dos noches en Barcelona y querían celebrar sus negocios con una fiesta privada. Ginés tenía contactos en las recepciones de la mayoría de los hoteles de lujo de la ciudad, que confiaban en él porque era un tipo serio y porque, invariablemente, los clientes quedaban satisfechos, las chicas también y los encargados de recepción recibían una propina doble.

Corpulento y ya rozando los sesenta, Caldeiro llevaba sus negocios con la misma diligencia que cualquier otro empresario. Estaba separado y, según él, no pensaba volver a complicarse la vida con líos de pareja. Héctor lo había conocido años atrás, para ser exactos había sido quien lo había encarcelado, algo que, según Ginés, le había hecho «cambiar de vida». Como quien tiene una revelación repentina, él había visto la luz en la pared de la celda y se había comprometido a evitar los líos gordos en el futuro. La visión no había sido tan intensa para que intentara encontrar un empleo honrado; de hecho, al final había optado por una fórmula que no le obligaba a madrugar o a aguantar a un jefe, ni tampoco le generaba excesivos problemas. Además, para atenuar esos posibles contratiempos, colaboraba con Héctor cuando éste se lo pedía, consciente de que los favores, como el cielo, hay que ganárselos.

Aunque en el cuerpo de mossos no estaba bien visto tratar con confidentes, el hombretón que tenía delante le había demostrado su utilidad en más de una ocasión. Gracias al tema del tabaco, que llegaba a todas partes, Caldeiro conocía a casi todo el mundo en la ciudad, y era el primero que no quería que la delincuencia descontrolada o violenta se instalara en Barcelona, básicamente porque perjudicaba sus otros negocios turísticos. En realidad, él y los alcaldes sucesivos de la Ciudad Condal tenían más objetivos en común de los que nadie podía pensar.

—¿Cómo andamos, jefe? —le preguntó.

—Andamos, que ya es mucho. ¿Y tú?

Ginés se encogió de hombros.

—Más o menos como siempre. Los tíos con pasta siguen queriendo diversión y chicas, pero empiezan a regatear el precio. —Sonrió—. Inútilmente, claro. De todos modos, estoy pensando en jubilarme.

Héctor debió de poner cara de sorpresa porque su interlocutor replicó:

—¿Qué pasa? Voy a cumplir sesenta años y llevo más de cuarenta y cinco trabajando. —Se paró—. Iba a añadir «honradamente», pero tampoco hay que pasarse. En cualquier caso, no tengo cuerpo ni edad para otra crisis.

—¿Y qué piensas hacer? ¿Retirarte al campo a contemplar la naturaleza?

—¿Por qué no? Hace años me compré un terrenito, allá en mi tierra, y poco a poco me he hecho una casa que, le soy sincero, está de puta madre. Al principio odiaba aquel silencio, me daba hasta miedo, y el sonsonete de los grillos se me metía en la cabeza y no me dejaba dormir. Pero con el tiempo me he dado cuenta de que cuando estoy aquí los echo de menos. ¿Puede creérselo? —Meneó la cabeza—. Así que estoy a punto de decidirme. A ver si me largo, después del verano.

—Vas a acabar montando un chiringuito por allí —apuntó Héctor.

El otro se rió.

—Cómo me conoce. —Le guiñó un ojo y dijo—: En realidad le tengo echado el ojo a un puticlub. De los decentes, ¿eh? De los de toda la vida. Chicas profesionales y del país. Clientes de los pueblos que tienen que desahogarse en algún lugar. Cero problemas y pocos beneficios, pero constantes. Ya no nos vamos a hacer ricos, jefe. Eso sí, hay que asegurarse una vejez digna, y en eso yo lo tengo más crudo. No quiero acabar mendigando durante mis últimos años de vida.

Héctor asintió. Encendió un cigarrillo y fumó en silencio, mientras pensaba en lo parecidos que eran los miedos en el género humano: miedo al dolor, a la enfermedad. Miedo a la vejez, a la pobreza y, sobre todo, a las dos cosas juntas.

—¿Aún fuma? —Ginés estaba orgulloso de haber dejado el hábito. Como él decía, tenía más mérito considerando que el tabaco le salía gratis.

—¿Hay algo nuevo, Ginés? —preguntó Héctor bruscamente.

En el fondo sabía la respuesta. Ginés no habría tardado en darle la noticia de haber averiguado algo, sabía que era demasiado importante.

—Jefe… —Ginés apoyó sus manazas sobre las rodillas—. Se lo dije la última vez que nos vimos. Y la anterior. Nunca había oído nada igual. Su ex desapareció como si se la hubiera tragado la tierra, y le juro que nadie tiene la menor idea de lo que le pasó. Al menos en mi lado del mundo.

Héctor siguió sin decir nada, mientras intentaba controlar esa decepción que le nacía del estómago y le agriaba el sabor del cigarrillo. Harto, lo tiró al suelo y vio cómo la colilla se extinguía. Su acompañante desvió la mirada y, tras pensarlo un momento, añadió:

—Lo único que dicen todos es lo de siempre: que aquel Omar era un mal bicho, capaz de cualquier cosa. Que sus negocios iban más allá de la trata de mujeres y los acertijos. Y que tenía sus propios métodos para hacer daño. Todo eso ya lo sabíamos. Sin embargo, de su Ruth nadie sabe nada. Si ese viejo loco planeó algo contra ella, no se puso en contacto con nadie para que lo llevara a cabo. Al menos con nadie que siga en la ciudad. Eso se lo aseguro. Y él ya no está entre los vivos para contarlo. Era un consuelo mínimo. Y aunque era obvio que el mundo estaba mucho mejor sin un personaje como Omar, Héctor habría dado lo que fuera por poder meterse a solas con él en un cuarto cerrado, durante un par de horas. Esta vez nadie podría reprocharle que le sacara la verdad a palos. Una verdad que sin aquel tipejo se había convertido en una pared contra la que darse cabezazos. «La peor de las condenas», había dicho el viejo cabrón.

Héctor encendió otro cigarrillo. Ginés estaba acostumbrado a que su amigo se quedara absorto en sus pensamientos y normalmente respetaba el silencio, como si quisiera concederle espacio para pensar. Esa noche, en cambio, apoyó una de sus grandes manos en el hombro del inspector.

—Tiene que dejar de darle vueltas a esto, jefe. Se lo digo de verdad.

—Decirlo es fácil —repuso Héctor—. Hacerlo ya es otra cosa. Consigo concentrarme en mi trabajo, en mi vida. En mi hijo. Pero al mismo tiempo no puedo dejar de buscarla. Ella se merece que alguien la busque.

Ginés suspiró. Su corpachón parecía contener una inmensa cantidad de aire y Héctor sonrió.

—Gracias por todo, Ginés.

—Gracias por nada, dirá. De verdad que me gustaría ayudarle más.

El hombre meneó la cabeza en un gesto que estaba entre la solidaridad y la desesperanza, y Héctor aprovechó el momento.

—Hay otra cosa. Quería que preguntaras por ahí por un tal Carlos Valle. Charly Valle. Volvió a Barcelona hace unos meses y ahora parece ser que se ha marchado.

—El nombre me suena. ¿A qué se dedica?

—Ahora mismo a nada, o eso parece. Es un tema personal, el hijo de una vecina, así que sé discreto.

—Si no lo fuera no tendría negocio. Descuide, en cuanto sepa algo le llamaré. —Le crujieron las rodillas cuando se levantó del banco—. Tengo que irme. De verdad que mi cuerpo ya no aguanta este trajín.

—No te metas en muchos líos —le dijo Héctor a modo de despedida.

—Ya le digo yo que no, jefe. Una vida tranquila, a eso aspiro ya nada más. Oír a los putos grillos. Y a tomarme una viagra para follarme un culo firme como el de la estatua de vez en cuando —añadió antes de irse.

Salgado lo vio alejarse. También él debía volver a casa, aunque se sentía absolutamente desvelado. La noche era su territorio natural, como el de los lobos. «Y las lechuzas», se dijo para bajarse los humos. Aguzó el oído, pero Ginés tenía razón: en Barcelona no había grillos. «Ni tampoco muchas estrellas», pensó mirando al cielo. Y sin embargo no se imaginaba ya la vida en otro lado. Con lo bueno y lo malo, ésa se había convertido en su ciudad, por pretenciosa que la encontrara a veces. «Barcelona es como la madrastra de Blancanieves», le había dicho Lola un día mientras paseaban por las callejuelas del Born. «Se ve a sí misma tan guapa que se olvida de que no es la única, de que el tiempo pasa y de que pronto, si no tiene cuidado, le saldrá competencia en alguien más joven y menos autocomplaciente.» Lola y sus frases. Por algo era periodista.

—Bueno —había replicado él, asumiendo la defensa de su ciudad adoptiva—, personalmente, yo prefiero a las malas maduras que a las jovencitas pelotudas que muerden lo que no deben.

—¿Me estás llamando vieja? —repuso ella—. ¿Mala? ¿O ambas cosas?

Dadas ambas opciones, Salgado había aprendido que la mejor respuesta, o quizá la única, era darle un beso. Pero ella se vengó con un mordisco rápido.

—Cuidado con las malas maduras, inspector. También sabemos morder.

Héctor sonrió mientras caminaba hacia su casa. Sabía que no vería a Lola hasta dentro de dos semanas como mínimo, y se percató de que empezaba a echarla de menos. No obstante, era mejor así. Despacio. La historia ya había tenido un principio y un final, no hacía falta repetir todos los pasos de la versión anterior. Odiaba admitirlo: en parte, las visitas de Lola suponían un alivio ante la perspectiva de pasar dos días festivos solo con su hijo.

Meneó la cabeza al pensar en esos padres de película americana que se llevan a sus vástagos a pescar al río o a un partido de béisbol; sacar a Guillermo de su cuarto ya era una proeza, conseguida a base de coacciones. «Si quieres, chateamos por Skype», le había dicho él un día en que su hijo se había pasado tantas horas delante del ordenador que había sentido la tentación de desenchufar la máquina y pisotear aquella dichosa pantalla hasta reducirla a un amasijo de cables rotos. El chaval lo había mirado como si la edad empezara a afectarle el cerebro y le había contestado, con lógica aplastante, que pocas broncas podía echarle él que había invertido las mismas horas viendo películas en DVD. Sin embargo, un rato después había abandonado su madriguera y le había sugerido la posibilidad de ir al cine o a dar un paseo, oferta que él, sintiéndose de repente como si le hubiera tocado el trofeo de padre del año, se había apresurado a aceptar.

Miró el reloj y decidió fumarse un último cigarrillo, el último de verdad, en la azotea. Cada vez necesitaba menos horas de sueño, le bastaban cinco para descansar. Si las prolongaba más, su mente actuaba por su cuenta y le inundaba la cabeza de pesadillas, imágenes angustiosas e incoherentes. No, era mejor dormir poco, aunque eso significara seguir enredado en lo único que ocupaba su mente por las noches cuando se quedaba solo. Recordó, con cierto fastidio, que ese domingo había quedado con Carolina Mestre. «La novia de mi ex mujer.» ¡Qué raro sonaba! Parecía el título de una comedia italiana con Virna Lisi. En realidad, no había nada de cómico en la cita; había que decidir qué hacían con el piso vacío de Ruth. Con su negocio. Con lo que su desaparición había dejado inconcluso.

La revelación de la agente Castro sobre el origen de Ruth había constituido una sorpresa difícil de asumir, pero otro callejón sin salida por lo que se refería a su caso. Montserrat Martorell, la madre de su ex mujer, se había mostrado firme a ese respecto: ciertamente habían adoptado a Ruth de recién nacida y habían realizado un donativo al «hogar» que les había facilitado las cosas. Eran otros tiempos y las cosas funcionaban así, pero la adopción había sido legal. La madre natural había renunciado al bebé desde que accedió a dar a luz allí y nunca había dado señales de querer saber nada más. Ni siquiera sabían su nombre ni nada de ella, aparte de que se trataba de una chica muy joven, soltera e incapaz de hacerse cargo de un hijo en la España de los primeros años setenta. Por una vez, la altiva señora le había pedido algo con lágrimas en los ojos: «Sólo nos queda Guillermo. No hagas que se sienta un extraño con nosotros. Por favor». Y sin que sirviera de precedente, él estuvo de acuerdo. No serviría de nada confundir aún más al chico por algo que, aun siendo cierto, en las actuales circunstancias tenía visos de ser irrelevante.

Por si acaso, antes de hacer efectiva la promesa, Héctor había recabado toda la información posible sobre el Hogar de la Concepción, sólo para constatar que, aunque sus muros pudieron albergar siniestros manejos, el tiempo había borrado sus huellas. El Hogar se había cerrado muchos años atrás y el periodista que informó a Leire, Andrés Moreno, se había negado de manera taxativa a darle el nombre de la antigua monja que se había convertido en su fuente de datos. No había logrado convencerle de lo contrario y, con sinceridad, tampoco tenía nada concreto en que apoyar su petición. La desaparición de Ruth difícilmente podía tener su origen en su nacimiento, acaecido treinta y nueve años antes. No cuando existían otras amenazas mucho más recientes.

Porque, por muchas vueltas que le diera, el peligro sólo podía haber llegado por un lado. A Héctor le resultaba imposible evitar un escalofrío cada vez que recordaba aquella grabación turbia que mostraba a Ruth en la consulta del doctor Omar. Al final, todo volvía hacia ese hombre. El mismo que le había amenazado; el mismo al que, era de suponer, Ruth había ido a ver en un intento descabellado de interceder por su ex marido. Aunque pareciera una locura, encajaba con el carácter de Ruth. Ella nunca se habría dejado amedrentar por un viejo loco, aunque la cinta, carente de voz, mostraba a una Ruth francamente impresionada escuchando las palabras que pronunciaba aquella serpiente. Como si estuviera recibiendo una maldición.

Héctor no creía en poderes oscuros, ni en cultos de ninguna clase. Por no creer, ni siquiera se concedía el consuelo de esperar que existiera algo después de la muerte, ni bueno ni malo. A veces había deseado tener esa fe: la convicción íntima de que Ruth estaba en un lugar distinto, un espacio desde donde los observaba con cariño y velaba por ellos. Pero cuando cerraba los ojos no era la imagen de un cielo inspirador lo que acudía a su mente, sino otras bien distintas.

Un agujero en la tierra. Un cuerpo sepultado. Una tumba sin flores.

6

Leire contempló las fotos de los cuadros: la casa, los pájaros y, sobre todo, la imagen salpicada de flores amarillas que cubría a los amantes muertos. Al tiempo, la cabeza se le llenaba de preguntas que, veinticuatro horas después de los hallazgos, aún no tenían respuesta alguna. ¿Por qué alguien habría pintado precisamente esa imagen? Los muertos llevaban allí años. ¿Acaso los habían encontrado y eso había estimulado la inspiración de los artistas? A ella le costaba creer que alguien siguiera viviendo, aunque fuera temporalmente, en una casa cuyo sótano albergaba dos cadáveres. Aun así, si los ocupantes eran lo bastante macabros para convivir con dos esqueletos en el sótano, ¿por qué se habían ido de repente? Se le ocurría una respuesta para la que, una vez más, no tenía ninguna prueba. Quizá, sólo quizá, se habían marchado en cuanto terminaron lo que habían ido a hacer. Pintar los lienzos. Poner el secreto de la casa en imágenes que todos pudieran ver, sin presentarse como los descubridores de los cadáveres. ¿Podían confiar en que sus cuadros despertarían la curiosidad de alguien como el sargento Torres, un policía concienzudo que registró la casa a fondo? ¿Habría confiado ella misma en algo así?

Todo eran preguntas. Los primeros compases de una investigación le producían siempre una irritación constante y, a la vez, la hacían sentir más despierta y viva que nunca. Una vitalidad que exigía movimiento, acción, en lugar de esperar sentada a que llegaran los informes de las autopsias. «Con suerte, el viernes», habían dicho desde el instituto forense. Los recortes de personal estaban llegando también allí. Y, aunque no lo decían, ella intuía que los muertos del pasado no ocupaban el primer puesto en la lista de prioridades.

Volvió a estudiar las fotos. No era, ni mucho menos, una experta en arte, pero al ver por enésima vez la casa, aislada, rodeada de esos pájaros rígidos, los perros olfateando la tierra amarilla o, la principal, la mayor y más impactante de todas, la de los amantes muertos, se le ocurrió que los cuadros parecían ir contando una historia. Había cierto hilo narrativo, como si se tratara de ilustraciones: imágenes repetidas y una unidad cromática que parecían conformar un relato gráfico. Llevada por esa idea tecleó en el ordenador una búsqueda de cursos de ilustración en Barcelona, segura de que obtendría algunos resultados. No se equivocaba, y en un cuaderno fue anotando las direcciones de las escuelas que los ofrecían. No tenía ni idea de si aquello serviría de algo, pero al menos había encontrado una vía a explorar.

Algo más satisfecha, respiró hondo, y estaba pensando en regalarse el segundo café descafeinado de la mañana, como premio, cuando su compañero llegó hasta su mesa. Y, por el brillo de su mirada, traía buenas noticias.

—Iba a por un café. ¿Vienes conmigo y me lo cuentas?

Se dirigieron a la máquina, situada en una sala que normalmente se usaba para las reuniones de briefing y que, en ese momento, se encontraba vacía.

—¿Cómo va con el perro? ¿Ya le has puesto nombre? —preguntó Leire mientras esperaba que la máquina vertiera el líquido en el vaso.

—Bueno, digamos que ayer hizo una exploración a fondo de mi piso.

Lo dijo en tono pesaroso.

—¿Muy a fondo?

—Bastante. Le gustó especialmente el cubo de la basura. Tendré que acostumbrarme a cerrar las puertas antes de irme. —Y sonrió.

67

Era de esos chicos de pocas sonrisas, como si llevara la seriedad incorporada al semblante, y al hacerlo su cara adoptaba un aire totalmente distinto. Su tez, de natural muy morena, se oscurecía más todavía bajo aquella barba insistente, que a todas luces él intentaba afeitar a primera hora sólo para que a media mañana ya hubiera crecido hasta formar un bloque denso y uniforme. Tras compartir con él cuatro días, Leire ya pensó que bajo la apariencia extremadamente educada y formal de Roger Fort podía haber alguien divertido. E incluso atractivo, aunque no fuera su tipo.

—Y en cuanto al nombre, la verdad es que no se me ocurría nada. Así que de momento no tiene. Se admiten sugerencias.

—Creo que tampoco es lo mío. No sé, míralo a la cara y ponle el primero que se te pase por la cabeza.

Roger la observó con expresión dudosa, como si no tuviera muy claro que aquel método fuera a funcionarle.

—Bueno —prosiguió Leire—, ¿qué ibas a contarme?

Para ella, el café de esas máquinas no salía nunca lo bastante caliente, así que lo bebió deprisa, casi de un sorbo.

—Ha llegado el expediente. Lo tengo en mi mesa. Lo ha traído Bellver en persona y dice que luego hablará con el jefe, cuando tenga un rato. Hay impresiones personales que quiere comentarle.

Leire sacudió la cabeza. No era ningún secreto en la comisaría que Bellver no se distinguía exactamente por su eficacia o, cuando menos, por su dedicación al trabajo. Los rumores maliciosos sobre sus ascensos habían sido continuos, y todos sugerían que éstos se debían más a la habilidad en el manejo de estadísticas y a su capacidad de hacer las amistades adecuadas que a la resolución de casos concretos.

—¿Cuándo se denunció su desaparición?

—El 27 de agosto de 2004. Lo he mirado sólo por encima, pero al parecer se marcharon de vacaciones semanas antes y nunca volvieron. Las familias decidieron dar la voz de alarma a finales de agosto. Tenían veinticuatro y veintitrés en el momento de la desaparición, lo cual encajaría con los comentarios del forense sobre los cadáveres. El caso se quedó en nada porque los cuerpos no fueron encontrados, a pesar de que existía un sospechoso bastante claro. Y hay algo más.

—¿Sí?

—Él tocaba en un grupo de música. Aficionados, pero es algo.

—Vamos —dijo ella—. Tenemos que hablar con Salgado. Yo también tengo un par de cosas que contarle.

Después de tres reuniones aburridas, Héctor consiguió abrir el expediente del caso a las cinco de la tarde.

La denuncia por la desaparición de Daniel Saavedra, de veinticuatro años, y Cristina Silva, un año menor, había sido puesta un 27 de agosto. Según constaba en los papeles que tenía delante, los padres de él llevaban tiempo sin noticias de su hijo. Al principio no les había extrañado: era verano y, a finales de junio, Daniel les había anunciado que se marchaba de viaje con su novia, Cristina Silva, sin especificar el destino de esas vacaciones. Sí les había dicho, según recogía esa primera denuncia, que «necesitaba unos meses de desconexión, y que ya se pondría en contacto con ellos en septiembre, cuando regresara». Héctor no pudo evitar que la edad y una incipiente insumisión paterna le torcieran el gesto. Las necesidades de desconexión de los jóvenes empezaban a irritarle, probablemente porque, sin grandes esfuerzos, imaginaba a Guillermo soltándole una frase por el estilo. Y, según parecía, el canon del padre moderno imponía el respeto absoluto a esos períodos de reflexión: un «no molestes, y si te preocupas, allá tú» que le sacaba de quicio.

Sin embargo, los padres de Daniel, residentes en Girona, no habían esperado al otoño para dar la voz de alarma. La fecha del cumpleaños de su madre, el 20 de agosto, había sido el catalizador que los había llevado a preocuparse por su hijo. Aquel día, la madre de Daniel había hablado con su compañero de piso,

Ferran Badía, sin que éste hiciera mención alguna sobre el paradero de Daniel. Pero la madre —siempre eran las madres las que poseían ese sexto sentido que las advertía del peligro y las llevaba a actuar— había notado algo raro en la conversación con el chico. Y por fin, después de un sinfín de llamadas perdidas a su hijo, y tras una semana de conversaciones tensas, había convencido a su marido para ir juntos a Barcelona y hablar con Ferran cara a cara.

En el tercer piso de la calle Mestres Casals i Martorell, número 26, se habían encontrado con un cuadro difícil de olvidar: el compañero de piso de su hijo acababa de tomarse una sobredosis de fármacos. Asustados y absolutamente desconcertados, el matrimonio llamó a emergencias y, en cuanto llegaron al hospital, les contaron todo a los agentes que se presentaron allí alertados por el intento de suicidio. Fue entonces cuando el padre de Daniel admitió estar al tanto de que su hijo, la chica y el compañero de piso habían mantenido lo que el informe describía, entre comillas, como una «relación triangular».

Héctor separó las fotos de los tres vértices de aquel triángulo pensando que, en el peor de los casos, dos de ellos habían encontrado la muerte, mientras que el tercero, Ferran Badía, estaba, según los informes, encerrado en una institución psiquiátrica. Mal final para todos. No eran fotografías de muy buena calidad, en especial la de Ferran. Cristina Silva, en cambio, aparecía con absoluta nitidez: una chica de cabello muy corto, casi rapado, de facciones marcadas y ojos verdes. Las cejas eran apenas una línea y conferían a su cara un aire de máscara, al tiempo que transmitían la idea de que aquella joven quizá no fuera una belleza excepcional pero, sin duda, se trataba de alguien interesante. Cristina habría podido encarnar a una Casandra moderna: su mirada penetrante parecía ver más allá del objetivo, perderse en las visiones del futuro o, tal vez, en maquinaciones para que éste se acomodara a sus deseos. No se apreciaba en aquel rostro el menor asomo de timidez o modestia; al revés, miraba de frente a la cámara, casi con expresión desafiante. Su gesto parecía decir: «Aquí estoy, róbame el alma si te atreves».

Daniel Saavedra, su malogrado amante, era un ejemplar más corriente. Sin duda era guapo, más aún para los cánones modernos. Moreno tanto de cabello como de piel, con cejas pobladas y ojos casi negros, la dureza del conjunto quedaba compensada por una sonrisa que debía de haber derretido los corazones de la mayoría de las mujeres con quienes se había cruzado en su vida. Al contrario que Cristina Silva, que en la foto se mostraba impasible, casi inescrutable, Daniel sonreía para hacerse querer. Y, Héctor estaba seguro, el truco debió de funcionarle desde pequeño. Un afeitado incompleto, la sombra de una perilla y el cabello más largo que el de su novia aunque sin llegar al exceso, lo dotaban de ese encanto masculino al que caían rendidas muchas chicas, tanto de hoy como de antes: el chico rebelde pero simpático, de mirada oscura con un punto soñador.

Por el contrario, podría afirmarse que el universo femenino más bien ignoraría a Ferran Badía, a pesar de que la imagen era tan mala que resultaba difícil juzgar con propiedad. Frente al ordenador, Héctor efectuó una búsqueda con su nombre, pero al parecer se trataba de la foto oficial, la única que consiguió encontrar. Y eso que, sin duda, Ferran había alcanzado más fama que los otros dos. Mientras leía los artículos de prensa que halló sin demasiado esfuerzo, Héctor se dijo que la maldad, puesta entre comillas, resultaba ahora más fascinante que la belleza o la juventud.

Ferran Badía había sido objeto de análisis de psicología barata y lo habían puesto como ejemplo los opinadores interesados que pretendían convertirlo en el icono malvado de una generación consentida, incapaz de tolerar la frustración, arrogante, despiadada. Era curioso cómo lograban retorcer ciertos hechos para que encajaran con su tesis: la falta de valores de la juventud del siglo XXI se encarnaba, según algunos columnistas de talante más bien reaccionario, en ese joven pálido y rubio, muy culto pero carente de principios morales. La relación con Daniel y

Cristina, que tanto él como los demás amigos de la pareja habían reconocido abiertamente, lo situaba a un paso de la depravación y explicaba su estallido de violencia como si la promiscuidad y el asesinato fueran dos caras de la misma moneda. Uno de esos pensadores llegaba a decir que, «dada la relación insana establecida entre los tres, cualquiera de ellos, llevado por la inseguridad patológica, podía haber matado a los otros miembros del trío». Le vinieron a la memoria las diatribas de Lola contra los predicadores con columna propia.

Algunos medios señalaban que Ferran Badía había sido objeto de bullying en el colegio, lo cual podría haber provocado el rencor latente que «le llevó presuntamente a explotar como una bomba». La presunción de inocencia era simplemente eso, un adverbio o sustantivo que cubría las espaldas sin engañar a nadie. Porque la mayoría de los artículos destacaban su frialdad, su aparente falta de empatía con los padres de las víctimas, su distanciamiento de lo que sucedía a su alrededor. La prensa había decidido que, de acuerdo con los indicios y las declaraciones de Badía, éste había matado a los otros dos. Lástima que dichos indicios no lograron apoyarse en pruebas reales. A pesar de la presión en su contra, no pudo obtenerse de él una confesión ni la menor información sobre lo sucedido, y al final un nuevo intento de suicidio había enviado al joven a una institución psiquiátrica, hecho que también había sido recogido por esa misma prensa como una especie de fracaso de la justicia y las fuerzas del orden.

Héctor apoyó la espalda en la silla. La tensión se le acumulaba en los hombros, pero no se debía únicamente a la postura. A veces, cuando leía o escuchaba esa clase de opiniones, tenía la impresión de que la modernidad social que había impregnado a su país de adopción era tan sólo una moda, un envoltorio que cubría una realidad mucho más atávica, conservadora e intolerante que aprovechaba cualquier rendija para dejarse ver. Justo entonces, la puerta se abrió después de un toque leve, casi imperceptible.

—¿Tienes un momento?

Lo tenía, por supuesto, pero le apetecía muy poco pasarlo con Dídac Bellver. A sus cuarenta y tres años, Héctor sabía que no podía llevarse bien con todo el mundo y tampoco lo intentaba. Sin embargo, le costaba pensar en otro colega por quien sintiera una antipatía parecida. Ganada a pulso, por cierto. Que fuera el inspector asignado por Savall para el seguimiento del caso de Ruth tampoco había ayudado a que la animadversión disminuyera un ápice.

—¿Estás con el expediente de los desaparecidos? Seguro que esta vez podréis meter a ese desgraciado en la cárcel.

—¿Te refieres a Ferran Badía?

—Claro. La ausencia de cadáveres nos impidió hacerlo hace siete años. Ahora no me cabe duda de que encontraréis las pruebas necesarias.

Héctor no supo qué contestar.

—Lo hizo él. No lo dudes —afirmó Bellver—. Y el muy cabrón se las arregló para pasar por un angelito deprimido delante de todos. Incluso logró engañar a Andreu al final.

—¿Martina Andreu trabajó en el caso?

—Sí. Estaba conmigo entonces.

—Me consta.

Héctor sonrió al recordar los comentarios de la subinspectora Andreu referidos a su ex jefe, aunque éste lo hubiera sido por muy poco tiempo.

—Desengáñate, Salgado. En estos casos siempre es el amante despechado. —Podría haberlo dejado ahí, la frase estaba lo bastante clara sin necesidad de añadir nada más—. La esposa engañada. O el marido abandonado.

Héctor dudó un momento. Tenía la oportunidad dejar pasar lo que a sus oídos sonó como una indirecta, o podía no hacerlo.

—Las cosas no siempre son tan simples. Con tu experiencia deberías saberlo.

—¿Tú crees? Yo cada vez estoy más convencido de que la explicación más sencilla suele ser la correcta.

—Bueno. Te aseguro que si encuentro pruebas que incriminen a Ferran Badía ya te enterarás.

—Las encontrarás. Siempre acaban apareciendo. Como los cadáveres, y con ellos las pruebas.

Héctor no quería responder a insinuaciones que, viendo la sonrisa de Bellver, estaban formuladas con la intención de provocarlo. El silencio se apoderó del ambiente mientras su visitante buscaba algo más que añadir.

—Seguimos sin novedades en el caso de tu ex mujer. Pero no nos olvidamos de él, te lo prometo.

—Tampoco yo.

Se levantó de la silla y se quedó mirando a Bellver a los ojos.

—Ya me iba —le dijo Héctor.

—Claro. Si necesitas algo más, ya sabes dónde encontrarme.

Bellver salió sin decir adiós y el aire quedó tenso, como el que debía de respirarse en las madrugadas en que dos duelistas se batían por honor. Héctor se dijo que necesitaba salir, buscar la calma química en un cigarrillo, andar y liberar la tensión. Por lo tanto, en lugar de dirigirse hacia su casa, tomó la Gran Via y avanzó con paso rápido hacia el centro. Quería ver el lugar donde vivieron aquellos tres chicos, aunque hubiera sido poco tiempo. Atravesó el centro de la ciudad, repleto de turistas bulliciosos y descendió por Via Laietana hasta girar hacia el Palau de la Música. Lo miró de reojo, con cierta sorna; un edificio tan hermoso por fuera, protagonista de uno de los mayores escándalos de corrupción en los últimos años: una especie de cueva de Alí Babá en versión modernista. Descendió por una callejuela ya menos transitada y luego volvió a girar a la izquierda.

El número 26 de la calle Mestres Casals i Martorell casi hacía esquina con Sant Pere més Baix. Así que allí era: en aquel inmueble viejo, con una gran puerta de madera que evocaba siglos pasados, habían compartido piso Daniel Saavedra y Ferran Badía. Ignoraba por qué había caminado hasta allí, ya que poco podía aportarle esa visita, y sin embargo, una vez en el lugar, observó la calle. Sant Pere més Baix era estrecha y, en resumen, tenía un aire triste. Inmigrantes caminando sin rumbo concreto por una acera tan menguada que casi tenían que hacerlo en fila india, hasta acabar invadiendo la calzada. Comercios de barrio, ya a punto de cerrar, dependientes con cara de aburrimiento que bajaban las persianas como si quisieran no volver a subirlas.

Encendió un cigarrillo, pensando que los turistas debían encontrar pintoresca aquella calle después de haber disfrutado de la belleza opulenta del Palau. A su derecha, precisamente por la calle que él había ido a inspeccionar, ascendía un pequeño grupo de turistas con un guía que, de repente, se detuvo enfrente del número 26 e inició un relato en inglés según el cual, hasta donde Héctor llegó a entender, en el primer piso de esa casa se había detenido a dos mujeres, acusadas de asesinar niños. Los turistas hacían fotos a la puerta como si ésta fuera el pasaje al infierno y los espíritus de los niños aún vagaran por ahí, agazapados en algún rincón de la escalera. «Leyendas negras en Barcelona», se dijo Héctor, y casi sonrió al pensar qué diría esa gente si él les contara que, un siglo después, tres habitantes de ese mismo edificio se habían visto envueltos en un doble asesinato. Sin duda, eso confirmaría las supercherías que daban de comer al guía, que, todo hay que decirlo, se tomaba su papel con entusiasmo y ponía el énfasis adecuado a los pasajes más truculentos: al parecer, aquellas mujeres usaban a los niños muertos para fabricar todo tipo de ungüentos y cremas. Entre asqueado y divertido, Héctor los dejó tomando fotos y se dirigió hacia la estación de metro más cercana. Ya era hora de volver a casa.

7

La llamada llegó a la oficina poco antes de las cuatro de la tarde, una hora en la que las cajas de ahorros solían estar cerradas al público excepto los jueves, un día que a los empleados, poco habituados al doble turno, se les hacía eterno. De todos modos, en los últimos tiempos y para desesperación de sus colegas, Álvaro Saavedra nunca tenía prisa y solía organizar reuniones una vez se había cuadrado la caja, cualquier día de la semana, para discutir temas que cada vez tenían más que ver con descubiertos, impagos y amenazas de embargo. Él había intentado conservar un ápice de decencia en unos años en que todo daba la impresión de estar volviéndose loco, pero ya comenzaba a rendirse a la realidad, a acorazarse ante temas como desahucios de la misma forma que un enterrador no derrama una lágrima sea cual sea el cadáver que le toca sepultar.

El día anterior, de hecho, había mandado dos cartas de desahucio a dos familias de la ciudad y había tenido que lidiar con uno de sus destinatarios, que se había plantado en su oficina hecho un manojo de nervios. La situación le había dejado un mal sabor de boca ante el cual se dispuso a no ceder: tenía que vivir con ello, de la misma forma que convivía con los interrogantes sobre su hijo, de la misma forma que ese pobre hombre convivía con su ruina económica.

Cuando sonó el teléfono, estaba ya a punto de irse; había trabajado sin parar todo el día. Álvaro Saavedra era un hombre templado y paciente, y si de algo podía enorgullecerse era de no hacer las cosas sin pensar. Incluso en los peores momentos encontraba tiempo para detenerse, estudiar la situación con tanta objetividad como le permitían las circunstancias y luego actuar en consecuencia: sin pasión, guiado por lo que él consideraba sentido común. Quizá en algún momento habría preferido ser más visceral, menos reflexivo, más lanzado, pero a sus cincuenta y cinco años ya se había resignado al carácter que la genética y la vida le habían forjado.

Después de la llamada se quedó un buen rato con la mano apoyada en el receptor mientras a su alrededor todo se desdibujaba. Se difuminaron los muebles de oficina, la mesa, la puerta y las ventanas, y lo único real, lo único que existía era esa mano y ese teléfono. Él era sólo un cuerpo que la sostenía, sin tan siquiera poder dominarla. Sabía cuál debía ser el siguiente paso, era consciente de que debía regresar a casa, sentarse al lado de Virgínia, comunicarle la noticia, no por esperada menos traumática, y estar allí para sujetarla cuando el llanto desmontara su cuerpo, cual castillo de arena sometido al embate de una ola furiosa. Permanecer a su lado y acompañarla en ese dolor compartido que ella parecía reclamar como propio. Pasara lo que pasara, él tenía que mantenerse a flote.

No hizo nada de eso.

Como si obraran por cuenta propia, sus dedos marcaron el número del restaurante de Joan Badía, y su voz, tenía que ser su voz aunque en un primer momento le sonó extraña, dijo:

—Ha pasado algo. Tenemos que hablar.

De camino a la cita se percató del tiempo que había estado paralizado en el despacho. El sol descendía y con el atardecer había llegado un aire fresco, más de otoño que de primavera, que le hizo agradecer la chaqueta que llevaba puesta. Cruzó el puente y ascendió la cuesta que llevaba a la catedral, y, más allá, a los baños árabes. Justo a la derecha había un parque solitario, una especie de bosque que se internaba siguiendo un arroyo que también había conocido tiempos más espléndidos. A esas horas de la tarde el lugar se encontraba tan vacío como era de suponer.

Joan Badía le estaba esperando, el restaurante que regentaba distaba apenas cinco minutos a pie. Álvaro Saavedra se dirigió hacia él, sin ánimo para sonreír. Tampoco tenía motivos, y el hombre con quien se había citado menos aún. Se sentó a su lado, en uno de los bancos de piedra, y antes de decidirse a hablar observó con disimulo a quien había sido su mejor amigo. La edad se había ensañado con él un poco más de la cuenta: las ojeras oscuras sobre unos pómulos caídos, la nuez que sobresalía del cuello como un hueso fuera de lugar y un cuerpo que parecía haber menguado dentro de la ropa. En cambio, Álvaro mantenía un cuerpo recio, sin llegar a la gordura, y aunque años atrás la desgracia le había hecho perder más de diez kilos, con el paso del tiempo los había recuperado y añadido alguno más. Su piel más morena, su afeitado perfecto y el traje oscuro, impoluto, le conferían un aire serio, que en los vinos se llamaba solera y en los hombres tendía a denominarse elegancia, saber estar. Unas cuantas canas, que parecían trazadas a propósito en un cabello negrísimo, acentuaban esa imagen de masculinidad seria. Álvaro Saavedra había sido guapo en su juventud y lo seguía siendo. Todo el mundo decía siempre que Daniel era la viva imagen de su padre.

—¿Cómo estáis? —preguntó Joan.

Era la única persona con quien podía sincerarse, así que lo hizo:

—Yo estoy bien, aunque el trabajo en el banco es cada día más... inhumano. Nico sigue igual, intentando encontrar trabajo de cualquier cosa en el extranjero. Y Virgínia... Bueno, ya te imaginas cómo están las cosas.

Joan asintió. No había necesidad de terminar la frase: los dos sabían que Virgínia bebía, casi siempre a escondidas, aunque a medida que la adicción se había impuesto a la prudencia, había empezado a hacerlo en pleno día. No demasiado, dos o tres gin-tonics a media tarde y acompañada por alguna amiga. Pese a ello, su alcoholismo aún no era de dominio público; la gente sólo veía a una mujer endurecida, intolerante, presta a criticar en voz alta y clara cualquier molestia, a perder la paciencia con razón pero en proporciones desmesuradas. Quizá, a última hora de la tarde, alguna vecina avispada había llegado a notar que las palabras se le enredaban un poco, que las frases no acababan de salir con fluidez, pero sólo su familia y Joan Badía sabían a ciencia cierta que esa boca, a ratos ácida y a ratos torpe, había saboreado una generosa cantidad de ginebra: bebida en pequeñas y constantes dosis, desde el mediodía hasta la noche. Era entonces cuando la mezcla de alcohol y cansancio le desenfocaba la mirada, le agriaba la voz y la sumía en un llanto seco y convulso que desembocaba en un sueño que tenía más de inconsciencia que de reposo.

—Intenté que afrontara el problema y se puso hecha una fiera.

—Siempre ha sido una mujer con mucho carácter.

Álvaro Saavedra asintió.

—Sí. —Y a sus labios asomó un proyecto de sonrisa al recordar a la Virgínia del pasado, la mujer desenvuelta y decidida que cruzaba la calle cortando el aire con la mirada, orgullosa de su casa y su familia: de un marido al que muchas amigas deseaban en secreto y de un hijo, Daniel, al que las hijas de esas amigas perseguían sin recato—. ¿Y vosotros? ¿Cómo va el restaurante?

—Va. Mejor de lo que cabría esperar. Los fines de semana lo tenemos lleno y, con la que está cayendo, eso ya es decir mucho.

El tono de fatiga, casi de hartazgo, era tan evidente como las ojeras que envejecían su cara.

—Pensé en traspasarlo, pero Júlia no quiso oír hablar del tema. Y al final creo que tiene razón. Soy demasiado joven para estar sin hacer nada. —Sonrió—. Y demasiado viejo para que me apetezca hacer algo. A veces doy gracias a Dios por tener a Laia. Me sirve para restaurar la confianza en la bondad del mundo.

Álvaro asintió. Era consciente de que en ese momento de la

vida ya no había vuelta atrás. Lo mejor era resignarse y seguir el camino marcado, aunque resultara menos apetecible de lo previsto. Joan había tenido suerte con Júlia, una de esas mujeres prácticas y responsables, una de esas esposas a las que incluso su marido llamaba «mamá», y también con Laia, la hija a la que adoraban todos porque era imposible no responder con amor a la ingenuidad que emanaba de alguien que mentalmente sería siempre una niña.

Años atrás, cuando ambas familias se habían convertido en el tema de conversación de una ciudad lo bastante pequeña para que eso importara, la gente había dejado de ir a comer a Can Badía. No todos lo hicieron de manera deliberada, aunque hubo algunos que se creyeron con derecho a castigar así a unos padres que habían engendrado a semejante monstruo; otros, la mayoría, simplemente decidieron escoger un lugar diferente para sus celebraciones familiares. Corrió el rumor de que iban a cerrar: los largos meses de invierno, sin turistas ajenos al escándalo, se estaban convirtiendo en una cuesta insoportable. Álvaro Saavedra tomó cartas en el asunto, y el día de Sant Narcís se presentó en el restaurante acompañado por su familia. Saludó al que había sido su mejor amigo, se instaló en una mesa al lado de la ventana, para que todos lo vieran, y comió sin prisas bajo la mirada vidriosa de su mujer y la cara de desconcierto de su hijo.

Después, en casa, prosiguió una batalla que habían dejado a medias antes, cuando Álvaro había sugerido y luego ordenado, en un tono infrecuente en él, que ese día comerían en Can Badía. Ferran ya estaba ingresado y sus padres no tenían por qué pagar con su negocio los presuntos actos de un hijo desquiciado. No lo merecían, y, además, Joan Badía era su amigo. Antes de salir, su esposa había lanzado el enésimo dardo envenenado: «Ojalá no hubiéramos bajado a Barcelona ese día. Ojalá no hubiésemos llegado a tiempo de salvarlo».

—Han encontrado los cuerpos —dijo Álvaro con la vista fija en la arroyo seco. Sin verlo, notó que su amigo se tensaba de golpe—. Acaban de llamarme. Tenemos que ir a Barcelona mañana para que nos tomen muestras de ADN. Pero, por el tono de quien llamó, albergaban pocas dudas.

Oyó una inspiración profunda, acompañada de un suspiro lento. El cuerpo de Joan Badía parecía más ligero que nunca.

—Quería decírtelo yo, antes de que te enteraras... —se paró—, ya sabes, por otros o por la prensa.

Hubo unos minutos de silencio. Nada se movió en aquel paisaje de aguas quietas, incluso el viento había amainado.

—¿Te han dicho algo más?

—No. Supongo que en persona me facilitarán más información.

—Al menos podréis enterrarlos —dijo Joan Badía en voz baja.

—Sí. Y tal vez...

—Tal vez.

Se miraron y se comprendieron como sólo dos personas que se conocen desde hace mucho pueden hacerlo. Tal vez aparecieran nuevas pruebas, tal vez surgiera algo, un dato forense, una pista pasada por alto, que llevara hasta la verdad, fuera cual fuera; que confirmara de manera taxativa las sospechas, afianzara sin lugar a dudas que Ferran Badía había matado a Daniel y a su novia, o que lo exculpara de toda responsabilidad.

—Gracias por decírmelo. —Tosió, nervioso—. Álvaro, no sé si yo sería capaz de actuar como tú.

—Lo harías y lo sabes. —Se levantó; de repente sentía ganas de llegar a casa, no porque fuera ya un refugio ni un hogar, sino porque quería hablar con Virgínia antes de que el alcohol la hubiera derrotado—. Tengo que irme, debo decírselo a mi familia.

Álvaro Saavedra y Joan Badía se estrecharon la mano en un gesto convencional de despedida que, en su caso, tenía mucho más significado. Confianza, amistad, rencor superado. Honestidad y dolor compartido. Mientras caminaba hacia su casa, Álvaro Saavedra quiso conservar esa sensación reconfortante, la de una amistad que había superado pruebas durísimas, pero poco a poco las imágenes de su hijo muerto fueron invadiendo su conciencia hasta paralizar sus pasos. Se llevó una mano al pecho para comprobar que su corazón seguía latiendo. Lo hacía.

Había poca gente en la calle, y menos aún en el puente. Sólo un hombre lo cruzaba, en dirección opuesta a la suya, aunque Álvaro no lo reconoció hasta que lo tuvo delante y el hombre se paró. Era el mismo que la mañana anterior había acudido a su oficina a pedir un aplazamiento más, una prórroga que, ambos lo sabían, sólo serviría para incrementar la deuda. El hombre lo miró, en silencio, y por un momento uno y otro se detuvieron en mitad del puente. Álvaro encontró fuerzas para sostenerle la mirada y, con un arranque de seguridad en sí mismo, siguió adelante con paso firme. Notaba los ojos del otro fijos en su nuca, podía sentir sus preguntas e incluso sus ruegos. Una amargura súbita le subió del estómago hasta el paladar: a él le habían matado a un hijo, ¿no era ésa una tragedia mayor, más cruel, menos merecida?

Cuando llegó al final del puente no pudo evitarlo y volvió la cabeza. El hombre seguía parado, aunque ya no lo miraba a él, sino al río de aguas grises y Álvaro Saavedra estuvo tentado de regresar sobre sus pasos para hablar con él.

No lo hizo. A diferencia del día que entró en el piso de Dani y se lo encontró enzarzado en aquella especie de orgía a tres, dejó que su mente controlara el impulso y siguió andando hasta llegar a su casa. Respiró hondo para coger fuerza. Iba a sacar las llaves de casa del bolsillo cuando Nicolás le alcanzó en la puerta.

—Papá. Eh, ¿estás bien?

Y entonces, al ver esa cara tan parecida a la de Daniel y a la vez tan distinta, los mismos ojos oscuros en una cara de rasgos más amables, menos arrogantes, Álvaro Saavedra no pudo aguantar más. Soltó las llaves, apoyó la cabeza en la puerta de madera y, por primera vez en años, se derrumbó y sollozó como un niño. No tanto por la muerte de Daniel como porque en ese instante supo que no se perdonaría jamás haberle dicho tan claramente a su hijo la opinión que tenía de él.

8

Quien no supiera que se hallaba delante de la Ciudad de la Justicia de Barcelona habría pensado que los bloques de distintas tonalidades que la conformaban eran en realidad una especie de urbe futurista, una metrópolis cúbica que podría servir de escenario a una distopía. El conjunto poseía un aire armónico y moderno, y conseguía hacer olvidar aquellos antiguos tribunales de madera noble donde la justicia adquiría la consistencia de un ente abstracto y poderoso, convenientemente alejado del ciudadano común. «Sin embargo —pensó Héctor—, a la que deambulas por su interior, y a pesar del cuidado puesto en todos los aspectos arquitectónicos de los edificios, las emociones humanas traicionan el espíritu del lugar: sigue habiendo nervios; temor, justificado o no; expertos y legos, tensión y sentencias.»

Por regla general, Salgado evitaba ir al instituto forense salvo que resultara imprescindible. No obstante, ese viernes decidió empezar por ahí. Se fumó un cigarrillo antes de cruzar la puerta del cubo más oscuro de todos los que formaban la ciudad judicial. Fue un cigarro rápido, de los que se encienden más por hacer acopio de nicotina que porque apetezcan realmente. Mientras lo apagaba se dijo que debía comenzar a pensar en serio en dejarlo, un tema en el que Lola y Guillermo coincidían, cada uno por su lado.

—No recordaba que tuviéramos nada pendiente usted y yo —le soltó la doctora Ruiz al verlo en la puerta de su despacho.

Era una de las mejores forenses de Barcelona y, a la vez, una de las personas más ariscas que Salgado había conocido en su vida—. Al menos nada que justifique una visita a estas horas.

—En realidad, vengo porque me moría por verla.

—Muérase y me verá muy de cerca —replicó ella, aunque sonrió—. Venga, conmigo no le vale ese encanto porteño. Dígame qué quiere.

La doctora Celia Ruiz era conocida en los ambientes policiales y forenses por varias cosas: su pericia, su profesionalidad, su malhumor y su lengua viperina. Pequeña de estatura, ligera como una ardilla, dominaba aquel reino de estudiosos de los muertos con mano de hierro. Además, por antipática que pudiera ser en ocasiones, las fuerzas de la ley se congraciaban con ella en cuanto leían sus informes forenses, detallados y precisos. Héctor estaba seguro de que aquella mujer se permitía el lujo de ser como era porque sabía que, en su campo, pocos la superaban. Y, la verdad fuera dicha, una vez la conocías y te armabas de paciencia, tampoco era tan inaccesible.

—Vengo por los cuerpos que hallaron en la casa abandonada —dijo Héctor, y aguardó una andanada que no se hizo esperar.

—Ya le dije que estábamos en ello. Hoy recogeremos las muestras de ADN de los padres del chico y del padre de la chica. Bueno, el señor Silva ya ha venido. No pretenderá que ya tengamos los resultados si ni siquiera hemos comenzado.

Efectivamente, así era, y él no podía llevarle la contraria.

—A ver —prosiguió la doctora con tono acerado—, si empezamos a presionar pidiendo lo imposible tendremos problemas, inspector Salgado.

—No es presión, Celia. *Llamalo* curiosidad. —Héctor exageró el acento argentino, consciente, por otras reuniones, de que a la doctora Ruiz le resultaba simpático.

—No intente dorarme la píldora.

—Estoy convencido de que puede decirme algo más.

—Pues no lo esté tanto. Aquí cada vez somos menos, ¿sabe?

—Pero son los mejores. Entre vos y yo, ¿cree que son ellos?

Ella respiró hondo y se puso las gafas, señal de que había decidido olvidarse de las protestas y darle alguna información. Rebuscó en su mesa y abrió un expediente; le echó un vistazo rápido y se encogió de hombros.

—Hay muchos datos que coinciden. La altura, complexión y edad aproximada de ambos, para empezar. La fecha de la desaparición.

—Así que existe una alta probabilidad de que sean ellos, ¿no?

—Entre vos y yo, como usted dice, a mí me caben pocas dudas.

—De acuerdo. ¿Puede decirme algo más sobre la forma de su muerte ahora?

—No demasiado. Los resultados forenses coinciden con lo que ya se sabía. Los dos murieron poco después de su desaparición, hace siete años. La muerte de los dos fue causada por heridas con un objeto contundente. En el caso de él, fue instantánea: aplastamiento del lóbulo occipital, aunque el asesino no se conformó con un solo golpe y le propinó algunos más. Ella murió por lesiones de la misma arma; hablando claro, le abrieron la cabeza. Crac, como si fuera un melón. Y se ensañaron con su cara. Un crimen feo.

—¿Los asesinaron allí mismo?

—Eso no puedo asegurarlo después de tanto tiempo, pero yo diría que sí. Los mataron, los trasladaron inmediatamente al sótano y luego los cubrieron con el hule.

—¿Pudo hacerlo una sola persona?

—Ya estamos. Pudo, claro que pudo, aunque tuvo que costarle. En cualquier caso, por la gravedad de las lesiones, estamos hablando de un hombre, uno relativamente fuerte. Y muy enfadado.

Héctor asintió. Odiaba las generalizaciones, pero aquél tenía todo el aspecto de ser un asesinato cometido por un varón. Lo que le encajaba menos, a primera vista, era la disposición posterior de los cadáveres: esa atención a recrear algo parecido a un lecho donde reposaran los muertos.

85

—¿Está pensando en el *atrezzo*? —preguntó Celia—. Sí, no le voy a decir que no sea raro. Los objetos de los muertos, el dinero. Parece una especie de rito funerario.

—¿Rito?

—Hay muchas culturas que entierran a sus muertos con objetos de valor. ¿*Oíste* hablar de las pirámides, inspector?

Héctor se rió al reconocer el falso acento en boca de la doctora Ruiz.

—Pero no sólo los egipcios —prosiguió Celia—. La tradición japonesa también observa rituales similares.

—¿Dinero para el otro mundo? ¿Allá también seguiremos siendo pobres? —bromeó Héctor.

—Bueno, no tanto para el otro mundo como para llegar a él. Si me lo pregunta, le diré que son tonterías, pero muy arraigadas: unas monedas para el barquero que debe cruzarte a la otra orilla o para sobornar a los guardas del inframundo.

—Diez mil euros son más que unas monedas.

—¡No me diga! Lo cual lleva a pensar que, o bien el asesino desconocía la cantidad de dinero, o bien no le importaba. Vaya, que aparte de ser un tipo peligroso, está como una puta cabra.

Héctor sonrió.

—En cualquier caso, el asesino, loco o no, se tomó la molestia de acostarlos de perfil, mirándose. Tuvo que colocarlos enseguida, o el rígor mortis no le habría dejado conseguir ese efecto.

—Todo un detalle después de partirles el cráneo a los dos.

—Sí. Ya sabe cómo son: a veces en cuanto se les pasa la furia, se arrepienten e intentan arreglarlo de alguna forma.

Él asintió; no era el primer caso de asesinos que demostraban una delicadeza inusual una vez habían matado a sus víctimas.

—Y eso me lleva a otra cosa —repuso Héctor—. Se lo pregunto sólo como impresión general. ¿Había algo más en la forma en que estaban colocados? ¿Algo especial que hiciera pensar que su asesino quería trasladar un determinado mensaje?

—Héctor, en la disposición de estos cadáveres había algo macabro: no sólo estaban de frente, sino abrazados, tapados como si se tratara de una cama. Sí, da la impresión de que el asesino quiso convertir su tumba en algo íntimo.

—¿Como si los hubiera querido en vida?

—Soy forense, inspector, no adivina. Y ahora, si me perdona, tengo otros casos urgentes que atender. Ah, y dele recuerdos a su jefe.

—A los jefes intento verlos lo menos posible. Pero lo haré, por vos.

—Otra cosa —dijo la doctora Ruiz antes de despedirse—, he visto cadáveres con mejor cara que la que trae hoy. Cuídese, no quiero verle aparecer por aquí en posición horizontal, ¿de acuerdo?

Las visitas al depósito de cadáveres siempre le dejaban un poso amargo, pensó el inspector mientras salía. Por aséptico que fuera el lugar, por desapasionados que sonaran los datos, Héctor no conseguía quitarse de encima la sensación de que, cuando estaba ahí dentro, respiraba a medias, como si la presencia de aquellos cadáveres invisibles, etiquetados y almacenados, le mermara el ánimo. O, tal vez, los pulmones se negaran a inhalar demasiada cantidad de aquel aire tan lleno de muerte.

El sol era un buen antídoto para los malos pensamientos y Héctor se paró un instante, a la salida, y observó el bullicio de tráfico que invadía la autovía con una sensación casi de alivio. Iba a pisar la calle, a unirse de nuevo al mundo de los vivos, cuando a su espalda oyó una voz masculina y ronca:

—Perdone. No quiero molestarle.

Héctor se volvió y se encontró con un hombre de mediana edad que, al verle la cara, dio la impresión de vacilar. Su voz dejaba traslucir un tono que se asociaba a otras épocas: un formalismo respetuoso que Héctor recordaba haber oído en su madre al dirigirse a médicos o profesores y que ahora probablemente había desaparecido. El individuo que tenía delante, sin embargo, lo seguía usando con los agentes de la ley, o quizá con los desconocidos en general. Pero no se engañó; con sólo mirarlo a los ojos se percató de que, aun siendo educado, no se trataba de un hombre en absoluto dócil.

—Le oí despedirse de la señora forense —prosiguió—. Soy Ramón Silva, el padre de Cristina. ¿Tiene un momento?

Lo tuviera o no, daba lo mismo. Aquel hombre no iba a aceptar un no por respuesta.

—Por supuesto —le dijo, antes de presentarse.

Se estrecharon la mano y, al hacerlo, Héctor se percató de que aquel hombre de estatura media, fuerte sin llegar a estar gordo y casi completamente calvo, había trabajado duro en su vida. No sabía en qué, pero aquel tacto áspero y aquella mano ancha no dejaban lugar a dudas. El traje y la corbata que llevaba ese día no habían sido su uniforme de trabajo habitual.

—¿Le apetece un café? —preguntó Héctor, mientras buscaba con la mirada un bar en las proximidades.

La escuela Visor era la tercera que visitaban Leire y Fort el viernes por la mañana y, por lo que habían podido ver el día anterior, difería poco de las otras. Como si las hubiera diseñado la misma persona, todos los espacios compartían techos altos y ventanales de madera pintados de blanco, baldosas gastadas, cierto barullo ambiental y un personal sonriente pero que, hasta entonces, había resultado de poca ayuda.

Esperaban al director, que resultó tener más aspecto de docente que los anteriores, aunque fuera sólo por el traje. Un bigote poblado aportaba el toque excéntrico que aparentemente requería el puesto.

Los hizo pasar al despacho y escuchó con manifiesto interés un relato que los agentes ya empezaban a repetir con leve desgana. Se puso las gafas cuando le mostraron las fotos y las observó con detenimiento, pero terminó meneando la cabeza con el mismo gesto desolador que habían recibido hasta entonces.

—Lo siento. Me temo que no puedo ayudarles. Es muy difícil reconocer a un autor por su obra, a menos que ésta sea muy especial. Y por aquí pasan cientos de alumnos. Lo que sí puedo decirles es que tienen razón en una cosa: parece que expliquen una historia y, casi sin duda, han sido pintadas por la misma persona. El estilo es constante. Mucho color en el fondo, atención al detalle. Tiene un aire muy de cómic, en cierto sentido. Como si estuviera ilustrando un cuento gótico: casa abandonada, cadáveres y…, ¿qué es esto? ¿Pájaros?

—Como le he dicho, fueron encontrados en una casa okupa, cerca del aeropuerto. No sabemos muy bien si son pájaros… o aviones.

—Son pájaros. Pájaros de picos abiertos. Fíjense en éste. Es como si estuviera herido o fuera a atacar.

Era verdad, y una vez más la ilustración, o lo que diantre fuera aquello, hizo que Leire se estremeciera un poco. Lo que había inspirado al artista no era precisamente una historia amable.

—Siento no poder ayudarlos más. Si quieren preguntar a alguno de los docentes…, en cinco minutos acabará esta hora de clase. En los cursos de tarde hay más gente, pero ahora encontrarán a un par de profesores. Hablen con ellos, quizá el estilo les suene de algo.

Lo había dicho en un tono tan dubitativo que Leire y Fort se sintieron casi avergonzados. No albergaban demasiadas esperanzas, pero ya que estaban ahí, tampoco les costaba nada hacer un último esfuerzo.

Salieron al pasillo. No era una escuela muy grande, aunque tenía el encanto de los pisos antiguos del Eixample. Los ventanales daban a un patio interior, bien cuidado y bastante amplio. De hecho, una de las clases se impartía en él. En aquel entorno se respiraba paz y Leire se sorprendió a sí misma observando a hurtadillas a los dibujantes que, sentados en bancos del patio, se mostraban concentrados en su tarea. No eran tan jóvenes como había creído; había algunos, sobre todo mujeres, que ya tenían cierta edad. Sintió una envidia fugaz, lo cual era bastante absurdo. Cada uno es como es, y ella no era de las que se sentaban a hacer garabatos en una mañana de primavera.

La clase terminó y los agentes se separaron. Leire salió al patio a hablar con la profesora; la conversación duró apenas unos minutos. Era nueva en la escuela y ninguno de aquellos dibujos le resultaba familiar. La agente Castro se despidió y volvió adentro. Roger Fort estaba en una de las aulas, mostrando las pruebas a un joven profesor que las observaba con atención. Desde la puerta, Leire contó en voz baja los segundos que transcurrirían hasta que, también éste, negara con la cabeza. Tardaba más de lo previsto, casi un minuto, pero cuando el gesto por fin apareció, ella no lo vio. Su atención ya no estaba puesta en el profesor, sino en uno de los alumnos, un chico que apenas tendría veinte años y que contemplaba la escena con la rigidez estática de quien siente a la vez tensión, interés y sorpresa. Sin perder tiempo, Leire se le acercó por la espalda y el joven se sobresaltó.

—¿Quieres verlos de cerca? —le preguntó ella mostrándole las fotografías.

El chico disimuló su azoramiento como pudo.

—No. No sé de qué me habla.

Leire sonrió.

—Vamos, estabas escuchando lo que decían, sin atreverte a acercarte, como si te fuera la vida en ello. No pasa nada, sólo buscamos información.

—Información ¿sobre qué?

—Sobre estos dibujos.

Se los puso delante de los ojos para que no le quedara más opción que mirarlos y, a juzgar por su evaluación rápida, ella tuvo la inmediata certeza de que los reconocía. Sin embargo, transcurridos unos instantes, el joven recuperó el aplomo y se limitó a decir:

—Ni idea. ¿Por qué quieren saberlo?

—Bueno, si no los conoces tampoco te interesará saber por qué preguntamos por ellos.

Lo miró de reojo. El chico enrojeció y se puso a recoger sus cosas.

—Si por casualidad recuerdas algo, puedes llamarme. Aquí tienes una tarjeta.

Él la cogió y se marchó enseguida, murmurando un adiós entre dientes.

Entraron en un local regentado por chinos, que parecían haber ampliado el espectro de sus especialidades culinarias a todo tipo de comidas. A Héctor seguía sorprendiéndole ver cómo de repente servían unas patatas bravas con la misma eficacia insípida que el eterno arroz tres delicias.

Ramón Silva pidió un carajillo y se lo tomó casi de un trago, sin azúcar, y a juzgar por el vaso empañado, ardiendo. No había dicho nada más y mantenía la mirada fija en la mesa. A pesar de que Salgado sólo había visto un par de fotos de Cristina, no consiguió encontrar el menor parecido entre ambos. En ella, o al menos en las fotos, había un aire de desafío, la conciencia de ser guapa y lista al mismo tiempo. En el hombre que tenía delante podía distinguir fuerza en estado bruto, aunque domeñada por los azares de la vida. Aquellos ojos apagados habían aceptado que las cosas no eran justas desde hacía mucho. Su cara, ensombrecida por el cansancio acumulado, fruto del trabajo y la responsabilidad, evidenciaba que Ramón Silva se había deslomado para llegar a llevar ese traje que le resultaba incómodo y ese reloj con correa metálica que valía como mínimo un par de sus propios sueldos.

Al fondo del bar, un televisor, lo más nuevo del negocio, emitía imágenes de una carrera de Fórmula 1. Sin sonido. Sólo coches que daban vueltas y vueltas al mismo circuito. Su interlocutor miró hacia allí, pero en lugar de fijarse en la pantalla se quedó observando al joven oriental que era el único trabajador.

—¿Ha visto? —dijo—. Son los únicos que prosperan hoy en día. ¿Y sabe por qué? Trabajan de sol a sol, sin tonterías. Les da lo mismo el horario, los días festivos…

La cara de Héctor debió de revelar su escepticismo, porque el otro se apresuró a añadir:

—No digo que eso sea bueno, sólo económicamente rentable.

—De eso no me cabe duda —admitió Salgado, y se mordió la lengua para no apostillar que la esclavitud también debió de serlo, para los hacendados, claro.

Por suerte, Ramón Silva no siguió con el tema y Héctor, que también creía en el tiempo y la eficacia, abordó lo que le interesaba sin rodeos.

—Quiero decirle que quizá sea un poco pronto para mantener esta conversación. En unas semanas tendremos los resultados finales y sabremos si... —No terminó la frase, tampoco hacía falta.

Ramón Silva asintió. Seguía sin mirarle: había apoyado los codos en la mesa y una de sus grandes manos cubría la otra, cerrada en un puño. La tensión en los dedos era obvia. Héctor se fijó en que sus uñas estaban escrupulosamente limpias.

—¿Cree de verdad que lo hizo ese chico? —soltó Silva de repente.

La pregunta le sorprendió, porque era lo último que esperaba oír.

—¿Usted no?

El hombre le clavó la mirada, más serio aún que antes. En aquella frente cincelada con líneas que parecían cortes se ocultaba una idea que las palabras no se atrevían a expresar.

—Yo no sé de leyes, inspector, pero he conducido un camión durante muchos años. Gracias a eso he viajado por toda Europa y he conocido a mucha gente. A muchos hombres. Ahora tengo toda una flota de camioneros a mis órdenes. —Separó las manos y se las mostró. Los dedos eran tan gruesos que la alianza recordaba a una anilla—. ¿Ve estas manos? No soy un individuo violento, pero he visto muchas peleas. He descargado muchas cajas. ¿Ha visto las de ese chico? Lo único que han cogido en su vida es un bolígrafo.

—Todavía no le conozco personalmente. Pero...

—Ya. Sé lo que me va a decir: no usó sus manos sino algo más duro. Aun así, a esos dedos les falta la rabia suficiente. Cuando lo vea, lo entenderá.

Su convicción era palpable y Héctor decidió que estaba ante un hombre de ideas fijas, al que difícilmente habría podido persuadir de nada aun si hubiera querido hacerlo. Le resultaba curioso, sin embargo, que fuera el padre de una de las víctimas el que cuestionara la culpabilidad del presunto asesino de su hija. Por ello, decidió desviar la conversación hacia alguien a quien el hombre sí debía de conocer bien, o al menos mejor que a Ferran Badía.

—¿Le importa que hablemos un poco de su hija?

El hombre se encogió de hombros. Por experiencia, Héctor sabía que había padres que en esas circunstancias se sentían deseosos de hablar de sus hijos; por unos momentos, mientras los elogiaban o incluso criticaban con afecto, era como si esos chicos o chicas siguieran con vida. Otros, en cambio, se mostraban incapaces de hablar de ellos con serenidad. Y por último, había quienes aceptaban abordar el tema como un mal necesario, algo imprescindible. En este caso, los siete años de distancia entre la desaparición de Cristina y el presente ayudaban a que la charla fuera más tranquila aunque seguramente no más objetiva. La gente tendía a idealizar a los muertos, y más aún cuando eran jóvenes y les habían segado la vida antes de tiempo. No obstante, el inspector enseguida se dio cuenta de que Ramón Silva no abrazaba la corrección política ni era capaz de disimular sus sentimientos. Aunque no fueran los que la gente esperaba oír.

—¿Qué quiere saber? Tenía veintitrés años y hacía su vida desde hacía tiempo.

—¿«Hacía su vida»? ¿Se refiere a que no vivía con ustedes?

El hombre tomó aire antes de contestar.

—No. No vivía con nosotros. De hecho, cuando salió del internado dijo que quería establecerse por su cuenta y no me pareció mal. Le pasaba una cantidad fija mensual, nada muy generoso, suficiente para cubrir sus gastos.

—¿Se veían con frecuencia?

—La que ella quería. Las puertas de mi casa siempre estuvieron abiertas para Cristina —dijo casi a la defensiva.

—Estoy seguro de que así era. —No lo estaba, pero si aquel hombre se cerraba en banda, poco más podría sacarle—. A veces los hijos necesitan espacio, libertad…

—Eso me dije yo. No se crea que estoy tan anticuado como para no entender que la vida ya no es como antes.

—Su primera esposa, la madre de Cristina…

El hombre asintió.

—Nieves no estaba bien. Murió hace años, después de que nos separáramos.

—¿Qué tenía exactamente?

—Lo llamaban trastorno bipolar. Mamarrachadas. Lo que le pasó a Nieves es que se le acabaron las ganas de vivir. Un día no pudo más y su cerebro se desconectó. Créame si le digo que fue horrible: verla apagarse día a día, perder el contacto con la realidad, fingir que el niño aún seguía vivo… Era estremecedor.

Héctor ignoraba demasiados detalles, así que prefirió dejar que el hombre siguiera el hilo de su propio discurso, sin interferir.

—Perder a un hijo es algo terrible, pero hay que sobreponerse, joder. Cristina tenía cinco años cuando murió Martín. Alguien tenía que hacerse cargo de ella; yo trabajaba como un cabrón y Nieves no se levantaba de la cama. Al final pasó lo que tenía que pasar. Me ocupé de que Nieves tuviera la atención adecuada y rehíce mi vida, por mí y por la cría. Conocí a otra mujer, Rosalía, que había quedado viuda hacía poco con una niña de apenas un año. En definitiva, formé otra familia. No soy un hombre que sepa estar solo, inspector. Nieves murió un par de años después.

Hizo una pausa y añadió:

—Y hay veces en que uno tiene que elegir. Lo mío no fue un divorcio, fue una huida.

—¿Y Cristina?

—Las hijas tienden a ponerse del lado de las madres. Intenté explicarle que la suya estaba enferma, muy triste, pero ella no lo entendía. Es normal, supongo. Al fin y al cabo era muy pequeña. Rosalía hizo todo lo que pudo, se lo juro, pero Cristina no se hacía querer.

Había pasado mucho tiempo desde la última vez que Salgado había oído esa expresión, que nunca había comprendido del todo. ¿Cómo debía «hacerse querer» una niña? Pero no era momento para preguntas de esa clase. Ramón Silva seguía hablando y, no por primera vez en su carrera, el inspector se sintió como un cura oyendo una confesión.

—A medida que fue creciendo, Cristina se puso más insoportable aún, así que al final pensé que lo mejor para todos era alejarla un poco. Busqué un buen colegio, el mejor, y la envié allí.

—¿Cuántos años tenía?

—Siete.

Héctor hizo un cálculo rápido; desde luego, Ramón Silva no había perdido el tiempo. Iba a preguntar algo cuando un joven entró en el bar y resultó evidente que buscaba a su acompañante con la mirada. Éste lo invitó a unirse a ellos con un gesto amable.

—Inspector Salgado, Eloy Blasco. Será mi yerno dentro de poco. —Ramón Silva sonrió por primera vez en todo el encuentro—. ¿Cuánto falta para que Belén y tú os caséis?

—Algo más de un mes. —Se volvió hacia su futuro suegro con cara de preocupación—. ¿Dónde se había metido? De repente, se marchó.

—Vi al inspector y quise hablar con él a solas. Pero ya acabábamos.

Eloy Blasco era moreno y sonriente, debía de contar unos treinta y cinco años de edad, y llevaba el traje con bastante más soltura que su suegro, al que miraba con afecto y algo de condescendencia.

—Sí, la verdad es que debo irme —dijo Héctor mirando el reloj—. Una pregunta más, si no le importa. ¿Cuándo vio a Cristina por última vez?

—A finales de junio, en la comida de cumpleaños de Belén. Fue cuando nos dijo que se iba de vacaciones. Estuvo rara, como muchas otras veces, como si la familia no fuera cosa suya. Tú no estabas —añadió con una sonrisa dirigida a su futuro yerno—. Estaba estudiando un máster en Inglaterra. Quién lo hubiera dicho, conociendo a su padre.

Resultaba evidente que eso era motivo de orgullo para Ramón Silva, que parecía feliz con su otra hija y ese yerno al que, saltaba a la vista, apreciaba mucho.

—¿Le parezco insensible, inspector? Pues no lo soy, créame. A los hijos hay que aceptarlos como son. Cristina se presentaba en casa de uvas a peras, aunque debo admitir que nunca me pidió más de lo que yo le asignaba, ni tampoco me causó problemas. Disculpe, para ser exactos, sólo acudió a mí en una ocasión: para pagarse el curso de escritura ese. Y le di el dinero, por supuesto.

Eloy lanzó una mirada en dirección a Héctor, con disimulo, como queriendo disculpar a su suegro y sus afirmaciones. La frase «a pesar de su apariencia es buena gente» flotó sin palabras en ese gesto mientras el buen hombre en cuestión se levantaba a pagar las consumiciones.

—No se lo tome muy en serio, inspector —murmuró Eloy—. Los tiempos han cambiado mucho y Cristina no era precisamente una chica fácil de tratar.

En su última frase le había parecido escuchar una mezcla de nostalgia y afecto, y Héctor preguntó:

—¿La conocía bien?

—Bueno, nos conocíamos desde niños —respondió Eloy con una sonrisa—. Ramón Silva era el mejor amigo de mi padre. Cuando éste murió, mi madre y yo nos quedamos bastante desamparados, y Ramón se ocupó de mis estudios.

El regreso del suegro en ciernes puso fin a la conversación, aunque Héctor anotó en su mente la posibilidad de volver a hablar con Eloy Blasco en el futuro. Ya en la calle, mientras Eloy iba a buscar el coche, el padre de Cristina añadió:

—Quizá suene terrible a sus oídos, pero de verdad espero que ese cuerpo sea el de Cristina, inspector. Ya es hora de enterrarla. Se lo merece. Ella y nosotros.

«No es algo terrible —pensó Héctor—, sino simplemente humano.»

9

En las cercanías de plaza Espanya ya se respiraba ambiente de fin de semana. El tráfico era más intenso, el cielo azul y sin rastro de nubes hacía presagiar casi el verano. Héctor notó los primeros efectos del calor y agradeció entrar en la comisaría. No es que no le gustara el sol, pero sentir su fuerza a mediados de mayo le parecía excesivo. Se dirigió a su despacho, pasando ante las mesas vacías de Fort y Castro. Quería hablar con Martina Andreu antes de que terminara la jornada.

—Subinspectora Andreu, ¿cómo le va en su guerra contra las mafias? —preguntó con una sonrisa en los labios en cuanto ella contestó al teléfono—. ¿Le dieron ya el carnet de «intocable», como a los hombres de Eliot Ness?

—Aún no. De momento los únicos «intocables» siguen siendo ellos, la madre que los parió.

Aunque ya no trabajaban juntos, Salgado y Martina Andreu se habían mantenido en contacto, de manera que él estaba al tanto de las investigaciones de la que había sido su compañera durante años. Y de su frustración al ver que lo que había empezado como una operación contra las llamadas mafias rusas había acabado derivando en una red de corrupción, más ibérica que balcánica, en la que, según Martina, «todos estaban llenos de mierda hasta el cuello. Y cuando digo todos, digo todos. Hasta muy arriba».

—No sabes las ganas que tengo de dejar esto y volver a perseguir delincuentes honestos.

Fue Salgado quien soltó una carcajada en esta ocasión.
—Una rara definición.
—Ya me entiendes.
Y era verdad, la comprendía.
—No me llamas sólo para desearme buen fin de semana, ¿verdad?
—Me temo que no. Martina, ha llegado a mi mesa un caso que llevaste tú hace siete años. ¿Te acuerdas de Daniel Saavedra y Cristina Silva?

Héctor esperaba alguna reacción por parte de su compañera. Lo que no podía prever fue el suspiro, largo y profundo, que precedió a su respuesta.

—¿Han encontrado sus cuerpos? —preguntó en voz algo más baja.

—Aún no estamos seguros, pero podría ser. —Héctor le hizo un resumen rápido del hallazgo y las circunstancias que lo rodeaban—. A la espera de los análisis definitivos, parece bastante probable que se trate de ellos. He visto tu nombre en los informes, y el propio Bellver también me comentó algo al respecto. Por eso te llamo.

Hubo un silencio al otro lado y Héctor imaginó a Martina ordenando recuerdos, priorizando datos, organizando la memoria para dar el mejor relato posible. Pero cuando ella habló, se percató de que no. Su voz sonaba profundamente afectada, como si le hubieran comunicado el fallecimiento de alguien conocido.

—¿Tienes prisa? Lo que voy a contarte es un poco largo —dijo ella.

—Tengo todo el tiempo del mundo. Arranca.

—Héctor —prosiguió Martina Andreu—, ¿no has tenido nunca la sensación de que hay temas que no has llevado como es debido? ¿De que, presionado por circunstancias o incluso por los mandos, te decantaste por lo fácil?

Salgado agarró un bolígrafo y se puso delante una hoja de papel en blanco. Dudar no era algo propio de la subinspectora

Andreu, a quien si algo podía reprochársele era su contundencia en actos y opiniones.

—¿Quién no la tuvo alguna vez? —Empezó a dibujar líneas en la cuartilla, cuadraditos sucesivos que formaban una base y ocupaban la mitad inferior del folio—. Los fracasos forman parte de nuestro oficio, como de todos los demás. Los únicos que lo resuelven todo son los polis de las películas. Nosotros hacemos lo que podemos.

—Ojalá hubieras estado aquí entonces.

—¿Lo dices porque me habría liado a trompadas con los sospechosos hasta sacarles la verdad?

—No seas imbécil. Hablo en serio. Eres de los pocos que resiste la presión. Y aunque no sirva de excusa, te aseguro que en ese momento hubo mucha. Más de la que una subinspectora recién ascendida está preparada para soportar, sobre todo si viene de su jefe directo.

—He leído ya parte del informe. La denuncia, el intento de suicidio del compañero de piso.

—Sí. Fue todo muy raro. En principio, los dos desaparecidos no parecían tener enemigo alguno. No andaban metidos en temas peligrosos ni nada de eso, aunque estaba claro que tomaban drogas de vez en cuando. Como casi todos.

Hizo una pausa, mientras Héctor seguía dibujando cuadraditos que ascendían en forma de escalera hacia el borde lateral de la hoja.

—En realidad, nunca habríamos pensado que había sucedido nada sospechoso de no haber sido por el amigo. O amante, o lo que fuera.

—¿Ferran Badía?

—Exactamente. Daniel tocaba en un grupo de música y fingía estudiar. La chica no hacía nada, aparte del curso de escritura donde conoció a Ferran. Perdona —se interrumpió—, te estoy liando. Si no recuerdo mal, Cristina conoció primero a Badía, se hicieron amigos en el curso y, un día, éste le presentó a su compañero de piso. Los amigos de él y la compañera de piso de ella

dijeron que Daniel y Cristina se enrollaron esa misma noche y que, a partir de ese día, la chica casi se instaló en casa de éste.
—¿Convivían los tres?
—Algo así. El padre de Daniel lo sugirió y la compañera de piso de Cristina lo confirmó: el trío se había montado poco después, durante un fin de semana en Ámsterdam, y habían seguido juntos a partir de entonces.
—Vaya…
—Sí. Con lo que cuesta sacar adelante una pareja normal, ellos se complicaron bastante la vida. En resumen, el desenlace era evidente: este tipo de arreglos suelen explotar más pronto o más tarde. Supusimos que, en el último momento, Cristina había decidido irse de vacaciones sólo con Daniel y el otro se lo había tomado a la tremenda, se los había cargado y luego, cuando la madre del chico empezó a presionarlo, intentó suicidarse. Pero…
—No había cadáveres.
—Exactamente. Ni rastro de los cuerpos, ni rastro tampoco de la escena del crimen. Examinamos el piso a fondo, y no había señales de violencia. Así que el juez de instrucción exigía una confesión.
—¿Quién fue?
—¿El juez? Felipe Herrando.
Héctor asintió. Lo conocía y le caía bien.
—Mientras Ferran Badía se recuperaba en el hospital, registramos la casa pero no encontramos nada sospechoso. Lógicamente, iniciamos la búsqueda de los desaparecidos con toda la artillería habitual. No habían sacado dinero de cajeros desde finales del mes de junio, nadie los había visto desde entonces, sus teléfonos móviles no habían sido usados. Y ahí sí empezamos a preocuparnos. Para colmo, la madre de Daniel se puso histérica y dio pie a que el follón fuera mayor aún.
—¿El follón?
—La buena señora, que era un rato exagerada, acudió a un programa de radio y dijo que llevaba semanas denunciando la

desaparición de su hijo sin que nadie le hiciera caso. Nuestro querido jefe se puso como una fiera con la novata de turno, es decir, yo. El caso saltó a los titulares porque a la gente le gustan los misterios con protagonistas jóvenes y guapos. Bueno, ya sabes cómo es.

—¿Qué pasó?

Ella suspiró.

—Teníamos poca cosa aparte de un posible sospechoso y un posible móvil.

Martina se calló y él percibió que aquel silencio estaba cargado de algo parecido al remordimiento.

—A veces esto es una mierda —dijo ella por fin—. Bellver se empeñó en conseguir esa confesión y debo decir que yo tampoco vi otra solución posible. Eran chicos normales, Héctor. Investigamos a los amigos de Daniel, a los del grupo de música. Al parecer, también se había distanciado de ellos en el último mes: mencionaron algo de un concierto que tenían que dar y al que él no se presentó.

Héctor asintió en silencio. Tenía los nombres anotados: Leo Andratx, Hugo Arias e Isaac Rubio.

—Así que me concentré en Ferran Badía. El chico estaba convaleciente, cualquiera con un poco de perspicacia habría impedido que le interrogáramos. Pero la familia de él no se opuso: los padres de los chavales eran amigos, también estaban preocupados por Daniel y ni por un momento llegaron a sospechar que su hijo Ferran pudiera haber cometido un crimen.

Martina se acordaba perfectamente de la segunda vez que se encontró con Ferran Badía. La primera lo había visto de lejos en el hospital, pero los médicos no les habían dejado entrar en su habitación, así que la imagen que conservaría siempre en su memoria fue la del día que lo interrogó en su casa. Un chico delgado y muy alto, de mirada miope y piel muy blanca, que con unos arreglos de vestuario habría podido interpretar el papel de poeta romántico decimonónico, enfermo de tisis y de melancolía. Pero Ferran no vivía en el siglo XIX; su mal aspecto se debía al lavado de estómago que le habían efectuado en urgencias y no al bacilo de Koch, y aunque seguramente el aire de mar le habría mejorado el ánimo, la tristeza que se leía en el fondo de sus ojos, de un color azul desvaído, podía obedecer a una causa más profunda. Y más siniestra.

La subinspectora había decidido ganarse la confianza de aquel chico reservado, en apariencia inofensivo, que a la salida del hospital se había instalado de nuevo en casa de sus padres, cargado de un montón de libros. Podrían haberlo llevado a comisaría, pero eso habría alarmado a la familia y habría provocado la intervención de un abogado. No, era mejor fingir que la policía seguía preocupada por sus amigos, ir a verlo en calidad de testigo, sonsacarle la verdad, fuera cual fuera.

Y así, Martina Andreu fue a visitarlo a Girona, y antes de hablar con él escuchó las dudas preocupadas de Júlia Sentís, la madre del chico, como si realmente se tratara de una amiga o una trabajadora social. La mujer no podía disimular su horror ante los comentarios que empezaba a generar el asunto. A ella lo que le preocupaba era saber por qué su hijo, un estudiante más que brillante a punto de terminar unos estudios de filología inglesa que le apasionaban, había intentado poner fin a su joven vida. Por ello había recibido a la subinspectora con la ingenua confianza de las madres consternadas, sirviéndole un café y unas galletas que ella misma horneaba para el restaurante de su marido.

Cuando la subinspectora le preguntó por los amigos desaparecidos de su hijo, por si había alguna novedad —a pesar de que sabía a ciencia cierta que no era así—, Júlia Sentís la miró como si no comprendiera a qué venía tanto lío con ese tema. No era más que una pareja que se iba de vacaciones en verano y una madre que perdía los papeles porque el *nen* se había olvidado de ella. Además, Daniel siempre había sido un irresponsable; no como su Ferran. El hecho de que vivieran juntos obedecía en parte a que a los padres de Daniel no les gustaban los compañeros con quienes había convivido su hijo hasta entonces y estaban convencidos de que Ferran sería una buena influencia en los erráticos estudios de su hijo Dani.

Martina no lograba discernir si aquella mujer hablaba en serio, si el amor maternal podía llegar a ser tan ciego; cualquier persona de inteligencia media tenía que intuir una relación fuera de lo «normal» entre dos chicos desaparecidos en circunstancias sospechosas y un tercero, amigo de ambos, que intenta quitarse la vida sin motivo aparente. Pues no. O bien Júlia Sentís no la veía, o prefería no pensar en ella.

La subinspectora respiró aliviada cuando pudo salir de la cocina, zafarse de tanta bondad hogareña, alejarse del olor a canela y azúcar moreno, y de aquella niña que la observaba con semblante serio. Presentaba los rasgos típicos del síndrome de Down y no había apartado la mirada de ella, como si fuera la única en la casa que adivinara que aquella mujer no había ido a ayudar a su hermano.

Ferran no había salido de su cuarto; según Júlia Sentís, se pasaba el día leyendo. «Es eso —repetía la madre—, tanta lectura embota el cerebro y da ideas raras.» Y aunque no lo dijo, a Martina Andreu le vinieron a la cabeza el Quijote y otros héroes desquiciados.

La madre no se equivocaba: Ferran tenía un libro en las manos, pero lo cerró cuando las vio asomarse por la puerta. Apenas entraba luz en aquel cuarto que olía a cerrado, a libros viejos y a recuerdos deslucidos. Aquel joven se refugiaba en su cuarto de niño para no crecer, la cama le traicionaba, sin embargo, dejándole los pies en el aire.

—¿Cómo estás? —se interesó ella en cuanto Júlia Sentís hubo salido—. ¿Te importa que me siente?

No contestó a ninguna de las dos preguntas. Se pasó una mano por el pelo, rubio ceniza, como si quisiera adecentarse.

—¿Me dejas ver el libro?

Él se lo ofreció, sin mirarla, con la esquina de una página doblada para saber dónde se había quedado en la lectura.

—Vaya, si está en inglés no entenderé nada, los idiomas nunca han sido lo mío. «*Dubliners*» —leyó ella en voz alta, y abrió el libro por la hoja señalada. Incluso con su inglés mediocre pudo entender el título: «*The Dead*», «los muertos»—. ¿De qué va?

Ferran persistió en su silencio, y ella empezó a ponerse nerviosa. Quizá no hubiera sido buena idea desplazarse hasta allí. De repente, él le cogió el libro de las manos y avanzó hasta la última página.

—«Y la nieve sigue cayendo, sobre los muertos y sobre los vivos.»

La miró, como si la frase, sacada del libro, fuera una respuesta.

—Desde luego —dijo ella—. La diferencia es que los vivos notamos el frío; los muertos, no.

—¿Usted cree? —Sonrió—. En el fondo no sabemos qué sienten los muertos. De hecho, la muerte es un gran misterio, ¿no le parece? Cuando me tomé las pastillas pensé que por fin sabría qué hay, si existe o no esa famosa luz que nos aguarda al final de un túnel.

—¿Y?

—Sólo tuve ganas de vomitar.

En otro tono podría haber sido una muestra de humor negro; en el que acababa de usar, era una simple muestra de sinceridad.

—¿Por qué las tomaste, Ferran? No sería sólo para comprobar lo de la luz, ¿verdad?

El chico desvió la mirada. Al parecer, las pausas no le incomodaban y siguió callado, sin moverse, durante unos largos minutos.

—Ferran —insistió ella—, yo creo que sólo desean algo así aquellos que se han quedado sin esperanza. Los que han perdido lo que más amaban en el mundo. O quienes sienten un pánico atroz a lo que la vida puede depararles.

Los ojos del chico se llenaron de algo tan fugaz como definido: dolor. Era curioso que, aunque el resto del cuerpo siguiera relajado, la mirada hubiera podido expresar esa mezcla de emoción y vacío.

—O los que se han quedado solos —musitó.

—Pero tú no estás solo. Tienes a tu familia, tus libros. Tus amigos.

Él se encogió de hombros y ella se dispuso a atacar:

—Sabes dónde están Daniel y Cristina, ¿verdad? Sabes que no volverás a verlos.

Ferran dejó el libro en la mesita de noche. Apoyó la cabeza en la almohada y se tapó con la sábana, a pesar del verano, a pesar del calor. Martina no se rindió y continuó hablándole aunque casi no le veía la cara.

—Por eso quisiste morir. Porque eres consciente de que los has perdido.

—Están juntos. —Habló en voz tan baja que ella apenas le oyó.

—¿Qué?

—Están juntos. Como querían. —Se corrigió a sí mismo—. Como Cristina quería. Eso es lo único que importa.

A Martina Andreu no le pasó por alto el tiempo verbal de la frase. «Quería», en pasado.

—¿Cristina quería estar con Daniel? ¿No contigo?

Él no contestaba, así que la subinspectora insistió, en un tono más firme:

—Ferran, si sabes dónde se encuentran sólo tienes que decírmelo. Sus padres están preocupados. Tú conoces a los padres de Dani, no es justo que pasen por esto si puede evitarse.

Él se volvió despacio en aquella cama de niño. Sudaba, lo cual no era de extrañar dada la temperatura de aquel cuarto cerrado, pero Martina se percató de que se trataba de un sudor frío, acompañado de un temblor leve pero constante.

—Saberlo no hará que se sientan mejor —murmuró él—. Usted lo ha dicho antes: lo más sano es conservar la esperanza.

Ella habló despacio, con deliberada lentitud:

—Me has dicho que estaban juntos. —Adoptó un tono más

firme para proseguir—. Ferran, contéstame a esto: ¿Dani y Cris siguen vivos?

—Más que usted y que yo. —Había una nota irónica en la respuesta, la aceptación resignada de un hecho.

—Entonces no entiendo por qué no nos dices dónde andan. Y tampoco entiendo por qué te tomaste una caja de pastillas para dormir.

Ferran cogió el libro de nuevo.

—Este relato era uno de los preferidos de Cristina. ¿Quiere saber de qué trata «Los muertos»? Se lo contaré. Un matrimonio de mediana edad va a pasar la Nochebuena en casa de unos parientes. Son gente tradicional, amable, buenas familias irlandesas. Comen pavo, intercambian cotilleos, cantan. De repente el marido se da cuenta de que su mujer, Gretta, se siente afectada por una de esas canciones. Cuando llegan a casa y ella estalla en llanto, él no puede menos que preguntarle qué le sucede, y Gretta le cuenta que, años atrás, en su juventud, un muchacho solía cantarle esa canción. Un joven enfermo, que desafió al mal tiempo para verla y acabó muriendo por ello. Ante esa confesión, el marido de Gretta se da cuenta de que, sin él saberlo, su mujer siempre ha amado a otra persona. A un espectro, a ese chico llamado Michael Furey. A ese muerto que en el corazón de su mujer está más vivo que él.

Tomó el libro y leyó los últimos párrafos, traduciéndolos directamente de la versión inglesa, como había hecho antes con el final, como si lo hubiera hecho mil veces y se lo supiera de memoria, aunque ella no le prestó atención. No podía evitar fijarse en los ojos del chico, enrojecidos, que casi llegaron a conmoverla. Sólo casi. Intuía que era el momento, que debía aprovechar aquella debilidad para sacarle la verdad que le oprimía el pecho hasta casi impedirle respirar, y lo hizo.

—¿Por qué crees que le gustaba tanto a Cristina? Has dicho que era uno de sus favoritos.

—A Cris le atraía todo lo que tenía que ver con el amor y con la muerte —dijo él cerrando el libro—. Siempre decía que

follaba para sentirse más viva. También se drogaba por ese motivo, para aumentar las sensaciones, aunque no lo hacía demasiado. Sólo a veces.
—¿Tú y Dani tomabais drogas también?
Ferran miró hacia la puerta, como si temiera que su madre pudiera estar escuchando detrás de ella.
—Yo no. De verdad. Me daban miedo. Además..., alguien tenía que conservar la lucidez, ¿no?
—Supongo que sí. —Martina Andreu titubeó, y decidió volver al resumen del relato—. Ese chico, Michael, el muerto del cuento, tenía que ser alguien muy especial.
—Lo era para esa mujer —musitó él.
—Cristina era muy especial para ti. —Lo afirmó en pasado, deliberadamente, convencida de que esa chica, especial o no, estaba muerta.
—Sí.
Y a la subinspectora Andreu, poco amiga de romanticismos, no le cupo la menor duda de que ese simple monosílabo ocultaba una gran historia. Se lo decía el semblante de aquel chico que quizá había llegado a matar. Martina Andreu siguió hablando en voz baja, en una especie de susurro persuasivo y amable.
—¿Quieres decirme con esto que Cristina y Daniel están muertos, aunque siguen presentes en la memoria de quienes les amaron? ¿En tu memoria?
El chico se mantuvo impasible. Su cara volvía a ser una máscara sin expresión alguna. El aire se cargó de preguntas y sospechas hasta casi volverse denso, como una neblina de verano, espesa y pegajosa.
—Cuéntamelo todo. Te sentirás mejor —insistió la subinspectora—. Te lo aseguro.
La estudió con la mirada como si quisiera creerla y ella respetó el silencio, rezando para que no entrara la madre y rompiera la atmósfera que habían creado.
—Están muertos, ¿verdad? —inquirió por fin.
—Los amantes están condenados a morir. En todas las novelas.

—No estoy hablando de literatura, Ferran.
Él se encogió de hombros.
—La vida no es tan distinta de la ficción. O no debería serlo.
—¿Cómo murieron? ¿Alguien les hizo daño? Ferran, no puedes seguir escondiéndote en esa cama como un crío. Tienes que decir la verdad.

—¿Y te lo contó? —preguntó Héctor.
—No. Se encerró en sí mismo y no pude sacarle ni una palabra más. Ni aquel día ni en posteriores interrogatorios. Y hubo bastantes hasta su segundo intento de suicidio.

Héctor había dejado de dibujar hacía un rato. La escalera de cuadraditos estaba completa y empezó a pintar algunos de negro, sin patrón alguno.

—Pero ahora se han encontrado los cuerpos. Siete años después —dijo él, casi para sí mismo—. Y en las inmediaciones de una casa que ya estaba abandonada en aquel entonces.

Le contó rápidamente el hallazgo, sin entrar en detalles.

—Ninguno de los interrogados mencionó nunca una casa vacía cerca del aeropuerto. La compañera de piso de ella, una chica con una horrible mancha en la cara, de esas de nacimiento, nos dijo que Cristina y Daniel se habían ido a su «refugio», un lugar donde podían estar solos, antes de marcharse de vacaciones. Si no recuerdo mal, fue la única que afirmó que Cristina lo hacía para alejarse de Ferran Badía. Que querían «estar solos». Nina, ahora me acuerdo, así se llamaba la compañera de piso. Salía con otro de los miembros del grupo, no recuerdo con cuál.

—Es bastante raro que escogieran ese sitio, ese refugio. Deberías verlo.

—Bueno, también era rara la historia que tenían los tres. Me da que iban de excéntricos: ella quería ser escritora, él cantaba en un grupo. Igual una casa abandonada les pareció un lugar romántico. Yo qué sé.

La impresión de Héctor era que la casa más que romántica resultaba escalofriante. Aunque también habían pasado siete años y seguramente aquellos lienzos cuyas fotografías constaban en el informe no estaban allí.

—Y tendrías que haber seguido a los medios, Héctor. Incluso el hecho de que Ferran hubiera sido un empollón se volvió contra él. Lo tildaron de frío, cerebral, celoso patológico. Un psicópata joven. No lo llamaron Hannibal Lecter porque el chico era vegetariano. La tesis de la prensa era parecida a la de su madre: había leído tanto que había perdido la chaveta.

Él esperó. La escalera se había convertido en un tablero de ajedrez caótico, demasiado negro.

—La familia contrató a una abogada más que decente. No recuerdo su nombre, pero consiguió lo que buscaba: internaron al chico en un psiquiátrico y la investigación se paró. Nos llovieron más broncas: para algunos, habíamos sido demasiado duros; para otros, demasiado blandos. Y sin embargo, yo siempre tuve muchas dudas. No has trabajado nunca con Bellver, ¿verdad? Es de esos inspectores de ideas fijas. No hubo forma de que nos dejara mirar hacia otro lado. Él estaba convencido de que Ferran Badía era culpable.

—¿Y tú no? —preguntó él.

Ella soltó algo que podría haber sido un suspiro.

—Por muchas vueltas que le he dado, nunca he podido imaginar a ese chico matando a sus amigos. Los quería, Héctor. Sé que puede sonar incongruente, ya que se trataba de un chaval emocionalmente inestable. Pero al menos a ella la quería, de eso no me cabe ninguna duda. No había el menor atisbo de rencor, ni de celos, ni de envidia en ninguna de sus declaraciones. Eso sí, de todas ellas se desprendía la sensación de que ambos habían muerto, como si él mismo hubiera visto los cadáveres. —Tomó aire—. Pero, como ya te he dicho, no había ningún otro sospechoso. Incluso interrogué al profesor de Cristina y de Ferran Badía. No recuerdo su nombre. Santiago o Sebastián. Un tipo pedante a más no poder, pero aparte de eso, irreprochable.

—¿Y la familia de la chica? —preguntó Héctor. Sentía curiosidad por conocer la opinión de Martina sobre Ramón Silva.

—Ah, sí, se me olvidaba. La familia de Cristina Silva era un cuadro. La madre había muerto cuando ella era pequeña y el padre había rehecho su vida con otra mujer. Es propietario de una empresa de transportes. Lo recuerdo como un buen hombre, uno de esos trabajadores curtidos que acaba haciendo fortuna, y dudo que mantuviera mucho contacto con su hija. Se quedó anonadado cuando por fin lo localizamos. Entre tú y yo, tuve la impresión de que la noticia era un mazazo más o menos previsto. Como si ya temiera que Cristina acabaría mal.

Héctor asintió. Ésa era, en resumidas cuentas, la impresión que le había causado.

—Aún recuerdo la cara de la madre de Ferran Badía después del segundo intento de suicidio de su hijo. Dios, me sentí tan rastrera.

—Martina, para atrapar delincuentes hay que ser un poco rastrero. Como suele decirse, no se pueden hacer tortillas sin romper huevos.

—Ya. Eso supone un consuelo muy pobre, Héctor.

—Hoy en día todo es pobre —ironizó él—. ¿No lo sabías? El consuelo también está en crisis.

Antes de salir del despacho, Héctor se situó delante de un panel de corcho y dividió el espacio en dos, 2004 y 2011. En la primera mitad, la correspondiente a 2004, fue colocando las fotos y nombres de los implicados. Las víctimas, el sospechoso de su asesinato; los amigos que formaban el grupo de música de Daniel —Leo Andratx, Hugo Arias e Isaac Rubio—, la compañera de piso de la chica —Nina Hernández—, el profesor del curso de escritura —Santiago Mayart—, así como los de sus familiares. En la otra mitad colocó sólo un breve resumen de las pruebas que tenía en ese momento: las fotos tomadas en la casa y la lista de objetos hallados en la mochila.

Y mientras lo hacía se dijo que las vidas de todos ellos, excepto las de las malogradas víctimas, habrían cambiado mucho en esos siete años. Los jóvenes que tocaban en el grupo seguirían siéndolo, pero no tanto. «Como todos», pensó, mientras evocaba su propia vida siete años atrás. Con Ruth, con Guillermo, que entonces era aún un crío de siete años. «Una familia tan feliz como la mayoría», se dijo sin amargura, con el afecto que impregna a los buenos recuerdos.

—¿Aún estás aquí?

Si el comisario Savall había llamado a la puerta, Héctor no lo había oído.

—En realidad, ya me iba.

Lluís Savall era un hombre corpulento, fornido y, en líneas generales, agradable. Héctor tenía la sensación de que se preocupaba de verdad por quienes estaban a su cargo, o al menos conseguía fingirlo con suficiente aplomo para resultar convincente. Él y Savall habían tenido encuentros y desencuentros, sobre todo en los últimos tiempos, pero Héctor nunca se había sentido minusvalorado por su jefe directo. Cierto era que, desde la paliza que propinó al doctor Omar, un año atrás, las cosas habían sido difíciles para él: el cuerpo, que hacía una piña de cara al exterior, no era tan clemente de puertas adentro. Eso era algo que Héctor estaba dispuesto a soportar y que algún día, con el tiempo, terminaría.

—Eso no deberías hacerlo tú, y lo sabes. —Savall señaló el panel—. No es trabajo para un inspector.

No podía negárselo; en los mossos, los inspectores no investigaban sino que se ocupaban de otras tareas que a Héctor le hacían sentir como un funcionario y le estimulaban poco.

—Ya me conoces. No pierdo los viejos hábitos.

Savall meneó la cabeza, con aire bonachón, como un padre que regaña a su hijo por estudiar demasiado.

—Tenemos que hablar de este caso —prosiguió Héctor para desviar la atención.

—El lunes, Héctor. Me marcho a Pals en media hora. Mi mujer pasará a buscarme en diez minutos.

—Buen fin de semana.

—Lo mismo digo. —Savall se disponía a salir cuando, de repente, se dio la vuelta—. ¿Estás seguro de que no necesitas más gente? Andreu no está, Castro acaba de regresar y Fort es apenas un novato.

—Por ahora nos apañamos. Pero gracias.

El comisario no parecía muy convencido.

—Bueno, el lunes hablaremos de esto —dijo antes de irse.

«Debería haber aceptado la oferta», pensó Héctor. Porque, o conocía mal a su jefe, o el lunes ese ofrecimiento de ayuda en forma de refuerzos habría caducado, o, peor aún, habría sido relegado al olvido.

10

Siempre se repetía ese momento de pánico. El instante en que temía quedarse solo, o casi. Era el mismo temor nervioso que sentía a los ocho años media hora antes de que empezara su fiesta de cumpleaños al ver la mesa puesta con servilletas de colores y platos de plástico, la tarta en la nevera, las velas cuidadosamente envueltas y a su madre con la sonrisa ceñida como un delantal apretado con firmeza. ¿Y si no venía nadie? ¿Y si sus amigos, a quienes no sentía como tales, se habían compinchado para ignorar aquella cita? ¿Y si sus padres se enteraban de la triste y vergonzosa verdad?

Cada vez que le tocaba hacer una presentación de su libro, Santiago Mayart se sentía como aquel chaval inseguro, atacado por una leve tartamudez. Terminaba llegando al lugar del evento media hora antes, se tomaba un té en el bar más cercano y, cual detective privado que desea pasar desapercibido, vigilaba a la gente que caminaba por la calle o la puerta del local, mientras pensaba una y otra vez en la triste posibilidad de descubrirse como único asistente al funeral de un libro. O, aún peor, en que cuatro o cinco conocidos, que habían acudido por simpatía hacia él, fueran testigos de su fracaso. De su entierro como autor.

Esa tarde presentía la debacle más que otras veces. Sentado en la terraza de un bar que hacía esquina, situado frente a la librería donde debía celebrarse, a partir de las siete, una «breve charla con los lectores y la firma de ejemplares de *Los inocentes y otros relatos*, Santi Mayart observaba la calle semivacía con la congoja de quien ve cumplirse su peor pesadilla. Al otro lado, más allá del Arco del Triunfo, un grupo de mujeres se contorsionaba al ritmo de una música cansina y repetitiva. No llegaban a ser una docena y se las veía totalmente inmunes al ridículo: agitaban las caderas como figurantes sin frase en una recreación moderna de *Las mil y una noches*. Si hubiera estado de humor, Santi habría sonreído al imaginar en qué circunstancias una mujer, supuestamente cuerda, decidía inscribirse a un curso de danza del vientre al aire libre; y, lo que es peor, cómo era posible que esa misma señora no se muriera de vergüenza al descubrirse siguiendo, con rígidos movimientos circulares capaces de provocar una luxación, al tipo delgadísimo de cuerpo más femenino que el de la mayoría de sus alumnas que avanzaba de espaldas a ellas contoneándose como una impúdica Sherezade.

Sin pensar, se acercó la taza a los labios y se quemó la lengua con el té ardiendo, al mismo tiempo que un par de chavales, montados sobre unos patines, rebasaban al grupo de danzarinas, cada uno por un lado, con la velocidad de unos kamikazes. Luego se cruzaron, en un movimiento que tenía poco de espontáneo y mucho de exhibición arrogante de cuerpos atractivos. «Escenas surrealistas de una tarde de primavera en Barcelona», se dijo Santi. Mestizaje, modernidad y, en resumen, una falta de pudor casi ofensiva para los ojos de quienes, como él, creían que había actividades que sólo tenían sentido en la infancia o en un salón cerrado. En cualquier caso, el espectáculo improvisado le había entretenido unos minutos, apartando su mirada de la puerta de la librería Gigamesh, un lugar que había pisado una vez en toda su vida cuando fue a comprar unos cómics para su sobrino en una lluviosa tarde prenavideña.

Antes de ir hacia el bar, había observado el escaparate con la aprensión del que se sabe furtivo. Él tenía poco que ver con aquellas portadas de espadas doradas y dragones dantescos. Él nunca había pensado dedicarse a ese género, lo desconocía casi todo de sus nombres magnos y siempre había pensado que Stephen King era un fabricante de libros a granel que se vendían más por su (excesiva) longitud que por su (discutible) calidad. Sin embargo ahí estaba, los ejemplares de su libro de relatos ocupaban todo el frontal junto al anuncio del acto que iba a celebrarse en un rato. Cubiertas negras en las que destacaban unos pájaros presos, encerrados tras unos barrotes brillantes; jaulas selladas por chabacanas fajas de color rojo que clamaban las virtudes terroríficas de unos cuentos que, por razones que escapaban a su propia comprensión, habían alcanzado una popularidad memorable. Le gustaba pensar que era debido a que, por una vez, un auténtico escritor se había aventurado en un género poblado por imitadores aficionados, pero la verdad era que ni siquiera él terminaba de creérselo del todo.

Como siempre que daba vueltas a esas cosas, echó una mirada rápida a su alrededor, temeroso de que su cara reflejara sus dudas, y al hacerlo comprobó que la chica de prensa de la editorial, una joven que habría quedado bien tanto sobre patines como participando en la danza del vientre, se acercaba hacia su mesa despacio, con la resignación de quien debe prolongar una jornada de trabajo un viernes por la tarde.

Antes de esa colección de relatos, Santi había publicado un par de libros, minoritarios y experimentales, en editoriales que ya no existían. Una, de hecho, cerró antes de que su libro llegara a distribuirse, con lo que se encontró la casa llena de cajas de ejemplares que lo miraban con irónico desprecio. Por lo tanto, jamás había tenido una editorial importante a sus espaldas y, menos aún, una responsable de prensa. Y aunque tenía la sospecha de que esa chica era la última de su departamento, no dejaba de causarle satisfacción el hecho de que lo acompañaran a actos como el de esa tarde. Además, había descubierto que con ella podía ser moderadamente grosero, enfatizando el adverbio más que el adjetivo, sin sufrir represalias. Y eso le agradaba todavía más.

—Hola, Santi. —Ella se sentó a la mesa y enseguida sacó el móvil del bolso—. ¿Preparado para la charla?

Él se encogió de hombros y le dirigió una mirada condescendiente, un gesto que intentaba conciliar con la imagen de seguridad que, en su fuero interno, estaba lejos de sentir.

—Ya veremos si viene gente —comentó mirando hacia la puerta de la librería. De algún modo se las apañó para que el tono de la frase fuera más bien acusatorio.

—Claro que sí. He hablado esta mañana con los de la librería y estaban seguros de que sería un éxito.

—Bueno, ¿qué te iban a decir a ti? —Miró el reloj: faltaban doce minutos—. Los viernes son un mal día. La gente se marcha de fin de semana, no está para presentaciones.

—La verdad es que escogieron ellos...

La chica había adoptado esa actitud defensiva que a él le encantaba provocar. Como si fuera responsable del día escogido, del tiempo atmosférico o de las costumbres de los barceloneses, que al parecer preferían patinar o hacer el bobo en plena calle.

—¿Vamos? —preguntó él bruscamente.

—Por supuesto.

Santi se levantó y, muy despacio, fue a sacar la cartera del bolsillo trasero del pantalón. Sabía que se le adelantarían, y así fue.

—Déjalo. Paga la casa —le dijo ella.

No le dio las gracias, pero esa vez no fue por seguir con su comportamiento pasivo-agresivo, sino porque el móvil que llevaba en silencio se puso a vibrar contra su pecho. Miró la pantalla y su rostro se ensombreció. No quería contestar, al menos no delante de ella, así que compuso su mirada más intransigente, se dio media vuelta y se fue hacia la esquina antes de aceptar la llamada.

—¿Sí? —respondió en voz baja.

—¿Santi? Ya me conoces, soy un amigo.

—¿Un amigo...? —Estaba harto de las llamadas de aquel tipo, un chiflado anónimo que llevaba un par de semanas incordiando con mensajes incoherentes, a veces elogiosos, a veces procaces—. Tengo prisa. ¿Qué quieres?

—Nada. Bueno, hablar contigo. Sé que no tienes mucho tiempo.
—Sí, me pillas en mal momento.
—Lo sé. Estás a punto de entrar en la librería a presentar tu libro.

Mayart miró alrededor. El desasosiego empezó a transformarse en algo parecido al miedo. Un miedo irracional que borraba todos los hechos cuantificables —estaba en el centro de Barcelona, en plena calle, nada malo podía pasarle—, que le aceleró la respiración mientras notaba en la boca el sabor del té, antes dulzón, ahora convertido en una marea amarga.

—Mira, no quiero seguir aguantando tus tonterías.
—No te pongas nervioso. Sólo quería desearte suerte.
—Pues ya está.
—No. No se te ocurra colgarme el teléfono.

La voz había adoptado un aire imperativo, amenazador, sin elevar en absoluto el tono.

—Tendré que hacerlo en unos segundos.
—Lo sé. Te estoy viendo. Respira hondo, Santi. Hay gente esperándote en la puerta. Los autores se deben a su público.

Santiago Mayart volvió la cabeza hacia la librería y después, muy rápido, en dirección al Arco de Triunfo.

—No me busques. —La voz volvía a ser amable—. Terminaré enseguida. Sólo quería que supieras que los han encontrado.
—¿Que han encontrado a quién? —casi gritó.
—A los amantes de Hiroshima. A los auténticos, claro.
—No sé de qué demonios me estás hablando. Y, por favor, deja de llamarme. —Lo odiaba, pero estaba seguro de que se le había escapado una nota suplicante, indigna de él.
—Tranquilo. Como te he dicho, sólo quería desearte suerte y también avisarte. Debes estar preparado para lo que vendrá.

Le faltaba el aire. Tenía que colgar, le gustara al otro o no.

—Hablaremos en otro momento. —Sin saber muy bien por qué, tenía miedo de enojarlo.
—No lo dudes. Volveré a llamarte. Adiós. Tus fans te esperan.

La comunicación se cortó y Santi se quedó con el aparato en la mano, inerte como los pájaros de la portada de su libro. Vio que la chica de prensa le esperaba educadamente, sin decir nada, y supo que tenía que cruzar, dar esa charla y firmar esos malditos libros. Antes, sin embargo, tenía que ir al cuarto de baño. Urgentemente.

«Esta noche volveré a Hiroshima.»
Cuando era pequeña el maestro nos explicó que los pájaros son los primeros en intuir las catástrofes. Que cuando se acerca un huracán, un terremoto o cualquier otro desastre natural levantan el vuelo, agitados, soltando chillidos de advertencia que los humanos no logramos entender. Sólo los vemos cruzar el cielo como un escuadrón rápido, una estela caótica de plumas y graznidos, mientras los humanos nos preguntamos desde el suelo por qué huyen o qué les ha asustado. Incluso nos tapamos los oídos para no tener que soportar esa sinfonía aguda y, una vez se han marchado, nos sentimos aliviados por el silencio. No recuerdo si aquella mañana de agosto noté algo raro en los pájaros o en el cielo. Estaba demasiado ocupada, mi mente estaba llena de imágenes que no conseguía borrar.

Falta sólo un día para el 6 de agosto. Es la primera vez que pasaré esa jornada fuera de Hiroshima desde que la fecha se convirtió en sinónimo del horror. El traslado a Kioto ha sido un viaje cargado de esperanza: quería salir de mi ciudad, alejarme de aquel aire letal. Porque, en realidad, la bomba, ese veneno que arrojaron sobre nosotros, no fue peor que todo lo que llegó después. Ahora sé que esa mañana se invirtieron los papeles: los afortunados murieron y sobrevivimos los condenados. Ellos no tuvieron que soportar los signos de decadencia, no despertaron un día cualquiera y se dieron cuenta de que la almohada se había llenado de mechones de pelo, no sufrieron el pánico a llevar en las entrañas un monstruo deforme. No, cuando pienso en Takeshi y Aiko, mis amigos, casi les tengo envidia. Se durmieron y ya no despertaron. Así deberíamos morir todos.

Imagino su última madrugada, aquel 6 de agosto de 1945, muy parecida a tantas otras que yo había oído a hurtadillas desde la habitación contigua, guiándome por los susurros, el roce de las sábanas, las risas amortiguadas y los suspiros sofocados. Nunca llegué a verlos mientras hacían el amor, eso habría sido de una insolencia imperdonable, pero nada podía hacer si el fino tabique dejaba pasar el goce del sexo como si fuera un papel de seda y mi mente, ociosa e insomne, interpretaba esos ruidos: daba forma a los jadeos entrecortados y llenaba de contenido los murmullos. A primera hora, cuando salía hacia el hospital, me detenía un momento al otro lado de la puerta a escuchar la respiración pesada de los que concilian el sueño al alba, y me los figuraba abrazados, entregados ambos al estado de paz de quien duerme sintiéndose amado. Muchas veces me pregunté si el nudo que oprimía mi garganta se debía a los celos o a la simple envidia; con el tiempo he comprendido que se trataba de algo muy distinto. A pesar de mi juventud y de mi inexperiencia, creo que sabía ya entonces que esos instantes que Takeshi y Aiko compartían formaban parte de algo que a mí, por razones desconocidas, me estaría vedado siempre. Intuía que, aunque pasaran los años y ellos se convirtieran en recuerdos difuminados por el tiempo, mis amigos continuarían amándose en la vejez o queriendo a otros, mientras que yo seguiría igual: intacta, acorazada, siempre al otro lado de esa puerta, incapaz de seducir o de ceder a la seducción. Lo presentía ya en esos años en que la amenaza constante de la guerra aceleraba los sentidos y las ganas de vivir, y sin embargo a ratos me engañaba pensando que podía ser yo quien ocupara el lugar de Aiko. Cerraba los ojos y me veía en el hueco que ella dejaba en las sábanas, durmiendo en brazos de Takeshi. O bien, en mis fantasías más perturbadoras, me descubría deslizando la mano por el interior del quimono de Aiko, apartando aquella tela sedosa estampada con rosas amarillas, y acariciando su piel suave con la punta de los dedos, como si temiera quemarme con su contacto.

Un aplauso moderado aunque sincero saludó el final de la lectura y Santi levantó la vista del libro, agradecido. No era algo que estuviera previsto, pero una de las asistentes al acto le había pedido que leyera en voz alta las primeras páginas de ese relato y él no había visto motivo para negarse. Desde pequeño le había gustado leer en voz alta y, en cualquier caso, era mejor eso que seguir divagando sobre el terror y sus formas. Sobre todo porque hacía un rato había sentido más terror del que estaba dispuesto a admitir.

El público estaba de pie y al principio, nervioso por la conversación telefónica con aquel desconocido, había escudriñado sus caras en un intento de vislumbrar algún detalle que le permitiera reconocerlo. Como si pudiera distinguir su voz en unos ojos, un gesto o una postura.

Procedieron a las firmas, un ritual que a Santi siempre le había intrigado. ¿Por qué hacer cola para obtener un garabato acompañado de una frase estandarizada? Se había rendido a la evidencia: por estúpido que se le antojara, a la gente parecía gustarle. «En realidad —pensó—, el acto no ha ido mal.» Unas treinta personas se agolpaban en torno a la mesa que le habían preparado, sin formar una línea estricta, más bien como si esperaran el autobús al más puro estilo barcelonés. Él iba firmando y respondiendo con lugares comunes a las frases hechas que le dedicaban los lectores, futuros o pasados, y durante los siguientes veinte minutos apenas se enteró de lo que sucedía alrededor, ocupado en desear una terrorífica lectura y estampar una firma en la primera página de cada libro. Ya casi había terminado, ante la satisfacción de los libreros que, sospechaba él, tenían ganas de verlo marchar y de la chica de prensa que, sin duda, se moría por perderlo de vista y empezar de una vez el fin de semana. Sonriendo por dentro, le pidió un botellín de agua, petición que ella se apresuró a atender con la profesionalidad de una azafata de primera clase.

Santi se levantó de la silla y se puso a curiosear las estanterías, barajando la posibilidad de llevarse un par de libros. Sabía que debía leer a Lovecraft, pero los precios de las obras que encontró, bellamente encuadernadas, se le antojaron exagerados. Oyó un rumor a su espalda, un carraspeo explícito, y se volvió. Una chica muy joven, con su libro en la mano, le esperaba al otro lado de la mesa.

—Perdón, ¿me lo puede firmar?
—Claro. ¿Cómo te llamas?
—Es un regalo —respondió la chica, aunque dudó antes de decirlo—. Para unos amigos.
—Muy bien. —Le sonrió. Debía de tener unos dieciocho o diecinueve años y llevaba unas rastas muy pulcras—. Dime, ¿cómo se llaman?
—Dedíquelo a Daniel y Cristina.
La sonrisa se esfumó del rostro de Santi. Escribió la dedicatoria con rapidez y, antes de estampar su firma, levantó la cabeza.
—¿Quieres que añada algo más?
Ella sacudió la cabeza, como si le extrañara la pregunta.
—No. Creo que con eso bastará. Sólo sus nombres. —Y los repitió de nuevo—: Para Daniel y Cristina.
—Ya lo he oído. —Suspiró—. Aquí lo tienes.
Le devolvió el ejemplar sin mirarlo demasiado y la joven se fue. Cinco minutos después, cuando ya por fin salía de la librería, el teléfono volvió a sonar. Esa vez fue una charla breve. Sólo una frase: «Gracias de parte de Cris y Dani». No le dieron opción a responder.

11

Leo Andratx sabía que no debía estar allí. Montado en su moto, como un caballero moderno y solitario rondando la casa de su doncella perdida. Sabía, también, que nada bueno podía salir de esa situación. La lógica le señalaba que las posibilidades, diversas, nunca arrojarían un resultado a su favor. Gaby podía no aparecer esa noche, con lo cual él habría estado perdiendo el tiempo apostado cerca de su casa. O bien regresaría y se enfadaría al verlo allí; lo acusaría de acecharla, de acosarla, y acabarían discutiendo como ya había pasado en ocasiones anteriores. Y, por supuesto, existía también el peor de los escenarios posibles: que volviera acompañada, que subiera a su casa con un hombre a quien acabara de conocer, de la misma forma que hizo con él dos años atrás en otro piso.

Se había pasado el día diciéndose que no lo haría, que evitaría por todos los medios pisar aquella calle del Eixample, Villarroel para ser exactos, donde Gaby se había instalado después de dejarle. Sin embargo, la noche del sábado había traído consigo la necesidad de verla, aunque fuera sólo un momento, aunque eso no cambiara nada. Hablar con ella por teléfono habría servido para apaciguar esa inquietud creciente, pero hacía tiempo que Gaby no respondía a sus llamadas, ni a sus mensajes, de manera que no le quedaba más opción que plantarse frente a su casa y esperar, mientras en su interior el temor y lo absurdo de la situación iban retorciéndole el estómago.

Los minutos pasaban, grupos de jóvenes se dirigían a alguno de los bares de la zona, el portero de uno de ellos se esforzaba inútilmente por acallar las voces de quienes salían de su local pidiéndoles que gritaran en la esquina de abajo, por lo menos, para no comprometerlo. Pero era primavera, sábado por la noche, y la gente que andaba a esas horas por la calle no estaba para broncas. A medida que avanzaba la noche, los transeúntes desaparecían, las luces de los locales se apagaban, y dentro de Leo se encendía otra luz, la de la vergüenza. No era lo bastante potente para obligarle a poner en marcha la moto y largarse, sino más bien débil y titubeante: quería irse, quería quedarse, quería ver a Gaby aunque fuera para pelear con ella; quería, sobre todo, asegurarse de que dormiría sola. Y también quería retroceder en el tiempo hasta el momento previo al abandono, hasta la primera señal imperceptible de que éste se aproximaba. Los primeros rechazos, las primeras malas caras.

A las 3.40 se detuvo un taxi en la esquina y Leo supo que sería Gaby quien bajara antes incluso de verla. Soltó el aire despacio sintiendo una alegría ridícula al comprobar que venía sola. El momento que llevaba horas aguardando había llegado y de repente cualquier señal de aviso se apagó dentro de él. Sólo veía aquel cuerpo oscuro que buscaba las llaves en el bolso; aquel cabello, rizado hasta lo imposible, que le ocultaba la cara. Deseaba verla de cerca. Tocarla. No con la intención de hacerle daño. Él nunca le haría daño a Gaby y le ofendía que ella pudiera pensar tal cosa.

Se le acercó por la espalda, pero se quedó a unos pasos mientras ella seguía buscando las llaves en el bolso, de cara a la puerta.

—Siempre las sacaba yo antes —le dijo—. Ese bolso es demasiado grande.

Gaby se volvió.

—Pasaba por aquí —añadió Leo, y ella soltó un bufido que podía ser una carcajada burlona o una clara muestra de desdén.

—Ya. Precisamente ahora, ¿no? —Sacó las llaves del bolso con expresión de triunfo y se las mostró—. Buenas noches, Leo.

No, no podía dejarla marchar así. No después de tantas horas en la calle. ¿Acaso ella no se daba cuenta de lo mucho que la echaba de menos?

—Quiero hablar contigo. —La frase le salió menos firme de lo que pretendía, casi como una súplica.

—Pero yo no.

Había bebido. No demasiado, Gaby nunca se excedía, aunque sí lo bastante para optar por el desafío en lugar de la huida. Sus ojos negros brillaban en aquella piel que no era negra del todo.

—Vete a la mierda, Leo. ¿Puedo decírtelo más claro? ¿Quieres que te ponga otra denuncia? Lárgate. Déjame en paz. Olvídame.

—No puedo.

Ella le miró con un desprecio tan evidente que él dio un paso atrás. Sólo otra mujer había sido capaz de abofetearlo con los ojos, hacía ya algunos años. Y Leo la vio en aquel instante ante él: Gaby era absolutamente distinta a Cristina en lo físico, pero igual de cruel en el trato.

—No quiero volver a verte. —Lo repitió más alto, y desde un balcón se oyó una voz que exigía silencio.

—¿Por qué? Dijiste que podíamos ser amigos.

Gaby se rió.

—Eres tan patético. Búscate a otra, Leo. Cómprale regalos, sedúcela y luego intenta retenerla.

Se volvió para abrir la puerta, y él no pudo evitar avanzar de nuevo, apoyar una mano en su hombro, con fuerza. Entonces Gaby empezó a gritar. A gritar de verdad, como si la estuviera agrediendo, cuando lo único que quería era que no se marchara.

«Cristina nunca habría hecho eso», pensó él. Antes de chillar como una cría le habría asestado una patada o un bofetón. En realidad, el escándalo era más eficaz: uno de los balcones se abrió, Leo oyó una voz que amenazaba con llamar a la policía, algo que había ocurrido una vez en el pasado, y cuando quiso darse cuenta, Gaby ya había entrado en el portal y cerrado la puerta. Lo único que le quedaba, la única dignidad de que podía hacer gala, era montarse en la moto y largarse antes de que la advertencia de la voz anónima se hiciera efectiva.

Nina oyó el ruido de la puerta de su casa y miró el reloj. Sólo eran las dos, lo que significaba que, un viernes más, Hugo había adelantado el cierre del bar. Se revolvió en la cama, inquieta, desvelada de repente por las preocupaciones que en las últimas semanas se aliaban para entorpecerle el sueño. Nina sabía lo lentas que pasaban las horas en un bar vacío. Ya hacía cinco años que vivían en Madrid, cinco años desde que abrieron la cafetería en la calle del Fúcar, juntos, aprovechando que la tía abuela de Hugo se jubilaba y el propietario les dejaba sin traspaso aquel local con vivienda que la mujer había regentado durante treinta años. Un bar viejo que, a cambio, ellos habían pintado y redecorado con poco dinero y bastante buen gusto. Lo peor era que el descenso de clientela había sido brusco, casi de un mes para otro.

Las cosas les iban bien un año atrás, tan bien que incluso habían empezado a plantearse buscar a alguien que les echara una mano a horas sueltas: mediodías y las noches de fin de semana. Contaban con una parroquia fija que se había acostumbrado a desayunar, merendar, o incluso tomarse una ensalada al mediodía o una copa por la noche en aquel espacio informal, decorado con pósters de cómics clásicos, con una estantería enorme donde los clientes podían echar mano a números viejos de *Los 4 fantásticos*, *Hulk* o *El capitán América*, y con coloridas mesas forradas de viñetas que contrastaban con el blanco de las paredes. El problema era que, desde hacía seis o siete meses, esos mismos que antes pedían un café con leche y una generosa porción de las tartas que Nina hacía en casa todas las noches mientras Hugo se ocupaba del último turno, ahora se tomaban el café con una tostada, se traían la ensalada de casa y cambiaban los combinados por una cerveza. Ahora había viernes, como ése, en que Hugo cerraba antes de las dos, aburrido de estar consigo mismo o con algún cliente amigo al que, además, se sentía en la obligación de invitar. La gente no había dejado de ir al Marvel, sólo había dejado de gastar.

Nina esperó a que Hugo entrara en la habitación, pero al ver que pasaban los minutos y no lo hacía, se acercó de puntillas a la puerta. Lo vio sentado en el sofá, con los cascos puestos y los ojos cerrados. A sus pies, Sofía, la gata, intentaba inútilmente que aquel humano derrotado le hiciera caso. El minino sí se percató de la presencia de Nina y lanzó un maullido enojado. No le gustaba nada que le robaran la atención de su amo.

«La convivencia enseña a respetar los silencios», pensó Nina, y reprimió las ganas de acercarse a su pareja que, sin lugar a dudas, prefería la soledad. Regresó a la cama aunque sabía que no estaría tranquila hasta que él se acostara, hasta notar aquel cuerpo a su lado. Después de casi siete años, a ella le costaba dormir sola. Cerró los ojos, decidida a poner todo su empeño en empujar las horas de la noche, porque las cosas siempre se veían mejor por la mañana, cuando una oleada de optimismo te llevaba a pensar que podías con todo, que saldrías adelante, que aquel día, de repente, las cosas por fin mejorarían.

Eran las seis de la mañana e Isaac no podía dormir. En primer lugar, porque hacía años que no se acostaba en una cama individual, que, para colmo, estaba adosada a la pared; en segundo, porque cada vez que se metía en ella se sentía como si aún tuviera dieciocho años. En aquella época no le habría importado, eran tiempos en los que caía en la cama tan borracho que el sueño lo tomaba por asalto, derribándolo en una especie de inconsciencia. Otras veces se había metido tantas rayas que el colchón parecía tener muelles y flotar en el aire; dormir era, entonces, lo último que le apetecía. Sin embargo, llevaba ya seis años sin probar las drogas, algo de lo que a veces se arrepentía. Sobre todo en noches como ésa, acostado en el cuarto de juegos de las niñas de su hermano, en una cama estrecha y rodeado de un coro de peluches que a ratos lo observaban con ojillos siniestros. Aquellas dos crías tenían una juguetería en casa, y cada noche Isaac debía sortear un tiovivo, un par de cocinitas y un sinfín de pequeñas piezas que, si se despistaba y caminaba descalzo, se le clavaban como agujas en la planta de los pies.

Volver no había sido una buena idea. Isaac estaba cada vez más convencido de ello, pero de momento, mientras pensaba en cuál sería su siguiente paso, no estaba de más ahorrar un poco de pasta instalándose en el piso que, en el fondo, era tan suyo como de su hermano Javi, le gustara a su cuñada o no. Sonrió malicioso al pensar que de hecho podía permitirse dormir en el mejor hotel de la ciudad, cosa que ni Javi ni su mujer sabían; llevaba tanto tiempo ocultando el dinero que se había convertido en un hábito. Al principio fue necesario para evitar sospechas, por supuesto. Los tres habían estado de acuerdo en eso. Siete años más tarde ya no hacía falta, en parte porque el dinero, que de entrada se les antojó interminable, había ido fundiéndose con la misma rapidez que un helado en el desierto.

En su caso, aún le quedaban reservas. No sabía nada de los otros, aunque un simple cálculo en función de lo que él había gastado le daba una idea aproximada. Y si él no se hubiera apropiado de una parte que no le correspondía, a día de hoy estaría a dos velas.

Sin poder evitarlo buscó debajo de la cama la bolsa donde lo guardaba. No la dejaba ahí cuando salía del piso, porque estaba seguro de que Lorena, la mujer de Javi, registraba sus cosas, así que cada vez que se marchaba lo metía en la maleta y la cerraba bien. Pero cuando estaba en casa, sobre todo por las noches, le gustaba sentir el dinero en las manos, incluso dormir con él.

Desde pequeño había aprendido que la pasta era lo único que importaba. Tenerla o no te situaba en dos orillas distintas del mundo: en una, currabas como un cabrón y llevabas una vida de mierda; en la otra, simplemente podías elegir.

Con los billetes en la mano, se dio media vuelta en la cama y quedó de cara a aquella pared empapelada de mariposas de colores. «Mejor esto que el osito tuerto», pensó antes de volver a dormirse. De algún modo, el tacto del dinero actuaba para Isaac como el mejor de los somníferos.

12

El sábado Héctor se había levantado decidido a hacer algo que llevaba meses posponiendo. La azotea había sido durante años un reino más de Ruth que suyo, sobre todo por lo que se refería a las plantas, ahora reducidas a espectros secos que asomaban de tumbas en forma de macetas. Cuando Lola estuvo allí, un par de fines de semana atrás, casi había sentido vergüenza al subir con ella a aquel espacio que sólo podía calificarse de decadente. Su comentario, «¿Te gusta el paisaje lunar?», había sacado de él una sonrisa amarga y el firme propósito de eliminar de su vista aquellos seres petrificados. La tarde anterior había pasado por una tienda del barrio y había comprado plantas, abono y tierra nueva.

Así que, a primera hora, antes de que el sol restallara sobre las baldosas de la azotea convirtiéndola en un horno, se dedicó a arrancar esos despojos. Llevaba quince minutos arriba cuando subió Guillermo, y él fingió no darse cuenta de aquella mirada escéptica, levemente condescendiente, que en otro momento le habría puesto de mal humor. Decidió, en cambio, pedirle ayuda, y sonrió para sus adentros al ver que, pese a la expresión de fastidio que parecía acompañar todos los actos de su hijo de un tiempo a esta parte, el chico se sentía orgulloso de que reclamasen su colaboración. En realidad sabía bastante más de plantas que su padre, lo cual tampoco le convertía en un experto, pero sí le daba la confianza necesaria para afirmar que no hacía falta echar medio saco de abono y en cambio sí era necesario regarlas generosamente.

Entre una cosa y otra, más el añadido de una batalla a manguerazos que empezó por accidente y terminó con los dos chorreando, había llegado el mediodía, y Héctor, por rematar la jornada con algo que Guillermo no solía rechazar nunca, propuso que se acercaran al centro después de comer: en la Fnac él podía pasarse horas escogiendo películas mientras su hijo hacía lo mismo en la sección de juegos de ordenador y luego en la de cómics. Habían bajado a casa, a preparar algo rápido de comer, contentos ante la perspectiva de equilibrar la mañana medio campestre con una tarde consumista y urbana.

No habían pasado ni veinte minutos, sin embargo, cuando el teléfono sonó y dio al traste con sus planes. Era el agente Roger Fort, quien, pesaroso, informaba a su jefe de que Álvaro Saavedra estaba en comisaría y solicitaba, en un tono que tenía poco de petición, hablar con el encargado de la investigación. Héctor contuvo una réplica que el pobre Roger no merecía y echó un vistazo al reloj.

—Tendrás que comer tú solo, Guillermo. ¿Nos encontramos en el centro en un par de horas?

Su hijo le observó con expresión dudosa y se encogió de hombros. Estaba preparando una ensalada y murmuró una respuesta que Héctor no llegó a oír. Mientras bajaba rápidamente las escaleras, se decía que en los manuales del padre perfecto no existen imprevistos ni aplazamientos. Ni miradas cargadas de algo indefinible que dolían más de lo que cabía esperar.

Álvaro Saavedra estaba sentado frente al agente Fort cuando Héctor llegó, aunque «sentado» quizá fuera una descripción poco ajustada. La tensión era perceptible en aquella postura rígida, que recordaba a la de un ave de presa lista para el ataque. De hecho, en cuanto lo vio aparecer, se levantó de la silla impulsado por un resorte interno que, Héctor lo sabía, tenía mucho que ver con la impaciencia. Detrás de su mesa, Fort observaba la escena con aire compungido.

Héctor tendió la mano a su visitante y lo acompañó hasta su despacho. Álvaro Saavedra no tomó asiento enseguida; su mirada se dirigió hacia el corcho donde estaban las fotos de la casa el día del hallazgo, y Héctor se arrepintió de haber colgado una de los cadáveres, envueltos con aquel hule de plástico estampado. No solía hacerlo; los recordaba lo bastante bien para no necesitar verlos todos los días, pero en este caso intuía que aquella imagen era importante. A su lado estaban las fotografías de Daniel y Cristina cuando estaban vivos, y de algún modo esto pareció sosegar al recién llegado.

—Siéntese, por favor.

—Lamento... No sé cómo decirlo. Lamento haberme presentado así. Quise venir ayer cuando bajamos a Barcelona, pero tuvimos que volver a Girona enseguida. Hoy mi mujer no se ha levantado de la cama, y yo ya no aguantaba más en casa sin hacer nada.

—No se preocupe. —Héctor no sonreía, aunque su tono de voz era lo bastante amable para suplir ese gesto—. Todos haríamos lo mismo.

—Supongo. Ha... ha sido tanto tiempo. ¡Y ahora me dicen que tengo que esperar al menos un mes para saber si es...!

—Señor Saavedra. Encontramos la documentación de Daniel y la de Cristina junto a los cadáveres. —Tomó un poco de aire antes de seguir—. Como usted comprenderá, han pasado muchos años y las condiciones de los cuerpos no permiten una identificación positiva y absoluta sin las pruebas de ADN, y éstas requieren tiempo, entre cuatro y seis semanas.

—Ya. La doctora me lo explicó. Pero...

—Nosotros hemos empezado a trabajar con la hipótesis de que son ellos. Coinciden otros rasgos: la altura de ambos, el momento de la desaparición...

Álvaro Saavedra asintió.

—Siempre hemos sabido que estaban muertos. Hemos esperado la confirmación de la noticia durante siete malditos años. Quizá un mes más le parezca poco.

—Señor Saavedra, en eso no hay nada que podamos hacer. Sin embargo, sí podemos empezar a investigar. Y en eso les necesitamos; en eso, usted y todos quienes conocían a Daniel y a Cristina son la única fuente de información de la que podemos disponer.

—Lo sé. Lo contamos todo en su momento. Una y otra vez.

—Había cansancio en su voz.

Héctor abrió el expediente. Un detalle le había llamado la atención cuando lo estudió la primera vez, así que decidió empezar por ahí.

—Hace siete años, en sus primeras declaraciones, fue usted quien habló de la relación que mantenían Daniel, Cristina y Ferran Badía. ¿Cómo lo supo?

Era una pregunta directa, ya que Héctor intuía que aquel hombre, director de una sucursal bancaria, habituado a la responsabilidad y a la toma de decisiones, no era de los que soportaban bien los paños calientes. No se equivocó.

—Los vi —dijo simplemente—. Ya sabe que el piso era nuestro. De mi mujer, para ser exactos. Hubo un aviso de una fuga de agua, los del seguro se pusieron en contacto conmigo y decidí bajar a Barcelona para ocuparme de eso.

—¿Sólo vino por esa razón?

Su visitante meneó la cabeza.

—Claro que no. Habíamos tenido muchos problemas con Daniel. En realidad nos ocultó durante tres años que había dejado los estudios de derecho. Según él, iba aprobando, pero al final tuvo que reconocer la verdad.

Héctor no dijo nada.

—Daniel nunca había sido un chico complicado. Se lo aseguro. Mientras vivió con nosotros todo era normal. Pero al instalarse en Barcelona para estudiar, cambió. Cambió demasiado, y no para bien.

—Comprendo.

—El verano anterior se descubrió todo el asunto, y yo me negué a seguir subvencionándole el piso, así como unos estudios que había abandonado.

—¿Tomaba drogas?

—Él decía que no. Pero mentía todo el tiempo, así que...

—Ya.

—Mi mujer insistió en darle otra oportunidad. Daniel no quería volver a Girona, juró y perjuró que sacaría adelante la carrera a pesar de todo. Ella... Virgínia nunca pudo negarle nada a Dani. Y yo accedí, ¿qué iba a hacer? Sólo impuse condiciones. —Se encogió de hombros—. Condiciones absurdas.

—¿Como cuáles?

—Que dejara el piso que compartía con tres amigos que tampoco daban palo al agua y se instalara en el que Virgínia tenía libre, aunque fuera viejo y no tan cómodo como el anterior. Y que lo compartiera con...

—Ferran Badía. ¿Por qué?

—Su padre era mi mejor amigo. Y el chico tenía aspecto de responsable. Dios...

La culpabilidad era tan evidente en los rasgos de su interlocutor que casi dolía a la vista. Héctor había sido testigo de ella tantas veces que la había asumido como parte integrante del duelo. Padres que se reprochaban haber sido demasiado duros, o demasiado blandos, con sus hijos; esposas que lamentaban haber engañado a sus maridos. Y, en realidad, Héctor pensaba a veces que el destino seguía su curso, inexorable, una línea trazada a base de decisiones e indecisiones, de palabras dichas o calladas, hasta un final irreversible.

—Así que ese día —dijo Salgado, retomando el hilo de la pregunta inicial—, usted llegó al piso.

—Ese día me porté como un imbécil, inspector.

Fueron varios los factores que llevaron a Álvaro Saavedra a explotar aquella mañana de finales de mayo de hacía siete años.

Varios, y de diversa índole. En primer lugar, se había tomado un día libre en su trabajo, algo que siempre le generaba una sensación de incomodidad. En segundo, odiaba aquella calle y el barrio que la rodeaba: demasiada gente de demasiados colores que le hacían sentir como un forastero en una ciudad que era, también, demasiado grande. Y, por último, estaba el malhumor consigo mismo, porque en su fuero interno sospechaba que ninguna de las razones anteriores tenía mucha justificación y señalaban, más bien, a alguien que se hacía mayor y maniático y que sólo se encontraba a gusto en lugares conocidos y reconocibles. En cualquier caso, subió la empinadísima escalera hasta el tercer piso y dudó sólo un momento antes de meter la llave en la cerradura. Había avisado a Daniel de que iría dos días atrás, y aunque estuvo tentado de recordárselo la noche anterior, al final había optado por no hacerlo.

No esperaba encontrar a nadie en casa y se sorprendió al oír el ruido del televisor, que estaba colocado en el recibidor reconvertido en salón y emitía imágenes y sonido ante un sofá vacío. Álvaro Saavedra odiaba el despilfarro y, con gesto de fastidio, lo apagó. Entonces oyó las risas, y aunque una voz interior le ordenaba dar media vuelta y marcharse, abrió la puerta del dormitorio principal, que era sin duda el lugar de donde salían aquellas carcajadas femeninas.

En los escasos minutos que permaneció en el umbral, antes de que los ocupantes del cuarto se percataran de su presencia, sus ojos registraron la escena y la mandaron a un cerebro que se había vuelto torpe como sus piernas y lento como su respiración. La voz interior se quedó callada, sin saber qué decir, porque la escena que tenía ante sus ojos era difícil de describir y porque lo primero que la amordazó fue el olor a sexo con marihuana que corría desbocado por el aire del cuarto.

Dos cuerpos masculinos, desnudos, se encontraban en la cama de rodillas, besándose con un ardor que convertía esos besos casi en mordiscos. Entre ellos, igualmente en cueros, había otra persona: una chica, según pudo ver segundos después, cuando ella se incorporó y, separándolos, acarició con sus labios los de ambos chicos, como si quisiera probarlos antes de decidirse por uno de los dos. Al final eligió —Álvaro no albergaba la menor duda de que era él— al compañero de piso de su hijo.

Y Daniel, porque la tercera figura no era sino su primogénito, se colocó detrás de ella, se lamió el dedo índice y lo dirigió, con inusitada firmeza, hacia las nalgas que oscilaban frente a él. Ella se arqueó al notarlo, separando sus labios de los de Ferran, que la sujetó por la cintura y empezó a besarle los pezones, perdiéndose en aquella joven que gemía, adorada por los dos, compartida por los dos y que, si Álvaro no hubiese gritado para frenarlos, habría sido penetrada por los dos.

—No soy ningún puritano, inspector. Ni tengo edad para escandalizarme...

—Pero le molestó.

—Era como ver una película pornográfica en vivo. Se juntó todo: las mentiras anteriores de Dani, el hecho de que era obviamente un día y una hora en los que, con toda seguridad, debería haber estado en la facultad. Y... sí, tuve una reacción violenta, visceral, ante aquella especie de orgía inesperada. No estoy orgulloso de ella, pero ya no puedo hacer nada para cambiarla.

Héctor intentó imaginar la escena y ponerse en el lugar del hombre que tenía delante.

—Para colmo, la chica, Cristina, se echó a reír. —Al decirlo, levantó la vista hacia la foto que había colgada en el panel de corcho—. Quizá fueran los nervios, qué se yo. Pero su risa se me antojó impropia, descarada. Los eché a los dos, a Ferran y a ella, conteniéndome para no abofetearla. Y me quedé a solas con Dani.

No hizo falta que repitiera todo lo que le había dicho a su hijo en aquel momento. La expresión de su rostro hablaba sin palabras de insultos lanzados al aire y del subsiguiente arrepentimiento aprisionado en su interior, de ese vacío que sigue a los estallidos de furia sorda y ciega que Héctor conocía bien.

—Le dije cosas muy desagradables.

Héctor no se sintió con fuerzas para consuelos tópicos, ni pensó que el hombre que hacía esfuerzos por no derrumbarse fuera a apreciarlos.

—Fue la última vez que hablé con él. No volví a verlo.

—Lo que voy a decirle no le ayudará ahora, pero recuérdelo: el culpable de la muerte de su hijo fue sólo quien lo mató. No usted.

Álvaro Saavedra asintió, aunque lo hizo con la mirada perdida, puesta probablemente en la escena de reconciliación que nunca se había producido, en esas otras palabras que se habían quedado sangrando dentro. De repente, se levantó y se dirigió al panel, como si lo viera por primera vez.

—¿Y esto? ¿Estos... dibujos?

—Los encontraron en la casa donde hallaron los cuerpos.

—Son... macabros. —Sin embargo, no apartó la vista de ellos e incluso hizo ademán de tocar una de las fotos.

—Estamos en los inicios de la investigación —dijo Héctor. Había otro tema que quería abordar—: En la mochila que había en la casa se encontró una suma de dinero considerable. Diez mil euros. ¿Tiene idea de si su hijo pudo reunir esa cantidad?

—¿Dani? ¿Diez mil euros en metálico? ¡Claro que no! Pero... —permaneció en silencio unos instantes, pensativo y triste—, después de la bronca, cuando terminé, me dijo que me devolvería el dinero invertido en su educación. Que si eso era todo lo que me preocupaba, él me daría hasta el último céntimo.

Por segunda vez, Héctor temió que su visitante se derrumbara, y por segunda vez, éste halló en su interior la fuerza suficiente para no hacerlo.

—Una última pregunta, señor Saavedra. ¿Conocía usted bien a Ferran Badía?

—Obviamente no, inspector. —Se volvió hacia él, enojado—. Mire, no sé si ese chico mató a mi hijo, pero si lo hizo, espero que se pudra en la cárcel a pesar del afecto que les tengo a sus padres.

No había mucho más que decir, y Héctor se levantó de la silla para poner fin a la entrevista.

—Seguiremos en contacto.

—Eso espero.

El hombre derrotado había desaparecido y en su lugar había regresado el Álvaro Saavedra que se enfrentaba al mundo de cara, a pecho descubierto. Héctor lo vio salir; él tardó unos minutos en encontrar las fuerzas para hacerlo también.

Salió rápido, casi sin detenerse en la mesa de Fort, y tomó un taxi hacia el centro. Por absurdo que pareciera, sentía la necesidad física de ver a Guillermo. Y eso, la urgencia del amor paterno, le hizo pensar en Carmen y en el ingrato de Charly. Tenía que llamar a Ginés para preguntarle si había averiguado algo sobre él antes de que fuera demasiado tarde.

13

Los dos jóvenes se encontraban a una distancia prudencial de la puerta de la comisaría: ni demasiado cerca, donde su presencia pudiera levantar sospechas, ni tan lejos para no ver a la gente que entraba y salía de ella. Si alguien los hubiera observado, se habría dado cuenta de que él hacía ya rato que mostraba signos de aburrimiento; ella, sin embargo, permanecía inmóvil, con los ojos fijos en la puerta, y de vez en cuando daba un codazo a su compañero para que prestara más atención.

—Ni siquiera sabemos si esos agentes trabajan hoy —rezongó el chico, con ganas de irse.

Era la enésima vez que lo repetía, y ella no se molestó en contestar.

—Además, no entiendo para qué quieres verlos —insistió él—. Ya te he dicho que sólo vinieron a la escuela a preguntar por los cuadros. Quizá esta vez los hayáis colgado en una casa que es propiedad de alguien importante o algo así.

Ella le lanzó una mirada rápida, desdeñosa, pero él sólo se fijó en unos ojos de un azul increíble, tan claro que a veces, con la luz adecuada, parecían transparentes. Y en sus pezones, sensuales y apetecibles, que se insinuaban a través de una camiseta ceñida, de color malva.

—Cállate y no te despistes, Joel —le ordenó la chica, y él, a regañadientes, volvió a concentrarse en la puerta—. ¿Estás seguro de que pertenecían a esta comisaría?

—El número de teléfono de la tarjeta que me dio la agente correspondía a la de plaza Espanya.

«Es absurdo malgastar así un sábado por la tarde», pensó Joel, aunque en realidad sólo por estar junto a Diana merecía la pena montar esa guardia ridícula. Todo lo que rodeaba a esa chica, de rastas rubias y tetas firmes, era siempre de lo más raro. Cuando ella dejó las clases, a principios de curso, él creyó que no volvería a verla, y sin embargo no había sido así. Unos tres meses después, Diana había reaparecido, más delgada e igual de guapa. Eso sí, su asistencia a la academia continuaba siendo escasa. Tampoco le hacía mucha falta: era la mejor, con diferencia, y se había unido a un grupo de pintores que se dedicaban a una forma de arte arriesgada y comprometida. Como ella.

—¡Eh! —exclamó él—. Ahí está. Ese tío no muy alto..., el que sale ahora.

—¿No me habías dicho que fue una tía la que te preguntó?

—Sí, pero iban dos. ¡Es él, seguro!

Diana asintió y le dio un beso rápido en la mejilla.

—Gracias. Ahora vete.

—¿Qué?

—Lárgate. Luego te llamo. No quiero perderlo de vista.

—¿Y tú qué vas a hacer? ¡Diana, no puedes ir detrás de un poli!

Pero ya era tarde. Ella había cruzado la calle y se disponía, sin la menor duda, a hacer lo que él estaba temiendo. Joel la vio alejarse, con la vista clavada en el tatuaje con el que soñaba desde el primer día que la vio.

Diana no tenía claro si el hombre al que seguía se dirigía a su casa o no, pero esperaba sinceramente que fuera así. Mientras caminaba sintió un poco de lástima por Joel; no le gustaba aprovecharse de él, pero a veces no quedaba más remedio que recurrir a esas tretas. «Los amigos se lo merecen todo», pensó, y la persona a quien estaba ayudando había estado a su lado en momentos mucho más difíciles. Además, Lucas estaba contento porque había ganado dinero con el trato y ella quería cumplir su promesa. En el bolso llevaba el libro que aquel autor le había firmado la tarde anterior, ahora lo único que tenía que hacer era enviarlo anónimamente a los mossos; una tarea fácil en apariencia que, a la hora de la verdad, se había revelado mucho más compleja. Si Joel no le hubiera comentado que unos polis habían pasado por la escuela preguntando por los cuadros, ella no habría sabido a qué comisaría remitirlo.

El agente caminaba deprisa por la calle de Sants y ella intentaba no perderle de vista entre el gentío que deambulaba por la acera, mirando escaparates. Tampoco quería acercarse demasiado. De repente lo vio girar por una calle estrecha y meterse en un portal. Se sintió estúpida al llegar a la conclusión de que saber dónde vivía no la ayudaba demasiado; había pensado dejar el libro en el buzón, pero ignorar su nombre dificultaba de nuevo la tarea.

Se quedó en la esquina, pensando, y se sorprendió al verlo salir de nuevo, con un perro al que conocía bien. El animal ladró, feliz de verla, y ella se alejó corriendo. No le interesaba nada que el bicho diera muestras de reconocerla. Lo último que oyó fue la voz del hombre regañando al animal. Cuando ya se encontraba a suficiente distancia se dijo que quizá ese perro fuera la única manera de cumplir con el objetivo que se había propuesto. Una tarea que no comprendía del todo, aunque tampoco le importaba: los buenos amigos hacían favores sin formular preguntas.

14

—Lluís, ¿te encuentras bien? Has estado ausente toda la cena.

«No», pensó el comisario Savall mientras se dirigía hacia el cuarto de baño, sin ganas de contestarle nada a su mujer. Existía un tanto por ciento de posibilidades, no muy elevado, de que ella se callara; de que, cuando él saliera de cepillarse los dientes, Helena se hubiera acostado. Como de costumbre, el porcentaje mayor ganó: él lo supo al encontrársela aún vestida, sentada en la cama.

—No me has contestado —afirmó ella, aunque no hacía falta: él sabía ya que no le había dado una respuesta.

—Me encuentro bien. Sólo un poco cansado.

—Los Solà habrán pensado que te aburrías.

«Y habrán acertado», pensó él, pero en su lugar dijo:

—Yo creo que se lo han pasado bien. Y el rape estaba excelente.

Alabar las virtudes culinarias de Helena solía ser un pasaporte a la tranquilidad.

—Sí, ¿verdad? Mucho mejor que el que nos dieron en el restaurante la semana pasada.

Lluís sonrió, de espaldas a ella. Con un poco de suerte, la conversación acabaría ahí. Se desnudarían, apagarían la luz y Helena se dormiría, dejándolo en paz. Contó mentalmente hasta diez mientras se quitaba la ropa y se ponía el pijama. Diez, nueve, ocho, siete...

—De todos modos, aparte de venir a comer, la gente viene también a que se le dé conversación, cariño.

—Helena, vale ya. —El comentario salió más brusco de lo que pretendía—. Creo que han cenado bien y que no lo han pasado mal. Y si no es así, lo siento. Uno no siempre está de humor para charlar.

—Eso es lo primero que te he preguntado, si te encontrabas bien.

Él la miró; casi treinta años juntos deberían servir para que tu mujer te comprendiese sin más, o al menos para que fingiera hacerlo.

—Perdona. Me encuentro bien. Sólo que esta noche tenía la cabeza en otro sitio.

Las rendiciones, sin embargo, se pagaban.

—Si me hubieras contestado a la primera, nos habríamos ahorrado esta conversación tan desagradable. No pretendo que me cuentes tus cosas, ya no. Lo único que te pido es que hagas el esfuerzo de ser amable cuando vienen invitados. Creo que no es exigir demasiado... Y ahora ¿adónde vas?

—A tomarme una aspirina. Me encontraba bien, pero has conseguido que me dé dolor de cabeza.

No oyó la réplica de su mujer, ni tampoco le hacía ninguna falta. Podía imaginarla a la perfección. Se tomó la aspirina, en eso no mentía, y luego se dirigió al cuarto, supuestamente de invitados, que estaba ocupado por una gran mesa. Sobre ella, un centenar de piezas diminutas, desparramadas, aguardaban a que él las encajara en su lugar. Y se puso a ello, no tanto por ganas como por eludir una nueva discusión con Helena.

Eran casi las tres de la madrugada cuando, sin demasiado interés, el comisario Savall colocó la última pieza del puzzle al que había dedicado su atención los últimos fines de semana en Pals, en los ratos perdidos. Ése era el tiempo que podía dedicarle allí a su afición, porque Helena solía invitar a gente a cenar, o a almorzar; a cualquier cosa con tal de que voces ajenas llenaran los silencios de la casa. Por eso la tarea se le eternizaba y tenía que soportar los comentarios de su mujer, que se reía de él diciendo que empezaban a fallarle las facultades.

No era verdad. Al menos Lluís Savall no lo creía, y se conocía lo bastante bien para saber que el declive, que llegaría algún día, aún estaba lejos. No, no era la vista lo que le retrasaba, sino otras cosas. Su cerebro estaba demasiado cargado de tensión: durante la semana tenía que fingir. Ser el comisario de siempre, el marido de siempre, el padre de siempre. Sólo los fines de semana, sentado ante esa mesa, podía dejar la mente en blanco y limitarse a respirar.

Helena tenía razón en una cosa: a ratos estaba ausente. Pero no podía contarle los motivos por los que su mente divagaba, se perdía por sendas oscuras y le dejaba la mirada perdida, fija en lugares a los que nadie podía acompañarle. Cada vez le costaba más disimularlo, aunque, en líneas generales, nadie excepto su esposa parecía haberlo advertido. No obstante, ni en el más remoto de los casos habría podido imaginar qué ocupaba sus pensamientos; qué rostro se le aparecía de repente, cada vez con más frecuencia, qué voz creía escuchar cuando estaba a solas.

Resultaba evidente que Ruth estaba a punto de salir, algo que a él le convenía. También sabía que la ex mujer de Héctor Salgado no se negaría a dejarlo entrar, lo cual era aún más conveniente.

—¿Te marchabas? —preguntó él.

Ella hizo un gesto con las manos, como si quisiera restarle importancia.

—Sí, pero no tengo prisa. Me voy a pasar el fin de semana fuera, en Sitges. —Esbozó una sonrisa—. Para huir de este calor.

Él la observaba, intentando transmitir tranquilidad. Lo que iba a decirle era ya bastante duro, aunque intuía que ella sería capaz de soportarlo. No la conocía demasiado, sólo la había tratado superficialmente mientras estaba casada con Salgado, pero de los comentarios oídos sobre ella y de sus propios actos deducía que se trataba de una mujer fuerte, que no había dudado en tomar las riendas de su futuro para empezar una nueva vida. Otras habrían hecho lo mismo dejando un reguero de resentimiento a sus espaldas. Ruth no; su ex marido la quería, a pesar del abandono. Seguramente por eso estaba en peligro. Seguramente por eso él debía sacarla de allí.

La incertidumbre debía de flotar en el ambiente porque Ruth no dijo nada; se limitó a aguardar, de pie, tal vez porque pensó que sentarse prolongaría definitivamente aquel contratiempo inesperado. Savall tomó aire: era mucho lo que estaba en juego.

—¿Pasa algo, Lluís? —preguntó ella por fin.

Él se aclaró la garganta.

—¿Has hablado con Héctor en los últimos días?

—Acabo de hacerlo. —Enarcó una ceja, en un gesto que empezaba a ser de impaciencia pero que de repente se trocó en preocupación—. Lluís, ¿te importaría decirme a qué has venido?

—Ruth. Como bien sabes, Héctor se metió en un lío importante cuando golpeó a aquel viejo santón.

Ella asintió.

—Lo que quizá no sepas, porque Héctor no ha querido inquietarte más de la cuenta, es que ese hombre profirió amenazas no sólo contra él, sino también contra su familia.

Ruth no dijo nada, permaneció tensa sin atreverse a formular la pregunta que le acudía a la boca.

—No habrás venido a decirme que... ¿No le habrá hecho algo a Guillermo?

Savall se apresuró a tranquilizarla:

—No, no. Te lo prometo. No estoy aquí para darte una mala noticia de esa índole. De hecho, eres tú la persona por quien tememos, no vuestro hijo.

Ruth encajó esa nueva información con entereza, con un atisbo de incredulidad incluso.

—¿Yo? ¿Estás seguro?

—Sí.

—Pero...

Él sabía lo que iba a decir: que ya no estaban casados, que usándola a ella como objetivo de su venganza el daño hacia Héctor sería menor que si tomaba como diana a su hijo.

—Aún significas mucho para Héctor —añadió a modo de explicación innecesaria; ella lo sabía perfectamente.

—Acabo de hablar con él —repuso ella, pensativa, porque la charla había sido más bien una discusión—. Me ha dicho que tenga cuidado.

El comisario adoptó su tono más formal, había llegado el momento de poner toda la carne en el asador.

—Héctor está de baja y no lo sabe todo, Ruth. Intuye cosas porque es inteligente, pero desconoce el alcance de las amenazas de Omar. Por eso estoy aquí. —Hizo una pausa para que ella interiorizara lo que acababa de decirle—. He venido a llevarte a un lugar seguro; nadie debe saber dónde estás, y cuando digo nadie me refiero exactamente a eso. Ni Héctor, ni tu hijo, ni tu amiga.

—Carol —replicó ella—. Y no es mi amiga, ya lo sabes.

—Disculpa. No tenemos tiempo para sutilezas de ese tipo. Tienes que acompañarme ahora mismo. He preparado un piso protegido para ti.

—Pero... ¿Y Guillermo? No voy a ir a ninguna parte sin él. ¿Quién te dice que si no puede vengarse en mí, ese loco no convierta a mi hijo en su objetivo?

—Tranquila, Ruth. —Era una posibilidad que él también había tenido en cuenta—. Tu hijo está fuera, en casa de un amigo. Me ocuparé de que alguien vaya a recogerlo y lo lleve con Héctor. Ruth, te lo repito: no es él quien está en peligro, sino tú. ¿Lo entiendes?

Ella asintió despacio.

—Tal vez sea por poco tiempo. Omar ha desaparecido, pero eso nos obliga a estar aún más alerta. La amenaza sigue ahí y no quiero correr riesgos. Es lo mínimo que puedo hacer por vosotros.

Ruth cogió la bolsa que tenía lista para salir.

—Llevo cuatro cosas aquí. Tal vez no sean suficientes.

—No te preocupes. Si necesitas algo más, enviaremos a un agente a buscarlo. Es una suerte que pensaras marcharte, así no tienes que dar explicaciones a nadie, al menos hasta el domingo. Quizá para entonces ya haya terminado todo. Ruth —añadió un segundo después—, dame el móvil, por favor.

—¿El móvil? ¿Por qué?

Él sonrió.

—Forma parte del procedimiento habitual. En algún momento puedes tener el impulso de comunicarte con alguien, aunque ahora te parezca que no. Es mejor evitar la tentación.

Se lo dio sin rechistar, quizá porque era consciente de que él tenía razón.

Ruth echó un último vistazo al loft. «Es fuerte», pensó él. Ni una expresión de temor, ni una queja por nada. Dejó que ella cerrara con llave al salir.

—Ánimo. Dentro de poco estarás de vuelta.

Savall tenía el coche aparcado en la puerta, e igualmente no la dejaría salir hasta asegurarse de que no había nadie que pudiera verlos.

—¿Sabes una cosa? —dijo Ruth cuando ya estaban sentados en el vehículo—. Fui a ver a ese hijo de puta que le estaba arruinando la vida a Héctor. No sé por qué, simplemente lo hice.

Él asintió con la cabeza mientras conducía.

—No debiste hacerlo. —Se encogió de hombros—. Aunque ahora ya da lo mismo.

—Sí —murmuró Ruth—. No se puede volver atrás en el tiempo. ¿Adónde vamos?

—A una casa de mi propiedad, fuera de Barcelona. Allí estarás segura.

Lluís Savall no añadió nada más y prosiguieron el camino en silencio, absortos cada uno en sus pensamientos. Él intentó calmar un temblor súbito que le atacó a las manos. La tensión a la que había estado sometido las últimas semanas empezaba a pasar factura. Ruth tenía razón: la vida no admitía retrocesos. Él

147

mismo habría dado lo que fuera por deshacer el pasado, pero ahora lo único que le preocupaba era resolver el futuro. Alejar a Ruth Valldaura del peligro inminente, ocultarla donde nadie pudiera encontrarla. Quizá para ella aún no fuera demasiado tarde, quizá ella aún podía sobrevivir.

No podía demorar más el momento de acostarse. Al hacerlo, oyó la respiración acompasada de Helena, tumbada de espaldas a él. Hacía mucho ya que la cama era un simple espacio compartido, como la mesa del comedor o el sofá del salón. Aun así, oírla dormir le provocaba una sensación de confort cotidiano. Sin poder evitarlo, apoyó una mano en su hombro y ella se la apartó en un gesto inconsciente y espontáneo. Él no insistió; colocó esa mano debajo de la almohada y cerró los ojos con la esperanza de que el sueño no se negara a abrazarlo. Al menos durante unas horas su cerebro encontraría algo parecido a la paz. Comenzaba a relajarse, a notar esa feliz inconsciencia cuando una imagen surgió en su mente con la potencia de un fogonazo. Soltó una exclamación involuntaria y lo recorrió un potente temblor nervioso. Respiró hondo, temeroso de que su cuerpo quedara inerte por culpa del manto de sudor frío que se había posado sobre su pecho.

15

El domingo, 15 de mayo, amaneció soleado, veraniego. Uno de esos días en que Barcelona entera parece ponerse de acuerdo para mostrar su cara más amable. Aquel día sería una fecha que Leire no olvidaría fácilmente. Mientras esperaba a Tomás, que había entrado en la cafetería a pedir el desayuno para ambos, sentada en una de las terrazas de la avenida Gaudí, ella se dejó mecer por ese calor del que, con toda probabilidad, huiría en sólo unas semanas, cuando el sol apretara de verdad. De momento, agradecía esa caricia que anunciaba el verano. A su lado, Abel dormía profundamente, después de otra noche en la que sus llantos habían estado a punto de desquiciarla. Se había sentido tan impotente que, a las tres de la madrugada, llamó al padre de la criatura y éste se presentó en su casa veinte minutos más tarde, despeinado y con cara de sueño; cogió al niño en brazos y, ya fuera por el cambio, o porque Abel ya estaba agotado, poco después las lágrimas pararon. De no haber estado tan cansada ella misma, Leire se habría sentido traicionada, pero en esas circunstancias su ánimo no estaba para orgullos tontos. Abel dormía, y pronto ellos dos se durmieron también.

Tomás llegó con los dos cafés con leche y se sentó a su lado.

—¿Aquí no saben lo que es un cruasán plancha? —preguntó—. ¡Qué raros podéis llegar a ser!

—Los cruasanes no le sientan bien a tu barriga —dijo ella

señalando algo que, en realidad, era más bien una arruga de la camiseta.

—¿Es una indirecta? —Se levantó un poco la camiseta y fingió observarse con preocupación.

—No seas tonto. Era una broma. Y no muy afortunada, por cierto —repuso ella mientras pensaba en los kilos de más que conservaba aún del embarazo.

—Tú estás preciosa.

—Vaya —dijo Leire, y se sonrojó un poco—, ¿estás buscando que te invite a desayunar?

—Siempre haces lo mismo —comentó Tomás—. Cambias de tema cuando te digo algo bonito.

—No es verdad. —Pero sabía que sí lo era.

—Me gustó que me llamaras anoche.

Leire se rió.

—Vamos, eso sí que no me lo creo.

—Leire…

Sin saber muy bien por qué, ella presintió que la conversación se adentraría en uno de esos vericuetos que, en una mañana como ésa, habría preferido evitar. Fue a decir algo, a añadir alguna broma, pero la cara de Tomás le advirtió que no era lo más adecuado, así que se limitó a dar un sorbo al café con leche y a esperar. Casi se atragantó, sin embargo, cuando oyó las siguientes frases:

—No quiero que esto continúe así. No quiero perderme los berrinches del Gremlin ni que tengas que llamarme cuando pase algo. Quiero estar allí. Contigo.

—Ya hemos hablado de esto —repuso ella despacio.

—Lo hablamos antes de que Abel hubiera nacido. Ahora es distinto. Al menos para mí. Seamos adultos, Leire.

—¿Quieres venirte a vivir a casa? —preguntó ella.

—No.

Eso la desconcertó.

—Quiero comprar una casa. Quiero que vivamos los tres juntos. Y quiero casarme contigo.

Si Leire hubiera tenido poderes telepáticos, habría hecho que su hijo se despertara y reclamara su atención. No los tenía, así que el único poder que estaba en su mano era responder a esa pregunta que se había formulado sin interrogantes. Y eso, para ella, no resultaba nada fácil.

—Tomás...

—No. —Él le sonrió—. No deseo casarme contigo sólo porque hayamos tenido al Gremlin. Ni tampoco porque piense que es lo más cómodo o lo más conveniente.

Ella sabía que eso era cierto. Tomás podía ser muchas cosas, y de hecho algunas sólo las intuía, pero nunca le había parecido una persona que actuara en función de normas preestablecidas.

—Lo nuestro no es un cuento de hadas —prosiguió él—. Empezó por el sexo, un sexo fantástico. Siguió por la paternidad compartida, una aventura que nos pilló de improviso a los dos. Y sin embargo...

»Anoche, cuando llegué y te vi alterada, con el monstruito este en brazos bramando como un poseído, me di cuenta de que lo que sentía por ti no era sólo deseo, cariño o cualquiera de esas cosas.

Ella lo miró a los ojos. Necesitaba estar segura de que lo que él iba a decirle, la frase de dos palabras en la que por lógica debía culminar todo el discurso, era sincera.

Roger Fort oyó las noticias de la manifestación a media mañana, cuando volvió de pasear a su perro recién adoptado que luego, mientras él se preparaba un bocadillo, le observó con atención hambrienta. La televisión informaba de que un buen número de «indignados» habían tomado las calles de Madrid. Consignas como «democracia real ya», gritos contra los partidos mayoritarios, todo en un ambiente que, para Roger, tenía un aire festivo y pacífico. No pudo evitar pensar que esa generación, que en parte era la suya, había sido acusada de adormecida, aletargada, últimamente ya perdida. Quizá fuera hora de demostrar que estaba bien despierta y, como decían en ese momento, «indignada» ante una situación cada vez más injusta.

Sabía que no debía darle de comer al perro de su plato, que era una mala costumbre, pero verlo con aquella cara de súplica perpetua le conmovió. Un pedazo de pan no le haría daño. Además, el animal parecía haberse habituado sin más problemas a él y al espacio, no demasiado grande, y se dijo que merecía un premio. La noche anterior había estado leyendo manuales de entrenamiento canino, al principio motivado y luego aburrido al encontrarse una y otra vez con los mismos consejos que, intuía, quedaban más bonitos en la teoría que en la práctica cotidiana.

Durante un rato dudó entre acercarse o no al centro, y finalmente optó por no hacerlo. Los domingos que no trabajaba se dejaba llevar por la pereza, aunque en más de una ocasión, al final del día, lamentaba haberlo pasado sin hacer nada. La verdad, pura y dura, era que a Roger le faltaban amigos, lo cual era una situación nueva para él. Se había criado en Lleida, estudiado allí, y las amistades habían surgido solas, sin esfuerzo, y con ellas las actividades que llenaban los fines de semana: partidos de fútbol, algo de montañismo, barbacoas... Desde su traslado a Barcelona, sin embargo, no había logrado entablar ni una amistad de verdad, y sus antiguos amigos estaban ocupados, con pareja e incluso algún crío, además de encontrarse a una buena distancia. Por primera vez en su vida, Roger Fort se sentía solo, y quizá por eso había adoptado a ese perro, que al menos le daba algo con que ocupar el tiempo. Había sido un impulso poco meditado, sus turnos continuos no eran los más apropiados, pero al salir de aquella casa había sabido que al pobre animal le esperaba una vida en la perrera, así que, al fin y al cabo, un amo medio ausente no sería tan malo en comparación.

El día transcurría con la cadencia malhumorada que conlleva la pereza. La tele encendida iba informándole de los progresos de la protesta: parte de los manifestantes se habían instalado en la Puerta del Sol con la intención de permanecer en ella, al menos de pasar la noche. Roger sacudió la cabeza: la ocupación de espacios públicos era un delito y se dijo que las fuerzas del orden terminarían actuando. Como muchos otros mossos, albergaba hacia los antidisturbios —y hacia la Brigada Móvil en Catalunya— una cierta prevención.

Ya era casi de noche cuando decidió salir y acercarse al parque de la Espanya Industrial; no le quedaba lejos y al menos el perro podría correr un poco. Y vaya si corrió. Mientras Roger contemplaba el estanque con su dragón de alas desplegadas y larga cola, el animal se lanzó a una carrera desesperada y decidida, como si obedeciera la orden de un silbido inaudible. Roger iba a llamarlo cuando recordó que aún no le había puesto nombre. No le quedó más remedio, pues, que echar a correr en pos del perro, maldiciendo entre dientes y agradeciendo, de paso, su resistencia física que le permitía, si no alcanzarlo, al menos no perderlo demasiado de vista... Hasta que de repente, quizá porque ya había caído la noche, el animal desapareció por completo.

Roger siguió corriendo, desorientado, sin saber muy bien qué dirección tomar, sintiéndose ridículo y preocupado a la vez. El bosquecillo se extendía ante él. Intentó silbar, sin ningún éxito. Anduvo durante un rato que se le hizo eterno, reprendiéndose por haberse metido en ese lío, por no llevarlo atado, por no haberle bautizado y, en general, por todo lo que tenía que ver con su nueva mascota que, estaba claro, también prefería largarse a estar en su compañía. «Aburres hasta a los perros», se dijo. Por fin, ya harto de dar vueltas, retrocedió hasta el lugar donde había perdido al animal, hasta el estanque y su dragón.

No podía creerlo. El perro estaba allí, justo donde había iniciado la escapada. Tumbado, en apariencia esperándolo, proyectando un sosiego interior que hacía imposible cualquier intento de castigo. Roger se sintió poseído por una alegría extraña, casi infantil, y se arrodilló a su lado para acariciarlo. El perro le lamió las manos, pero fue entonces cuando, pese a la oscuridad, Roger Fort comprobó que, de aquella carrera, el animal había traído algo consigo.

Era un libro. *Los inocentes y otros relatos.*

—¿De dónde has sacado esto? —le preguntó, haciendo lo que había perjurado que no haría nunca, hablarle como si fuera un humano.

Abrió el libro y la dedicatoria le llamó la atención: «Para Daniel y Cristina». La firma era enrevesada pero perfectamente legible: «Santiago Mayart».

Héctor pasó buena parte del 15 de mayo pensando en el encuentro que había concertado a media tarde con Carol Mestre, la persona por quien Ruth le había abandonado más de un año antes. El hecho de que se tratara de una mujer daba al asunto un aire escandaloso, de puertas afuera, que él nunca había sentido como tal. Que Ruth no le quisiera, que no le quisiera más, era lo importante, aunque es verdad que al principio, en las largas semanas que siguieron a la ruptura, él se descubrió a sí mismo desconcertado, no tanto por el engaño en sí mismo, que podía perdonar fácilmente si evocaba su aventura con Lola, como por la sensación de que, hiciera lo que hiciera, jamás podría compararse con la nueva amante de su esposa. Con otro hombre, más joven o más listo, o simplemente distinto, habría existido ese ánimo de competición, esa lucha entre varones que parecía inscrita en el código de cualquier especie. Sin embargo, tratándose de una mujer, dicha disputa tomaba tintes casi ridículos y dejaba en evidencia una realidad dolorosa pero imborrable: Ruth había escogido un camino diferente para su vida íntima; un camino que no incluía hombres y que, por descontado, no lo incluía a él.

En cualquier caso, encontrarse con Carol en el piso al que Ruth se había mudado con Guillermo, un lugar donde él había sido apenas un invitado mientras que ella, Carol, había disfrutado de la intimidad de Ruth, le provocó durante toda la mañana un humor que oscilaba entre la melancolía y, sí, también, una pizca de rabia. Sin Carol, Ruth no se habría marchado y no habría desaparecido, meses después, de aquel loft amplio y luminoso. Sin Carol, su vida habría seguido siendo la misma, y tal vez él no le hubiera partido la cara al doctor Omar. Sin Carol... No. Su parte racional se impuso por fin. Carol no tenía la culpa de nada, aparte del hecho de haber logrado que Ruth se enamorara de ella. Y si había conseguido eso, no podía ser mala persona.

Comió viendo las noticias, como todos los domingos, y se enteró entonces de la manifestación multitudinaria en Madrid y, menos numerosa, también en Barcelona. No les prestó más atención, ya que tenía la cabeza en otro lado; intentó echar una siesta, y al no conseguirlo, sacó al azar uno de los DVD que conformaban su enorme colección de películas. Irónicamente, su mano extrajo *La calumnia*. Shirley MacLaine y Audrey Hepburn, dos maestras «falsamente» acusadas por una niña repelente de mantener encuentros sexuales, todo ante la mirada escandalizada de la época y la cara de pazguato de James Garner, que no sabía bien cómo seguir siendo el novio de una de ellas. «No era tan rara esa cara», pensó Héctor, mientras empezaba a verla de nuevo. Había algo relajante en repetir los visionados de una película: la mente podía concentrarse en detalles no esenciales de la trama, o bien podía vagar, dispersa, hacia otros destinos.

A las seis en punto acabó de verla y decidió salir, aunque no había quedado con Carol hasta las siete. Tuvo que pedirle a Guillermo las llaves del piso de Ruth, ya que sabía que su hijo iba allí de vez en cuando. No habían hablado abiertamente de ello, pero a Héctor no le parecía mal. El chaval estaba llevando el asunto mejor de lo que cabía esperar y, si así lo deseaba, tenía derecho a recordar a su madre en el piso donde habían vivido juntos. Guillermo se las dio sin decir nada, en apariencia absorto en su pantalla de ordenador, y Héctor se dirigió andando hacia el piso de la calle Llull, el loft que había sido a la vez estudio y vivienda para Ruth.

Esperó a Carol en la puerta, y de hecho ésta llegó antes de lo previsto. En cuanto entraron, la chica tomó aire, como si le costara un esfuerzo doloroso cruzar aquella puerta, reencontrarse a sí misma en aquel espacio. Héctor pensó que incluso entonces, meses después de la desaparición de Ruth, el espacio parecía estar aguardándola. Tuvo la extraña impresión de que el lugar no estaba del todo vacío, como si los objetos conservaran de algún modo el espíritu de quien los escogió, los compró y los utilizó.

La conversación fue tan correcta y funcional como cabía esperar de dos adultos civilizados del siglo XXI. Sí, había que tomar una decisión sobre ese lugar; no, ninguno de los dos se sentía capaz de rescindir el contrato de alquiler, que de momento se pagaba con los beneficios que seguían dando los diseños de Ruth. Carol tenía la intención de mostrarle las cuentas de la empresa que ambas compartían, entre otras cosas porque la parte de Ruth se depositaba en una cuenta a nombre de Guillermo, pero Héctor no vio la necesidad de revisarlas. Estaba seguro de que aquella chica no estafaría a nadie y tenía suficiente experiencia para confiar en su instinto. Fue entonces cuando se dio cuenta de que esa conclusión podría haberse alcanzado por teléfono, y comprendió por qué, en el fondo, habían forzado el encuentro en ese lugar.

—¿Y cómo estás? —le preguntó él finalmente.

Carol Mestre no era una mujer que se abriera con facilidad. O, al menos, no con él. Apenas le había mirado a los ojos en toda la charla.

—Estoy. ¿Y tú?
—Supongo que también. Al menos lo intento.
—¿Y Guillermo?
—Bien. En casa. Tranquilo, o eso parece.

Se quedaron en silencio; Héctor sentía la tentación de compartir con aquella mujer un dolor que, desde sus distintas posiciones, les afectaba a ambos. No hacía falta una gran intuición para vislumbrar la tristeza en la cara de Carol, las consecuencias de una historia no superada que se había truncado de repente. Tuvo ganas de hablarle de Lola, de esa historia que nacía, o renacía, porque Carol era la única que sabía lo difícil que resultaba reemplazar a Ruth por cualquier otra persona. Pero el momento pasó, como suele suceder, mientras Carol recogía aquellos papeles que nada importaban.

—Seguimos en contacto —dijo ella.

—Claro.

Salieron, se despidieron sin tan siquiera estrecharse la mano, y la tristeza de Héctor se hizo más aguda. Anduvo despacio hasta su casa, y antes de subir a enfrentarse con el silencio de su hijo, permaneció en la puerta, fumando un cigarrillo tras otro, hasta que el estómago le dijo basta. Arrojó la última colilla a la calle, a sabiendas de que ensuciar la ciudad no estaba bien, y se percató de que un anciano lo observaba desde la otra acera.

De pie, solo en mitad de la calle, su mirada era tan fija que Héctor tuvo la impresión de que se trataba de un viejo perdido, uno de esos pobres individuos a quienes la memoria traiciona y de repente se encuentran desorientados, sin saber regresar a casa, sin saber de hecho si tienen una casa en alguna parte. Sin embargo, unos instantes después comprendió que aquellos ojos no denotaban confusión sino análisis: le evaluaban con frialdad. El hombre debía de rondar los setenta años, aunque hacía grandes y patéticos esfuerzos por disimular su edad tiñéndose el escaso cabello de un tono que quería ser castaño pero que, a la luz de la farola, despedía un tono rojizo entreverado con el gris original. Iba muy bien afeitado y llevaba un bigote recortado con esmero, también ridículamente teñido. Vestía un traje oscuro y grueso, impropio para la primavera, que le hacía parecer aún más pálido.

Héctor le sostuvo la mirada y permanecieron inmóviles durante unos instantes, hasta que el camión de la basura, grande y ruidoso, se interpuso entre ambos. Cuando se marchó, el viejo había desaparecido. Como si nunca hubiera estado allí.

Los supervivientes

16

—¿Y ésa fue la primera vez que le vio?
Héctor asiente.
—Pero no la última —añade.
El hombre no hace ningún gesto. Su cara es una máscara impasible que no deja traslucir emoción alguna. No es que sea frío, sólo distante; su voz, acorde con aquel rostro abúlico, sin rasgos destacables, mantiene un tono monótono, peligrosamente sereno. Asiente sin decir nada, revisa los papeles en una falsa actuación, como si no tuviera preparadas ya todas las preguntas: pensadas de antemano, listas para desvelar la verdad.
—Cuénteme cuándo volvió a verle.
—Creo que me lo crucé un par de veces más a lo largo de esa semana. Daba la impresión de estar siguiéndome. Por fin, una de esas veces se decidió a hablarme.
—Bien, será mejor que vayamos paso a paso. Ese día, el 15 de mayo, usted seguía sin tener pistas sobre la desaparición de su ex esposa.
—Así es.
—Pero continuaba investigando el caso, a pesar de que sus superiores le habían prohibido expresamente hacerlo.
—Uno no puede dejar de hacerse preguntas. Ni creo que pueda pedírsele a nadie que ceje en el empeño de encontrar respuestas.
—Inspector Salgado, no generalice. Aquí no estamos ha-

blando de filosofía. —Carraspeó—. Seré más claro: ¿deseaba usted resolver el caso antes que nadie? ¿Buscaba venganza en lugar de justicia?

—No. —Lo mira a los ojos y piensa en añadir algo, aunque sabe que cualquier frase restará fuerza a esa negativa contundente. Sincera.

—Así que lo que sucedió en el piso de su ex mujer hace ahora diez días no fue una venganza premeditada.

—Por supuesto que no.

El hombre sonríe, un gesto que genera más desconfianza que otra cosa.

—La agente Leire Castro nos dijo lo mismo. —La sonrisa se hace más amplia—. Dígame, ¿qué tipo de relación mantienen usted y la agente Castro?

Es la primera mentira. Lo será cuando diga:

—Soy su superior directo.

—¿Nada más?

—Por circunstancias diversas nos hemos visto alguna vez fuera del trabajo.

—Es una bonita manera de decirlo. ¿Sabía usted que la agente Castro estuvo investigando el caso de su ex mujer durante su baja por maternidad?

—Sí. Cuando me enteré, le ordené que dejara de hacerlo.

—Ya. Ella también nos lo ha contado. Y sin embargo ambos siguieron: tanto usted como la agente Castro. En su caso, puedo entenderlo, pero ¿ella? ¿Por qué iba a dedicar su tiempo a una desaparición que no era de su incumbencia, ni personal ni profesional?

Héctor toma aire. Responde despacio, intentando que en su voz no se aprecie el afecto que siente por Leire.

—La agente Castro es una gran investigadora. Y es lo bastante joven para ver cualquier caso abierto como un reto personal. Además... —Hace una pausa y nota un nudo en la garganta, que deshace con esfuerzo—. Ruth era una mujer muy especial. Creo que la agente Castro sí llegó a tener un interés particular en ese caso. Aunque no llegó a conocer a mi ex mujer, quería descubrir la verdad.

Se hace un silencio, y Héctor intuye que ha pasado esa prueba, de momento. Las preguntas volverán, por supuesto, se harán más incisivas a medida que avance el relato, y sus mentiras tendrán que ser convincentes.

Por un instante se siente tentado de abortar la farsa y decir la verdad, pero sabe que Leire tiene razón. No hay nada que ganar y sí mucho que perder. Engañar al sistema. Sobrevivir.

Incapaz de seguir sentada, sin hacer nada, Leire consulta el móvil. Es absurdo, y lo sabe. El interrogatorio de Héctor puede durar horas, e incluso proseguir al día siguiente; ella misma puede ser citada de nuevo en cualquier momento. Su naturaleza encaja mal con la inactividad, con la espera, y sin embargo es consciente de que no tiene alternativa. El sol de verano ataca ya sin piedad y Leire retira un poco la silla, buscando un trozo de sombra. Frente a ella, turistas en atuendos que rozan lo vergonzoso fotografían el templo inconcluso, esa obra eterna que nadie espera ver finalizada nunca.

Terminar. ¿Cómo acabará todo esto? ¿Cuál será el final, el suyo propio? Debe tomar decisiones, comprometerse en cosas que no la afectan sólo a ella, y por primera vez en su vida, no sabe qué hacer. A hurtadillas, casi como si temiera ser vista, saca del bolso la fotografía de Ruth, la que se llevó de su casa seis meses atrás. En aquellos momentos, Abel no había nacido; Tomás no le había pedido que se casara con él; en aquellos momentos, ella y Héctor no habían... Se sonroja, como si tener a la esposa delante, observándola, fuera de mal gusto.

¿Cómo demonios sucedió todo? Nunca lo habría previsto, ni siquiera soñado. Héctor Salgado es un tipo atractivo, sí, pero ella siempre fue inmune a los líos que pudieran entorpecer o complicar su trabajo. Y acostarse con su jefe es una de las prohibiciones subrayadas en todos los colores dentro de su libro de normas laborales. Pero pasó, dos veces exactamente, y al recordarlas Leire tiene la impresión de que habían sido cientos, como si hubieran estado juntos durante años. Como si acostarse con él, no, hacer el amor con él, fuera la consecuencia lógica de algo que ya estaba escrito y que, por tanto, resultaba natural, cómodamente apasionado.

«No. Basta», se dice Leire. Dos errores no hacen un acierto y tres son ya una calamidad. Hay algo que ambos tienen claro: no habrá una tercera vez. La historia, su historia, quizá estuviera escrita, pero, a diferencia de la Sagrada Familia, tiene un final lacrado y asumido por los dos. Duda entre pedir otro café o no, entre permanecer sentada en la terraza o levantarse; duda entre aceptar la propuesta de matrimonio de Tomás o alejarse de la ciudad. Escapar, dejarlo todo atrás. Como intentaron hacer Cristina y Daniel: una huida romántica, un viaje a ninguna parte en el que importaba sólo la compañía, no el destino.

Pero el siglo XXI no tolera el romanticismo. Daniel y Cristina acabaron muertos a golpes, enterrados como amantes, víctimas del... ¿Del odio? ¿Del rencor?

Leire pasea la mirada por la calle. Piensa en Héctor, en los amantes de Hiroshima, en todas aquellas personas que, por alguna razón, no comprenden que amar no es sinónimo de sufrir. Mira la foto de Ruth y vuelve a sacar el teléfono móvil. «Ya basta», se dice. Hay cosas que deben empezar a resolverse ya mismo, cosas para las que no hace falta esperar.

Sin dudarlo, impelida por un súbito ataque de decisión, busca en la agenda el número de Tomás y aprieta el botón de llamada.

17

El tema de la manifestación del día anterior flotaba por todos los rincones de la comisaría y Héctor, a quien no le apetecía comentar el asunto con sus colegas, fue directo a su despacho. Era uno de esos días en los que, de haber podido, habría alzado una valla electrificada en torno a esa puerta, aislándose del mundo. De una manera u otra el hallazgo de los cuerpos y los cuadros había llegado a la prensa. Por suerte, las acampadas de protesta habían acaparado el interés de los periódicos y la cobertura se reducía a un breve artículo en la página de sucesos. Héctor cruzaba los dedos para que aquel nuevo follón no desembocara en el circo de siete años atrás.

—¿Quién es? —Habían llamado y él no estaba de humor para charlas. Todavía no.

—¿Inspector? ¿Puedo pasar?

Era Roger Fort. Quizá a cualquier otro le habría dicho que estaba ocupado, que lo dejara en paz, pero aquel chico no se merecía el exabrupto. Además, tras él iba Leire.

—Adelante —dijo Héctor. Concentrarse en el trabajo que tenía entre manos no le iría mal; al contrario, quizá fuera lo único que le ayudara a seguir—. Iba a llamarlos un poco más tarde. No, pasen. Cierren la puerta y siéntense.

Si alguno de los dos notó el tono de voz, entre desabrido y fatigado, fingió bien no darse cuenta. Y Héctor, habituado a observar a sus agentes, no tardó en adivinar que Fort tenía algo que decirle, algo importante y, a juzgar por su expresión perpleja, tan extraño como todo lo que rodeaba aquel caso.

Héctor Salgado escuchó el relato de Fort, tan pormenorizado como era habitual en el agente. Empezó resumiendo las rondas por las academias de arte, pero no se detuvo ahí. Para su sorpresa, Fort prosiguió con una peregrina historia de perros sin nombre y paseos por el parque. En algún momento del monólogo, la mirada del inspector se cruzó con la de Leire Castro y no le cupo duda de que los dos pensaron lo mismo. No obstante, cuando llegó a la parte de la dedicatoria que llevaba el libro en cuestión, se olvidó de todo lo que no fuera aquel caso y se concentró en las palabras de su agente.

—Así que, al llegar a casa, me puse a leer. El libro —dijo mostrándoselo— tenía la esquina de una página doblada. El inicio de un relato, «Los amantes de Hiroshima». Y… bueno, creo que debería leerlo usted también, inspector. Cuando terminé, no pude evitarlo: volví a comisaría a ver las fotos.

Héctor lo miró fijamente, muy serio.

—¿Me está diciendo que existe alguna relación entre ese libro, dedicado a Daniel y Cristina, y los cadáveres encontrados?

—Yo aún no lo he leído entero —intervino Leire—, pero a simple vista hay ciertos detalles, muy concretos, que coinciden de manera muy exacta con la disposición de los cadáveres. Y con los cuadros.

—Así es —se apresuró a decir Fort—. Pero hay algo más. Hemos estado examinando el expediente. Los interrogatorios al principal sospechoso. No sé, creo que sería mejor que lo leyera. Que lo leyeran los dos. Todo es de lo más…

Por una vez a Fort le había costado encontrar el adjetivo adecuado y Héctor le ahorró la incomodidad de seguir pensando.

—¿Y el autor es…?

—Santiago Mayart —respondió Leire—. Se le interrogó siete años atrás. Era el profesor del Ateneu Barcelonès, de la escuela de escritura donde se conocieron Cristina Silva y Ferran Badía. Al parecer está teniendo bastante éxito con este libro de relatos.

Fort le entregó el libro y Héctor examinó detenidamente la portada. El título, *Los inocentes*, se le antojaba de lo más irónico. Y el nombre del autor le resultaba familiar. Se volvió hacia el panel donde había dispuesto la información que tenían sobre el caso.

—Como ven —dijo—, el panel está dividido en dos partes: en la primera tenemos el momento de los hechos, junio de 2004, y en la segunda, el actual, mayo de 2011. A la izquierda tienen los datos referidos a las víctimas antes de su desaparición: amigos, intereses, familia, relaciones... Para empezar, concéntrense en sus amigos; quiero saber todo lo que pueda averiguarse sobre los miembros del grupo donde tocaba Daniel y sobre la compañera de piso de Cristina. Cómo están ahora, qué hacen, con quién viven y de qué viven. Distribúyanse el trabajo como mejor les parezca. Yo he hablado ya con los padres de ambas familias y por ahora me ocuparé de Ferran Badía. Leeré el relato, por supuesto. Volveremos a vernos mañana a primera hora, ¿de acuerdo? ¡Y cuidado con la prensa! Intentemos tenerlos alejados.

A lo largo de la mañana, sin moverse del despacho, Héctor inició una ronda de llamadas con un único objetivo, Ferran Badía. Que hubiera sido el principal sospechoso para Bellver en los inicios del caso no probaba demasiado, pero tampoco lo exculpaba. A día de hoy, el chico estaba ingresado, por voluntad propia, en una clínica del Tibidabo. Héctor no confiaba en obtener demasiada colaboración por parte de los responsables del centro y, efectivamente, no la hubo. A duras penas le confirmaron que se encontraba allí, y desde luego no le autorizaron a entrar en el centro sin una orden judicial que lo exigiera; tampoco le facilitaron dato alguno sobre su patología o tratamiento. «No será difícil de conseguir», dijo Héctor, aunque por sistema él prefería encarar esas cosas con menos papeleo. Sin embargo, y para su sorpresa, dos horas más tarde recibió una llamada de la misma clínica. Ferran Badía había sido informado de la petición del inspector y había accedido, de hecho había solicitado, una entrevista con él: el jueves por la mañana, a las once en punto. Era mucho más de lo que Héctor esperaba y casi sonrió, satisfecho.

«Trabajar es la mejor terapia contra los malos pensamientos», se dijo, y la frase le sonó demasiado reaccionaria incluso para alguien de su edad. Miró el reloj; era la hora de comer y, movido por un impulso súbito, decidió probar si el juez de instrucción que había llevado el caso en sus orígenes estaba libre. Como los días en que los astros se alían para ayudarnos lo hacen con todas las consecuencias, Felipe Herrando no sólo estaba libre sino que además le apetecía comer con él. Eso sí, cerca de la Ciudad de la Justicia.

El juez Herrando era un tipo simpático, incluso campechano en el trato directo, que no podía entender cómo un argentino que vivía en Barcelona no fuera aficionado al fútbol en general y a la estrella del equipo de la ciudad en particular. De todos modos, le importaba poco siempre que le dejara charlar un rato sobre su tema favorito, cosa que Héctor hizo hasta que llegó la hora del café.

—Bueno, Salgado, hace tiempo que no coincidimos en estos mundos.

—¿Cómo va todo?

—Con ganas de vacaciones, si te digo la verdad. En cuanto empieza el buen tiempo, me muero por largarme de la ciudad y perderme en la montaña.

El montañismo, en cualquiera de sus vertientes, era el segundo deporte favorito de Herrando, recordó Héctor, a quien le costaba un poco imaginar al juez instructor con una mochila a la espalda y ascendiendo hacia la cima de cualquier pico.

—No te quejes mucho —dijo Héctor, sonriente—. Todavía no hace demasiado calor.

—Ya, pero llegará —respondió Herrando en tono lúgubre,

como si las altas temperaturas fueran una sentencia cruel—. Me habrás llamado para algo, así que dispara, inspector.

—¿Recuerdas el caso contra Ferran Badía? Verano de 2004.

—¿Aquel sosainas que mató a sus amigos? —Herrando lo miró extrañado—. Me acuerdo. ¿A qué viene tu interés ahora?

Héctor lo sabía —remover casos antiguos y cerrados no había sido jamás el tercer deporte favorito de ningún juez, ni el décimo tampoco—, de manera que relató el hallazgo de los cadáveres y su larga conversación con Martina Andreu.

—A ella sí que hace meses que no la veo —comentó Herrando—. ¿Por dónde anda?

—Persiguiendo delincuentes de guante blanco —contestó Salgado—. Mira, tú conoces bien a Andreu y sabes que no es una persona que dude demasiado, más bien al revés: si cree que tiene razón, avanza como un tanque. Por eso quería conocer tu opinión.

Herrando asintió despacio, su semblante adoptó una expresión súbitamente seria.

—Conozco esa sensación —comentó—. Todos tenemos en la conciencia casos que nos dejan intranquilos. La gente critica al sistema y, sin embargo, su principal debilidad es que ha sido pensado y ejecutado por humanos. La justicia siempre ha sido y será imperfecta, tenemos que vivir con ello. No obstante —hizo una pausa; su expresión concentrada parecía localizar los datos en un archivador alojado en alguna parte de su cerebro—, en este caso me temo que las dudas sobran. El chico se libró porque no había cuerpos; la única injusticia, en todo caso, se cometió con las víctimas y sus familias.

—Supongo que sí. Tampoco se consiguió de él una confesión.

—Héctor, hay algo que sí puedo decirte y tienes que creerme: el noventa y nueve por ciento de los encausados se declaran inocentes, y he llegado a la conclusión de que algunos hasta se lo creen. Por Dios, el otro día tuvimos un caso en que el acusado, un pelagatos que intentaba atracar una sucursal bancaria a pleno día armado con una pistola, tuvo el cuajo de decirme cuando lo interrogamos que había sido una broma, «una apuesta con unos colegas, señor juez» —recitó, remedando el acento—. La madre que lo trajo; a veces uno tiene la sensación de que lo toman por imbécil.

»Así que te digo una cosa: un manco podría contar con los dedos de la mano las ocasiones en que alguien se declara culpable.

—Hombre, en este tipo de casos a veces confesar supone una catarsis —adujo Héctor—. No estamos hablando de un asesino profesional. Algunos de estos homicidas no resisten la presión.

—Eso es verdad, y éste parecía ser el típico chaval que se hunde con la primera ola. Pero no hubo forma. Lo recuerdo bien: se mantuvo en sus trece. No sabía dónde estaban ni qué les había sucedido. Vamos, era inocente como un querubín y se había tragado las pastillas para dormir pensando que eran caramelos.

Héctor sonrió a su pesar. Hacía años que habían sepultado la ingenuidad, algunos bajo capas de ironía, otros bajo un manto de desencanto.

—Tienes razón —dijo instantes después—, pero Martina Andreu tampoco es…, ¿cómo lo dicen acá? ¿Un alma plácida?

Herrando meneó la cabeza con una sonrisa.

—Un alma cándida. No, desde luego que no. —Cambió de tono para proseguir—: La seguridad llega con los años, y ése fue uno de sus primeros casos, si mal no recuerdo. Hubo bastante presión, es normal que le quedara el gusanillo de la incertidumbre. Es cierto que a simple vista no daba la impresión de ser un asesino: tenía pinta de intelectual, un aire ausente de empollón distraído. Entre tú y yo, aunque negaré haberlo dicho, era de esos tipos que despiertan en las mujeres un instinto maternal.

—¿Insinúas que la subinspectora Andreu…?

—Dios me libre de insinuar nada con connotaciones sexistas. Sólo te digo que a mi madre también le habría gustado ese chico.

—Ya. ¿Recuerdas algo más? ¿Algún detalle que te llamara la atención?

—Ahora mismo, no. Si me das un par de días revisaré mis notas. No obstante, y ahora hablo muy en serio, yo en esto estoy con Bellver. El tipo no sólo mató a sus amigos, sino que escondió los cuerpos y no demostró la menor compasión hacia unos familiares que deseaban hacer lo único que les está permitido en esas circunstancias: enterrar a sus muertos, llorarlos como es debido y pasar página. Por muy rubio que fuera y por indefenso que tratara de parecer, no siento la menor simpatía por él. Alguien capaz de eso, de dejar a los padres de esos chicos con esa angustia dentro, no me despierta la menor piedad.

En ese momento, el juez Herrando debió de caer en la cuenta de que el hombre que tenía delante atravesaba una situación parecida a la que acababa de describir.

—Por cierto —le dijo en voz baja—, ¿algún dato nuevo sobre tu ex?

—No. —Héctor cambió de tema porque no tenía nada más que añadir—. Y tienes razón en algo: si Ferran Badía lo hizo, no merecerá tampoco ni un ápice de mi compasión, ni de mi tiempo.

Estaban pagando a la catalana, como decía Héctor, dividiendo exactamente la cuenta en dos, cuando se volvió hacia la puerta de cristal del restaurante y, sin poder evitarlo, se sobresaltó. El viejo del traje oscuro estaba ahí, observándolo, y a la luz del sol de la tarde se le antojó aún más anciano, más incongruente con aquel traje de invierno. Anduvo a paso rápido hacia la puerta, pero al salir a la calle el tipo ya no estaba.

18

Por enésima vez en su vida, Leo Andratx maldijo esa caballerosidad aprendida que siempre le había convertido en el favorito de las madres de sus amigos. Una característica que no era necesariamente negativa, pero que en algunos momentos le ponía en serios aprietos o le obligaba a mantener conversaciones educadas cuando lo que quería era cortar la charla y largarse.

Pensaba eso mientras sorteaba los coches, subido en la moto, de camino a casa. Tenía el tiempo justo para ponerse una ropa más acorde y dirigirse a plaza Catalunya, donde la indignación le estaba tomando el pulso a la realidad política. Se veía venir, aunque nadie imaginaba que las cosas fueran a tomar un cariz tan multitudinario y tan mediático. Ni siquiera él, que había participado activamente desde su blog en el lanzamiento de reflexiones en contra del bipartidismo dominante, en contra de la clase política en general y de los banqueros, los nuevos malvados, en particular. Leo Andratx se sentía en el centro de un momento histórico y quería vivirlo tanto como sus obligaciones se lo permitieran. La gente protestaba en la calle mientras él, y algunos más, fomentaban las quejas con un objetivo definido: lograr la caída de ese gobierno blando y sustituirlo por otro que supiera tomar las riendas con menos sensibilidad. «Por ahora hemos conseguido sublevar a las masas», pensó satisfecho. Y era algo que quería ver en persona.

Por eso apenas había logrado contener la impaciencia cuando reconoció al teléfono la voz de la madre de Daniel. Ronca de llorar, intentando aparentar serenidad, la mujer le había llamado al móvil justo antes de salir de la oficina. En su día, en medio de aquella locura que fue la desaparición, las sospechas y el juicio subsiguiente, Leo fue el único amigo de Dani que ella reconoció como merecedor de su confianza. El único serio, el único con dos dedos de frente. Tampoco tuvo que hacer nada para ganarse ese rol: Hugo estaba en las nubes, conmocionado por todo, e Isaac... Bueno, Isaac siempre sería un infeliz. Leo era el economista, la clase de amigo que Virgínia Domènech habría escogido para su hijo de haber podido hacerlo.

Dejó la moto aparcada delante del inmueble donde vivía, en Gran de Gràcia, y no quiso entretenerse en esperar el ascensor. Subió los peldaños de dos en dos y, al abrir la puerta de su apartamento, notó el olor a limpio inconfundible que dejaba la chica de la limpieza. Se quitó la chaqueta deprisa, se aflojó la corbata y empezó a desabrocharse la camisa de camino a su habitación. Ésta daba a un cuarto de baño y decidió darse una ducha rápida. Para él la protesta ciudadana no estaba reñida con el desodorante. Cinco minutos después, secándose con la toalla, abría el armario y comprobaba dos cosas: que la mitad que Gaby había dejado vacía seguía doliéndole y que la chica boliviana había sacado ya la ropa de verano, tal y como él le había dejado escrito en una nota. Buscaba algo de manga corta cuando, por azar, pasado y presente volvieron a confluir por segunda vez en ese día. Sacó despacio una camiseta que hacía años había sido negra. Al tenerla en la mano, no pudo evitar recordar la conversación telefónica, la voz que le decía que habían encontrado los cadáveres. Cadáveres. Daniel. Cristina. Hacía tiempo que habían pasado a ser fantasmas ignorados, a ratos incluso odiados, pero de repente habían cobrado la entidad de cadáveres. Cuerpos conocidos, esqueletos con nombre. Se miró en el espejo con la camiseta puesta. Hiroshima. La foto que ellos mismos se habían tomado para estamparla. Sonrió al recordarlo: cuatro niñatos entre guerreros de piedra. Casi le había costado aquel trabajo de verano en el Fórum.

Habría podido estar bien. Muy bien. Y a él no le importaba reconocer que era sobre todo gracias a Daniel. Hugo a la guitarra y el propio Leo al bajo habían formado parte de otro grupo, nada serio, simplemente reunirse y tocar un poco los domingos de invierno en un local que los padres de Leo habían cedido a su hijo para ese fin, aunque sospechaban, equivocadamente, que lo usaría para encuentros de índole más íntima. Se limitaban a versionar canciones de sus ídolos, tomarse unas cuantas cervezas y pasar el domingo, sin más pretensiones. Pero todo había cambiado cuando apareció Dani en escena, y nunca mejor dicho. En su momento lo había intuido, pero a día de hoy era capaz de reconocerlo: Daniel tenía carisma. Algo especial. Sin él, Hiroshima simplemente no existía.

Hiroshima. Un nombre de cuatro sílabas, como ellos. Y con fuerza. Ése había sido el criterio que los había llevado hasta él y que los convenció en cuanto alguien, Hugo si no recordaba mal, lo dijo en voz alta. Lo habían pasado bien. Hugo, Isaac, Dani y él mismo: en otra época quizá habrían sido mosqueteros y habrían cambiado las guitarras, la batería y la Play Station por las espadas, los duelos y los juramentos de lealtad. Hiroshima había sido un grupo de aficionados, pero también un punto de encuentro, una excusa para huir de sus distintas realidades, un pretexto para evadirse de padres, novias, estudios, del presente en general.

Para Leo, acostumbrado a la obediencia y a la necesidad de invertir el tiempo libre en lugar de perderlo, «ir a ensayar» había supuesto la manera de conciliar el ocio con la utilidad. Por eso a veces se irritaba los domingos cuando los demás se mostraban indolentes y se lanzaban sobre la Play en lugar de tocar, o en el caso de Isaac, cuando aparecía con una resaca que casi no le permitía mover la cabeza. Sin embargo, lo más curioso fue que, hasta los últimos tiempos, en pocas ocasiones faltó alguien a la cita dominical, esa misa pagana en la que se tocaba rock y se consumían porros —lo único aparte del alcohol que Leo permitía en el local—, se hacían promesas y se jugaba a casi todo. Podían encontrarse también otros días, los miércoles normalmente, aunque el domingo por la tarde era el día en que nadie fallaba, como si todos quisieran prolongar el fin de semana, retrasar el maldito lunes, siempre frustrante, y desear que se disolviera en un agujero temporal.

Recordó el olor a marihuana que él luego se empeñaba en eliminar, las latas de cerveza vacías —las «musas cadáveres», como las llamaba Hugo—, las montañas de colillas, pirámides apestosas que conseguían mantenerse en precario equilibrio.

Y casi sonrió, aunque entonces no le había parecido en absoluto divertido, al pensar en el día en que Isaac, que a veces se quedaba a dormir en el local, había estado a punto de incendiarlo con un cigarrillo mal apagado. El enfado de Leo, coreado por los otros dos aquella vez, había alterado durante una única semana la rutina de Hiroshima. Isaac no apareció el domingo siguiente a la hora habitual ni respondió al teléfono, a pesar de que Hugo y Dani le llamaron varias veces. Al final, cuando ya se marchaban, más pronto de lo habitual porque, aunque nadie osó reconocerlo, se sentían como una mesa coja, Isaac apareció en la puerta, compungido como un cachorro al que ha pillado una tormenta. E incluso Leo, que hasta entonces se había mostrado inflexible, tuvo que dar su brazo a torcer y reintegrarlo de nuevo en el grupo.

«Quizá no debería haberlo hecho», murmuró para sus adentros. Quizá, como le enseñaron de pequeño, tendría que haberse deshecho de la manzana podrida antes de que causara más problemas. Pero entonces sus vidas, las vidas de los cuatro, o al menos de los tres que seguían vivos, no habrían sido las mismas ni necesariamente mejores. En cuanto a Daniel…, hubiera muerto igualmente, se repitió. Él y Cristina se metieron en su propio embrollo y su historia acabó en tragedia. Sí, Daniel estaría muerto a día de hoy aunque no hubiera sucedido nada de lo que pasó. Pero esa frase, que tantas veces se había repetido a sí mismo, estaba ya tan deslucida como el negro de la camiseta y sonaba a vieja, a gastada.

—Fue culpa de Cristina —dijo en voz alta—. Ella se lo cargó todo. Ella arrastró a Dani a aquella historia absurda.

Lo que ya no pudo expresar en voz alta sin sonrojarse un poco fue que, durante los últimos meses que tocaron juntos, Leo había traicionado la regla más básica de la amistad masculina. Y, lo que es peor, sin ningún éxito. Ni siquiera en la actualidad sabría decir por qué le atraía tanto Cristina, por qué tenía que hacer esfuerzos para no seguirla con la mirada, para no imaginarla desnuda entregándose no sólo a Daniel sino a aquel otro chaval, aquel desgraciado sin atractivo. En algún momento incluso se lo había preguntado a Dani, casi con esas mismas palabras.

—¿De verdad os metéis en la cama los tres? ¿Folláis todos juntos?

Estaban solos en el bar de siempre, un establecimiento de Hostafrancs frecuentado por gitanas vestidas con visón y zapatillas. Mataban el tiempo mientras esperaban a los otros dos, y Leo aprovechó para formular una pregunta que le quemaba en la boca desde hacía semanas. Desde que Daniel, Cristina y el otro habían pasado aquel fin de semana largo en Ámsterdam a principios de marzo. Juntos. Como una pareja de tres.

Daniel tenía el botellín de cerveza en la mano y bebió con sed. Una gota de líquido le rodó por la barbilla y se la limpió con el dorso de la mano antes de dejar la botella en la mesa.

—¿Qué pasa? ¿Te parece mal?

A Leo le fastidiaba que le respondieran a una pregunta con otra.

—Mal, no. Me parece raro. ¿Habías estado con otro tío alguna vez?

En esta ocasión la respuesta fue una carcajada.

—Leo, de verdad, ¿en qué mundo vives? ¿A ti nunca te la ha chupado un compañero de clase? ¿En el vestuario o en un rincón del patio? Joder, yo recuerdo a uno que me hizo una paja tremenda en clase de mates. Metió la mano por debajo del pupitre y empezó a tocarme.

No, a Leo no le había sucedido nunca nada de eso, ni se le había ocurrido. Ni le habría gustado.

—Pruébalo un día. Los tíos les hacen menos ascos... a las pollas, ya sabes.

Con una sonrisa, Dani pidió otro botellín, el tercero ya para él, y de paso otro para su compañero.

—Bueno, vale —cedió Leo, aunque enseguida volvió a insistir en lo que de verdad quería saber—. Eso es una cosa. No sé, un desahogo. —Sonrió—. Pero si estás con tu chica, con Cris, ¿qué pinta ese pasmado ahí en medio?

Algo en su tono molestó de verdad a Daniel, porque se volvió y la expresión de su cara había cambiado.

—Eh, ese «pasmado» se llama Ferran. Y es un tío de puta madre. Tiene más coco que tú y yo juntos.

Leo no pudo evitar una mueca de escepticismo, aunque lo cierto era que apenas lo conocía. Lo había visto con Dani y Cristina, pero el chaval no hablaba y muchas veces uno ni se daba cuenta de si estaba allí o no. De todas formas, cuando llegaron los botellines Leo hizo chocar el suyo contra el de Dani en señal de brindis.

—No te mosquees, no lo decía con mala intención.

—Ya. No pasa nada. Me jode que se metan con él, ya lo hacían en el colegio. Ferran es como es, ¿por qué la gente no le deja en paz? —Bebía con menos avidez pero igualmente se terminó la cerveza en un visto y no visto—. ¿Vamos tirando? Los otros ya deben de haber llegado.

Y Leo no insistió, pero en el fondo de su cabeza permaneció la duda. Quizá a Dani no le molestara que otro tío le metiera mano, quizá incluso fuera gay y no se atreviera a salir del armario. A Leo eso le daba igual. Lo que le importaba, lo que de verdad quería saber, era por qué Cristina se prestaba a ese juego. Tal vez fuera porque ninguno de esos dos lograba satisfacerla por completo. Por eso aguardó su oportunidad, aunque tuvieron que pasar semanas para que se le presentara. No era fácil quedarse a solas con Cristina, al menos para él; llegaba con Dani y se iba con Dani, eso si no aparecía aquella sombra y se marchaban los tres. Pero la paciencia tiene su premio, a pesar de que al final resultó ser un premio con sabor a castigo.

Ya sabían la noticia: iban a tocar en la sala Salamandra el 18 de junio. Ahora Hiroshima sí que estaba, como él mismo decía, a punto de estallar. No serían los únicos, era un concierto de grupos nuevos que versionaban éxitos de otros, pero para ellos suponía todo un reto, un desafío que a veces se les hacía demasiado grande. Y la actitud de Daniel no estaba ayudando a poner las cosas fáciles. Nadie sabía qué diablos le pasaba. Había comentado algo sobre una discusión con su padre, sin dar más detalles. En cualquier caso, lo cierto era que se mostraba o ausente o desdeñoso, con el resto del grupo y también con Cristina, por raro que pareciera. Faltaba a los ensayos justo cuando más lo necesitaban, y las veces que aparecía se unía a ellos indolente y desilusionado, o les zahería con un aire de superioridad que provocaba en Leo ganas de atizarle un puñetazo.

Aquel domingo se dejó caer tarde y se largó pronto, sin dar más explicaciones, actuando como un príncipe consentido. Leo y los demás se quedaron un rato más, pero al final la apatía general llevó a Hugo e Isaac a marcharse también y Leo se quedó en el local, solo. Por algo que había mencionado Dani, dedujo que Cris iría a buscarle sobre las diez y se dijo que, tal vez, tenía ante sí la oportunidad para estar con ella a solas. Efectivamente, llegó a las diez y cuarto, y Leo le contó lo que había pasado. Había tenido tiempo de articular bien el discurso, manejó las palabras con soltura. A veces pensaba que debería dedicarse a escribir en lugar de tocar la guitarra. Como Cristina, que iba a todas partes con un cuaderno y a ratos se abstraía de lo que la rodeaba como si fuera Virginia Woolf. Una vez Leo había curioseado sus escritos y había leído un poema dedicado a la muerte que no entendió del todo.

—En el fondo lo que le pasa es que tiene miedo —dijo Leo al final, y aunque Cris asintió, él tuvo la impresión de que ella sabía algo que se callaba.

—Últimamente está muy nervioso —admitió Cris—. Y bebe demasiado.

«No sólo eso», pensó Leo. Dani encadenaba un porro tras otro, y a pesar de que todos compartían la idea de que la marihuana era menos dañina que algunas sustancias legales, era evidente que sumía a quienes la consumían en exceso en una especie de lentitud pasota. Todo parecía darle igual: el grupo, el concierto, los planes... La vida en general. Cris no solía criticar a Dani, al menos no delante de Leo, y él entendió el comentario como una muestra de confianza. Echó los hombros hacia atrás y adoptó un tono serio, algo condescendiente, al tiempo que daba un paso hacia ella.

—Al final nos va a sacar de quicio a todos. A ti la primera, supongo.

Ella no contestó y Leo aprovechó el silencio para romper la línea invisible que delimita la intimidad.

—A veces no consigo entender cómo lo aguantas.

Cristina le miró fijamente, aunque siguió en silencio; él se animó y dio un paso más.

—Toda esa historia, con Dani y su compañero de piso. Cris, ¿no crees que te mereces algo mejor? ¿Algo más... sólido?

—¿Un hombre de verdad? —murmuró ella en un tono absolutamente neutro.

—Un hombre que no quiera compartirte con nadie. Un hombre para ti sola.

—¿Como tú?

Leo interpretó que había llegado el momento de besarla y lo hizo. Su lengua se abrió paso entre esos labios que llevaba meses deseando probar. Cerró los ojos y disfrutó del momento, del sabor, de la corriente que conectaba directamente su boca con su entrepierna. Ella no se resistió; sólo se apartó cuando la mano de él intentó rodearla por la cintura.

—¿Ya estás contento?

El tono era tan tranquilo que él dedujo que algo iba mal. Los ojos de ella, verdes como el vidrio de una botella y brillantes de algo que desde luego no era deseo, se lo confirmaron.

—La próxima vez que quieras ligarte a una chica no empieces criticando a su novio, Leo. —Sonrió y lanzó su andanada final—: Sobre todo si ese novio es amigo tuyo. Los hombres de verdad no hacen estas cosas.

Fue como una patada en los testículos, que se encogieron ante lo que era a la vez un golpe bajo y una acusación difícil de rebatir. Tenía que decir algo y su ego magullado le llenó la boca de ironía.

—¿Qué sabrás tú de hombres de verdad? Si te acuestas con dos a la vez para poder tener a uno completo.

—Eso es asunto mío. Nuestro. De los tres.

—Ya. Pues te advierto que estás jugando con fuego, Cris.

Lo dijo porque sí, ya que en ningún momento se le había ocurrido pensar que ese trío pudiera llegar a ser peligroso para nadie.

—Quizá. Pero ¿sabes una cosa, Leo? Al menos yo juego limpio.

«Yo juego limpio.» Hija de puta. «Así acabaste, molida a palos en un sótano cualquiera.»

Leo tardó unos minutos en comprender lo que acababa de decirse, en darse cuenta de que la rabia que sintió en aquel momento volvía a formar un nudo en su garganta. Las heridas en el orgullo cicatrizaban mal, supuraban en cuanto las rozaba la memoria. Y en los últimos meses habían vuelto a sangrar. La mitad vacía del armario, ese agujero negro que antes estuvo lleno de colores vivos, le arañaba el amor propio. Cris le había asestado un golpe en el pasado, pero había sido Gaby quien se había encargado de amargarle el presente.

Respiró hondo y consiguió calmarse. Debía llamar a Hugo y

a Nina, que vivían juntos en Madrid, para cumplir el encargo de transmitirles la noticia. Algo que, pensó, no tenía por qué esperar más.

Hugo contestó enseguida, como si hubiera tenido el teléfono en la mano.

—¡Leo! Qué sorpresa. ¿Qué tal, tío?
—¿Te pillo ocupado?
—Ojalá. Estoy muerto de aburrimiento aquí en el bar.
—¿Poca gente?
—«En ocasiones veo clientes» —remedó Hugo como respuesta, y ambos se rieron—. En serio, tío, no sé lo que vamos a hacer. Desde enero de este año cada mes se factura menos. Y cuando creías que menos es imposible, el mes siguiente te demuestra que no lo es.
—La gente no tiene pasta, Hugo. Las cosas van a ir a peor, te lo advierto.
—Joder. ¿Llamas sólo para deprimirme después de tanto tiempo? Pues no tengo una viga cerca de la que colgarme, así que tus planes no van a salir bien.

Leo se rió de nuevo. La verdad era que esa risa espontánea le surgía cada vez menos, y sólo con gente de aquella época.

—No, te llamaba por algo distinto... —Tardó unos segundos en seguir hablando—. Han encontrado los cadáveres de Dani y de Cristina Silva.

La citó con nombre y apellido, como si no fuera amiga suya, como si no fuera la misma Cris que conocían entonces.

—Mierda.
—Sí. Aunque en parte supongo que es una buena noticia, la familia por fin podrá enterrarlo.
—Ya.

Se hizo el silencio y Leo supuso que Hugo, como él antes, estaba reconciliándose con el hecho.

—Y... ¿se sabe algo de...?

Hugo había bajado la voz, como si abordara un tema tabú; ni siquiera se había atrevido a completar la pregunta. Leo lo hizo por él. A esas alturas, tanto tiempo después, había perdido el miedo a decirlo.

—¿Del dinero? Ni idea. Supongo que no, porque de lo contrario la madre de Dani me habría comentado algo. A no ser —hablaba al mismo tiempo que pensaba, con lo que la frase salió algo más lenta— que le hayan prohibido mencionarlo. Volveré a hablar con ella cuando esté más tranquila, a ver si me cuenta algo más. De todas formas, yo siempre lo he dado por perdido. Y nos iría bien, a mí al menos.

Oyó un suspiro al otro lado de la línea e imaginó a Hugo, con su delgadez eterna, solo y aburrido en aquel bar, el Marvel, un nombre que a Leo siempre le había sugerido que su propietario no crecería nunca del todo.

—Por cierto —prosiguió—, creo que deberíamos vernos.

—No sé. No puedo decir que nos vaya muy bien. Eso implicaría cerrar el bar unos días.

—Ya. Bueno, tú verás. Quizá podrías venir solo y que se quede Nina al cargo.

—Quizá. Pero no creo. Y no me gusta que abra el bar sola de noche.

Leo sonrió. A veces pensaba que lo mejor que había salido de aquel grupo no fueron, desde luego, sus pinitos musicales, ni el regalo inesperado que les cayó a todos, sino aquella pareja. Silenciosamente, sin la explosiva efusividad de otros, aquellos dos habían ido enamorándose y habían acabado estableciendo una relación sólida y, al parecer, duradera. Todo había empezado después, cuando ya el grupo había quedado olvidado, cuando Dani y Cris ya no estaban. Y en su fuero interno Leo estaba convencido de que jamás hubiera sucedido si aquella pareja hubiera seguido entre ellos. Verlos juntos, presenciar la tensión sexual que se establecía entre dos seres tan atractivos, hacía que el resto del mundo se desdibujara, sobre todo alguien como Nina. Pobre chica, a la sombra de Cris, con aquella mancha extraña en la cara que uno no podía dejar de mirar aunque en el fondo repeliera un poco.

—No sé. Deberíais venir. Estoy seguro de que la policía acabará llamándonos de nuevo. Y, si no es por eso, al menos por Dani.

—Y por Cris, ¿no?

Leo no contestó. Alguien entró en el bar y Hugo tuvo que colgar, con la promesa apresurada de llamarlo al día siguiente, en cuanto hablara con Nina.

Acabada la conversación, Leo se sintió mucho más solo de lo que se había sentido en los últimos meses. La soledad era una puerta abierta a los malos recuerdos, que se empeñaban en reptar hacia su conciencia como serpientes, arrastrándose en silencio desde los confines de la memoria. Pero su voluntad las pisoteó con firmeza.

Apartó uno de los bloques de la pared de piedra falsa que había instalado como cabezal, un acierto decorativo que admiraba todo el mundo, y abrió la caja fuerte que se escondía detrás. No era muy original como escondite, ya lo sabía, pero había resultado eficaz, sobre todo porque a nadie se le habría ocurrido que Leo Andratx, un joven de treinta y dos años, tuviera algo que guardar ahí. Pronto ya no tendría nada que esconder, pensó al ver lo poco que quedaba. Fue entonces, mientras intentaba poner freno a unas imágenes de futuro mucho más grises de lo que había previsto, cuando cayó en la cuenta de que Hugo no le había preguntado, en ningún momento, dónde habían encontrado los cuerpos.

19

Eran más de las siete cuando Abel se quedó dormido en la cuna que Leire tenía instalada en el salón y ella pudo, por fin, dedicarse a leer aquel relato que tanto había alarmado a Fort. Su compañero se había negado a decirle de qué trataba, sólo le había adelantado que era una historia de fantasmas ambientada en el Japón de después de la Segunda Guerra Mundial. Que la acción transcurriera en Hiroshima era lo único que a Leire, en principio, le encajaba con el caso: así se llamaba el grupo musical del chico muerto, como habían comprobado aquella mañana. Sentada en el sofá, con el relato fotocopiado en la mano y un plato con un trozo de tarta en la otra —casera, hecha por aquella canguro que estaba resultando ser, además, una gran cocinera—, tardó unos minutos más en comenzar porque, desde hacía veinticuatro horas, su mente no estaba ocupada únicamente por los asesinatos de Daniel y Cristina.

Sin poder evitarlo, regresaba una y otra vez al momento en que Tomás le había pedido que se casara con él. Y a su respuesta, o mejor dicho, a su incapacidad de contestar con un «sí» o un «lo siento, pero no» a una cuestión que pedía a gritos entusiasmo sincero o firmeza educada. Leire nunca había sido de las que tenían que pensarse las cosas, como las heroínas decimonónicas. Por una vez en la vida, ante una pregunta directa, se había dado cuenta de que, simplemente, no sabía lo que quería. Por suerte, Tomás se marchaba a uno de sus múltiples viajes a Estados Unidos y no regresaría hasta dos semanas después. Eso, al menos, le concedía una tregua para pensar.

«Ya vale», se dijo. El relato. Cuando era una niña, había sido una lectora voraz, hasta que la adolescencia le mostró que existían maneras más entretenidas de pasar la tarde. Luego, entre unas cosas y otras, había abandonado el hábito, de lo que a veces se arrepentía. Las primeras páginas la situaron en un tiempo y un lugar lejano y trágico, y la voz narradora, aquella mujer que amaba desde detrás de una puerta, despertó en ella algo que se parecía más a la melancolía que al terror. Sin embargo, tras el fragmento inicial, que terminaba con aquella inquietante fantasía erótica y aquella tela estampada con rosas amarillas, Leire se sumergió en el cuento:

A día de hoy no dejo de preguntarme cómo consiguió Takeshi intuir el peligro. Había sufrido heridas muy graves en una batalla de la que fue el único superviviente y, mientras yo velaba su sueño en el hospital, me di cuenta de que hablaba con sus compañeros muertos. No era nada raro, les sucedía a muchos, pero después la propia Aiko me confesó un día que también le había oído hablar con ellos: de madrugada, en las horas que ella se fingía dormida, su amante mantenía conversaciones con el aire y acababa sollozando, pidiendo perdón por estar vivo a quienes habían dejado su cuerpo ensangrentado en el campo de batalla.

En cualquier caso, fuera o no una locura, Takeshi me abordó un par de días antes, después de la cena, antes de que saliera hacia el hospital en mi turno de noche; me habló en un tono que no admitía réplica.

«Dentro de dos días, en la mañana del día 6, no vuelvas a casa: quédate en el hospital aunque haya terminado tu turno», me dijo.

Lo miré sin comprender. En los últimos tiempos, los bombardeos de los aliados se habían recrudecido, o eso decían, porque nuestra ciudad se mantenía incólume, como si algún dios la protegiera con un escudo invisible. Nuestros heridos se multiplicaban y, después de doce horas de trabajo, mi único deseo era abandonar aquel lugar y refugiarme en casa, nutrirme de amor en lugar de muerte.

«Prométeme que harás lo que te digo», insistió, casi enojado, y en ese instante comprendí que para él aquello era algo serio.

«¿Qué sucederá dentro de dos días?», pregunté.

Su rostro revelaba el deseo de estar furioso, pero yo sabía que fingía. Había más tristeza que rabia en sus ojos.

«Escucha —dijo en voz más baja—. Te necesitarán viva para atender a los enfermos. Habrá muchos, muchos enfermos... Muchos más de los que puedes imaginar.»

«¿De qué hablas?»

Suspiró. Por un segundo pensé que iba a desmayarse. Desde que recobró la conciencia, después de las graves heridas que sufrió en la cabeza, a ratos se quedaba con los ojos muy abiertos, sin parpadear, como si en la pared blanca se proyectaran imágenes invisibles para todos menos para él. Takeshi dio un paso atrás y se cubrió la cara con las manos.

«Estoy muy cansado», creí oír.

Me quedé quieta. Intenté alejar la mirada de aquel hombre, joven y fuerte, que se encogía ante mí. Sus hombros convulsos me indicaron que lloraba, sin embargo cuando volví a verle el rostro me di cuenta de que sus ojos estaban secos, dos manchas negras como borrones de tinta en un lienzo pálido.

«Allí estarás a salvo», me dijo.

«¿Y tú? —pregunté—. ¿Y Aiko?»

«No te preocupes por nosotros. Nos marcharemos lejos, tan lejos como nos sea posible.»

Sin añadir nada más fue a reunirse con Aiko, que le esperaba en su rincón de la cama, como siempre, envuelta en su quimono de seda estampado con rosas amarillas. Sin embargo, no se fueron. A la mañana siguiente, mientras caminaba hacia casa, me asaltó el vago temor de hallarla vacía y respiré, aliviada, al comprobar que, pese a las advertencias de Takeshi, ambos seguían allí, como si nuestra conversación no se hubiera producido.

Me dije que tal vez su augurio no había sido más que el desvarío de un momento de locura. O quizá mi amiga Aiko, que vivía conmigo desde antes de que Takeshi llegara a su vida, se resistía a la idea de dejarme sola frente a lo que estaba por venir. Al fin y al cabo, se habían conocido porque Aiko vino a buscarme al hospital. Él ya estaba mejor y paseaba por el recinto. Creo que se enamoraron en cuanto se vieron, y me alegra pensar que sin mí eso no hubiera ocurrido nunca, que ellos jamás se habrían amado si yo no hubiera pasado por sus vidas.

Debo esforzarme por olvidarlos. Por enterrarlos de verdad: no pensar en Aiko, en las sedas que pintaba cuidadosamente, aves negras o vistosas flores; sepultar los recuerdos de Takeshi, de sus manos fuertes, de su voz rota. Siempre me sucede lo mismo cuando se acerca el aniversario de su muerte.

La mañana del 6 de agosto nada hacía presagiar que el desastre estaba tan cerca. Dentro del hospital la rutina casi me había hecho olvidar los malos presagios. La noche anterior había recorrido mi camino habitual, casi vacío a esas horas. El cielo estaba sereno y, a lo lejos, el monte Hijiyama se alzaba, sólido e imponente, bajo una luna brillante. Horas después, cuando el cielo se tiñó de humo, esa montaña se convertiría en un refugio desde donde contemplar con resignación la devastación absoluta. No obstante, cuando me dirigía hacia la Cruz Roja, las palabras de Takeshi de dos días atrás me parecieron un sinsentido, el fruto de una mente enferma, de unos ojos que habían presenciado demasiadas cosas para su edad.

Me dispuse a iniciar la rutina nocturna. Era un momento que me gustaba: ante mí se extendían las camas de los heridos, yo sabía cuál era mi cometido y, a pesar del dolor que zumbaba a mi alrededor como una plaga de abejas nerviosas, tenía la absurda sensación de que mi presencia allí los hacía sentir más seguros. Me veía capaz de luchar cara a cara con la muerte que intentaba arrebatarme a los más débiles y nada me deprimía más que encontrar una cama vacía, la prueba de que Izanami se había llevado a un enfermo a sus tenebrosos dominios aprovechándose de mi ausencia... Ahora que estaba yo allí, nada malo podría suceder.

Mentiría si dijera que recuerdo mucho más del inicio de esa jornada. Supongo que cumplí con mis tareas como todas las noches, decidida a aliviar en lo posible a aquellos desgraciados que se enfrentaban al futuro con el cuerpo lacerado, miembros amputados o ciegos. Muchachos que ya eran viejos. Hombres mutilados que ya no eran hombres. La guerra no era más que una fábrica de despojos humanos; seres que necesitaban curación y esperanza y que, al menos durante unos instantes, me querían un poco.

Sí me acuerdo, no obstante, de que sobre las siete y media de la mañana, cuando faltaba poco para finalizar mi turno, me dispuse a cambiar los vendajes a un joven que había sufrido quemaduras graves en casi todo el cuerpo. Me llevó un buen rato y luego, cuando terminé, me paré unos minutos junto a la ventana para tomar fuerzas antes de marcharme. Necesitaba llenarme los ojos de verano y borrar así la imagen de las llagas, el olor de la carne podrida. Cerré los ojos e intenté empaparme de sol a través del cristal, sentir su fuerza matizada por aquel escudo protector. Luego supimos que fue precisamente el hermoso día, el tiempo despejado, lo que decidió la cuestión. Que fue aquel cielo azul, despiadadamente vacío de nubes, lo que firmó nuestra sentencia.

Pasaron dos días antes de que pudiera regresar a casa, y para entonces me quedaban pocas esperanzas de encontrarlos con vida. Se hablaba de miles de muertos, aunque nadie parecía saber qué clase de maldición había caído sobre nosotros. Más tarde supe que ese engendro arrojado desde el cielo llevaba el irónico nombre de Little Boy. Tal vez parezca una aberración, pero aquella mañana, junto a la ventana del hospital, viví una experiencia extrañamente hermosa. Un resplandor brillante y cegador, como si el sol estallara por dentro, inundó el mundo de luz. Quise abrir los ojos para verlo mejor y no pude; entonces oí el estruendo. El cristal de la ventana voló en mil pedazos, como un géiser, y cuando me di cuenta estaba en el suelo, totalmente cubierta de diminutos alfileres de vidrio.

Después sobrevino el silencio. Pétreo y aterrador. Una quietud que evocaba templos vacíos y sepulcros abiertos, una ausencia de ruido que resultaba más aterradora que el estropicio anterior. «Esto es la muerte», pensé; tienen razón quienes dicen que no es el final, sólo el principio de algo diferente, el inicio de un mundo sin voz. Pero poco a poco me percaté de que estaba viva. Nuestro hospital fue el único edificio de la zona que aguantó en pie, como había predicho Takeshi. Sufrí cortes en todo el cuerpo, ninguno de gravedad, aun así permanecí un día y medio sin salir de allí: había mucho que hacer y, por otro lado, temía desesperadamente alejarme de esas cuatro paredes. Por fin, la tarde siguiente, la ansiedad sustituyó al miedo y decidí enfrentarme a la verdad.

Hiroshima se había convertido en un cementerio sin lápidas. Una niebla densa, un manto de humo oscuro, cubría la ciudad. Cuerpos que se habían rendido a la muerte. Cuerpos que no la aceptaban y seguían en pie, sin respirar. Cuerpos que se habían desvanecido dejando sólo una mancha oscura como recuerdo. Intenté no verlos, mantuve la mirada por encima de aquel campo de cadáveres y me esforcé para orientarme por calles que en teoría conocía, pero que, sin edificios, se me antojaban distintas, como si las recorriera por primera vez.

En el fondo, algo me decía que no habían sobrevivido, que como tantos otros Takeshi y Aiko habían sido víctimas de aquel fuego blanco. La ilusión renació en mí al ver que nuestra casa no estaba completamente derruida. Entré sin darme cuenta de que ya no había puerta y corrí hacia su dormitorio, donde la esperanza se estampó contra la realidad.

Estaban allí. Entrelazados como si la bomba, aquel arma lanzada desde el cielo, los hubiera sorprendido en pleno sueño, después de hacer el amor. Permanecí inmóvil unos instantes, cerré los ojos e intenté disolver el dolor. Cuando volví a abrirlos, avancé hacia la cama. Ahí estaban, sus cuerpos desnudos. Jóvenes. Muertos. Unidos para siempre por un abrazo eterno. El brazo derecho de Takeshi colocado justo por debajo de los senos de Aiko, que, de espaldas a él, se refugiaba contra su pecho, como si fueran un solo cuerpo. Fue entonces, al observarlos de cerca, cuando me percaté de que su piel presentaba unas manchas peculiares que al principio me desconcertaron. No me atrevía a tocarlos y, en un súbito arranque de pudor, busqué con la mirada algo con que cubrirlos. Durante esos instantes, mi mente asoció aquellos extraños rastros de su piel con algo conocido y, horrorizada, me aparté de la cama. Mis ojos se llenaron de rabia y tuve que dejar que las lágrimas salieran, por miedo a que aquella amargura salada los cegara para siempre.

Los había visto así muchas veces, arropados con el quimono estampado de Aiko cuando notaban el frescor de la madrugada.

Esa noche debieron de hacer lo mismo, y aquel monstruo poderoso, casi sobrenatural en su fuerza, había logrado desintegrar por completo la tela que los cubría. Pero al hacerlo había tatuado sus cuerpos desnudos con una mortaja de rosas amarillas.

Me preocupé de enterrarlos siguiendo los ritos. Puse en su tumba dinero para el viaje y sus objetos más queridos. Busqué la última tela en la que trabajó Aiko, seda blanca donde había pintado un alud de pájaros de alas negras. No conseguí encontrarla, y me dije que tal vez las aves también habían abandonado la tela y habían quedado atrapadas en otro lugar.

«Hoy es 5 de agosto. Esta noche volveré a Hiroshima.»

Sé lo que va a suceder porque todos los años, desde el primer aniversario de esa jornada fatídica, Takeshi y Aiko vienen a verme. Me acuesto, a la hora de siempre, y aguardo su visita. Sin embargo, es la primera vez que estoy lejos de Hiroshima y temo que ellos hayan decidido castigarme con su abandono.

El primer año pensé que había sido un sueño. Que aquellas imágenes que aparecieron de madrugada, en el espejo, habían sido fruto del dolor y de la nostalgia. Que los gemidos de Aiko y el cuerpo de su amante pertenecían al mundo onírico. Que había sido mi mente la que los había evocado. La segunda vez ya no pude negar la evidencia. Permanecí despierta toda la noche, con la vista fija en el cristal hasta que de repente éste se aclaró y me mostró a mis amigos, amándose, en todo su esplendor. Eran ellos, y el espejo había dejado de serlo para convertirse en una puerta a la intimidad de una pareja. A él casi no pude reconocerlo porque la espalda de ella me lo ocultaba, pero era obvio que estaba ahí, tumbado, gozando de ella, de esa mujer de piel blanquísima que gemía y se arqueaba, sentada a horcajadas sobre él. No paraban, seguían entregados a esos movimientos, ajenos como siempre a que alguien pudiera estar observándolos. Pero de repente, cuando por el ritmo se diría que estaban a punto de culminar el acto, ella se detuvo y volvió la cabeza. Aiko… Su rostro expresaba deseo y curiosidad a partes iguales. Al final sonrió. El cabello oscuro le ocultaba parte de la cara y ella se lo echó a un lado para que pudiera verla bien. Para que no me quedara duda alguna de quién era. Me acerqué al espejo para tocarla, seducida como antaño por tanta belleza, y deseé con todas mis fuerzas atravesarlo y unirme a ellos. Por un momento dejaron de acariciarse, como si me vieran. Supe que Aiko quería decirme algo. Abrió la boca, aunque de ella sólo salió un vaho gélido que dejaba extrañas manchas en el cristal.

Lo mismo se ha repetido todos los años, en la madrugada del 6 de agosto. Por eso me acuesto desnuda esta noche, les ofrezco mi cuerpo, el mismo que no quisieron en vida, y fantaseo de nuevo con las manos de Takeshi, con su boca lamiendo mi sexo mientras Aiko me besa en los labios. Pasan los minutos, las horas, la madrugada parece no llegar nunca para los insomnes. Temo que no vengan, que su eco haya quedado atrapado para siempre en los confines de Hiroshima, esa ciudad de la que he tenido que huir antes de que su aire corrupto acabe conmigo.

Deben de ser casi las cinco cuando despierto, sobresaltada por el hecho de haberme dormido. Me levanto de un salto y corro hacia el espejo, que me devuelve mi propio rostro desencajado. Lo golpeo con las palmas de las manos, llamándolos. Por fin, cuando ya estoy a punto de desistir, un humo oscuro empaña mi imagen. Sonrío, esperanzada, y un escalofrío me recorre el cuerpo. Van a venir. No me han abandonado.

Sí... Suspiro aliviada al ver que son ellos, aunque esta vez no están haciendo el amor, sino que yacen, inconscientes, abrazados como siempre. Los observo como lo hice aquella noche: comprobé que dormían antes de cerrar su cuarto con llave, antes de condenarlos. Aparto la mirada porque no es eso lo que esperaba ver, pero las imágenes siguen dentro de mi cabeza y avanzan despacio, a cámara lenta. Oigo en mi cabeza el estallido de la bomba y me resisto a contemplar la muerte que ella y yo provocamos juntas. Las lágrimas corren por mis mejillas, abrasándome la piel, y todo mi cuerpo se estremece por el impacto. Luego, como aquel día, sólo queda el silencio, ahora perturbado por mi llanto. Sollozos culpables por lo que hice, por haber sobrevivido, por no haber regresado para morir con ellos. Por haber sucumbido al temor de ser abandonada.

Cuando vuelvo a mirar, la escena es distinta. El cuarto que compartían ha quedado invadido por una bandada de pájaros negros y comprendo que ése es mi castigo por haber huido de Hiroshima. Manchas aladas suspendidas en el aire que, sin previo aviso, vuelven sus cabezas. Me observan, impasibles, calculadoras, y de repente, como si obedecieran una orden muda, se lanzan furiosas contra el espejo. Contra mí. Oigo sus picos golpeando el cristal hasta partirlo, oigo el susurro salvaje de sus alas y me estremezco ante el chirrido de esas garras arañando la barrera que las frena. Intento cubrirme la cara con los brazos, segura de que conseguirán atravesarlo para atacarme. Sé que en algún momento, cuando atraviesen la frontera que los separa del mundo de los vivos, esos pájaros que oigo aletear cada vez más cerca caerán sobre mí con sus picos afilados para arrancarme los ojos y destrozarme la piel.

En la azotea, rodeado de plantas que aspiraban a crecer, Héctor contemplaba la ciudad adormecida con ojos cansados. Había dormido poco la noche anterior y tampoco parecía probable que el sueño se apoderara de él en las horas siguientes. Conocía bien ese insomnio improductivo, esa vigilia letárgica que sólo servía para llenarle la cabeza de fantasmas. Como los del relato, que había leído dos veces sin llegar a comprender del todo su significado.

El cuento, narrado en primera persona, contaba claramente una historia de amor y celos ambientada en la Hiroshima de 1945 y varios años después. El triángulo formado por Takeshi, Aiko y la enfermera, amiga de ambos, tenía un final trágico: los amantes morían, por culpa de la bomba y porque la amiga, que no tenía nombre, impedía su huida.

«Un cigarrillo más —se ordenó Héctor—, sólo uno.» El relato no había conseguido asustarle, pero tampoco podía quitarse de la cabeza alguna de sus imágenes. Hiroshima, los amantes muertos, los pájaros vengadores, la amiga triste y a la vez culpable, digna de compasión y también, en cierto sentido, merecedora de castigo. Y, por supuesto, una ciudad devastada, tan distinta a la que se extendía frente a él, desde la azotea. Mientras fumaba, intentó sacudirse de encima la sensación corrosiva de que, en esa ciudad plácida que vislumbraba desde las alturas, como un dios pagano, también estaban sucediendo en esos momentos cosas que escapaban a la lógica y a la bondad. Bajo esas luces tenues, en esa ciudad elegante, amantes despechados apuñalaban a sus parejas, padres golpeaban a sus hijos, niños actuaban con crueldad inusitada contra otros, familias enteras perdían sus empleos y sus hogares. Algunos, como Ruth, desaparecían, tragados por unas sombras que la belleza de la ciudad se empeñaba en difuminar, y otros, como él, fumaban en silencio, insomnes, incapaces de cerrar los ojos ante una realidad que se cernía como un fantasma en torno a una ciudad dormida.

20

Nina no solía encender la televisión por las mañanas, entre otras cosas porque el día empezaba para ella muy temprano y a esas horas, incluso con el volumen muy bajo, el sonido parecía retumbar contra las paredes. El piso era tan pequeño, treinta y cinco metros cuadrados contados con generosidad, que la única habitación quedaba separada del resto por un tabique que parecía de papel. Además, desde que Nina se había acostumbrado a madrugar, disfrutaba más de esos momentos en que el mundo parecía estar callado, en pausa. También le gustaba pararse un instante en la puerta de su habitación y contemplar a Hugo, con ambos brazos alrededor de la almohada y una pierna, asombrosamente velluda para aquel torso lampiño y delgado, asomando entre las sábanas.

Esa mañana Nina puso la cafetera al fuego, como siempre, y notó en los tobillos el cuerpo suave de Sofía, que sabía que si maullaba con suficiente energía recibiría un poco de leche. Nina se agachó para cogerla en brazos, pero la gata la esquivó y siguió insistiendo hasta que vio cumplido su deseo. Fue entonces, mientras esperaba a que subiera el café, cuando Nina decidió poner las noticias, casi sin voz, para no despertar a Hugo. Sentía curiosidad por la evolución de aquella protesta joven y masiva que estaba ganando fuerza. Por una vez, Nina se veía capaz de suscribir aquellos lemas que atacaban a todos los partidos políticos por igual y que, en definitiva, definían su propia realidad cotidiana. «Nos habéis robado el futuro», decían. Y ella, que por dentro se lamentaba de que le hubieran usurpado el pasado, se rebelaba ante la posibilidad de que el mañana también se le escapara de las manos. Pero las imágenes de jóvenes sentados con los brazos en alto eran las mismas que había visto la noche anterior, antes de acostarse. Volvió a distinguir alguna cara conocida, vista a lo lejos, entre el tumulto alegre que llenaba Sol. El borboteo del café la hizo volver a la cocina, y allí se demoró un poco porque Sofía, al vislumbrar de nuevo el cartón de leche, exigió una segunda ración con una renovada tanda de maullidos airados. Ella cedió, como era habitual; se agachó para verter la leche cuando de repente el volumen del televisor subió de golpe y la asustó. Sofía se lanzó con fruición hacia las gotas que se habían derramado en el suelo, no sin antes castigar aquel gesto de torpeza humana con una mirada casi despectiva.

Nina oyó el ruido inconfundible del mechero y vio una bocanada de humo, seguida por una tos breve. Cogió su café con leche y salió al comedor. Hugo estaba sentado en la alfombra, en calzoncillos, frente a la tele, con la espalda apoyada en el asiento del sofá. Ella se colocó a su lado, algo molesta por aquella intrusión que alteraba su rutina matinal.

—¿Te he despertado? —preguntó en voz muy baja.

Hugo no contestó, absorto en las imágenes de la pantalla, pero la abrazó por el hombro y la atrajo hacia él. Estaba tan serio que también ella les prestó atención, intuyendo que pasaba algo, pero sólo tuvo tiempo de ver las fotos de Cristina y Daniel, las mismas que habían ocupado las portadas de los periódicos siete años atrás, antes de que el noticiario pasara a otro asunto. Hugo contestó a la pregunta sin que Nina llegara a formularla.

—Creen que han encontrado los cuerpos —dijo—. Acaban de decirlo. Estaban en una casa cerca del aeropuerto.

Nina no se movió y él le dio un beso rápido en la frente y la abrazó con más fuerza. Ella notó el calor que desprendía su cuerpo y se refugió en él como si no fuera mayo, como si de repente hiciera un frío invernal.

—Leo me llamó anoche para decírmelo, pero cuando subí estabas dormida y no quise despertarte.

Por un momento, Nina se quedó desconcertada. Esos nombres se le antojaban personajes de otro libro. Un relato ya leído y olvidado. Una historia de la que ella y Hugo se habían alejado, de cuyas páginas habían huido en busca de un argumento distinto. Una tragedia capaz de aflorar inesperadamente. Con el cambio de ciudad y trabajo, todo lo anterior había ido adquiriendo una tonalidad difusa, remota, casi de ficción. Eran cosas que le habían sucedido a otra persona, a una Nina distinta en la que ella prefería no pensar demasiado porque, cuando lo hacía, tendía a avergonzarse: una cría desesperada por agradar, siempre pendiente de la ropa que vestían los otros, las palabras que decían los otros; lista para apropiarse de gustos y opiniones ajenos y defenderlos como propios con una vehemencia que, vista desde el presente, resultaba tan ridícula como exasperante. La juventud, que podía haberse usado como explicación, era una excusa sólo parcial, y Nina lo sabía. No todas las chicas de su edad eran iguales. No todas, por ejemplo, habrían aceptado con tanta docilidad que una amiga reciente les cambiara el nombre simplemente porque coincidía con el suyo propio.

«A mí me llaman Cris, así que tú serás Nina, ¿de acuerdo? Además, Nina te sienta bien.»

Era sólo una frase, sin más importancia, y sin embargo para Nina se había convertido en un resumen perfecto de su amistad con Cristina Silva. Cuando empezaron a vivir juntas, a compartir el piso viejo que Cris tenía alquilado no muy lejos del mercado del Born, ella había pasado a ser Nina. Ocho años después seguía siendo Nina y probablemente lo sería ya para siempre. Pero no podía decir que fuera la misma, ni mucho menos. La chica que llegó al piso, acomplejada por aquella mancha de nacimiento que llevaba impresa como un borrón violáceo en la mejilla izquierda, había quedado atrás. Cristina había logrado que viera esa marca no como una maldición sino como una parte de ella que debía aceptar. «Si sigues maquillándote para ocultarla vas a terminar pareciendo un payaso», le había dicho un día. Y le había lavado la cara y la había puesto delante del espejo del cuarto de baño que compartían. «Está ahí, no puedes borrarla. Vive con ella. Si a ti no te importa, si te olvidas de su existencia, los demás acabarán por no verla tampoco. Ésa es la manera de hacerla invisible: aceptarla en lugar de luchar contra ella.»

La voz de Hugo la devolvió al presente:

—El café se te va a enfriar.

Ella negó con la cabeza y se lo ofreció.

—No me apetece. Tómatelo tú si quieres.

Se acurrucó contra su pecho y cerró los ojos. Él encendió otro cigarrillo y ella se dio cuenta de que era tabaco de verdad, no del de liar que Hugo había empezado a fumar hacía poco y al que, aseguraba, se había acostumbrado ya.

—¿Qué tal fue anoche? —preguntó Nina en un esfuerzo por recuperar conversaciones cotidianas.

—Como siempre. A la una me harté de estar solo y cerré.

—Tengo que irme —susurró ella, y notó que él se encogía de hombros a la vez que algo se apoyaba en su pie descalzo—. Es hora de abrir.

Abrió los ojos, aunque sabía perfectamente que eso que se abría paso entre ambos era la gata. Terminado el desayuno, Sofía se dedicaba a su segunda actividad favorita del día: sentarse en el regazo de Hugo, especialmente si Nina andaba cerca. Resultaba curiosa la adoración que aquel animal sentía por él, más aún cuando Hugo le hacía poco caso y tenía pocos miramientos a la hora de bajarla del sofá de un manotazo. Daba igual: el minino había decidido cuál sería el objeto de su devoción desde el principio, a pesar de que había sido Nina la que la había encontrado abandonada, a la puerta del bar, y quien había insistido para que se quedara con ellos en casa. Hugo apenas le dedicaba una caricia de vez en cuando; Sofía lo idolatraba sin remisión.

Nina se apartó un poco y la gata ronroneó satisfecha.

—Leo me preguntó si iríamos a Barcelona. Le dije que hablaría contigo.

A pesar de sus palabras, ella comprendió que ya había decidido. Conocía ese tono, era el mismo que había usado en Navidad para convencerla de que debían irse de vacaciones aunque no tuvieran dinero. «Lo necesitas, Nina. Nos lo merecemos, ¿no crees?» Nina había intentado explicarle que, en temas económicos, «querer no es poder» y que «necesitar» era un verbo poco adecuado para hablar de vacaciones, ya que lo que realmente hacía falta era pagar los tres meses de alquiler que debían entonces al propietario, un tipo que empezaba a pedir su dinero en un tono algo menos amable, pero sus argumentos habían resultado inútiles. De hecho, Hugo ya había comprado unos billetes de avión, baratísimos según él, y había reservado una estancia de una semana en Londres. Como en tantas otras ocasiones, ella no quiso preguntarle cómo lo había pagado. Ni por qué había estado mirando en una de las tiendas cercanas a Charing Cross Road unas guitarras carísimas si, entre otras promesas, Hugo le había jurado que el mundo de la música ya era agua pasada.

—Hablamos luego, ¿vale? —repuso ella. Y, desafiando los ojillos amenazadores de Sofía, se inclinó para despedirse de él con un beso en los labios. Antes de salir cogió un cuaderno del estante, con la despreocupación de quien finge hacer un gesto inocente.

Hugo permaneció un rato con la vista fija en la pantalla del televisor, aunque en su cabeza sólo cabían ya las fotos de las caras de Dani y Cris, congeladas siete años atrás. A diferencia de lo que le sucedía a Nina, él era capaz de evocar el pasado a todo color y con una potente banda sonora de fondo. De hecho, aquellos días se le antojaban más nítidos y vibrantes que toda una vida posterior teñida de un insulso blanco roto. Era fácil recurrir a sentencias fáciles del estilo de «éramos unos críos» o «nos creíamos que la vida era eso», pero lo cierto era que, durante un breve período de tiempo, a lo largo del último año que habían tocado juntos, las cosas habían marchado realmente bien.

«Hiroshima está a punto de estallar», había dicho Leo, casi con miedo, y no era mentira. Ya habían superado los primeros escollos de un sendero tortuoso y fascinante que, con suerte, podía conducirlos al éxito. Lo que ninguno podía adivinar era que poco después el sendero se truncaría, que muy cerca existía un precipicio invisible, un agujero negro que los iba a engullir a traición. ¿O quizá lo intuían? Seguramente Leo, que siempre había sido el más responsable de los cuatro, el que les echaba la bronca cuando se desfasaban en exceso, el que planteó una reunión del grupo para tratar el tema de las drogas después de que tuvieran que llevar a Isaac a urgencias, había vislumbrado alguna señal de peligro. Claro que nadie podía adivinar cómo acabaría todo aquello.

A los veintitantos, ninguno podía sospechar que las trágicas muertes de Daniel y Cristina acabarían también con los sueños de todos. El futuro quedó hecho añicos y los tres supervivientes de Hiroshima habían tenido que conformarse con eso, aferrarse a uno de los pedazos y edificar allí una nueva vida. Pequeña e incómoda, como aquel piso con un sofá roto. Aunque a alguno no le iba mal; Leo, al menos, parecía contento.

Hugo siempre había creído que Leo hubiera dejado el grupo de todos modos; había algo en ese estilo de vida que no iba con él. De hecho, estaba casi seguro de que casi se había sentido aliviado cuando quedó claro que, sin el cantante y compositor, volvían a ser tres chicos que tocaban juntos para pasar el rato. Excepto en los últimos meses, Dani siempre actuó como si aquello fuera lo único que importara: más que las drogas, más que follar, más que Cris incluso. La música, o mejor dicho, alcanzar el éxito con la música, era el objetivo principal de su vida. Y Hugo confiaba en que lo habría logrado y, de paso, los habría arrastrado a ellos en su ascenso... si no se peleaban antes.

Las discusiones eran frecuentes, sobre todo entre Leo y Dani, e iban subiendo de tono, aunque nunca habían llegado demasiado lejos. El cantante le reprochaba su escasa implicación en el grupo y Leo se defendía, diciendo que para él existían otras cosas; o al revés, era Dani quien aguantaba la bronca del otro, que no soportaba los malos modos y se ponía nervioso cuando Dani se descontrolaba. Las cosas llegaron a su punto álgido la noche en que Dani los dejó colgados antes del concierto en la sala Salamandra. Ese día fue, en cierto modo, el principio del fin, el primer eslabón de una cadena de acontecimientos que culminó con dos muertos, dos cadáveres desaparecidos, un tarado encerrado y un futuro que dejó de ser de colores para volverse de un blanco que se iba ensuciando poco a poco. Al menos en su caso. No sabía nada de Isaac, pero en realidad éste siempre había sido un misterio.

Llevado por un impulso, Hugo se incorporó y la gata, que se había instalado tranquilamente sobre su vientre, lanzó un maullido de protesta y, despechada, se fue a la cocina, desde donde observó con atención cómo su amo cogía el teléfono móvil y buscaba un número que no encontró. Iba a marcar otro cuando se percató de que seguía siendo temprano, apenas las siete y media de la mañana, y sustituyó la llamada por un mensaje para Leo. Quería saber si tenía alguna noticia de Isaac. Mientras esperaba una respuesta que no llegaba, Hugo se sintió invadido por una añoranza absoluta, casi desoladora, un sentimiento tan inesperado y tan fuerte que casi le hizo llorar.

Se acercó despacio a la columna de CD y, tras escoger uno, lo puso a todo volumen en el reproductor sin importarle el ruido o los vecinos. La música de Placebo inundó el espacio. *Days before you came, feeling cold and empty.* En su caso era al revés: no se había sentido frío y vacío antes, sino después. Cuando todo acabó; cuando el dinero, que habría debido servir para unirlos, los separó para siempre. La voz del cantante se mezcló en su cabeza con la versión que ellos habían ensayado mil veces, con la voz de Dani, más potente y más grave. Terciopelo oscuro, como de solista negro. Claro que no siempre cobraba ese tono, pero a él le gustaba recordar a aquel Dani. El divertido, el que conducía a toda hostia por la Ronda Litoral.

—Oye, y esto del Fórum Universal de las Culturas ¿qué coño es? La pregunta la había lanzado Isaac desde el asiento de atrás y quedó en el aire. Iban a encontrarse con Leo, que esa primavera pasaba unas horas cada día en la organización del llamado Fórum, así con mayúscula, un nombre que, según Isaac, evocaba las películas de romanos. Dani soltó un bufido; iba al volante de la furgoneta que, como casi todo lo demás, era de Leo. Por su parte, Hugo se limitó a subir el volumen. La música de Los Planetas, aquella voz desgastada que parecía provenir de un más allá amable, de un infierno donde se respiraban nubes de hachís, ahogó definitivamente las dudas de Isaac, que en realidad tampoco estaba demasiado interesado en la respuesta. Bajó la ventanilla y encendió un porro, mientras Dani aceleraba, situándose en el carril izquierdo de la Ronda poco antes de la salida que debían tomar, lo que le obligó a pegar un golpe de volante para volver a tiempo. Algún claxon ofendido intentó ahogar la música, sin ningún éxito.

—Joder, Dani, cuidado. Y tú —dijo mirando a Isaac por el retrovisor—, ojo con el porro. Si quemamos la tapicería, Leo se va a poner histérico.

Tardaron diez segundos en prorrumpir en carcajadas, risas que se contagiaban con rapidez y que no decaían fácilmente.

—Leo siempre está histérico —dijo Dani por fin—. Creo que tendríamos que pagarle un polvo o algo.

—¿Un polvo o algo? ¿Qué algo se te ocurre? ¿Un masaje con final feliz?

Se echaron a reír de nuevo. Imaginar a Leo enfadado era sencillo; visualizarlo tumbado, tieso como un Cristo sin cruz, mientras una oriental desnuda le toqueteaba el cuerpo, era más de lo que podían resistir.

—Pasa el porro, anda —dijo Dani, e Isaac, obediente, se inclinó hacia delante para dárselo a Hugo, que lo hizo llegar directamente a su destinatario final.

—¿Tú no quieres? —preguntó Isaac.

—No me apetece. —Sacó un cigarrillo del bolsillo de la cazadora—. Prefiero uno de éstos.

—Escuchad —dijo Isaac, al ver que Dani ya estaba a punto de aparcar en las inmediaciones de aquel edificio extraño al que los tres iban por primera vez—, antes os he preguntado de qué va esto del Fórum.

Pero de nuevo nadie supo, o quiso, responderle.

Leo lo tenía todo preparado, como siempre. La cámara, que había pedido prestada, colocada sobre un trípode situado, a su vez, justo enfrente de aquella especie de ejército de figuras de terracota. Los guerreros de Xi'an eran la exposición estrella del Fórum Universal de las Culturas y resultaban impresionantes, aunque sin duda lo era más imaginar a los ocho mil que habían sido desenterrados, según rezaba un cartel explicativo.

—Eh, tenemos poco tiempo, así que cuidado —advirtió Leo—. Estos monigotes de piedra valen una fortuna.

La idea era tan descabellada que a los otros tres les extrañó que saliera de la cabeza de Leo. Hacerse una foto, los cuatro, entre las estatuas de generales y arqueros de piedra, aprovechando que la exposición aún no estaba abierta al público y que Leo, al trabajar en el Fórum, tenía acceso libre al recinto.

—Pero son chinos —había dicho Hugo—. ¿Qué diablos tienen que ver con Hiroshima?

Nadie le había hecho caso, pero, una vez parado ante ellos, tuvo que reconocer que daba lo mismo. Las caras de aquellos tipos eran perfectas.

—Ni los toquéis, ¿está claro?

No los rozaron, y el propio Leo se encargó de activar la cámara y ocupar el lugar que, antes de que llegaran los otros, se había asignado a sí mismo. Había realizado varias fotos de prueba y sabía dónde debía colocarse cada uno de ellos. Los demás obedecieron al general, como habrían hecho de haber sido guerreros de verdad. El flash los cegó durante unos segundos y la cámara disparó de nuevo. Después se quedaron a oscuras entre los gigantes de piedra.

Sin que nadie lo viera, Daniel, que estaba detrás de Isaac, le rozó la oreja con la yema del dedo y el otro pegó un salto, tan brusco que estuvo a punto de derribar una de las figuras.

—¡Joder, estaos quietos! —exclamó Leo, mientras salía de entre las estatuas y se dirigía a encender la luz.

—El cabrón del emperador tuvo a cientos de tipos trabajando en este ejército de mentira —dijo Hugo.

—¿Cómo lo sabes?

—Joder, Isaac, lo pone en el cartel. ¿No lo has leído?

—¿Qué haríais ahora mismo si tuvierais el poder del emperador? —preguntó Dani.

—Los obligaría a cultivar marihuana. Plantaciones inmensas de maría sólo para mí —respondió Isaac riéndose.

—¿Y tú, Hugo?

Hugo meneó la cabeza.

—No lo sé. No me imagino siendo el emperador de nada.

—No seas capullo.

—¿Qué harías tú, listo?

Daniel tardó en contestar.

—Perderme. Largarme a dar la vuelta al mundo sin preocuparme del dinero o de nada. Desaparecería, iría de un país a otro.

—¿Solo? —preguntó Isaac.

—Bueno, todo emperador debe tener una emperatriz, ¿no? Pero sí, me gustaría hacerlo solo.

—¡Eh, tíos, vamos! —los apremió Leo—. El vigilante se ha enrollado, pero ya se está mosqueando.

El teléfono anunció que tenía un mensaje y Hugo regresó de repente al presente. «No sé nada de Isaac. Hasta pronto.» La música se había parado y él notó los efectos del cansancio, de haber dormido poco y mal. Pensó en volver a la cama, pero al final se sentó en el sofá roto y se puso el portátil sobre las rodillas. Mientras esperaba que se iniciara, cogió un cigarrillo y de reojo vio a la gata, que lo contemplaba con la misma atención fría de siempre.

Con un repentino arranque de malhumor le lanzó uno de los cojines con la única intención de espantarla, y Sofía huyó. «Da lo mismo», pensó él, porque sabía perfectamente que, aunque aquel bicho habría ido a esconderse debajo de uno de los muebles, seguiría observándole con aquellos ojillos impávidos, casi de muñeca, que parecían capaces de arañar los secretos más vergonzosos. Aquellos a los que nadie, ni tu pareja, debería tener acceso.

Observar era algo que él y la gata tenían en común y, arrepintiéndose levemente, como siempre que lo hacía, Hugo conectó el monitor que le ofrecía una imagen turbia del interior del Marvel. Vio a Nina detrás de la barra y notó una súbita erección matutina. Aunque habían instalado el monitor y la cámara por cuestiones de seguridad, lo cierto era que a él le encantaba verla así, a través de la pantalla: desdibujada como una actriz antigua, deseable en su trabajo cotidiano. No había nada erótico en verla pasando un paño por la barra y colocando las tartas en el expositor, y sin embargo la sensación de estar viéndola a hurtadillas, acechándola como un espectador furtivo, conseguía excitarle más de lo que le gustaba admitir.

«Al fin y al cabo —pensó mientras saboreaba el rapto que le provocaba la imagen—, Nina debería estar orgullosa. ¿Cuántos tíos elegirían a su propia mujer como objeto de sus fantasías eróticas?»

21

—A ver, hacedme un resumen rápido de todo esto —dijo el comisario Savall—. El caso ya tenía visos de ser goloso para la prensa con lo de los dichosos cuadros, y ahora me decís que éstos podrían basarse en un relato escrito por uno de los implicados.

Ante él estaban el inspector Héctor Salgado y el agente Roger Fort, que habían iniciado la reunión sin la agente Leire Castro en una de las salas de comisaría y habían sido interrumpidos por el comisario, que se había unido a ellos. Fort había dejado que su superior tomara la palabra; no se le daban bien las reuniones, sabía que sus habilidades para hablar en público eran mejorables y siempre temía no dar la impresión adecuada.

—Yo diría que es bastante evidente, comisario —repuso Salgado—. Fort lo dedujo enseguida, con muy buen criterio.

Sacó las fotos de los cuadros y fue colocándolas, intercaladas, junto al texto.

—Dejando a un lado la casa y los paisajes sin figuras, tenemos a los pájaros, presentes al principio y al final del cuento. Aquí, en este cuadro, parecen huir, como si una explosión los dispersara en un cielo amarillo, como si una fuerza inmensa los impulsara hacia delante. Eso encajaría con la parte de la bomba. Y luego, sin lugar a dudas, están los cadáveres, dibujados tal y como se encontraron, y tal y como se describen en este relato.

Savall observó las fotos y leyó rápidamente las partes de texto que Héctor había subrayado.

—Y hay más coincidencias —prosiguió Héctor—, el grupo en el que tocaba Daniel Saavedra se llamaba Hiroshima. Y como usted decía, comisario, el autor, Santiago Mayart, fue el profesor del curso de escritura donde se conocieron Cristina Silva y quien fue el principal sospechoso, Ferran Badía.

Fort se animó a intervenir:

—Una cosa más: en el cuento se dice que enterraron a la pareja con sus objetos más apreciados, que podrían ser las páginas de acordes... y la mochila con el dinero.

Lluís Savall meneó la cabeza.

—Bien. Menudo embrollo.

—Vayamos por partes —dijo Héctor, retomando la iniciativa—. Tenemos una leve pista sobre los cuadros. El viernes, cuando Fort y Castro estuvieron visitando las escuelas de arte, hubo alguien que dio la impresión de reconocerlos. Si tiramos del hilo por ahí, quizá averigüemos quién es el autor y por qué los pintó. Tiene que ser alguien que supiera que los cadáveres se encontraban en la casa y que, por alguna razón, leyera el relato y decidiera «ilustrarlo».

Savall asintió.

—Por otro lado, está el tema del dinero. Y aquí sí que debo admitir que no tenemos ninguna pista. De momento no sabemos de dónde sacaron esa cantidad dos chicos como ésos. No es que fueran pobres, pero sus familias no estaban por la labor de regalarles diez mil euros. Eso seguro. Lo único que podemos descartar gracias a esta pista es un asesinato por lucro: nadie dejaría diez mil euros abandonados con dos cadáveres.

—Las lesiones de los cuerpos, sobre todo las de ella, indican un ensañamiento personal, señor —dijo Fort, después de carraspear—. A él lo mataron de un solo golpe, pero a Cristina...

—Ya. Y de los amigos ¿qué sabemos?

En ese momento llamaron a la puerta y una sonrojada Leire Castro asomó la cabeza.

—Lo siento. Tenía cita con el pediatra a primera hora.

—Estábamos repasando este lío de caso —resumió Savall, señalándole una silla—. Y habíamos llegado a los compañeros del grupo de música.

—Hiroshima, sí. —Leire sacó unos papeles y esperó.

—Nada muy sospechoso, señor —dijo Fort—. Yo me ocupé de Hugo Arias e Isaac Rubio. Hugo tiene veintinueve años y vive en Madrid, donde regenta un bar junto a Cristina Hernández, la que había sido compañera de piso de la víctima. Es algo que a él le viene de familia: sus padres tenían un bar cerca de la avenida Paral·lel, aunque lo cerraron hace años. El local parece moderno, una cafetería donde también sirven copas y comidas sencillas. Por los extractos bancarios, no parece que las cosas les vayan muy bien. Van tirando, nada más. Sin embargo, les gusta viajar: estuvieron en Londres hace poco, y el verano pasado en Nueva York y en Ibiza.

Héctor se inclinó hacia los papeles de Fort. Esa mañana el comisario los había reunido antes de que tuvieran ocasión de hablar.

—Mucho viaje para estos tiempos, ¿no? —preguntó con el ceño fruncido.

—Quizá sí —dijo Savall—. Pero no hay nada ilegal en eso, Héctor. A no ser que el bar se use para otros negocios.

—Ya. —Héctor seguía pensativo—. ¿E Isaac Rubio? Era el batería, ¿no?

Fort soltó un bufido, como si no supiera cómo articular la información conseguida.

—Es el más joven. Veintiséis años, huérfano de padres desde 2002, tiene un hermano mayor que vive en la calle Alts Forns. Consiguió a duras penas el graduado escolar y, al parecer, no ha trabajado nunca; al menos no con contrato. La última dirección que consta de él es en el Puerto de Santa María, Cádiz. Iba a llamar al hermano esta mañana a ver qué podía decirme. En estos tiempos es de lo más raro no dejar rastro, pero de Isaac apenas he encontrado información.

207

Se calló como si el hecho fuera un fracaso personal, y Leire tomó la palabra enseguida.

—De Leonardo Andratx hay más cosas. Treinta y dos años, soltero. Su padre tenía una constructora que quebró a finales del pasado año. Leo no trabajaba en la empresa familiar. Estudió económicas, pero está de comercial en una compañía de telefonía móvil, con un sueldo no muy elevado. Además...

Leire se quedó pensativa un instante, ordenando sus ideas.

—... hay dos denuncias contra él, por agresión y amenazas. La primera la puso un tal Jordi García: al parecer, Leo le agredió porque éste se metió con su novia. La segunda la interpuso la propia novia, ya ex, Gabrielle Anvers, hace dos meses. Al parecer, Leo no se toma bien que lo abandonen. Esta denuncia fue retirada enseguida, todo hay que decirlo. También tiene un blog, donde se queja de las desigualdades del mundo.

—Ya. Algo es algo. —Lluís Savall miró el reloj—. Seguid con ello, y con los otros dos, el profesor de escritura y el loco, ¿cómo se llama?

—Ferran Badía —dijo Héctor.

—Mantenedme informado, Héctor.

Estaba claro que, para Savall, la reunión había terminado. Para Héctor y su equipo, sin embargo, quedaban varias cosas por hablar.

—¿Qué piensan del relato? —preguntó Héctor. Él llevaba dándole vueltas desde la noche anterior y tenía varias ideas al respecto, pero quería oír primero lo que sus agentes tenían en mente.

Se hizo un silencio en absoluto incómodo: si algo sabían Fort y Leire era que con el inspector Salgado podían opinar con sinceridad.

—Es extraño —dijo ella por fin—. No sé si acabé de entenderlo del todo. Está claro que hay un triángulo amoroso, no tan distinto al que vivían Cristina, Daniel y el otro chico. Pero no es sólo eso.

—No. No es sólo eso —concedió Héctor.

—¿No es...? —Roger Fort empezó a hablar y al instante enrojeció, como si le avergonzara lo que iba a decir.

—Diga, Fort.

—No. Bueno, quizá sea una tontería. Lo releí anoche, y no es que me gustara mucho la primera vez, si le digo la verdad. Al final tuve la impresión de que la historia era lo de menos, que lo que importaba era esa obsesión por aquellos amantes muertos. Como si —se calló y retomó la idea, alentado al ver que el inspector asentía—, como si los amantes generaran envidia a su alrededor. Envidia de su relación.

—Es una posibilidad. —Héctor parecía pensativo—. Está claro que tenemos que hablar con el autor, Santiago Mayart. Lo haré yo, personalmente, y hoy mismo si puedo arreglarlo. Tenga o no que ver con los asesinatos en sí, está claro que alguien se ha molestado en pintar esos cuadros y en hacerle llegar el libro a Fort.

—¿Cree que son los mismos? —preguntó Roger Fort—. ¿Los okupas y los que me hicieron llegar el libro?

—Dudo que esos okupas sean tal y como los imaginamos en un principio —dijo Héctor—. Nos falta demasiada información para arriesgarme a lanzar hipótesis, pero preveo que existe un plan muy calculado con el fin de involucrar a Mayart en esas muertes. Casualidad o no, debemos estar abiertos a todas las posibilidades. Yo hablaré con Mayart. Ustedes sigan con los miembros del grupo, a ver si entre hoy y mañana consiguen hablar con todos. Pregúntenles por el dinero e introduzcan el tema de este dichoso cuento, observen sus reacciones.

Leire se había quedado un momento absorta en los papeles que traía.

—Hay algo más. Sobre Andratx. —Levantó la cabeza y se dirigió a ambos—. Otra denuncia, pero ésta puesta por él, en junio de 2004. El día 21, para ser exactos. Le robaron el coche, una furgoneta. No creo que tenga ninguna importancia.

—No sabemos lo que puede tenerla o no —insistió Héctor, que dio por concluida la reunión.

Salió de la sala el primero y se dirigió a su despacho. En el camino se cruzó con Dídac Bellver. Héctor lo saludó con un gesto y siguió adelante, dándole la espalda. Leire, en cambio, alcanzó a ver la cara de Bellver y en su expresión distinguió algo que la intranquilizó, una mezcla de superioridad y desdén, una sonrisa maliciosa que se borró al instante, pero que estuvo ahí. Lo siguió con la mirada, sin ser vista, y comprobó que se encerraba en el despacho del comisario Savall.

22

La pregunta llevaba ya tantos días flotando en el aire que, cuando alcanzó el grado de frase dicha en voz alta, Isaac sintió casi alivio. Lo cual no significaba que tuviera una respuesta preparada. Su silencio fue rápidamente malinterpretado y su hermano inició una explicación que, en el fondo, sonaba peor que la cuestión planteada apenas unos segundos antes.

—No es que te estemos echando, ¿eh? Sólo que el piso no es muy grande y las niñas están acostumbradas a tener su espacio, ya viste que solían usar tu habitación para sus juegos y esas cosas. Bueno, a Lorena y a mí simplemente nos gustaría saber qué piensas hacer, qué planes tienes.

A Isaac también le habría gustado saberlo, porque la verdad era que desde que había vuelto a Barcelona, dos meses atrás, su vida parecía suspendida en el tiempo. Incompleta como los balbuceos retóricos de su hermano. Antes de que pudiera contestar, un grito seguido de una explosión de llanto interrumpió la conversación. Se trataba de una secuencia tan habitual en ese piso que Isaac no comprendía por qué su hermano o su cuñada acudían corriendo cada vez que sucedía y luego suspiraban tranquilos al comprobar que, a pesar de que una de las niñas lloraba como si la estuvieran torturando, lo único que había recibido era un empujón de su propia hermana. En cualquier caso, esa vez agradeció tanta preocupación paterna y permaneció en la cocina mientras Javi consolaba a una y regañaba a la otra sin conseguir cambiar el tono lo suficiente, de manera que sonaban casi igual los mimos que la bronca. Reapareció unos minutos después, con la pequeña en brazos haciendo pucheros y la mayor de la mano. Todos los disgustos del mundo se calmaban con un zumo de melocotón, que las niñas engullían, clavando en la pajita sus dientecillos de pirañas hambrientas. Apenas se llevaban un año y se parecían mucho. La gente a veces las tomaba por gemelas.

La mayor se acercó a Isaac con un cuento en la mano y él pensó que era un buen momento para escabullirse, aunque estaba seguro de que, una vez formulada, la pregunta de su hermano exigiría, más pronto que tarde, una contestación satisfactoria. Podía optar por subterfugios diversos e incluso por la confrontación; de hecho, el piso donde vivían Javi, Lorena y sus ruidosos retoños adictos al zumo no era exclusivamente suyo y a él le asistía el mismo derecho de vivir allí que a su hermano. El piso de la calle Alts Forns, situado en un inmenso inmueble de balcones triangulares que se extendía hasta el paseo de la Zona Franca, aquella avenida amplia de altas palmeras desplumadas, había pertenecido a sus padres y había pasado a ser de los dos hermanos tras su muerte. Dos fallecimientos prematuros, una racha de mala suerte que había convertido el piso en el escenario de dos velatorios casi seguidos cuando él tenía sólo dieciocho años y Javi apenas veintiuno. Una larga dolencia había acabado con su padre, a quien, en realidad, él siempre había visto medio enfermo. A su madre... Bueno, a su madre la mataron las cucarachas.

La primavera le recibió en la calle. Un montón de adolescentes salían de un instituto cercano y se dirigían a la parada del autobús, tomándose fotos con los teléfonos móviles. Eran chicas, en su mayor parte, y seguramente no debían de tener más de quince años, pero alguna le echó un vistazo descarado al pasar junto a él. Isaac se sonrojó; a sus veintiséis años, seguía siendo tímido con las mujeres, un rasgo que a algunas les resultaba de lo más atractivo. En él no era una pose, siempre había sido así. Tampoco tenía una gran opinión de sí mismo, de manera que nunca estaba seguro de si una chavala como la que acababa de cruzarse lo miraba con interés o para burlarse. En realidad, no había acumulado una gran experiencia con el sexo opuesto. Hubo chicas, claro, sobre todo una el último año, cuando vivía en Fuerteventura, cerca del mar. Pero cuando ella cortó, porque quería salir de la isla, ver mundo, edificar un futuro fuera, él no se sintió especialmente triste. Alguien le había dicho alguna vez que los porros te convierten en un tipo sin sangre, y quizá fuera cierto. Lo que más le afectó de la ruptura no fue el desamor, sino el aburrimiento solitario tras un par de años en la isla. Antes había vivido en un pueblo de Cádiz, donde también hubo otra chica que también se marchó y de cuyo rostro apenas se acordaba ya. A todas les sucedía lo mismo: al principio les atraía aquel chaval tímido, que vivía con poco, no trabajaba nunca y parecía no tener inquietud alguna. La última sí le había preguntado alguna vez de dónde sacaba el dinero; por poco que fuera el que necesitara para subsistir, tenía que salir de alguna parte. Él nunca contestaba a esa pregunta, algo que no le resultaba difícil porque tampoco era muy hablador. Ella había acabado por cansarse del silencio.

Tenía pocas opciones para pasear y pocas ganas de salir del barrio, así que se limitó a cruzar la calle. Detrás de los edificios se ocultaba un parque urbano, bautizado con el pomposo nombre de Jardins de la Mediterrània, aunque nada en él evocaba el azul del mar o el verde de la vegetación; la tierra ocre que rodeaba un tobogán viejo recordaba más bien al paisaje árido de los westerns. En uno de sus márgenes había varios bares, todos con terraza, y pedirse una cerveza en una de ellas sí era, al fin y al cabo, un hábito mediterráneo. Isaac se dejó caer en una de las sillas de metal para tomarse la primera caña de la tarde. Soplaba brisa, y aunque las vistas dejaban mucho que desear, no se estaba mal. Sacó un cigarrillo y rebuscó el mechero en los pantalones del chándal. Al no encontrarlo miró a su alrededor. Y entonces la vio.

Fumaba sola en la mesa de al lado, con un vaso de tubo delante, prácticamente reducido a hielo y agua. Isaac pensó que era una mierda que, de todos los bares del barrio, ambos hubieran escogido precisamente ése. Con un poco de suerte no lo reconocería, con un poco de suerte podría acabarse la cerveza rápido y largarse. Pero él casi nunca había tenido suerte.

—¿Quieres fuego?

La chica le tendía el mechero y lo observaba. Él desvió la cabeza para encender el cigarrillo y se lo devolvió sin apenas darle las gracias. Miró decididamente hacia el otro lado, hacia el tobogán vacío de aquel parque terroso.

—¿Me invitas a uno? Fumo de los de liar, salen más baratos, pero de vez en cuando me apetece uno de verdad.

Le pasó el paquete de Lucky, convencido de que ella no quería sólo un cigarrillo. De que la conversación no terminaría ahí.

—Oye, perdona... Creo que te conozco.

«Lo mejor es rendirse», pensó con fastidio.

—Hola, Jessy.

La cara de ella se iluminó.

—¡Rubio! Joder, tío, qué casualidad.

Encendió el cigarrillo y soltó una bocanada de humo por unos labios gruesos, coloreados con fuerza por un pintalabios rojo oscuro. El color, intenso, hacía juego con sus ojeras, con el resto del maquillaje y con su voz.

—¿Cómo te va? —preguntó él.

—No te veía desde...

—Supongo que desde el entierro. He estado fuera.

—A tu hermano sí lo veo a menudo. Con su mujer y las niñas. Trabaja en uno de los hoteles nuevos que han hecho por aquí, ¿verdad?

Isaac asintió. La proximidad del nuevo recinto ferial había llenado la zona de hoteles. Los clientes, en general hombres de negocios, los odiaban. Sobre todo los extranjeros. Nadie quería viajar a la bonita Barcelona para luego alojarse en aquel apartado rincón de la ciudad. Su hermano era recepcionista en uno de ellos y, en tiempos de crisis, al menos conservaba un puesto decente y un sueldo normal. El turismo era quizá la única fuente de empleo que no había quebrado de manera estrepitosa, aunque también acusaba el revés de los tiempos.

—¿Y tú qué haces? Cuéntame. ¿Dónde te has metido?

Él se encogió de hombros en un gesto que podía significar cualquier cosa. Ella sonrió.

—Nunca fuiste muy hablador. Pensaba que se te pasaría con el tiempo, pero veo que no. Al contrario que yo. Siempre he hablado más de la cuenta. ¿Quieres otra cerveza? Invito yo.

No esperó respuesta. Se levantó y se dirigió al interior del local, de donde regresó pasados diez minutos largos, con el maquillaje retocado y una bebida en cada mano. Por supuesto, ya no volvió a la mesa que ocupaba antes.

—Por los viejos tiempos —dijo Jessy.

—Salud.

Bebieron en silencio, con avidez. Reencontrarse los devolvía a una época en que las bebidas se engullían y la tapa que las acompañaba era una buena raya. Isaac se preguntó si ella se habría metido una en el baño, antes de volver. Probablemente.

Jessy pareció leer sus pensamientos.

—¿Aún te metes…?

—Lo dejé.

Ella asintió y dio otro trago largo.

—Yo también. Lo dejo varias veces al día. —Se rió—. Es una mierda, pero ayuda a ir tirando. Bueno, ¿y qué? ¿Qué haces por aquí? ¿Vienes para quedarte o a ver a la familia?

—No creo que me quede mucho. Aún no lo sé, la verdad. Esto está… como siempre.

Jessy negó con la cabeza.

—Ni hablar. Está lleno de putos moros. Y de sus mujeres. Mierda, qué mal rollo dan, bajo esos trajes. Dirán que se lavan, pero no hay quien se les acerque. Se llevan todas las ayudas y eso que la mayoría no saben ni hablar español. A la hora de pedir sí que se espabilan. —Era un tema que la alteraba claramente. Encendió otro cigarrillo, como si quisiera calmarse—. Lo siento.

215

Es que esa gente me pone de los nervios. Crean problemas en todas partes. En la calle, en los colegios...
    Isaac recordó entonces que Jessy tenía un hijo. El hijo de Vicente.
    —¿Cómo está...? Perdona, no me acuerdo de su nombre. Tu niño.
    Ella soltó un bufido.
    —¿Pablo? Hecho un toro.
    —¿Ya tiene...?
    —Once años. Tenía cuatro cuando Vicente... bueno, ya lo sabes. Le habría ido bien un padre, la verdad, pero es lo que hay. Yo he hecho todo lo que he podido. —Se mordió una uña despintada—. Supongo que tampoco soy una madre de cuento. Y el barrio no ayuda. Hiciste bien en irte. Yo también me hubiera marchado de haber podido. Aquí todos nos conocemos demasiado, y la gente no olvida. De lo malo se acuerdan siempre esos cabrones y se lo dicen a sus hijos. —Cambió la voz y prosiguió en un falsete irritante, alejado de su voz ronca natural—. «No te juntes con el Pablo, su padre estuvo en la cárcel.» Luego se quejan de que el niño les atice a sus críos en el recreo. ¿Y qué voy a hacer yo? ¿Partirle la cara a él? Así no acabamos nunca.
    De repente Isaac tuvo claro que tenía que poner fin a la conversación. Despedirse y largarse, no a casa de su hermano sino de la ciudad. Por suerte, sonó el móvil de Jessy y ella, después de mirar quién llamaba, se levantó y se alejó unos pasos, hacia el tobogán.
    Se trataba de una conversación en la que Jessy, al parecer, tenía poco que decir. Le guiñó un ojo mientras asentía y él, por no seguirle el juego, buscó algo que hacer. En la mesa de al lado había un periódico doblado, así que lo cogió, lo apoyó sobre la mesa y empezó a pasar páginas. Leer siempre le había supuesto un esfuerzo: su mente se alejaba de las letras hasta tal punto que éstas parecían conformar frases en un idioma extranjero. Le había sucedido ya en el colegio, y era algo que le había avergonzado y que le había llevado a dejar los estudios antes de lo previs-

to, a pesar de las broncas en casa, de los augurios maternos, repetidos hasta la saciedad, que le pronosticaban un futuro miserable si no se esforzaba más. «No voy a dejar que te pases todo el día en la calle», le había amenazado su madre.

La calle. Para su madre, un lugar tan cotidiano como plagado de peligros. Inevitable y malvado a la vez. Y quizá tenía razón. En esa «calle», que no era ninguna en concreto, Isaac había conocido a Jessy y a su grupo y, tiempo después, a Vicente, el dios que regía en ella, primero desde la distancia y luego, brevemente, en los pocos meses que separaron su excarcelación y su muerte, en vivo y en directo. Vicente que, de sus treinta y tres años, había pasado trece en la trena, de la que había salido poco después de que Isaac perdiera a sus padres. Jessy se había liado con Vicente cuando aún estaba encerrado, se había quedado embarazada de él en un vis a vis y paseaba a su hijo con el orgullo de las reinas regentes. Nadie se atrevía a meterse con ella porque Vicente saldría pronto y todos sabían lo que era capaz de hacer. A veces Isaac soñaba con él, y no eran precisamente sueños agradables. Vicente había sido alguien antes de que derribaran aquel barrio conocido como las Casas Baratas, uno de los pocos que siguió inmune al lujo olímpico, aislado del centro, sólo comunicado con éste por el 38. El «yonquibus». De hecho, y por pura casualidad, la muerte de Vicente había sido un anticipo del derribo de aquel barrio, hecho a conciencia en el verano de 2004. Aquel verano en el que todo había cambiado.

Intentó leer uno de los editoriales, aplicando los consejos que le había dado Cristina. Ella había sido la única en darse cuenta y, la verdad, se había portado muy bien; incluso se había ofrecido, prometiéndole que nadie se enteraría, a darle clases particulares, algo que él había aceptado con vergüenza y a la vez con agradecimiento. Despejó el remordimiento pasando páginas, pero ese día el nombre de Cristina parecía dispuesto a reaparecer.

El titular llamó su atención y le hizo concentrarse como nunca en el texto escrito. Por suerte, era tan breve como inconfundible. Habían encontrado a Dani y a Cris. Siete años después. Alguien había dado con sus cadáveres en el sótano de una casa en El Prat.

Isaac se levantó de la silla sin darse cuenta. Jessy seguía al teléfono, y él le habló a distancia, medio con señas.

—Tengo que irme.

Ella apartó un segundo el aparato de su oreja y lo miró con expresión sorprendida. Casi desafiante. Él no se paró ni un segundo más. Tuvo que hacer un esfuerzo por caminar con cierta calma en lugar de salir corriendo, como le pedía el cuerpo. Alejarse de los planes frustrados de Jessy; de su hijo que, probablemente, había salido tan violento como el padre que no conoció; de aquel bar cutre y del periódico que le servía en bandeja un pasado borroso que volvía a ser tan presente como el barrio donde había crecido. Un pasado que en ese momento le hundía los hombros, llenándolo de la misma angustia adolescente que nunca le había abandonado del todo. La misma que había sentido la noche en que, de alguna manera, empezó todo.

Horas de impaciencia esperando a Vicente, que le había pedido prestada la furgoneta. De hecho, pedir no era la palabra adecuada: nadie en el barrio le negaba nada a Vicente. Se había limitado a decirle, casi de pasada, que le diera las llaves de la furgoneta y que no contara nada. Aquel fin de semana la tenía Isaac, con el permiso de Leo. La iba a necesitar un par de horas, no más. Pero él le había esperado toda la tarde de aquel maldito domingo y, por fin, sobre las doce, seis horas después de que se la hubiera prestado, no pudo más y fue a buscar a Hugo. Tenía la impresión de que siempre metía la pata, sin poder evitarlo, y estaba seguro de que esa noche, si no encontraba la maldita furgoneta, Leo se iba a poner hecho una fiera, y con razón.

La ansiedad de aquel momento, ahora tamizada por el tiempo, se mantuvo en él mientras subía al piso. Y se acrecentó, de un modo profundo y desazonador, en cuanto su hermano le dijo, nada más entrar, que los mossos habían llamado: querían hablar con él. Unos agentes vendrían a la mañana siguiente para hacerle unas preguntas.

23

«Entrar aquí tiene algo de viaje en el tiempo», pensó Héctor, que no recordaba haber estado en el Ateneu Barcelonès con anterioridad. Podía imaginar fácilmente aquel espacio apacible y señorial ocupado por caballeros de la burguesía catalana, a los que siempre dibujaba mentalmente con un bigote poblado y mirada seria, reuniéndose allí después de una larga jornada laboral para leer el periódico, charlar con sus pares y eludir durante un rato el fastidioso retorno a la vida doméstica.

Faltaba aún media hora para su cita con Santiago Mayart, de manera que Héctor se dirigió al patio para esperarle allí. Se sentó a una mesa, junto a una de las altas palmeras que decoraban el jardín, y paseó la mirada por su alrededor. Sin duda era un lugar tranquilo, un reducto de paz vecino y a la vez aislado del bullicioso centro de la capital, de plaza Catalunya, donde la protesta se había convertido ya en una acampada que parecía decidida a resistir. Frente a él quedaba un estanque, de aguas verdosas y peces rojos, y sin darse cuenta, la armonía del espacio fue sosegándolo después de un día largo y duro, y entendió, aun a su pesar, a esos señores que en otras épocas habían convertido el Ateneu en un club reservado para minorías selectas. «Definitivamente me estoy haciendo viejo», se dijo, porque durante unos momentos no le costó nada verse allí de vez en cuando, a salvo del ruido ensordecedor que dominaba la ciudad. Miró el móvil y vio que tenía una llamada perdida de Ginés Caldeiro. Se prometió devolverla tan pronto como terminara su entrevista con Santiago Mayart.

Tenía el libro en las manos, así que decidió aprovechar el tiempo echando un vistazo a alguno de los otros relatos. Una de las reseñas que Héctor había encontrado a media tarde afirmaba que la «prosa de Santi Mayart es a la vez poética y tenebrosa y sus relatos, a medio camino entre realidad y fantasía, abren una puerta a esos miedos a lo desconocido que nos asaltan a todos». Por lo que se refería a «Los amantes de Hiroshima», él podía suscribir esa opinión. Volvió a mirar la foto del autor que aparecía en la solapa del libro, la misma que había visto en las reseñas y en alguna entrevista, concedida, sobre todo, a partir de que unos productores bastante conocidos en Barcelona habían adquirido los derechos para realizar una serie de terror basada en los relatos de Santi Mayart.

—Me temo que la foto saca mi mejor perfil —dijo una voz a su lado.

Héctor levantó la cabeza y se encontró cara a cara con el modelo. Pero si en la foto, tomada de lado, el autor tenía un aire misterioso e interesante, visto de frente era un individuo que habría podido aparecer en un diccionario de imágenes justo al lado de la palabra «anodino». Santiago Mayart no era feo, simplemente tenía uno de esos rostros que se olvidan con facilidad, de esos que nunca estabas seguro de reconocer cuando volvías a verlos. Rasgos algo desdibujados, como si la genética no hubiera terminado de decidirse a la hora de definirlos, y un cuerpo ni alto ni bajo, ni gordo ni flaco, completaba la imagen. Llevaba una especie de cartera cruzada al hombro que debía pesar, porque enseguida se despojó de ella y la dejó con sumo cuidado en una silla vacía. Luego se sentó. Sin poder evitarlo, Héctor pensó en uno de sus actores preferidos, Philip Seymour Hoffman: compartían ese aire un poco desaliñado, inteligente, distante y no precisamente simpático.

—Muchas gracias por atenderme con tan poca antelación, señor Mayart.

—No hay de qué. Debo reconocer que su llamada me ha dejado algo intrigado. Y a los autores nos gusta sembrar la intriga, no padecerla.
—Lo supongo. Por cierto, felicidades por el libro. No he tenido la oportunidad de leerlo entero, pero por lo que he visto está cosechando buenas ventas y excelentes críticas.
Mayart no se molestó en sonreír.
—Gracias —dijo.
—No parece muy contento —apuntó Héctor.
—¿Contento? Sí. Es sólo que a mi edad uno ya sabe que todo esto es muy relativo. No es mi primer libro, inspector.
Lo dijo con cierta displicencia, como queriendo demostrar que en su fuero interno consideraba el éxito algo más bien banal, pasajero. No obstante, pese a esa apariencia desdeñosa, Héctor intuía que se sentía muy orgulloso, más de lo que pensaba admitir delante de nadie.
—Inspector, ¿de verdad ha venido a verme para hablar de mi libro?
—Me temo que no —admitió Salgado—. Señor Mayart, no sé si se habrá enterado de que hace unos días se han encontrado los cuerpos que se sospecha corresponden a una ex alumna suya y a su novio.
Una sombra de fastidio enturbió la cara de su interlocutor.
—Lo leí, sí. Qué horror.
—Sí. Y me consta que también conoció a Ferran Badía.
Él asintió, apesadumbrado.
—Lo tuve en el mismo grupo, sí.
—¿Le importa hablarme de ellos? Supongo que los escritores tienden a observar a las personas que les rodean, a la gente de su entorno. Quizá saquen de ahí el material para sus novelas, o sus relatos.
La frase quedó en el aire, pero si el inspector pensaba obtener una reacción concreta, ésta no se produjo.
—Claro. La realidad supera a la ficción, aunque nunca habría escrito sobre eso. Prefiero imaginar que retratar la realidad.

—Lo entiendo. Admito que es una cuestión de curiosidad personal. Si le soy sincero, me interesa conocer su opinión. Usted los trató durante varios meses, no era su amigo ni un pariente cercano, así que seguramente su visión será más objetiva.

Santiago Mayart se quedó un momento pensativo, con la boca entreabierta y una expresión dubitativa en la mirada, como si no acabara de tragarse lo que Salgado acababa de decirle. Por fin se decidió a hablar.

—Ha pasado mucho tiempo, aunque debo admitir que a ellos dos los recuerdo bien. Estuvieron en uno de mis primeros grupos aquí, en el Ateneu, y supongo que eso es un poco como la primera novia. No se olvida nunca. Además, lo que pasó al final fue tan... Debería ser capaz de encontrar una palabra mejor que espantoso, pero ahora no se me ocurre.

—¿Cuántos eran?

—Cinco o seis, creo. Los grupos suelen ser de un mínimo de cinco y un máximo de ocho. Me parece recordar que el de ellos no era un grupo numeroso.

—¿Y cómo eran? Me refiero a Ferran y a Cristina Silva. Se lo pregunto desde un punto de vista académico.

Mayart frunció el ceño, como si la cuestión no estuviera bien formulada.

—No sé si sabe lo que se enseña aquí, inspector. Como la mayoría de los alumnos, ellos querían aprender a escribir. Hay muchos que dicen que eso no se puede enseñar, que es un talento que se posee o no; aquí creemos que también existe algo llamado oficio, unas técnicas que, bien asimiladas, contribuyen a que los autores puedan desarrollar mejor ese talento natural. Con esto quiero decirle que no evaluamos los conocimientos académicos de los alumnos, sólo intentamos dotarlos de esas habilidades que les harán el camino más fácil. No sé si me explico.

—Se explica muy bien, y eso me sugiere otra duda. Supongo que algunos alumnos quizá acaben dominando las técnicas, pero luego...

—¿No tengan nada que contar? —Mayart se rió—. Claro. Sucede a menudo. Escribir puede llegar a ser simple. Dedicarse profesionalmente a ello no lo es en absoluto, y no sólo por cuestiones puramente económicas. Hacen falta mucha concentración, muchas ganas, mucho esfuerzo.

—Volviendo a Cristina Silva y a Ferran Badía...

—¿Quiere saber si tenían madera de escritores? Eso no sabría decírselo. Ahora que llevo años en esto me he llevado más de un chasco. Me atrevería a decir que él había leído mucho más que cualquiera de mis otros alumnos, de ese curso y de los siguientes.

—Sí. He oído que le gustaba leer.

—A veces parecía que no hacía otra cosa. Devoraba los libros, sentía por ellos casi devoción. Eso no basta, por supuesto, aunque es imprescindible. Creo que, con el tiempo y la instrucción adecuada, habría podido llegar a escribir algo que mereciera la pena. Tenía talento, imaginación y constancia.

—¿Cree que Cristina alimentaba su creatividad?

Mayart se encogió de hombros.

—Bueno, eso no puedo asegurarlo. Sólo le diré que se llevaban muy bien. Llegaban a clase juntos y se marchaban juntos. En realidad nunca vi ninguna muestra de intimidad entre ellos, si se refiere a eso. Sin embargo, era evidente que el chico estaba enamorado. Eso podía verlo cualquiera. Si ella le correspondía o no, ya es harina de otro costal.

Pronunció la última frase con un deje de ironía que tenía visos de evocar algún desengaño propio. Sí, en su juventud Santiago Mayart podría haber sido como Ferran Badía, uno de esos chicos a los que las féminas aprecian y luego, a la hora de la verdad, descartan por otro menos intelectual y más atractivo.

—¿Era bueno? Me refiero a sus escritos.

—Como ya le he dicho, apuntaba maneras. Al principio sus textos revelaban lo mismo que su actitud. Cierta... atonía emocional. Es difícil de explicar: escribía muy bien, meditaba cada palabra y estructuraba con esmero cada frase, pero el resultado era demasiado rígido, poco espontáneo. Claro que tenía veintidós años. Veintiuno cuando empezó el curso.

—¿Y al final?

—Había mejorado mucho. Supongo que en parte gracias a las clases y en parte gracias a que su vida era más plena.

—El amor suele aguzar la sensibilidad —señaló Salgado, sonriente.

—Eso dicen.

Lo dijo sin sonreír, como si el amor y sus derivados —los celos, el miedo, la pasión— fueran algo a lo que la gente concedía demasiada importancia.

—¿Y Cristina?

Quizá fuera suspicacia excesiva por parte del inspector, pero habría jurado que la pregunta directa era recibida con una tensión súbita, apenas perceptible. Los hombros se irguieron un poco, como quien se prepara para enfrentarse a una amenaza, al tiempo que descendían las comisuras de sus labios.

—Ella era muy especial. —Aunque Mayart no se movía y mantenía el mismo tono de voz, neutro, quizá demasiado neutro para hablar de una persona joven que había muerto de forma trágica, la sensación de incomodidad no desapareció—. Para escribir, como para cualquier otra cosa, hace falta un poco de disciplina.

Justo entonces, una pareja de mediana edad saludó a Mayart y se acercó a la mesa. Lo felicitaron por el libro, y él aceptó los cumplidos con una sonrisa radiante. Sus palabras podían afirmar que el éxito no le importaba; su gesto, sin duda, demostraba que eso no era cierto. Cuando se marcharon, el autor miró a Salgado con algo parecido a la impaciencia.

—Oiga, inspector, no entiendo a qué viene todo esto ahora; diría que sus habilidades como escritores poco tienen que ver con la desgracia que sucedió, ¿no cree?

Salgado asintió. Había llegado el momento de encarar el tema principal que lo había llevado hasta allí.

—Me ha encantado uno de los cuentos —dijo despacio,

abriendo el libro por ese relato—. «Los amantes de Hiroshima.» Es francamente original.
—Muchas gracias.
—No sé si lo he entendido del todo, pero resulta muy inquietante. Ese personaje que va mostrando al lector distintas caras de sí mismo.
Santiago Mayart sonrió, satisfecho.
—Eso no es nuevo, inspector. Uno intenta innovar, pero a veces parece que todo está inventado ya. Rashomon, Henry James... Ese narrador que puede mentir es la base de *Otra vuelta de tuerca*: no sabemos si lo que ve la institutriz es verdad o fruto de una mente desquiciada. Perdone, no sé si conoce la obra. La leen mis alumnos todos los años. Me parece un relato fascinante.
Héctor asentía, era obvio que a Mayart le gustaba hablar de literatura, y eso le venía bien.
—Siempre me ha fascinado la imaginación que hay que tener para escribir. Sobre todo un relato de estas características. ¿Cómo lo definiría? ¿Fantástico? ¿Gótico? Esas imágenes tan sugerentes: la casa, los pájaros, los cuerpos tatuados...
—La verdad es que no me gustan las etiquetas. Prefiero que cada lector saque sus conclusiones del propio texto.
—Ya. —Cogió el libro y le sonrió—. Pero es curioso cómo ciertos detalles guardan correspondencia con hechos reales.
El hombre lo miró a los ojos y, o era muy buen actor, o no acababa de entender lo que estaba escuchando.
—Inspector, ¿está insinuando algo?
Héctor tomó aire antes de decir, con voz firme:
—¿Sabe dónde se han encontrado los cadáveres de esos chicos? En una casa abandonada cercana al aeropuerto. Los cuerpos estaban envueltos en un hule, un mantel de plástico estampado con rosas amarillas. Se les colocaron sus objetos más queridos cerca y una cantidad de dinero, como manda la tradición. Luego está lo de los cuadros. —Sacó las fotos de los lienzos y fue colocándolas, como naipes descubiertos, frente a la cara asombrada de Mayart—. Alguien los pintó y colgó en la casa donde se hallaron los cuerpos.

Santiago Mayart contempló las fotos y unas gotas de sudor aparecieron en su frente, destellos brillantes de temor.

—No… no entiendo nada, inspector. ¿Qué quiere decir?

El tono de Héctor había cambiado. Ya no era amistoso, ni afable, sino firme, persistente y despiadado.

—Quiero decir que detrás de este relato hay algo que usted debería contarme.

—No sé de qué puede estar hablando.

Mentía: le temblaba la voz y sus ojos evitaban seguir mirando las fotos o la cara del inspector.

—Señor Mayart, esto es serio. ¿Cuándo escribió ese relato?

—No… no lo sé, hace más de un año. Dos, tal vez.

—¿Está seguro?

Aunque asintió con un gesto, lo hizo sin la menor contundencia.

—Inspector, hay algo que quiero decirle. Llevo unas semanas recibiendo llamadas extrañas. Alguien, un hombre, parece estar siguiéndome. Sabe adónde voy, dónde me encuentro. Y hace poco mencionó a esos chicos. Dijo que eran los «verdaderos amantes de Hiroshima».

En ese punto sí parecía sincero. Héctor tomó nota del dato. Entraba dentro de la lógica que alguien acosara telefónicamente a Mayart, la misma persona que, probablemente, había decidido «decorar» la casa con cuadros que hacían referencia a su relato y que, sin duda, se había molestado en que el libro llegara a sus manos a través de Fort.

—Bien. —Abrió el libro por la primera página y le mostró la dedicatoria. Mayart palideció al ver los nombres.

—Inspector, le aseguro que firmé este libro el viernes pasado, en la librería Gigamesh. Una chica joven, una de esas modernas con rastas, se me acercó con el ejemplar y me pidió que se lo dedicara a… a Daniel y Cristina. No… no sé a qué viene todo esto, pero le aseguro que soy una víctima, no un asesino.

—Nadie dice que lo sea. Sí intuyo que no me está contando toda la verdad. ¿En serio espera que crea que la disposición de los cadáveres, que en teoría usted desconocía, aparece en su relato exactamente igual por pura coincidencia?

—Escuche, no tengo nada que ver con la muerte de esos chicos. Nada en absoluto. Escribí ese relato sin saber dónde ni cómo estaban los cuerpos. Si mi cuento coincide en algunos detalles macabros, debe achacarlo a la casualidad.

—¿No tiene nada más que decir?

Mayart había recuperado parte de su entereza.

—Así es.

—No le creo, señor Mayart. Y le diré más: deduzco que alguien quiere implicarlo en las muertes de esos chicos, con razón o sin ella. Si es con razón, acabaremos averiguándolo. Y...

—¿Y qué? —Se volvió para recoger la cartera, como si ya no tuviera interés alguno en lo que el otro podía decirle.

—Si ese alguien está convencido de que usted es culpable de algo, no creo que se olvide de usted. Le aconsejo que me diga la verdad.

—Ya se la he dicho, inspector. Y ahora me temo que debo marcharme. Tengo otros asuntos que atender.

Mayart se fue sin mirar atrás, con tanta prisa que casi tropezó con una señora que salía al patio. «La cartera parece pesarle mucho más que antes», se dijo Salgado.

Casi temía llegar a casa esa noche y volver a encontrarse con el anciano, pero como siempre que se anticipa lo peor, no había nadie esperándolo en la acera. Con un suspiro de alivio, Héctor subió a su casa y, al pasar por delante de la puerta de Carmen, recordó de repente la llamada de Ginés. No quería hablar en casa, con su hijo cerca, así que subió directamente a la azotea y devolvió la llamada.

—Hombre, ya era hora —recibió como saludo.

—Tuve un día duro, Ginés.

—Ya. Se le nota en la voz, jefe. Y me temo que yo no le traigo buenas noticias.

Héctor se apoyó en la mesa.

—Dispara.

—Su amigo, o el hijo de su amiga, como quiera llamarlo, ese tal Charly Valle…

—¿Sí?

—Ignoro en qué lío anda metido, pero no es pequeño. Empecé a preguntar a gente de confianza y nadie supo decirme nada. Así estaba la cosa el fin de semana, ya se lo dije. Hoy, sin embargo, un colega me ha comentado que yo no era el único que se interesaba por él.

—¿Y sabes quién lo buscaba?

—No. Mire, jefe. Cuando un colega como el mío me dice que se interesan por alguien, no es precisamente para darle un regalo. Ya me entiende.

—¿Nada más? ¿No te ha contado quién ni por qué?

Ginés soltó un bufido.

—Un par de tipos del Este. Rumanos o algo así.

Héctor entrecerró los ojos. Si Charly se había involucrado con uno de esos grupos, sería mejor que estuviera lejos, en el otro rincón del mundo, si quería eludirlos.

—Vale. Gracias por la llamada. Ginés, no sigas preguntando.

—Al viejo Ginés nadie le hace nada. Tranquilo, jefe. Y mi colega es de confianza, no abrirá la boca.

Héctor no dejaba de admirarse de la confianza que existía en el mundo de Ginés entre unos y otros, como si se rigiera por otras reglas.

—Ya. Igualmente, ten cuidado.

—Claro, jefe. A mi edad el cuidado ya es una actitud espontánea.

Después de colgar el teléfono, Héctor miró a su alrededor. Lo último que le apetecía en ese momento era regar las plantas, pero, por otro lado, sabía que las pobres necesitaban agua. Y aunque a él mismo le resultara extraño, inundar la terraza a manguerazos le inyectó la energía necesaria para salir a correr.

24

Llevaba dos días buscándolo y empezaba a creer que la memoria le había jugado una mala pasada. Lluís Savall estaba revisando todas las chaquetas de verano que tenía en su armario, una por una, aunque estaba seguro de que Helena las habría llevado al tinte al final de la temporada, como hacía siempre. De hecho, la prueba estaba ahí, en esos plásticos que las cubrían y esas etiquetas grapadas.

Recordó que había cogido el móvil de Ruth Valldaura y se lo había guardado en el bolsillo interior de una de esas chaquetas. Su intención era devolvérselo, por supuesto, en cuanto pudiera llevarla de regreso a casa. Y de algún modo, con todo lo que sucedió después, se había olvidado de él por completo hasta la otra noche. El miedo repentino que lo asaltó había ido dando paso a algo que era más parecido a la ansiedad. Había desconectado ese maldito aparato, de manera que no tenía de qué preocuparse; ahora sólo le faltaba encontrarlo. Sería lo único bueno a añadir a otra jornada cargada de tensión, que había empezado con una extraña conversación con Dídac Bellver.

Savall no se engañaba, sabía que el inspector Bellver no gozaba del respeto de sus compañeros y, si era sincero, tampoco del suyo. Había hombres como él en todas las organizaciones, los mossos no eran ninguna excepción: trepas con suerte, holgazanes con buenos amigos, figurantes de éxito. Cuando lo recibió por la mañana no podía imaginar lo que ese hombre tenía en mente, así que se vio obligado a hacer el primer esfuerzo de contención del día al oír que quería hablarle del caso Valldaura.

Bellver había desgranado sus argumentos con el aire de suficiencia que solía adoptar. Según él, existía un ángulo en la desaparición de Ruth Valldaura que nadie había explorado, y que habría sido el primero en otras circunstancias. El ex marido. Savall apenas había podido reprimir su incredulidad, pero no podía negar que el discurso de Bellver tenía ciertos puntos que, en teoría, debían ser tenidos en cuenta. Uno, el carácter explosivo de Héctor, puesto de manifiesto en la paliza que había propinado al doctor Omar. Dos, el aprovechamiento de las circunstancias: dado que las amenazas del mismo doctor parecían indicar una suerte de conjura contra Héctor y su familia, éste podía haber pensado que era un buen momento para llevar a cabo una venganza sin resultar sospechoso. Tres, la propia desaparición de Ruth: no había señales de violencia en su piso, lo que indicaba que, o bien había salido de él voluntariamente, o bien había sido asaltada en la calle, cosa harto improbable porque nadie parecía haber presenciado dicho ataque.

«¿Y el motivo?», había preguntado él. A lo que Bellver, en el mismo tono, había contestado que se trataba de orgullo herido. «Pocos hombres tolerarían que su mujer los dejara por otra», había dicho, recalcando el femenino. «Casi me partió la cara cuando se lo comenté, meses atrás. Y otra cosa: ¿a usted le gustaría que dos bolleras educaran a su único hijo?»

Savall no había podido reprimir una mueca de disgusto al oírlo. La misma que asomaba a su rostro ahora, frente a un armario revuelto. Había logrado fingir que la teoría de Bellver era una posibilidad a tener en cuenta, pero se había mostrado muy serio y tajante a la hora de advertir que no quería que nadie más estuviera al tanto. «Sigue investigando, con máxima discreción. Y comunícame cualquier novedad al respecto. ¿Está claro?»

—¿Se puede saber qué haces?

La voz de Helena cruzó la habitación como si fuera un disparo y él contempló las chaquetas esparcidas sobre la cama antes de atreverse a mirarla.

—Nada.

—¿Te ha dado por ordenar el armario?

Helena entró en el dormitorio y empezó a recoger las prendas, como si verlas así le resultara insultante. Él intentó encontrar una excusa válida, una tarea ardua porque la ropa, desde siempre, era un tema que concernía a su esposa.

—¿No tenía un traje de color gris? —preguntó al azar.

Ella ni se molestó en responder. Lo apartó con un gesto mudo y fue colgando las chaquetas, cuidadosamente, una tras otra. Luego cerró el armario, dio media vuelta y se dirigió a su mesita de noche. Se sentó en la cama y abrió el cajón.

—¿No estarás buscando esto? —preguntó.

Helena tenía el teléfono móvil en la mano y en sus ojos Savall leyó la satisfacción que comportan las pequeñas venganzas después de treinta años de matrimonio.

—Lluís, creo que tenemos que hablar.

La frase se quedó en el aire, suspendida en un espacio acotado y al mismo tiempo abriendo la puerta a un pasado que siempre encontraba la forma de regresar.

—Creo que tenemos que hablar, comisario —dijo el doctor Omar.

Era su primera visita a aquella consulta pequeña y asfixiante, y él comenzaba a ponerse nervioso. Odiaba aquella voz, aquel acento cavernoso, aquella cara agrietada. Había aceptado verlo porque el viejo había insistido en ello y porque, en el fondo, la llamada había despertado su curiosidad. Héctor Salgado estaba en Buenos Aires, en una baja forzosa, y negarse a una entrevista con aquel tipo, que había pasado de verdugo a víctima de una agresión policial, tampoco le pareció prudente.

Omar sonreía. Se había recuperado ya de los golpes recibidos, aunque en su pómulo afilado quedaba un ligero rastro de los puños de Héctor.

—Diga lo que quiere de una vez.

La sonrisa se hizo más amplia. Omar cruzó las manos, aquellos dedos secos y oscuros, y las acercó a su barbilla. Estaba tan delgado que Savall se preguntaba cómo había podido resistir una paliza como la que había encajado un par de meses atrás.

—Tengo la impresión de que usted, como sus hombres, tiende a la brusquedad, comisario. O quizá sea Europa la que va demasiado deprisa para mí. Algunas cosas —dijo despacio— llevan su tiempo.

—Pues yo no dispongo de demasiado, así que vaya al grano.

—¡Un hombre resolutivo! —Se rió abiertamente—. Muy bien. Como quiera. Le diré sólo un nombre y si no le interesa, no perderemos más el tiempo ninguno de los dos.

—No estoy para acertijos, se lo advierto.

—Juan Antonio López Custodio, alias el Ángel.

Era lo último que esperaba oír, y ni siquiera la edad o los años de experiencia le habían preparado para disimularlo.

—¿Le interesa que sigamos hablando? Si no, puede levantarse e irse.

Le habría gustado hacerlo, pero no podía. Habría dado años de vida por ser capaz de largarse de aquella consulta inmunda; es más, por un instante barajó la posibilidad de saltar al otro lado de la mesa y estrellar aquel cráneo seco contra el escritorio una y otra vez. Acabar lo que Salgado había empezado. Pero ni sus brazos ni sus piernas respondieron a sus deseos; vencidos, sus miembros sólo consiguieron ponerse en tensión, prepararse para la batalla como soldados de piedra.

—Veo que ha decidido quedarse. Relájese un poco. La historia de ese hombre cuyo nombre acabo de decirle es de lo más curiosa. Me la contó un amigo. Bueno, un cliente. Yo no tengo muchos amigos, si le soy sincero.

El cerebro de Savall empezaba a asumir el impacto.

—Como le decía, un cliente me contó esa historia hace tiempo. Hay personas que me explican cosas que normalmente callarían, porque saben que soy discreto. Una especie de sacerdote que no impone penitencias. Sólo escucha.
—¿Qué cliente? —No reconoció su propia voz. Ronca, casi débil.
—Ah, no. Aunque no sea cura también practico el secreto de confesión. Lo sé, y eso es lo que importa. Le diré, sin embargo, que es alguien que le conoce.
—¿Qué es lo que sabe?
—Casi todo. Desde luego, sé lo esencial. Sé que el Ángel murió. ¡Menudo apodo! Creo que era precisamente lo contrario.
«Era un monstruo —pensó Savall—. Como tú, viejo cabrón.»
—¿Qué coño quiere?
—No me grite. Al fin y al cabo, sólo le voy a proponer un juego. Ustedes han abierto una guerra contra mí y contra mi negocio. Podría vengarme y arruinarlos, pero no sería divertido. Y a mi edad se me ofrecen pocas oportunidades de divertirme.

Savall había recuperado el suficiente aplomo para hacer frente a la situación, o al menos para fingirlo.
—¡Váyase a la mierda!
—No sea grosero.
—Si cree que voy a enredarme en sus juegos, está usted loco.
—¿De verdad? El Ángel no era ningún ángel, valga la redundancia, pero ordenar la muerte de un hombre sigue siendo delito, comisario.
—No tiene ni una sola prueba de eso.
—¿Está seguro? ¿De verdad quiere arriesgarse?

Lluís Savall tomó aire y se levantó de la silla. En pie se sentía más poderoso, más capaz de desafiar a aquel viejo carcomido.
—Sí. Vaya con el cuento a quien quiera, no tengo nada más que decirle. Ese hombre murió. Es un caso cerrado.
—Ese hombre aún tiene amigos. Y se parecen a su inspector Salgado: golpean antes de preguntar.

Savall mantuvo la serenidad; era vital que su voz siguiera siendo firme, que su postura no revelara el temor.

—Está hablando con un comisario de la policía autonómica, Omar. No soy ninguna niña asustadiza.

—¿Como su hermana? —Sonrió—. Pobre...

Ahí no pudo aguantar más: se acercó a la mesa y apoyó ambas manos en ella. La cara de Omar, su aliento perverso, estaban a menos de un palmo. Pero el anciano no se inmutó.

—Deje a mi hermana en paz. No vuelva a mencionarla o el que tendrá un accidente será usted. Ya que sabe tantas cosas, también debe estar seguro de que soy capaz de hacerlo.

—Me asusta usted, comisario. Yo pensaba proponerle un trato ventajoso para ambos y ahora veo que no es posible. Bueno, no importa. Ella morirá igualmente.

—¿De quién está hablando?

—Ah, ¿ahora siente curiosidad?

Savall golpeó la mesa con fuerza.

—¿Quién va a morir?

—La ex esposa de su inspector, por supuesto. Estuvo aquí, sentada en esa misma silla, hace sólo unos días. Toda una mujer. Inteligente, hermosa. Altiva. Alguien a quien resulta difícil olvidar, créame.

—¡Está loco! ¿Me está diciendo que va a matar a Ruth Valldaura?

Omar se inclinó hacia delante, su voz se convirtió casi en un susurro:

—Yo nunca he matado a nadie. Como usted, prefiero que otros se encarguen del trabajo sucio. Debo decirle que mis métodos son mucho más seguros y limpios que los suyos. Usted tenía buenos motivos para ordenar la muerte de ese hombre de la misma manera que yo los tengo para desear hacer daño al cretino de su inspector. Ruth Valldaura es sólo el medio para conseguirlo.

—¿Por qué me está contando esto?

—Ya le he dicho que me gusta ponerle un poco de emoción a la vida. —Sonrió—. Vaya, no me cree. También debo admitir

234

que ella me cayó bien. Su muerte estaba decidida, y sin embargo me gustaría darle una oportunidad.

—No le entiendo. ¿Qué diablos quiere de mí?

—Yo hice lo que debía antes de conocerla. Sé que ustedes no me creen, aunque quizá lo de esa chica nigeriana les haya vuelto un poco más respetuosos con las creencias ajenas. A día de hoy, Ruth Valldaura está condenada a morir. —Hizo una pausa—. A no ser que usted consiga salvarla.

—Está loco.

—Se repite, comisario, y eso me aburre. ¿Por qué no se decide? Es sencillo: si no hace nada por evitarlo, dentro de dos semanas Ruth Valldaura estará muerta y a su debido tiempo los compañeros de Juan Antonio López sabrán quién ordenó que asesinaran a su amigo. Todo está dispuesto para que las cosas sucedan así. Y no piense que encerrándome o vigilándome cambiará nada. No sea ingenuo.

—¿Y si salvo la vida de Ruth Valldaura?

—Entonces todo habrá terminado. Su secreto no saldrá a la luz, se lo prometo. Y soy un hombre de palabra.

—No tengo por qué confiar en usted.

—No. Pero piénselo, comisario. ¿Cómo se sentirá si Ruth Valldaura muere en los próximos catorce días? ¿Podrá vivir con esa otra muerte sobre su conciencia sabiendo que pudo hacer algo, lo que fuera, para impedirlo? En realidad, no tiene opción. Protéjala, vénzame y desapareceré de sus vidas para siempre.

25

—Menuda mañana —dijo Leire, a punto de subir al coche—. Me apetece conducir, ¿te importa? Así al menos tengo la sensación de hacer algo útil.

Fort ocultó una sonrisa. Se estaba acostumbrando ya a la impaciencia de su compañera, y en el fondo le divertía. Él no sentía que hubieran perdido las horas invertidas en interrogar a Leo Andratx y a Isaac Rubio, aunque debía admitir que ninguno de los dos había añadido nada importante a un caso que, cada vez más, parecía tener un único sospechoso viable: Ferran Badía.

Leo les había atendido en una cafetería cercana a la sede de la empresa de telefonía móvil donde trabajaba. Leire había llevado el peso de la entrevista, que sólo había servido para confirmar lo que él había dicho siete años atrás. No tenía la menor idea de qué les había podido pasar a sus amigos; en su momento, cuando desaparecieron, él se mostró firmemente convencido de que se habían marchado por voluntad propia.

—Eran así, ¿saben? Un poco… bohemios, aunque no sé si es la palabra correcta.

—¿No le extrañó no tener noticias suyas durante todo el verano?

—La verdad es que no. Desde que Dani no se presentó en el concierto, nos veíamos menos. Y con Cristina nunca me llevé muy bien. Bueno, ni bien ni mal. Era la novia de Dani, eso es todo.

—¿Y en septiembre?

Leo se encogió de hombros.

—Ahí sí que me pareció raro, cierto. Estaba claro que ustedes, bueno, la policía, pensaban que algo malo les había pasado. Pero tampoco aclararon nada, así que… —Abrió los brazos como si quisiera dar a entender que si ellos, los profesionales, no habían alcanzado ninguna conclusión, menos iba a hacerlo él—. Me temo que con el tiempo me olvidé de ellos. Ya sé que suena terrible, pero en realidad nos dispersamos todos. Hugo se fue a Madrid, no sé dónde anda Isaac. Lo que nos mantenía unidos era el grupo. Cuando se rompió, cada uno hizo su vida.

—¿Y por qué se rompió?

Leo se rió. Tenía una risa atractiva, de chico de buena familia, y una boca de dientes perfectos. Y el traje tampoco le sentaba nada mal, a juzgar por las miradas que de vez en cuando le lanzaba la camarera de la cafetería desde la barra.

—Yo qué sé. —Apoyó ambas manos sobre la mesa—. No le diré que éramos unos críos, porque no es verdad. A veces parece que haya pasado más tiempo, pero sólo han sido siete años. Supongo que el día del concierto, cuando Dani no se presentó, nos dimos cuenta de que aquello era un pasatiempo, nada más.

—Tuvo que molestarles que los dejara colgados…

—Hombre, claro. Habíamos ensayado mucho, y sin Dani, el cantante, no podíamos salir. Pero ya le he dicho cómo eran.

—«Bohemios», sí —dijo Leire—. ¿Les dio alguna razón? ¿Justificó su ausencia de algún modo?

—¿De verdad le interesa eso ahora?

—Si no me interesara, no lo preguntaría.

—Vale. —Entrecerró los ojos, como quien se esfuerza por recordar—. Creo que dijo que había tenido algo más importante que hacer.

—¿Algo con Cristina?

—Supongo. Las chicas suelen ser exigentes. —Lo había dicho en tono ligero; la frase, sin embargo, estaba teñida de algo menos banal—. Sobre todo las intelectuales.

—¿Conocía a Ferran Badía? —preguntó Leire, cambiando de tema de repente.

—Poco. Ya nos lo preguntaron. Apenas crucé dos palabras con él.

—Pero ¿sabía...?

—¿Lo de su historia con Dani y Cris? Sí, claro. No lo escondían.

—¿Y qué le parecía?

—¿A mí? —Volvió a reírse—. Me daba igual. Lo que hicieran los tres era asunto suyo. Personalmente, no me metería en una película así. No me van los tíos, en ningún caso.

—Ya.

—Mire, agente, teníamos veintipocos años. Si Dani y Cris querían jugar con terceros, estaban en su derecho. Ya no estamos en la Edad Media, los tríos no son algo tan extraño —comentó en el mismo tono frívolo de antes—. Incluso los mossos deben de practicarlos de vez en cuando.

—No estamos en la Edad Media, eso lo sabemos —concedió Leire—. Y no nos importan los tríos que hagan los adultos. Sin embargo, en este caso, dos de los tres participantes terminaron así.

Fort aún no había visto a Leire en acción en un interrogatorio. Verla sacar las fotos de los cadáveres y colocarlas delante de la mirada asombrada de Leo Andratx supuso un impacto incluso para él. Y el tono, que hasta el momento había sido educado y distante, adoptó de repente un timbre endurecido, más personal.

—Es horrible, ¿verdad? Alguien los golpeó con un instrumento contundente, un palo de hierro probablemente, hasta matarlos. A Dani la muerte le llegó rápidamente, pero a Cristina le propinaron al menos media docena de golpes hasta abrirle el cráneo. Luego los cubrieron con ese hule y los bajaron al sótano de la casa; allí dejaron también sus mochilas, con sus objetos personales y un sobre con una cantidad de dinero bastante elevada. Así que, por favor, deje ese tono y conteste con seriedad a mis preguntas.

A favor de Leo cabía decir que su rostro expresaba ahora una profunda consternación; no fingía, Fort habría podido jurarlo. Tragó saliva e intentó desviar la mirada de los cadáveres.

—Lo siento. No intentaba banalizar...

—¿Sabía cuál era el refugio del que hablaban Daniel y Cristina?

—No. No tenía ni idea. De verdad.

—¿Y del dinero? ¿De dónde pudieron sacarlo?

Leo meneó la cabeza, e involuntariamente se mordió el labio inferior.

—No lo sé —dijo por fin—. Ninguno de los dos trabajaba entonces, los mantenían sus padres, y no iban muy sobrados, por lo que yo recuerdo.

—¿Está seguro?

—Claro. —Por un momento, la desazón desapareció de sus ojos y fue reemplazada por una mirada más fría, intencionadamente contundente.

—Un par de cosas más, señor Andratx. ¿Le suena de algo este libro? Lo ha escrito Santiago Mayart. Fue profesor de Cristina.

—Me temo que no soy un gran lector, agente.

—Ya. Le gusta más escribir en su blog.

Leo se sonrojó un poco.

—¿Lo ha leído?

—Algo —admitió Leire—. Es curioso, y perdone que se lo diga, no tiene usted aspecto de indignado.

—¿Quién banaliza ahora las cosas, agente? —Acompañó la pregunta con una sonrisa, diseñada para quitarle hierro al comentario—. ¿Hay un uniforme para la indignación?

—Tiene razón, a veces nos dejamos llevar por los tópicos.

—Supongo. De todos modos, tampoco va tan desencaminada. La protesta está bien y es legítima; sin embargo, hace falta alguien que la dirija. Que la organice.

—¿Y usted es ese alguien?

—Por supuesto que no. Al menos, no solo. Este país necesita un cambio, hay muchas cosas que tienen que acabar si queremos salir adelante. La primera es este gobierno. Pero ése es otro tema, y no tengo mucho más tiempo ahora. ¿Puedo pedirles un favor? Si hablan con Isaac, ¿podrían decirle que me gustaría verle? Perdí su número y, bueno... Nada, simplemente díganselo, por favor.

Leire se paró en un semáforo en rojo. La Gran Via iba tan lenta como siempre. Ninguno de los dos había dicho una palabra desde que iniciaron el trayecto en el paseo de la Zona Franca, donde se habían visto con Isaac Rubio.

—¿En qué piensas?
—¿Ahora mismo? —preguntó Fort—. Que Leo Andratx es un gilipollas.
La respuesta de su compañera fue una sonora carcajada.
—Estamos de acuerdo.
—Y en que algo no encaja en toda su imagen —prosiguió Roger—. ¿Has visto el traje?
—¿Tú también te has fijado?
—¡Eh, los hombres también miramos ropa!
—Valía una pasta —dijo Leire—. Y la corbata, y los zapatos.
—Eso no sale de su sueldo, no si es un comercial pelado. Además...
—Se da demasiados aires, ¿verdad?
—Exacto. La empresa de su padre quebró en diciembre pasado. Claro que podía tener todo el atuendo de antes, pero aun así... —Fort se paró—. Es raro, como si el personaje en conjunto no fuera del todo real. Va de manipulador de la masa, se viste como un pijo, tiene una carrera en económicas, un padre que fue empresario de éxito para el que nunca trabajó y un empleo de mil doscientos euros al mes. Algo no encaja.
—¿Y el otro? ¿Isaac Rubio?
—Me cayó mejor, la verdad —admitió Roger.
—A mí también. Pero estaba tan nervioso. Casi asustado.

Fort asintió.

—Sin el casi. Pero tampoco nos ha dicho nada. No sabía dónde estaba el refugio, no tenía ni idea de lo del dinero. La verdad es que contestaba apenas con monosílabos.

El semáforo cambió a verde y luego a ámbar sin que se moviera un solo vehículo. Leire soltó un bufido.

—Voy a llamar a la canguro. No he sabido nada del niño en toda la mañana.

Mientras lo hacía, Fort repasaba mentalmente la entrevista con Isaac Rubio. Mucho menos expansivo y seguro de sí mismo que Leo, mucho más parco en palabras, sacarle información había sido difícil y, como había dicho Leire al principio, bastante improductivo. Sí, la verdad era que seguían como antes, y por primera vez se sintió desalentado, como si el caso que llevaban entre manos pudiera ser uno de esos que quedan sin resolver, igual que siete años atrás.

De pie frente al panel, Héctor revisaba los escasos datos que se habían añadido en esos días de trabajo, aquejado, sin saberlo, de un desánimo parecido al que había afectado a Fort unas horas antes. Por un lado, tenían la disposición de los cadáveres, el relato y los cuadros, todo ello relacionado, aunque fuera de manera indirecta, con Santiago Mayart. Por otro, estaba el dinero, aquellos diez mil euros de los que nadie parecía tener noticia alguna. Finalmente, y aunque le fastidiaba dar la razón a Bellver, contaban con un único sospechoso real, al que vería al día siguiente. Esos chicos quizá se hubieran enfadado con Daniel por no presentarse en el concierto, pero era improbable suponer que hubieran pagado su enojo partiéndoles la cabeza a él y a su novia. No. Ninguno de ellos tenía pinta de psicópata, y aunque Leo Andratx había demostrado tender a la violencia, por las denuncias se deducía que era una reacción espontánea, no premeditada y, por lo que había leído, no tan extrema. Siempre cabía la posibilidad de un odio profundo, intenso, que estallaba en el momento menos adecuado y llevaba a la gente normal a cometer un crimen. Hacía falta un motivo, sin embargo, una chispa que encendiera esa mecha incontrolable, y Héctor no terminaba de encontrarlo por ninguna parte.

De repente tuvo la sensación de que había algo en la personalidad de las víctimas que se le escapaba. Obedeciendo a un impulso que algunos llaman instinto, buscó en sus papeles y marcó el número de Eloy Blasco. El viernes pasado le había parecido que aquel hombre tenía cosas que decirle sobre Cristina y también ganas de hacerlo. Diez minutos después salía de la comisaría y tomaba el metro, algo que hacía de vez en cuando, para encontrarse con él al final de la Rambla, no muy lejos de donde Ramón Silva tenía las oficinas de su empresa de transportes.

Llegó a la hora acordada y se dedicó a observar el gentío que siempre, a todas horas, transitaba por aquella avenida en la que ni un solo barcelonés solía poner los pies si no era estrictamente necesario. El porqué la Rambla había alcanzado fama internacional era algo que escapaba a la comprensión de muchos habitantes de la ciudad, él incluido. Esperó sin inmutarse unos diez minutos, entretenido con la fauna que ascendía y descendía la calle y, con menos buen talante, otros diez, en los que, ya harto de ver gente, dirigió su mirada al muelle: un espacio abierto que desprendía una paz relativa, puramente urbana. Justo cuando empezaba a plantearse que Eloy no aparecería, lo vio llegar, apresurado, con cara de disculpa.

—Perdone, inspector. Supongo que la gente no suele hacerle esperar. —Jadeaba un poco, como si hubiera venido corriendo.

—La verdad es que no. Pero no importa, ya ha llegado.

—Lo siento —se disculpó de nuevo.

—¿Le parece que vayamos hacia el muelle?

—Claro. Como quiera.

Descendieron caminando, sin prisa, hacia lo que se conocía como el Port Vell. Era un paseo agradable a esas horas de la tarde. A su espalda, la montaña de Montjuïc; a su derecha, los barcos anclados. Una sensación de verano en ciernes flotaba en aquel paseo. A Héctor siempre le había gustado más esa estación, aunque, desde el año anterior, el calor de Barcelona era sinónimo de la ausencia de Ruth. Héctor tardó un poco en hablar, pero cuando lo hizo fue directo al grano:

—Le he llamado porque, sinceramente, necesito más información sobre Cristina Silva. No sobre sus últimos días, ésa la vamos recabando poco a poco, sino de antes, de su vida en general. No sé por qué tengo la sensación de que hay algo que se me escapa. Y creo que usted puede ayudarme. La conoció desde niña y, por lo que deduje el otro día, diría que le tenía cariño.

Eloy Blasco no dijo nada; siguió andando, con la mirada puesta en los barcos.

—La quería mucho, sí. —Al volver la cara hacia el inspector, éste constató que no mentía—. No en el sentido que algunos pensarían, de verdad. Cuando conoces a una chica desde que era una cría, se convierte en una especie de hermana.

—¿Cómo era?

Eloy se detuvo, buscó un banco con la mirada y se lo señaló al inspector. Se sentaron. En las terrazas del muelle comenzaban a encenderse las luces aunque todavía no hacían falta. Frente a ellos, cielo y mar se confundían en un atardecer tibio, bonito en su normalidad.

—Hay muchas cosas que usted no sabe de Cris, inspector. Cosas que ni siquiera ella sabía. Es... es muy difícil para mí hablar de esto.

—¿Se conocieron de pequeños? ¿Aquí, en Barcelona?

—No. Mis primeros recuerdos son de los veranos en el pueblo.

—Empiece por el principio. No tenga prisa.

Y Eloy empezó, y una vez hubo tomado el hilo siguió hablando ya sin detenerse, buscando de vez en cuando la complicidad en los ojos de su interlocutor que, por una vez, se había convertido en un oyente casi de piedra. Habló de su padre, que había sido compañero de trabajo de Ramón Silva cuando ambos eran simples camioneros que hacían rutas largas. Se ocupaban de llevar la comida para los atunes, cercados por pesqueros. Viajaban mucho, juntos y por separado, eran buenos amigos. Habló también de Cristina, una niña con la que él se llevaba cinco años y a la que no hacía demasiado caso.

—Su padre y el mío habían nacido en Vejer, pero Ramón se hartó del pueblo y se marchó a Barcelona. Las cosas le fueron bien al poco tiempo.

—De manera que sólo veía a Cristina en vacaciones —dijo Héctor para reconducir el tema.

—Sí. Pasaban en Vejer casi todo el verano.

Héctor repasó mentalmente la historia familiar. Ramón Silva había hablado sobre la muerte de un hijo.

—Tengo entendido que había un niño en la familia, un niño de corta edad que falleció.

—Martín, sí. Después ya nada fue igual.

—¿Qué le pasó? Su suegro no me dio detalles y no quise preguntarle.

—Es lo que ocurre siempre. A nadie le gustan estos temas.

—Ya.

—Martín tenía poco más de un año cuando murió, Cristina ya había cumplido los cinco. —Tomó aire, como si necesitara oxígeno para poder seguir—. La verdad es que todo fue una tragedia absurda, un encadenamiento de circunstancias horrible. Era julio, y Ramón aún trabajaba, de manera que estaba sólo Nieves, la madre, con los niños. Una tarde, a la hora de la siesta, se produjo un incendio en la casa. Nada muy serio, pero Cristina se despertó, asustada por el humo, y abrió la ventana del dormitorio. Luego salió corriendo a buscar a su madre. Las habitaciones estaban en la planta superior y supongo que Nieves tardó poco en despertarse también y volver al cuarto de los niños, con Cristina. Pero ya era tarde: el niño se había encaramado al alféizar y cuando Nieves fue a cogerlo, cayó al vacío.

Héctor se quedó sin palabras. Ése había sido uno de los temores de él y de Ruth, un miedo casi obsesivo en la edad en que Guillermo dejaba de ser un bebé y se lanzaba a descubrir el mundo. También había sido de los niños que gustaban de las alturas; más de una vez habían tenido que rescatarlo de algún lugar que podía ser peligroso.

—Como puede comprender, las vacaciones acabaron ahí. Lo enterraron en Vejer y la familia se volvió a Barcelona poco después. El verano siguiente todo había cambiado.

—¿Cambiado?

—Nosotros pensamos que no vendrían, que la casa les supondría un recuerdo demasiado doloroso. Sin embargo llegaron. Los tres: Ramón, Nieves y Cris.

—¿Cómo estaba la madre, Nieves?

—Eso lo sabe, ¿no? Bueno, yo tenía casi once años, edad suficiente para adivinar que aquella mujer había perdido la cabeza. De hecho, luego oí que el médico le había recomendado volver al lugar de la tragedia, para poder asumirla. Nieves… bueno, hablaba del niño como si estuviera vivo. «Tengo que hacerle la merienda», decía. «No para quieto, es un terremoto…» Esa clase de cosas.

—¿Y Cristina?

—No lo sé. Nunca hablamos de ello. Mi madre me pidió que jugara con ella y eso hice. Iba a su casa a verla; vivían muy cerca. Nieves apenas salía de su habitación. La recuerdo como una especie de fantasma: aparecía de repente, sin hablar, y se quedaba mirándonos como si no tuviera claro lo que veía.

—¿Y su marido? ¿El padre de Cristina?

—Usted conoce a Ramón. Es un buen hombre, de verdad, pero la sutileza no es lo suyo; ahora veo que aquella situación le venía grande. Él también había perdido a un hijo y estaba, a la vez, perdiendo a su mujer. Creo que intentaba forzarla a reconocer la realidad de un modo demasiado brusco. Y eso hacía que la mente de ella huyera aún más lejos.

—No tuvo que ser fácil para Cristina.

—No, claro. —Tomó aire, como si de nuevo le costara seguir—. Lo que voy a decirle ahora me lo contó mi madre, años después, aunque de algún modo creo que yo lo presentía ya entonces. Cada vez que Nieves miraba a su hija, había en sus ojos una expresión extraña. Como de odio.

A pesar del calor, Héctor notó un escalofrío. Las tragedias siempre eran peores cuando había niños implicados, y en ese caso, habían sido dos las víctimas, en distinta medida: el niño que había fallecido trágicamente y su hermana, que había abierto una ventana que debería haber permanecido cerrada.

—Con los años supe que Nieves había perdido del todo la razón. Murió un tiempo después. Ramón volvió a casarse y nunca regresó al pueblo.

Héctor intentaba procesar toda aquella historia. Los barcos se balanceaban en el muelle, unos enamorados se besaban apasionadamente en el paseo y, sin embargo, él sólo podía pensar en aquella familia rota.

—¿Cree que Nieves maltrató a Cristina de algún modo?

—No, que yo sepa. La opción de Nieves fue negar lo ocurrido, convencerse a sí misma de que su hijo seguía vivo. Los años siguientes tampoco fueron fáciles en mi casa. La muerte de mi padre no nos dejó en buena situación: él había sido autónomo toda la vida, y no de los previsores. Podría decirle que lo único que me legó fue su nombre, Eloy. De mi educación se hizo cargo Ramón, que luego me envió a la universidad. Ha sido como un segundo padre para mí.

«Sí», pensó Héctor. Ésa era la clase de cosas que un hombre como Ramón Silva haría sin dudarlo. El hijo de un amigo pasaría a ser como una especie de sobrino, alguien de quien responsabilizarse.

—Es mejor persona de lo que parece —prosiguió Eloy—, y se preocupa más de lo que quiere dar a entender. Incluso contrató a un detective para buscar a Cris. Yo llevo sus cuentas, y le aseguro que le pagó una buena cantidad a cambio de ningún resultado.

—¿Y Cristina?

—No supe nada de ella hasta pasados unos años. Volví a verla cuando yo ya estaba en Barcelona, estudiando en la universidad. A ella la habían enviado a un internado y en vacaciones regresaba a casa. Era una adolescente; había cambiado, claro. Incluso intentó ligar conmigo. Era ridículo, los dos nos dimos cuenta. Pero era sexualmente muy precoz, muy... Si le digo lo que me viene a la cabeza, pensará que soy un muermo.

—¿Descarada? —apuntó Héctor—. A los cuarenta y tantos yo ya puedo ser muermo sin remordimientos.

Eloy sonrió.

—Algo así. Desde luego no encajaba mucho en la nueva familia. La veía dos o tres veces al año, y cuando al fin terminó el internado, tampoco coincidimos demasiado. Pero siempre supimos el uno del otro. Cuando éramos pequeños, en el pueblo, inventamos un juego que consistía en fingir que nos carteábamos: ella metía un dibujo en un sobre y lo dejaba en la puerta de mi casa; en la adolescencia, Cris quiso retomar el juego y empezamos a escribirnos. Con los años, las anécdotas dieron paso a las confidencias. —Sacó unas cartas del maletín y se las entregó al inspector—. Por eso he llegado tarde antes, quería pasar por casa a buscarlas.

—¿No le importa?

—En alguna habla de Daniel y de Ferran Badía. Creo que debería leerlas. No se las había enseñado a nadie hasta ahora.

Héctor las aceptó, agradecido.

—¿Le conoce? ¿A Ferran Badía?

Por primera vez, Eloy se mostró incómodo. Indeciso, más bien.

—Le he visto alguna vez —admitió—. Fui a verlo a la clínica. Quería... quería saber, averiguar si...

—Comprendo. Mañana iré a hablar con él. Una última pregunta: ¿le mencionó alguna vez Cristina a su profesor de escritura? ¿A Santiago Mayart?

—Sí. Creo que lo mencionó en alguna carta. No recuerdo qué decía, si le soy sincero.

Había anochecido. Las gaviotas sobrevolaban el paseo buscando restos de comida. Observaron en silencio a dos de esas aves, de color blanco sucio, que peleaban por un envoltorio del suelo.

—¿Sabe? Cristina las odiaba.

—¿A las gaviotas?

—A los pájaros en general. Era una especie de fobia, supongo. Le daban pánico.

26

La mañana de aquel jueves, Roger Fort llegó tarde al trabajo por primera vez en su vida. Se había dormido y el inicio del día le deparó una imagen insólita: el perro estaba tumbado a los pies de la cama, masticando alegremente su despertador. Entró en comisaría preocupado por la reacción jocosa de Leire y Salgado, pero se sorprendió al ver la silla vacía de su compañera y el despacho cerrado de su jefe. Así que decidió seguir adelante con un aspecto de la investigación que había comenzado, de la forma más inesperada, la tarde anterior. Roger había hablado por teléfono con Hugo Arias, que, como era de esperar, repitió la historia de los demás miembros del grupo. Se había mostrado amable y había anunciado su intención de viajar a Barcelona ese fin de semana, poniéndose a su disposición para una entrevista en persona.

Luego había llamado a Gabrielle Anvers, la joven francesa que había puesto la denuncia contra Leo Andratx. La chica no era muy comunicativa: admitió que Leo había estado acosándola, sin decirlo con esas mismas palabras. De hecho, la conversación, planteada como rutinaria por Fort, estaba a punto de terminar cuando ella formuló una pregunta que, vista en perspectiva, no era del todo inocente. «Todo esto es por el compañero del grupo de Leo, el cantante que desapareció, ¿verdad?» Luego se había reído y había añadido con intención, antes de colgar el teléfono: «Si hablan con Leo, pregúntenle por la furgoneta, la que les robaron».

Y Roger había buscado en los papeles de Leire todo lo relativo a la denuncia por la furgoneta robada. Se trataba de una Nissan vieja, de color blanco, que había sido sustraída, según el informe, el día 20 de junio de 2004, y localizada dos días después, calcinada por el fuego, en un descampado cercano a Can Tunis, aquel barrio de barracas que se extendía entre el puerto y el cementerio de Montjuïc. El supermercado de la droga, lo llamaban antes de que fuera borrado del mapa en el verano de ese mismo año. Hasta ahí no había nada sospechoso, y Fort estaba a punto de volver a llamar a la chica francesa para pedirle una aclaración cuando se le ocurrió, por pura rutina, buscar las defunciones entre los días 20 y 22 de junio.

El listado era largo: unas veinte personas habían fallecido entre esos tres días en Barcelona ciudad. De todas esas muertes se habían realizado únicamente cuatro autopsias: dos correspondían a ancianas que habían fallecido solas, en sus domicilios, días antes de que se las encontrara; la tercera era la de un hombre de veinticuatro años, víctima de un accidente de caza, y la cuarta correspondía a un tal Vicente Cortés, de treinta y tres años, hallado muerto en Montjuïc. En un principio el cuerpo abandonado en plena montaña y los antecedentes del fallecido habían despertado sospechas; sin embargo, tras los análisis pertinentes, se había achacado su muerte a causas totalmente naturales: un infarto cerebral masivo. Fort tampoco le habría dedicado más tiempo de no haberle llamado la atención un detalle: la dirección del fallecido que constaba en el informe no le era desconocida. La calle Alts Forns, número 29, era el mismo inmueble donde vivía Isaac Rubio, entonces de manera permanente y ahora temporal.

Nada y, al mismo tiempo, algo que investigar, sobre todo aquella mañana en que compañera y jefe brillaban por su ausencia. Según los informes que había recopilado, el tal Vicente Cortés había sido una buena pieza: condenado por homicidio a los diecinueve, había pasado encerrado trece años de los quince que tenía que cumplir. En realidad, el pobre tuvo mala suerte, ya que el ictus le envió al otro barrio apenas unas semanas después de que saliera con la condicional. «Trece años en la cárcel y otros tantos días de libertad», pensó Fort. «Si naciste para martillo, del cielo te caen los clavos», decía su madre. Al menos, no todo habían sido clavos en la vida de Cortés: mientras estaba en la trena se había casado con una tal Jessica García y cuatro años antes de salir habían tenido un hijo.

La historia no tenía nada que llamara la atención, aparte de la coincidencia de fechas con el robo de la furgoneta y con el domicilio de Isaac, pero Fort recordó de nuevo el comentario de la francesa, hecho con aquellas «erres» guturales que, a él al menos, siempre le excitaban un poco —«Pregúntenle por la furgoneta, la que les robaron»— y decidió que no perdía nada por hacer exactamente eso, preguntar.

Leire estaba haciendo por su cuenta algo muy parecido a lo que Fort se llevaba entre manos, aunque con otros protagonistas. Llevaba días pensando en el estudiante de la escuela Visor, aquél a quien había dado su tarjeta con la esperanza de que se pusiera en contacto con ella voluntariamente. Pues bien, la paciencia no era su fuerte y habían transcurrido días suficientes para que el chico se hubiera decidido a usar la tarjeta que ella le dio. Así que aquella mañana decidió hacerle caso a su instinto. La ayudó en su resolución el hecho de que, cuando estaba llegando a comisaría, recibió una llamada del sargento Torres, de la policía municipal de El Prat.

—¿Agente Castro? Aquí Torres. Llamaba para decirle que hemos estado investigando a los supuestos okupas. Y digo «supuestos» porque ahora se diría que no los ha visto nadie.

Leire asintió; ella tenía la misma impresión desde el principio. Aquella casa limpia, los platos fregados en la cocina, el perro dócil.

—Nos han comentado algo que quizá sea de interés: unos chicos vieron un coche aparcado frente a la casa, días atrás, y a unos tipos bajando unos paquetes.

—¿Qué clase de paquetes?
—No pida tanto. Uno dijo que eran como carpetas. Supuse que se trataba de los lienzos, claro.
—¿Algún detalle del vehículo?
—Sí, los chicos de por aquí se fijan en esas cosas: un Mégane de color blanco, nuevecito. A la matrícula no llegaron, claro.
—Entiendo. Muchas gracias, sargento.
—De nada. Pueden contar conmigo, ya se lo dije.

Así que, en lugar de entrar en comisaría, Leire llamó a Fort para informarle de que volvía a la escuela Visor, a hablar con aquel estudiante de arte. Como nadie contestó al teléfono, se dirigió a la escuela en uno de los coches de servicio. Además, el chico se asustaría menos si lo abordaba ella sola que si se presentaban los dos, como una pareja de polis de manual. No creía que la gestión le llevara más de una hora.

Aunque en la puerta de la peluquería de barrio donde trabajaba Jessica García había un cartel de un modelo masculino con un peinado imposible, dentro sólo había mujeres, al parecer inmunes al olor acre de los tintes y los líquidos de permanente. A Roger, por el contrario, casi le lloraban los ojos, lo cual no ayudaba en absoluto a configurar una estampa muy digna. La dueña lo observó de arriba abajo, evaluándolo de un vistazo rápido, y le escuchó, no con muy buena cara, mientras las clientas fingían leer revistas. Fort estaba seguro de que, aun debajo de los secadores, no se perdían ni una coma de la conversación.
—¡Jessy! —dijo la dueña—. Ven un momento cuando termines de peinar esa melena.
Fort prestó atención para ver quién respondía; había tres chicas, dos de ellas muy jóvenes, y una tercera, que fue la que asintió sin decir palabra. Estaba de espaldas, así que sólo la veía a través del espejo que ocupaba una pared entera del establecimiento. A juzgar por su expresión, no podía decirse que Jessy pareciera exactamente deseosa de hablar con él.

—Seguro que el niño de ésta se ha metido en otro lío de los suyos —cuchicheó una de las señoras, en voz lo bastante alta para que Jessy soltara un bufido.

La dueña lanzó una mirada amenazante en dirección a la que había hecho el comentario y ésta optó por callarse, aunque siguió murmurando algo para sus adentros. Unos diez minutos más tarde, Jessica García, Jessy, acompañó a su clienta a la caja con una sonrisa forzada, le cobró sin prisas y luego miró al hombre que la esperaba.

—Quince minutos, Jessy. ¡Ni uno más! ¡No te pases! —advirtió la dueña.

Salieron a la calle. La peluquería se encontraba en pleno paseo de la Zona Franca y Jessy avanzó con paso rápido hacia la plaza donde días atrás se había encontrado con Isaac. Se quedaron allí, de pie, apoyados contra la valla que separaba las terrazas de la zona infantil.

—A ver, ¿qué quieren ahora? —preguntó beligerante.

—Nada que tenga que ver con su hijo —trató de tranquilizarla Fort—. De hecho, sólo he venido a hacerle unas preguntas. Puede no responderlas si no lo desea, pero me ayudaría a aclarar un par de cosas.

—¿Ahora la poli pide ayuda? —Se rió, y se acercó un cigarrillo a los labios—. Esto es nuevo.

Como Fort no tenía ganas de dejarse provocar, decidió ir directo al grano. Quince minutos no daban para perderse en preliminares.

—¿Conoce a Isaac Rubio?

La pregunta la pilló por sorpresa, lo cual no era malo.

—¿Al Rubio? ¿A qué viene esto?

—Estamos investigando las muertes de dos amigos suyos que ocurrieron a principios del verano de 2004. Los cadáveres de ambos acaban de ser encontrados.

—¿Y han venido a preguntarme a mí por él? —El escepticismo se notaba en cada sílaba.

—Le conoce, ¿no?

—Era un colega del barrio. Ahora ha vuelto, ¿por qué no hablan con él y me dejan a mí en paz?
—Es pura rutina. Estamos reuniendo información, sobre él y sobre otros. ¿Era también colega de su marido, Vicente Cortés? —lanzó la pregunta como quien dispara al aire, esperando que caiga alguna presa que ni siquiera era capaz de ver.
—Andaba por ahí, en el grupo. Entonces el barrio era otra cosa. Pero no eran amigos. ¡Joder, si por lo menos se llevaban diez años!
—Su marido falleció poco después de salir de la cárcel.
Fort vio que aún le dolía. Cortés quizá fuera un asesino convicto; sin embargo, a juzgar por esa mirada herida, esa mujer le había querido.
—La vida hace esas putadas.
—Lo encontraron en Montjuïc.
Ella arrojó el cigarrillo al suelo, con fuerza.
—¿Ha venido a amargarme el día? Sí, lo encontraron muerto. Tirado como un perro. Tuvo un derrame cerebral, o eso dijeron. ¿Qué coño tiene que ver esto con ese chico?
Fort pasó por alto la pregunta.
—¿«Dijeron»? ¿Usted sospecha otra cosa?
Jessy desvió la mirada.
—A mí ya me enseñaron que no tengo derecho a sospechar nada.
—Escuche, no disponemos de mucho tiempo. Usted debe volver al trabajo y yo también. ¿Qué cree que le pasó a Vicente?
—No estoy loca, agente. Sé que murió de un derrame cerebral, en eso no tenían por qué mentir. Lo que no sé es qué estaba haciendo en la montaña de Montjuïc mientras yo lo esperaba en casa con las maletas listas para largarnos.
—¿Se iban?
—Sí. Nos marchábamos de este puto barrio. —Parecía a punto de llorar, aunque las lágrimas no llegaron a asomar a sus ojos. Quizá se habían hartado ya de salir—. Para siempre. Eso me dijo: iba a cobrar una deuda y con la pasta empezaríamos

una nueva vida. Estaba contento. Joder, debería haber imaginado que algo malo iba a pasarle. A la gente como nosotros la felicidad nos dura poco. Siempre hay un palo que nos devuelve a la miseria y cuanto más se ilusiona una, más fuerte es la hostia.

La escuela Visor abría sus puertas a las nueve y media, pero Leire no vio al alumno que buscaba hasta casi las diez. Andaba como si estuviera medio dormido, arrastrando los pies, y ella se dijo que ese estado de somnolencia iba a tardar poco en desaparecer. Lo esperaba en la puerta y no dudó en pararlo antes de que entrara.

—¿Te acuerdas de mí?

El chico intentó seguir adelante, y balbuceó algo sobre una clase que empezaba en ese momento.

—Mira, hablamos aquí o en comisaría. O en los dos sitios.

—¡Eh! ¿De qué vas? —protestó él.

Ella lo miró fijamente.

—¿Sabes lo que es la resistencia a la autoridad? ¿La ocultación de pruebas? ¿La obstrucción a la justicia en un caso de asesinato?

—¿Asesinato? ¡Estás loca!

Leire pasó por alto el insulto y se tragó las ganas de esposarlo y llevarlo a comisaría. «Pero no me tientes por segunda vez», pensó.

—No. No estoy loca. Hablo muy en serio. Así que si tienes la más mínima idea de quién pintó esos cuadros, lo mejor es que me lo cuentes. Ya.

El chaval soltó un bufido, la misma clase de expresión que habría usado si su madre acabara de reprenderle por tener su cuarto hecho unos zorros.

—No quiero meterme en líos.

—Decir la verdad es la mejor manera de evitarlo.

Él estuvo un rato evaluando la situación. Apoyó el peso en un pie y luego en el otro, trató de sonreír y por fin asintió.

—Vale. Si te digo lo que sé, prométeme que me dejarás fuera de esto. No quiero que mis padres se enteren.

—Ahora mismo no puedo prometerte nada, pero lo intentaré. Palabra. ¿Quién los pintó? ¿Fuiste tú?

—¿Yo? ¡Qué más quisiera! —El chico sacó un móvil de última generación y buscó una dirección en el navegador—. Échale un vistazo a esto.

Y Leire, asombrada, contempló una página web con decenas de imágenes. Los temas eran diversos, aunque no podía negarse una uniformidad en su estilo e incluso en los elementos que componían los dibujos. Y algo más: la página, llamada *Kasas Konkistadas*, anunciaba que todos los cuadros que aparecían en la galería de imágenes habían sido depositados en casas vacías, una reivindicación desde el arte de esos espacios como lugares habitables. Los artistas colaboraban desde distintas ciudades del mundo y, por supuesto, había alguno que intervenía en casas de Barcelona.

—Espera —le dijo el chico—, deja que te enseñe una cosa.

Siguió buscando en la web durante unos minutos y su cara iba demostrando una perplejidad creciente.

—¡Te juro que estaban aquí! —exclamó—. Había una carpeta con un título raro. Es muy bueno, se hace llamar el Artista. Dentro de la carpeta había fotos de esos cuadros que encontrasteis. Te lo juro.

27

Aprovechando que esa mañana tenía más tiempo, Héctor había ido a ver a Carmen antes de salir. No le apetecía en absoluto, pero tampoco quiso seguir postergando el encuentro. Darle malas noticias le hacía sentirse mal. No dárselas le dolía más aún.

Ella le abrió la puerta y él notó la aprensión en su cara. De repente la vio mayor, más frágil que otras veces. La tranquilizó. No, lo que debía decirle no era bueno, aunque tampoco era la terrible noticia que ella intentaba leer en su rostro. Le explicó lo que le había contado Ginés, con tanta suavidad como pudo. Charly huía de alguien con quien seguramente habría sido mejor que no se cruzara nunca. Eso era todo, no podía decirle más.

—Lo sabía —dijo ella—. Estaba segura de que se había marchado por algo así.

Él siguió hablando: le contó las medidas que había tomado, la alerta a sus compañeros para que, si veían a Charly, le detuvieran y le llevaran a comisaría donde al menos podrían protegerlo. Carmen asintió a sus palabras, aunque incluso a sus propios oídos éstas sonaron a excusa. No podía hacerse más y, por otro lado, quizá Charly estuviera ya lejos y hubiera logrado dejar atrás la amenaza. Héctor la abrazó con fuerza antes de irse y, por enésima vez, maldijo para sus adentros a los hijos que se empeñaban en destrozar la vejez de sus padres con un disgusto tras

257

otro. Esa mañana le tocaba ver a otro de esos hijos, porque estaba seguro de que los padres de Ferran Badía habían sufrido más de la cuenta.

La clínica Hagenbach era tal y como Héctor la había imaginado. Desde fuera, aquellos amplios jardines hacían pensar en lo que había sido en el pasado: un chalet de alguna familia bien, luego venida a menos. Un entorno perfecto, casi idílico; nada que ver con las imágenes decimonónicas de instituciones psiquiátricas lóbregas y siniestras. Más bien tenía aire de hotel con encanto, de balneario de ciudad.

Estacionó en la parte trasera del edificio, en la zona habilitada como aparcamiento, y se fumó un cigarrillo dentro del coche antes de salir. Estaba seguro de que la entrevista con Ferran Badía tampoco sería fácil, e intentó alejar el crisol de imágenes que le habían dado de él. Para Martina Andreu, el chico recordaba a un lord Byron joven; para el juez Herrando, era un farsante, y para el inspector Bellver, un asesino con suerte. En cualquier caso, ese chico que ahora tenía apenas treinta años había pasado los últimos siete entrando y saliendo de instituciones como aquélla. Héctor no se engañaba: a pesar de que el espacio se veía agradable y los amplios jardines que lo rodeaban eran dignos de un paseo relajante, se trataba de una clínica y quienes habitaban allí eran pacientes, no clientes con derecho a reclamación. Se había informado sobre el hospital y, aunque inexperto en la materia, su juicio había sido positivo. La clínica Hagenbach parecía moverse en unas coordenadas bastante sensatas: no renegaba de la medicación, pero tampoco la favorecía en exceso. Era, eso sí, increíblemente cara.

Antes de entrar sacó las cartas de Cristina Silva que Eloy le había entregado la tarde anterior. La mayoría contaban cosas sin trascendencia, como si la joven hubiera llevado un diario donde anotaba impresiones, pensamientos y proyectos; en algunas había referencias explícitas a su vida cotidiana, a la gente que la rodeaba, a Daniel y a Ferran. Cuando había terminado de leerlas, ya de madrugada, creía comprender un poco más a aquella chica poco convencional y al mundo que se había forjado a su alrededor.

Cristina compartía la casa con los dos chicos, y ése era el espacio donde se desarrollaba su relación íntima. Fuera de ella, su vida se dividía entre las clases de escritura, a las que asistía con Ferran Badía, y el resto de su tiempo, que pasaba con Dani y, a veces, con los chicos del grupo o con su amiga Nina. A Héctor le había dado la impresión de que, en cierto modo, Cristina separaba los distintos ámbitos que componían su realidad cotidiana en un intento de alejar a los dos amantes de aquella historia de amor a tres bandas y, al mismo tiempo, de preservar parte de su independencia. En alguna de esas cartas mencionaba también el refugio, al que acudía sola o, en ocasiones, con Daniel. Cuando deseaba experimentar con drogas, lo escogía a él, como si quisiera proteger de ellas a Ferran.

Otra idea recurrente era la muerte, aunque él no había llegado a dilucidar si lo que escribía Cristina eran pensamientos impostados de una joven neurótica, una fascinación por el más allá o una inquietud real. En cualquier caso, la idea estaba allí: morir joven, al parecer, había obsesionado a la autora de esas líneas. Algo que, a la vista de las circunstancias, resultaba un detalle macabro.

Un silencio casi conventual acompañó a Héctor en su camino hacia la sala que el doctor Marcos, el psiquiatra de Ferran Badía, había dispuesto para el encuentro. Los suelos de madera clara amortiguaban las pisadas, e incluso el doctor, que iba a su lado, hablaba en un tono de voz un poco más bajo de lo normal. Héctor supuso que no era algo deliberado, más bien una costumbre, pero el resultado de tanta quietud era que cualquier ruido, una puerta al cerrarse o una risa espontánea, resonaban con una fuerza exagerada, provocando casi un sobresalto.

—Les he preparado la sala de lectura para que estén solos —informó el doctor—. Inspector, quiero que sepa que la salud mental del paciente es muy frágil, más de lo que parece. Hemos efectuado grandes progresos en los últimos tiempos. Cuando llegó le habían administrado tanta medicación durante tantos años que apenas conseguía mantener una conversación. Aquí se la hemos ido rebajando, poco a poco, y desde hace unos meses está mucho mejor.

Héctor no respondió. No tenía nada en contra de los psiquiatras, pero tampoco quería que sus diagnósticos clínicos influyeran en su juicio. Lo que pretendía en ese momento era formarse una idea sobre aquel individuo sin más interferencias.

El doctor abrió una de las puertas y le hizo pasar a una salita de dimensiones reducidas, con un ventanal que daba al jardín delantero. Había un par de butacas antiguas, orejeros de aspecto entrañable que hacían pensar en bibliotecas añejas y polvorientas. En ésta, sin embargo, no había una mota de polvo, ni tampoco demasiados libros. Un estante adosado a la pared mostraba algunos volúmenes de tapas viejas y gastadas.

—Ferran, ha llegado el inspector Salgado.

Héctor lo vio. Ocupaba una de las butacas, levantó la cabeza del libro al oírlos entrar, y él recordó la descripción que le había hecho Martina Andreu. Si siete años atrás Ferran Badía tenía aspecto de poeta decimonónico, ahora lo había perdido por completo.

De haber tenido que traducir en palabras su primera impresión, Héctor habría dicho que al hombre que tenía delante la sangre le circulaba más despacio de lo normal. Era como si alguien o algo, quizá los años de medicación, como había apuntado el doctor, hubiera apagado un interruptor interno, dejándolo a oscuras por dentro. Faltaba brillo en aquellos ojos azules, en la piel pálida, en el movimiento lento de sus manos al cerrar el libro y depositarlo sobre una mesita que había al lado. Héctor echó un vistazo al título, *Otra vuelta de tuerca*, el mismo que había citado Mayart en su conversación de un par de días antes. La coincidencia le intranquilizó.

—Bueno, los dejo solos —anunció el doctor antes de irse—. Si necesitas algo, avísame.

Estaba claro que la oferta iba dirigida a su paciente, como si el médico temiera que aquel inspector circunspecto pudiera herir de algún modo al objeto de sus cuidados.

Héctor tomó asiento en una butaca, al otro lado de la mesita donde Ferran había dejado el libro, y contempló durante un par de minutos el jardín que se extendía ante ellos. De ese exterior verde y soleado los separaba un cristal, y él intuyó que el joven que estaba allí se sentía a salvo detrás de esa barrera transparente.

—Bonita vista —comentó—. Es relajante.

Ferran no contestó. Tampoco esperaba una respuesta, así que desvió la mirada de la ventana y la dirigió hacia el rostro serio de su interlocutor.

—¿Pasas muchas horas aquí?

—Algunas. Los médicos no me dejan leer mucho. —Se calló y luego, después de pensarlo, añadió—: Dicen que es malo para mí. Según ellos, me desconecta de la realidad.

En sus frases se apuntaba un tinte irónico, sin embargo su expresión facial seguía impasible.

—Me temo que yo vengo a traerte la realidad aquí —dijo Héctor—. Sabes que hemos encontrado a Cristina y a Daniel, ¿verdad?

No hubo reacción, ni un asentimiento leve ni una muestra de emoción. Héctor prosiguió:

—Estaban en el refugio, como lo llamaba Cristina, una casa abandonada cerca del aeropuerto. Muertos desde hace años.

El silencio se mantuvo y Héctor comprendió que podía continuar, incólume, sin que Ferran Badía diese la menor muestra de incomodidad. Así que decidió jugársela y sacó una carta del bolsillo de la americana:

He conocido a un chico en el curso de escritura. Se llama Ferran, y es un encanto de tío. Me recuerda un poco a ti en lo serio, no te ofendas, pero es aún más tímido. Le propuse ir a tomar algo al salir de clase y casi se desmaya. Y tendrías que ver sus textos. Leemos los de todos los participantes en casa y luego los comentamos juntos en clase. Los de la mayoría son un rollo. Los suyos no. Hablaba de cosas que no se me habían ocurrido: de las falacias de la memoria, de que los recuerdos son siempre mentiras que nos contamos a nosotros mismos. Casi lloro al leerlo. Es brillante. Y él es guapo, aunque estoy segura de que se moriría de vergüenza si se lo dijera. No es el tipo de chico con el que he estado hasta ahora, pero me gusta. Y estoy segura de que va a llegar muy lejos en esto de la escritura.

Héctor había leído el fragmento sin detenerse, aunque al mismo tiempo observaba de reojo al chico que tenía tan cerca y tan lejos a la vez.

—Esto lo escribió Cristina de ti en octubre de 2003.

Ferran se volvió hacia él y, por fin, Héctor creyó ver algo de luz en aquel cuerpo, una sutil corriente de vida que asomó a sus ojos para luego volver a desaparecer.

—Hay más referencias a ti en estas cartas. Muchas. Y también a Daniel, a los dos. A los tres —corrigió—. Creo que os quería a ambos, y que los dos la queríais a ella. Y necesito entenderlo bien para saber qué les pasó.

—¿Por qué? ¿Qué más da?

Héctor cambió de tono, adoptó otro más serio, más tajante, casi apasionado:

—Porque Cristina y Daniel estaban vivos y ya no lo están. Porque alguien les abrió la cabeza con una barra de hierro. Porque el que lo hizo no se merece estar en libertad. Porque la verdad importa, Ferran.

—La verdad no importa tanto, inspector. Ellos están muertos, eso es lo único que ha importado siempre.

—Pues háblame de cuando estaban vivos. Nadie muere del todo mientras otros lo recuerdan o piensan en él.

Una sonrisa irónica se abrió paso, despacio, en aquellos labios finos.

—Buen intento, inspector. Eso se lo dije yo a su compañera, la subinspectora Andreu. Ella también intentó que confesara.

—Yo no te pido una confesión —le cortó Héctor—. Sólo que me cuentes qué sentías por Cristina y Daniel.

—¿De verdad le interesa?

Hubo una pausa eterna, unos minutos en los que Héctor temió que la conversación acabara ahí. Por eso sacó otra de las cartas, fechada en marzo de 2004; por eso volvió a leer:

> Sé que te vas a enfadar, si estuvieras aquí a lo mejor incluso me dabas un cachete, como hiciste una vez, cuando era pequeña. Ya ves que me acuerdo de todo. Tengo que contártelo, y espero que lo comprendas y me comprendas a mí. Nos fuimos de viaje, los tres, a Ámsterdam. Una mañana estuvimos en la casa de Ana Frank y no sé qué me pasó: esas ventanas negras me pusieron nerviosa, la idea de aquella niña encerrada allí, con su familia, esperando la muerte, me revolvió el estómago. Tuve que salir, bajé corriendo aquellas escaleras estrechas porque me faltaba el aire. Creo que Ferran se asustó. Dani no estaba, había fumado demasiado la noche anterior y se había quedado en el apartamento. Me abracé a Ferran, llorando sin saber por qué, y él me consoló. Hacía mucho frío y regresamos a casa en uno de esos tranvías. Es curioso llamar «casa» a un sitio provisional, de paso, pero así lo sentía. Dani se había despertado y me besó. Sus besos siempre anuncian sexo. Ferran se dio la vuelta, para dejarnos solos supongo. Y yo no quería que se fuera, quería tenerlo conmigo, con Dani, quería tenerlos a los dos a mi lado, así que extendí la mano hacia Ferran y lo atraje hacia nosotros. De repente, sin darme cuenta, cambié los labios de Dani por los suyos. Y nos abrazamos, como si por fin fuéramos conscientes de lo que nos sucedía. Después de muchas miradas, de muchos silencios, comprendimos que eso era exactamente lo que deseábamos. Estar juntos, los tres.

Al levantar la vista de la carta, Héctor se percató de que Ferran había extendido la mano hacia él y, tras dudarlo unos segundos, se la entregó. El chico la leyó, despacio, de principio a fin; luego la dobló y se la devolvió.

—Ésa fue la primera vez —dijo, y la atonía de su voz no

pudo ocultar que la nostalgia dolía—. Ahí empezó todo. Sólo duró tres meses, inspector. ¿Usted cree que se puede vivir en tres meses más que en toda una vida?

—Creo que hay experiencias que se viven muy intensamente, duren cuanto duren —respondió Héctor.

Ferran asintió.

—Tiene razón. Supongo que sabíamos que no sería eterno. Y desde luego yo no dudaba que Cris acabaría con Dani, y que yo tendría que apartarme. Pero no podía, y ellos tampoco me dejaban.

Se había abierto el foso de los recuerdos. Ahora Héctor debía limitarse a hacer las preguntas correctas y rezar para que aquella atmósfera de confidencia no se disipara.

—¿Y Daniel? ¿Cómo se lo tomó?

—No lo sé. En general parecía cómodo, sobre todo cuando nos acostábamos juntos. En el resto de las situaciones, un poco menos.

—¿Tú le querías? ¿Le admirabas?

—¿Usted lo ha visto? Era imposible no admirar a Dani, no quererlo. A veces pienso que, en el fondo, tanto Cris como yo estábamos enamorados de él, y eso nos asustaba. Porque... Porque creo que Dani no era capaz de amar como ella y yo lo entendíamos. No es que fuera mala persona, ni frío; para él todo era enormemente sexual. Intenso y fugaz. Luego, en la vida cotidiana, era mucho más independiente que nosotros.

Héctor asintió. Empezaba a entender aquel triángulo, hasta el punto limitado en que puede comprenderse cualquier historia de amor.

—¿Fue él quien quiso terminarlo, después de la aparición de su padre?

Ferran lo miró sorprendido.

—Más o menos. No exactamente terminarlo, pero sí cambiar las reglas.

—¿Dejarte fuera?

—No llegó a decirlo así. Es raro. Supongo que a su manera también nos necesitaba, o al menos necesitaba saber que podía contar con nosotros.

—¿Qué pasó después de la bronca con el padre de Dani?
—Hubo otra, entre Dani y Cris. Ella volvió a su piso.
—Pero ¿regresó?
—Sí. Ya no se quedaba tanto, venía y se iba. Dani tampoco estaba mucho por casa, andaba muy liado con los ensayos y...
—¿Las drogas?
Ferran asintió.
—Cocaína. Porros. Se lo pasaba todo uno de los del grupo, el batería.
—¿Y tú? ¿Qué hacías?
—Esperarlos. Y seguir con mis clases, con el curso...
—¿Cristina seguía asistiendo?
—Sí. No entregaba nada, pero venía. Y fue en una de esas clases, poco después, a principios de junio, cuando se desmayó.
—¿Se desmayó?
—Algo parecido.
—¿Estaba enferma?
—No. No es eso. Fue como el día en la casa de Ana Frank, empezó a temblar y tuve que salir con ella al patio.
—¿De qué iba la clase?
—Habíamos analizado este libro, *Otra vuelta de tuerca* —dijo señalando el ejemplar de la mesita—. Santi nos pidió que narráramos en forma de relato corto una de nuestras peores pesadillas.

Héctor asintió; habría preguntado más, pero Ferran seguía hablando y no quiso interrumpirlo.

—Después de eso, ella se marchó. Me dijo que se iba unos días, que le daba vergüenza volver al curso.

Se calló. Héctor presintió que el torrente de confidencias estaba a punto de agotarse, que en cualquier momento Ferran volvería a su silencio. No le quedaba más remedio que insistir:

—Pero regresó.
—Sí. Volvió con Dani. Supongo que le llamó y él fue a buscarla.
—¿Y a partir de ahí?

—Fueron directamente al piso de Cris. No… no quisieron verme. Cris me llamó; me dijo que estaba bien, que en esos días había aprendido cosas, que necesitaba pensar, estar sola.

—¿Volviste a verla?

Él asintió.

—Una vez más, el día de San Juan, cuando se despidió. Pensaban irse de vacaciones. Me prometió que me llamaría más adelante, para que fuera con ellos.

—Te sentiste rechazado, ¿verdad?

—¿Qué quiere decir?

—Tú sabías dónde estaba el refugio, ¿no es así? —Héctor seguía presionando, se le acababa el tiempo—. Deja que sea yo quien continúe el relato: Cristina vino y te dijo que se marchaba con Dani, que quería irse con él un tiempo, solos.

—¿Y luego qué, inspector? ¿Qué hice después? —Su expresión había cambiado, ahora observaba a su interlocutor con algo similar al desdén—. ¿Seguirlos hasta la casa, matarlos a golpes y tirarlos en el sótano? Es lo que quiere oír, ¿no?

—Quiero oír la verdad. Quiero que se haga justicia.

—¿Verdad? ¿Justicia? —Se rió con una amargura lacerante—. En un mundo donde no decides cuándo naces ni cuándo mueres no puede haber justicia. Por eso prefiero los libros, tienen principio y final, un desenlace coherente y meditado. En la vida nada es así, y si intentas ser consecuente, si dices que estás harto y quieres acabar, te toman por loco y te encierran aquí o en sitios peores. Sin embargo, ahora sé que uno puede ser el autor de la historia. Hacer que pasen cosas. Provocar en lugar de quedarse a un lado.

Héctor lo miraba fijamente intentando entender qué ideas le cruzaban por la cabeza a ese chico.

—¿Qué quieres decir con eso?

Ferran sonrió.

—No me entiende, ¿verdad? —Se irguió en la silla y miró hacia el jardín—. En realidad, no está tan mal que te crean loco. Te concede mucho tiempo para pensar.

—¿Pensar en qué? —insistió Héctor.
—Sólo reflexionar. Y leer.
Ferran se volvió hacia él después de darle esa respuesta y Héctor reaccionó ante un semblante que había adoptado una expresión indiferente, casi cínica.
—Desde luego, es mejor estar aquí que muerto —le dijo en un nuevo intento de alterar esa máscara.
—Durante mucho tiempo creí que no.
—¿Y ahora?
Ferran volvió a sonreír antes de contestar.
—Ahora me alegro de estar vivo.
—¿Ya no les echas de menos?
—Siempre, inspector. Todos los días. ¿A usted no le ha pasado? Pensar en alguien cuando te despiertas, a media mañana; cuando te acuestas, cuando no puedes dormir. Sentir que tu vida sin ellos está vacía.
Héctor asintió.
—El tiempo suele aliviar algo estas cosas.
—Ésa es una frase hecha, inspector.
—Eso no significa que necesariamente sea falsa.
—Deje que le diga una cosa: si existiera un servicio que eliminara a la gente triste de este mundo, ¿cuántos creen que pagarían por que alguien terminara con su vida? ¿Cuántas existencias grises invertirían su dinero en acabar con todo? Una muerte indolora, un final decidido y perfecto.
—Eso sería un asesinato, Ferran.
—Ya.
—Te lo preguntaré una vez: ¿mataste a Cristina y a Daniel?
Ferran bajó la cabeza, todo su cuerpo pareció encogerse, y por un instante Héctor temió que rompiera a llorar. Era ahora o nunca.
—Contesta a mi pregunta —insistió en voz baja.
—¿Usted qué cree? —preguntó con un hilo de voz.
—Creo que en algún momento esa historia te superó. Quizá pensaste que te habían utilizado y luego abandonado. Quizá sen-

tiste una rabia inmensa y explotaste. Quizá después te arrepentiste y por eso te preocupaste de dejarlos juntos, como ellos habrían querido.

La mirada que Ferran le lanzó habría podido taladrar un diamante.

—Son muchos quizás, ¿no le parece?

—No has respondido a mi pregunta. ¿Los mataste?

—No.

Hubo algo en la negativa que no resultó del todo convincente, un titubeo, unos puntos suspensivos que Héctor escuchó con la misma claridad que la palabra.

—¿Hay algo más, Ferran? Estoy aquí para averiguar la verdad.

—No voy a seguir hablando con usted. Márchese, por favor.

Héctor sabía que ése era el final; no podía seguir presionándolo. No obstante, hizo una última apuesta.

—Como te gusta leer, te he traído un libro. El nombre del autor te sonará.

Sacó un ejemplar de *Los inocentes y otros relatos* y lo dejó encima de la mesita.

—Espero que te guste. Volveremos a hablar.

En la cara de Ferran Badía había un rictus tenso que el chico intentó disimular sin éxito. Ni siquiera cogió el libro; abrió el que estaba leyendo cuando él entró y fingió proseguir con la lectura.

Desde la puerta, Héctor se volvió para observarlo. Sus facciones no se habían relajado y su cara era una máscara que nadie habría podido definir con seguridad. Concentración. Seriedad. Y algo más, aunque era tan leve, tan contenido, que Héctor no terminaba de creerlo. En los labios de Ferran Badía había aparecido algo muy similar a una sonrisa de satisfacción.

28

—A ver, Fort, repita eso más despacio. ¿Quién es esa tal Jessica García y qué tiene que ver con el caso?

Héctor había dicho esto en un tono amable, como mucho algo condescendiente, pero el agente se sonrojó como si acabaran de echarle una bronca legendaria.

—No —le atajó el inspector—, no se disculpe. Limítese a sentarse y a contarme con calma toda esta historia del coche.

A veces notaba que con Fort le sucedía lo mismo que con Guillermo. Esa mañana, sin ir más lejos, antes de salir de casa para ir a la clínica Hagenbach, lo había encontrado preparando una bolsa de comida. Al parecer en el instituto organizaban una recogida de alimentos para un centro cívico del barrio que ayudaba a quienes no tenían qué comer, algo que a Héctor le hizo pensar en tiempos tan pretéritos que casi le dio vergüenza. La idea era loable, sin duda, pero los brotes frescos de rúcula, de caducidad próxima, no eran lo más adecuado para llenar esa bolsa. Por fin, después de señalarle que había otras posibilidades más sensatas, Héctor acabó dándole dinero para que fuera al supermercado y comprara víveres envasados, básicos, más nutritivos y duraderos que la ensalada. Guillermo lo había sentido como una regañina y, a diferencia de Fort, le había contestado con una mueca de disgusto. Absorto, Héctor casi no se dio cuenta de que el joven agente había obedecido sus órdenes y había reiniciado el relato mientras él divagaba pensando en su hijo. Entonces se sintió culpable.

—Ellos denunciaron un robo, pero ¿y si la furgoneta no fue robada? Quizá ese tal Vicente Cortés se la pidió a Isaac y éste se la prestó.

La furgoneta quemada. Eso en sí era relativamente extraño: pocos ladrones se tomaban la molestia de prender fuego al vehículo sustraído. Lo abandonaban cuando se les acababa la gasolina y pasaban a otra cosa.

—Según Jessica, la mujer de Cortés —prosiguió Fort—, él debía cobrar una suma de dinero importante. Una cantidad que no sabemos si llegó a percibir o no.

—¿En concepto de qué?

—Le costó decírmelo, pero al final conseguí sacárselo. Vicente siempre había afirmado que estaba en la cárcel por un homicidio que no cometió. Él y un par de colegas huían de un atraco a una tienda de electrodomésticos; el dueño les persiguió y acabaron disparándole. Vicente se declaró culpable de haber apretado el gatillo y así el otro al que pillaron tuvo una condena más leve.

—¿A cambio de qué?

—Su colega era el hijo menor de uno de los patriarcas gitanos de Can Tunis, Santos Montoya.

Héctor asintió. Cualquiera que hubiera ejercido de mosso d'esquadra en esos años conocía a los Montoya, uno de los principales clanes del tráfico de la cocaína que se distribuía y vendía en Barcelona años atrás. Un negocio que había sido abortado cuando derruyeron el barrio de Can Tunis.

—Montoya acabó en la cárcel.

—Sí, poco después. Pero en junio de 2004 todavía manejaba el barrio, y trece años antes más aún. Si Vicente Cortés llegó a un trato con él, es lógico que cuando saliera de la cárcel fuera a por su recompensa.

—¿Qué más te contó esa Jennifer?

—Jessica, señor. Ese día, la víspera de su muerte, Vicente le dijo que preparara las maletas, que iba a cobrar y luego se marcharían. Ella le esperó, con su hijo, pero él no llegó.

—Ya. —Una vez metido en la historia, su cerebro avanzaba anticipando la trama—. Y supongo que el dinero no apareció.

—Exactamente, señor. Jessica acusó a los Montoya de no pagar sus deudas y éstos le enviaron a un par de sus chicos para meterla en vereda. Le dejaron muy claro que Santos Montoya siempre cumplía con su palabra y que si Cortés había perdido su paga, eso ya no era asunto suyo. Además, le dieron una paliza, a la pobre Jessy, para que no siguiera difamándolos. Así que se calló. Tampoco podía denunciarlo.

—Y da la casualidad de que Vicente era vecino de Isaac Rubio y de que todo eso coincide en fechas con el robo y el incendio de la furgoneta.

Héctor se volvió hacia el panel. Los diez mil euros encontrados en posesión de Daniel y Cristina empezaban, tal vez, a tener una explicación. Pero hacía falta más, mucho más, antes de que pudieran darse por satisfechos.

Estaban aún dándole vueltas cuando alguien llamó a la puerta del despacho.

—Perdón, ¿puedo pasar?

Era Leire Castro.

—Claro.

—He hablado con el chico de la escuela de arte y tengo noticias.

—Pase. Fort también ha conseguido nueva información. Empiece usted.

Héctor advirtió enseguida que Leire tenía algo importante que decirles. Se le notaba en la mirada, brillante. Por un momento se dijo que hacía tiempo que no contaba con un equipo tan entusiasta como los dos mossos que ahora estaban en su despacho. Muchos de sus compañeros se quejaban de la inutilidad de los jóvenes agentes, y debía reconocer que también él había estado al cargo de algún sabihondo con más arrogancia que conocimiento, pero eso no podía aplicarse ni a Fort ni, desde luego, a Leire Castro. «La maternidad le ha sentado bien», se dijo, y casi se sonrojó al darse cuenta de que estaba pensando en su físico, y no en su capacidad.

—El autor de los cuadros tiene una página web. Al parecer es una especie de maestro que se autodenomina a sí mismo el Artista. Él y un grupo de pintores intervienen en casas deshabitadas. El chico de la escuela, Joel, es un admirador. Por lo que se dice, el Artista tiene un taller secreto donde se reúne con sus discípulos. Se dedican a ocupar espacios vacíos, sólo durante unos días, y dejar su rastro artístico en las paredes. Según Joel, que va siguiendo la página con regularidad, en ella había un apartado con los bocetos de los cuadros de la casa del aeropuerto, aunque ahora todo ha desaparecido.

—¿Hay forma de localizar al Artista?

—Por lo que he indagado, se mueven en la red. Podríamos averiguar desde dónde postean. Joel me ha dicho que los afiliados a la página reciben convocatorias para la siguiente acción artística. No las anuncian en la web, supongo que por miedo a visitas indeseadas.

—Luego volveremos a hablarlo. De momento, estaría bien que ustedes dos pongan en común todo lo que han descubierto. E intenten encontrar algo sobre esa página web. Pidan el permiso para rastrear la IP, o como diablos se llame eso. Yo voy a hablar con el comisario. Ya es hora de que empecemos a ofrecer algún resultado.

La conversación con Savall se prolongó media hora larga, durante la cual Héctor tuvo la sensación intermitente de que su interlocutor le escuchaba a medias, como si su mente estuviera dividida en compartimentos estancos y sólo alguno de ellos le prestara atención.

—El caso está lejos de cerrarse, pero vamos por el buen camino. Intuyo que si conseguimos saber quién colocó los cuadros, tendremos otra pieza del puzzle. Por otro lado, si la historia del dinero se confirma de algún modo, esos tres chicos tendrán que contarnos algo distinto al cuento que llevan contándonos desde hace siete años. He pensado en hablar con Guasch,

de bandas organizadas. Conocía a todo el mundo en esa época.
—Dado que el comisario no decía nada, prosiguió—: Por supuesto, sigo sin descartar al sospechoso principal. He ido a ver a Ferran Badía a la clínica y no he conseguido formarme una idea clara sobre él. Y aunque no creo que sea un asesino, tampoco puedo descartarlo del todo.

Acabó el soliloquio y permaneció a la espera de alguna respuesta, que, cosa extraña en Lluís Savall, no llegó hasta transcurridos un par de minutos, precedida de un largo suspiro.

—De acuerdo. —Tomó aire, como si necesitara refuerzos de oxígeno—. ¿Y qué hay del escritor? Algo tendrá que ver el relato ese en todo este asunto.

—Ése es otro ángulo, está claro. Por eso, saber quién está detrás de unos cuadros que implican a Santiago Mayart nos dará alguna clave de su papel, o el de ese libro, en todo esto. Independientemente de que sepa algo más de lo que nos ha contado, resulta obvio que han querido señalarlo de una forma muy definida. Nunca nos habríamos fijado en ese cuento de no haber sido por los dichosos cuadros y porque el libro en sí llegó a manos de Fort. Además, y creo que en eso no mentía, Santiago Mayart afirmó que alguien le había estado acosando por teléfono.

—Es un caso extraño —comentó Savall en un tono de cansancio impropio de él—. Y los siete años que han pasado no ayudan, claro. Al menos, ahora la prensa lo encuentra aburrido.

—En fin. Lo único bueno es que la persona que los mató lleva esos mismos años creyéndose a salvo. Hasta ahora.

—¿Tú crees que se ha sentido así? ¿De verdad? No estoy de acuerdo. Si no estamos hablando de un asesino profesional o de un psicópata, ha tenido que vivir con la constante tensión de que los cuerpos fueran descubiertos, de que su crimen saliera a la luz. No, no hay calma para los asesinos, a no ser que sepan con absoluta certeza que su crimen quedará impune. Por eso me inclino por el chico ese, el que está ingresado en un psiquiátrico. Algo así volvería loco a cualquiera.

Era otra manera de verlo, en absoluto descabellada, aunque

la voz del comisario se había ido ensombreciendo hasta casi convertirse en un murmullo. Sin embargo, justo después de su intervención sonrió:

—Veremos qué pasa al final. Hablamos mañana.

«Sí», pensó Héctor. Había sido un día largo y, a pesar de que era innegable que avanzaban, las direcciones que tomaba el caso eran demasiado dispersas para alcanzar conclusión alguna. «Ya basta por hoy», se dijo, aunque antes de irse a casa decidió pasar por el despacho de Jordi Guasch. Estaba vacío y Héctor tomó nota mental de hablar con el inspector a primera hora de la mañana siguiente, si lo encontraba.

29

Héctor salió de la comisaría al atardecer y, como muchas otras veces, decidió caminar hasta su casa. Era un buen paseo y atenuaba en parte la culpabilidad por no salir a correr. Además, le gustaba la ciudad en primavera, todavía libre del calor pegajoso del verano y a la vez animada, bañada por esa luz cálida que ofrece el sol cuando cae, debilitado pero aún con ganas de iluminar los balcones y las terrazas. Anduvo por la Gran Via hasta llegar a uno de sus rincones preferidos: antes de alcanzar la Universidad Central, aquel edificio de aspecto imponente que ahora aparecía lleno de carteles con las consignas del 15-M, giró a la izquierda y luego a la derecha. La calle Enric Granados se había convertido en una pequeña avenida peatonal, donde los vecinos paseaban sus perros y los bares sacaban terrazas a la calle. Le gustaba el ambiente y era un buen sitio para tomarse una cerveza antes de regresar definitivamente a casa.

Aprovechó el rato para llamar a Lola, pero comunicaba, y la visión de los grupos de amigos y parejas que poblaban los bares le provocó ese día una incómoda sensación de soledad, agudizada por el buen tiempo y esa especie de alegría mediterránea que flotaba con la brisa. En días así daba la impresión de que nada malo podía suceder; una impresión falsa, él lo sabía bien.

—¿Esta silla está libre?

Héctor iba a contestar cuando se percató de que la pregunta procedía del mismo hombre del traje que había visto ya dos veces a lo largo de esa semana y que, por fin, se había decidido a abordarle. Asintió, embargado por un súbito malestar, y el desconocido tomó asiento.

—Oiga, lleva días siguiéndome.

—Es verdad. —Sonrió débilmente—. A mi edad cuesta tomar decisiones, inspector.

—¿Me conoce? En ese caso, quizá debería presentarse.

—Mi nombre no importa mucho, pero se lo diré. Me llamo Anselmo Collado.

—Muy bien. Y ahora dígame, ¿qué es lo que quiere?

El hombre rebuscó en el bolsillo de su chaqueta. De cerca, la impresión que Héctor se había formado de él no mejoraba en absoluto. Al revés, a aquel cabello mal teñido se unía un olor denso que salía del traje; tan intenso que unas chicas jóvenes que ocupaban una mesa cercana decidieron mudarse.

—Como le decía, he dudado mucho antes de acercarme a usted.

El viejo había sacado una carpeta pequeña, sujeta con gomas, y Héctor no pudo evitar fijarse en el logo que la decoraba, por llamarlo de algún modo. El yugo y las flechas, el símbolo de la Falange, aparecía deslucido pero aún visible. Anselmo Collado abrió la carpeta y sacó un conjunto de fichas, de esas que se usaban en las bibliotecas, sujetas con clips a recortes de periódico amarillentos que tenían al menos una década. Héctor llegó a la conclusión, tal vez demasiado rápida, de que estaba delante de un pirado.

—No sé si éste es el mejor sitio —murmuró.

—Es tan bueno como cualquier otro —concluyó Héctor.

Anselmo Collado desdobló uno de los recortes de periódico y se lo mostró. En él aparecían varios hombres vestidos con el uniforme policial de los años setenta.

—Éste era Juan Antonio López Custodio. Lo llamaban el Ángel.

—¿Por lo bueno que era? —Aunque la pregunta era irónica, su interlocutor no pareció percibir el tono.

—Le apodaban así porque era muy guapo. Y muy devoto.

Héctor observó la foto con más atención. Él no había vivido la España del final de la dictadura; sin embargo, el porte militar de los hombres que aparecían en la foto era indudable y encajaba con el símbolo de la carpeta, y con el propio Anselmo Collado.

—Fue uno de mis mejores amigos. Pertenecía a la Brigada Político Social.

—La policía secreta del franquismo. Roberto Conesa y sus hombres —recordó Héctor.

—En Barcelona también actuaban. Los enemigos del régimen estaban por todas partes.

—Los enemigos del régimen, como usted los llama, eran los demócratas. Y por suerte acabaron triunfando tras la dictadura.

Collado hizo un gesto rápido con la mano, ofendido ante el comentario.

—Sabía que no debía acudir a usted. Un extranjero nunca podrá entenderlo.

—Mire, no sé qué ha venido a contarme, pero quiero dejarle algo claro desde ya. No soy extranjero aunque nací en Argentina. Y, créame, los argentinos también sabemos mucho de dictaduras y de quienes las apoyaron. Así que si está aquí para loar un pasado que está muerto, tiene razón, podía haberse ahorrado la visita.

El anciano le lanzó una mirada que, en otro hombre de más envergadura, le habría parecido amenazante. En aquel viejo daba casi ganas de reír.

—En su democracia un crimen es un crimen, ¿no es así? Al margen de quién sea la víctima.

—Así es. A diferencia de en su dictadura, en la que muchos murieron sin derecho a nada. Incluso en sus comisarías.

—No se deje engañar por la propaganda, inspector. Nos han convertido en los malos de todas las películas sólo porque ganamos una guerra.

—Basta. —De repente, Héctor decidió que la conversación ya se prolongaba demasiado—. No pienso discutir de política con usted. Se me hace tarde.

Era cierto. El sol se ocultaba por detrás del edificio del seminario. En la calle, los propietarios de perros discutían sobre sus mascotas, que corrían libremente. El ambiente era tan opuesto al que Héctor sentía en aquella mesa que ya casi no prestó atención a las siguientes palabras de Anselmo Collado.

—¿Qué ha dicho? —preguntó impaciente.

—Le decía que no he venido aquí a hablar de política, sino de muertos. De Juan Antonio y de Ruth Valldaura.

—¿Qué carajo tiene que ver...?

Anselmo Collado se inclinó hacia delante. Estaba nervioso, ofendido, o probablemente ambas cosas, y la voz le temblaba. Una gota de saliva salpicó la carpeta cuando se lanzó a un discurso que, en otras circunstancias, Héctor habría calificado de totalmente descabellado.

—Juan Antonio murió asesinado. Dijeron que fue un accidente de automóvil, pero es mentira. Él nunca se habría dormido al volante, era demasiado prudente, demasiado cuidadoso. Aquí tiene toda la información.

—Ha mencionado el nombre de mi ex mujer. Espero que lo haya hecho por alguna razón más que para retenerme.

—Hace unas semanas recibí esta carta. No sé quién la mandó. Léala, porque en ella dice que la misma persona que encargó la muerte de Juan Antonio es el responsable del asesinato de Ruth Valldaura. Por eso estoy aquí. Y ahora dígame que no debería haber venido. Dígame que no le interesa lo que le he contado.

Héctor estiró la mano hacia la hoja de papel que el viejo le tendía, con dedos como ramas frágiles. La leyó, aunque en esencia venía a decir lo mismo que el otro le había anticipado.

—¿No constaba el remitente?

—No. Alguien la dejó en el buzón de mi casa. Pero está claro, ¿no? Descubra quién mató a mi amigo y tendrá al hombre que acabó con la vida de su mujer.

Los buitres

30

Ya está, ya ha llegado al inicio, el principio de lo que será el final. El nombre de Juan Antonio López Custodio, el Ángel caído, como le llama él para sus adentros. El primer eslabón de la cadena que conduce de manera inexorable hasta una verdad que no está dispuesto a contar.

—¿Tiene idea de quién envió esa carta? La que le enseñó Collado, la que relacionaba los nombres de Ruth Valldaura y Juan Antonio López.

Héctor niega. Alberga sospechas, por supuesto. Si todo aquello había sido un plan de Omar, no era de locos pensar que también hubiera dejado preparado ese detalle: alguien, alguno de sus pacientes, debía entregarla en una fecha determinada. En otras circunstancias le habría parecido una demencia, pero ahora ya veía claro que Omar era un cabrón extremadamente retorcido en sus métodos.

—Intuyo que Omar lo dejó todo bien atado antes de morir. Pensaba esfumarse de todos modos, así que supongo que preparó el asunto de la carta. —Suspira—. Hay mucho sobre él que ignoramos aún.

—¿Y creyó lo que le decía ese hombre, Collado?

—Dicen que los desesperados se aferran a cualquier cosa. La historia sonaba inverosímil, pero era la primera pista que llegaba hasta mí en meses.

—¿Investigó la muerte de Juan Antonio López?

—No oficialmente. Tenía otro caso entre manos, ya lo sabe. Leí todo lo que pude encontrar sobre él esa misma noche. Había sido un tipo de cuidado.

—Subinspector de la Brigada Político Social, se retiró a finales de los setenta y se marchó al extranjero. A Sudamérica: Argentina, Chile.

—Está bien informado —dice Héctor—. Por lo que se ve, al subinspector López no le gustaban mucho las democracias.

El interrogador esboza algo que podría ser una sonrisa.

—Eso parece. En España fue uno de los agentes más activos: era joven, bien parecido y pasaba por estudiante a finales de los sesenta y principios de los setenta. Se infiltraba en la universidad y denunciaba a quienes defendían o promovían actividades contra el régimen.

—Eso llegué a descubrir —afirma Héctor—. Pertenecía a una larga dinastía de policías, por parte de madre. En 2001 regresó a Barcelona. Las cosas debían de haberle ido bastante bien porque se compró un piso en la ciudad, en la zona alta. No se había casado, vivía solo. Y el 21 de noviembre de 2002, un año después de su regreso, sufrió el accidente de tráfico que le costó la vida. Regresaba de Madrid, de la concentración que cada año se sigue celebrando en el Valle de los Caídos. Presumiblemente se durmió al volante.

—Ahora sabemos que no fue así.

—Sí. Ahora sabemos que el comisario Lluís Savall pagó a alguien para que preparara el accidente. Me temo que sobre eso no tengo mucho más que añadir.

El otro le observa con atención.

—¿El comisario admitió haberlo hecho? ¿De manera explícita?

—Sí. —Vacila un instante porque intenta dejar a Leire fuera de la conversación—. La agente Castro podrá confirmarlo.

—Lo ha hecho. En realidad, no hacen más que confirmarse el uno al otro.

Héctor nota la ironía, el timbre amenazador que desprende el comentario casual.

—Yo sé lo que el comisario nos dijo ese día, y la agente Castro estaba allí. Por fuerza tuvimos que oír lo mismo.
—Bueno, las versiones de dos testigos simultáneos a veces difieren mucho.
—Creo que ni la agente Castro ni yo somos testigos corrientes.
—No. Es verdad. Ambos saben bien lo que tienen que decir.
Héctor le sostiene la mirada, sin parpadear. No sabe cuánto tiempo llevan hablando; el tiempo se le pasa rápido, y de pronto se estanca, como ahora, abrumado por un silencio que resulta pesado como una lápida.

Caminar por la avenida Diagonal es uno de los placeres a los que a Leire le costaría renunciar. Aunque sabe que ése no es su barrio, ni su ambiente, siempre ha tenido una predilección especial por esa acera ancha, invadida por bicicletas, que corta la ciudad de manera oblicua. Sobre todo a partir de la plaza Francesc Macià, cuando el ajetreo más urbano da paso a la zona de las oficinas y las universidades. La oficina donde trabaja Tomás cuando está en Barcelona está ubicada en esa parte y Leire se da cuenta de que, para variar, ha llegado pronto. Los nervios le han hecho acelerar el paso, y ahora se encuentra con casi una hora de tiempo libre antes de la comida. Llama a casa y su madre le dice que Abel está bien, durmiendo como un angelito.

Sin poder evitarlo, la palabra la ha devuelto a unas semanas atrás, al otro Ángel, y a pesar del calor, no ha podido evitar un escalofrío. Por su edad, el franquismo es más una lección de la clase de historia que un recuerdo; en su casa tampoco se tocaba el tema con frecuencia. Sólo el abuelo, el mismo que puso el grito en el cielo cuando ella afirmó que quería ser mosso d'esquadra, contaba historias del franquismo y de la Guerra Civil. Para el resto se trataba de una época enterrada. Ella ha nacido en un país democrático, y las historias de la dictadura le suenan a eso, a relatos de abuelos, a fotos desvaídas, a películas tristes en un remoto blanco y negro.

Le gustaría pensar que en su momento, en la llamada transición, se optó por la fórmula más práctica, la más aceptable para todos los implicados: los del régimen que acababa de agonizar y los que propugnaban el cambio. Un acuerdo que, como todos, dejaba cabos sueltos, gente insatisfecha en uno y otro lado. «Quizá fue inevitable», piensa, aunque ahora conoce de primera mano una parte de las consecuencias de ese pacto que, pese a su utilidad, se olvidó de las historias individuales. Del rencor, la venganza. Del dolor. Sentimientos que no se desvanecen con facilidad y que tienden a regresar con consecuencias letales e inesperadas.

Leire observa los coches que circulan por la gran avenida. El calor de mediodía, unido al tráfico intenso, empieza a ser sofocante. Y la espera se le está haciendo más larga de lo que había previsto. Intenta distraerse, pero su mente vuelve siempre a los hechos de las últimas semanas. A Héctor. No, no puede pensar en él ahora que está a punto de encontrarse con Tomás.

Héctor Salgado pertenece al pasado, al menos en su vida personal; se lo repite sin palabras y sin poder creérselo del todo, a pesar de que está convencida de que es así. De que así tiene que ser. De que no existe otra posibilidad.

31

El viernes por la mañana Héctor recordó su propósito de ir a ver a Jordi Guasch a primera hora. Había estado hasta la madrugada reuniendo información sobre Juan Antonio López Custodio, el Ángel, y tenía la cabeza llena de testimonios sobre los últimos años del franquismo y la represión policial. Sin embargo, por muchas vueltas que le daba, no conseguía encontrar un vínculo entre la persona que podía haber pagado para que lo mataran, si el anónimo era cierto, y la desaparición de Ruth.

Por suerte, con sólo entrar en comisaría, los interrogantes del otro caso cayeron sobre él con fuerza. Al menos en parte, esperaba obtener respuestas en el despacho de su compañero. Si alguien en comisaría podía saber algo sobre los Montoya y Vicente Cortés, ése era Guasch, uno de los mejores inspectores del cuerpo. Discreto, poco dado a llamar la atención pero trabajador incansable, Guasch tenía a sus espaldas una carrera sólida y muchas horas de investigación. Héctor había colaborado con él en el asunto de tráfico de mujeres que desembocó en el caso del doctor Omar, y siempre le había parecido un tipo tranquilo y eficaz, con escasa inclinación a las relaciones sociales. Parecido a él, aunque con la capacidad, admirable, de no meterse en líos.

—Salgado, ¿qué te trae por aquí un viernes a primera hora?

—Me consta que eres un experto en algo que me interesa.

—¿Ah, sí? —Sus ojos brillaron tras las gafas que usaba para leer y que en su caso conseguían darle un aire juvenil, quizá porque ocultaban las ojeras de mucho trabajo acumulado y pocas horas de sueño—. Dime en qué puedo ayudarte.

Héctor le expuso el relato y el otro le escuchó con atención.

—Me hablas casi de la prehistoria —dijo cuando Salgado terminó—. Los Montoya dejaron de ser importantes ese mismo año, más tarde, después del verano. Intentaron trasladar su negocio a otro barrio, pero los pillamos enseguida.

—¿Recuerdas a ese Vicente Cortés?

—La verdad es que no. Sí recuerdo al hijo de Montoya, bueno, a los hijos: tenía cuatro. Por lo que cuentas, debía de referirse a Rafael, el menor. Su padre lo sacó de más de un lío.

—¿Pagando?

Guasch se rió.

—Claro. Te diré algo más: si le prometió una gratificación a Cortés, seguro que se la dio. Santos Montoya sabía ser agradecido y tenía dinero para ello. Y estoy seguro de que si la mujer de ese Cortés le hubiera ido con el cuento de la lágrima, algo habría sacado ella también. En cambio, si se puso chula y empezó a hablar demasiado…

—Ya.

La historia coincidía con lo que Jessy había contado. Si Vicente Cortés había cobrado y luego había muerto, ese dinero podía haber ido a parar a cualquier sitio. Cualquiera podía haberlo encontrado, incluso alguien ajeno al asunto. Podía ser uno solo, en cuyo caso el sospechoso más probable era Isaac Rubio, por su relación con Cortés; o él en compañía de otros, que tal vez habían salido a buscar la furgoneta cuando Vicente no volvió, habían dado con el vehículo y la pasta y luego habían decidido apropiársela y repartirla. Tenía sentido, y además añadía un ángulo a la investigación: en todo reparto hay tensiones, y las tensiones podían acabar en drama.

—¿Y los Montoya no se podrían haber preocupado por el dinero? Al fin y al cabo, había sido suyo.

—En ese caso, ya no lo era. Ellos habían hecho su parte. Es posible que alguien lo buscara, claro, aunque te aseguro que ese verano estuvieron muy ocupados. Con nosotros. —Sonrió—. Les dimos mucho trabajo. Si mal no recuerdo, en julio se llevó a cabo la operación. Santos fue de los primeros en caer, era de la vieja escuela y, desmantelado su barrio, se quedó desubicado. Además, había otros que querían ocupar su puesto; durante unos años, tantos como duró la fiebre olímpica, él fue el más grande de entre los medianos. No está mal para un gitano que apenas sabía leer, si te digo la verdad. Sus hijos le hicieron mucho daño, se metieron en drogas y en toda clase de líos.

—¿Él sigue en la cárcel?

—Sí, y por lo que sé no tiene prisa por salir. —Se quitó las gafas y se frotó los ojos—. Su mundo terminó, Salgado. Y no creo que le guste mucho el que hay ahora.

—No sé si a ninguno nos gusta demasiado —comentó Héctor.

—Bueno, es lo que hay. No creas, a veces me dan ganas de unirme a esos manifestantes de plaza Catalunya, pero no se lo digas a nadie.

—A lo mejor nos encontrábamos por allá.

—No me veo ya con una pancarta. Se me pasó la edad de acampar en las plazas. Por un lado los envidio: me plantaría allí en medio y daría voces contra este puto país y sus gobernantes; por otro, sé que cualquier día el *conseller* se pondrá serio y los mandaremos a todos a casa, sin más contemplaciones.

—¿Ése es el papel que nos toca?

Guasch se encogió de hombros.

—A ti y a mí, no. Al menos no personalmente. Conformémonos con eso.

Héctor iba a decir que se trataba de un triste consuelo cuando recordó que la subinspectora Andreu había utilizado las mismas palabras días atrás. Permaneció en silencio, bajo la atenta mirada de su colega.

—Salgado —dijo éste después de unos segundos que se habían hecho demasiado largos—, ¿querías algo más?

Sí, quería algo más. Algo a lo que llevaba toda la noche dándole vueltas para planteárlo sin despertar rumores ni sospechas.

Lo único que se le ocurría, en vista de lo que le había contado aquel viejo franquista, era que Omar se hubiera encargado de ambas víctimas: tanto de Juan Antonio López como de Ruth. Se dijo que no tendría mejor oportunidad que ésta para abordar el tema con Guasch, así que se lanzó a ello.

—Jordi, hay algo que me gustaría preguntarte. Confidencialmente.

El inspector Guasch ni asintió ni negó; se quedó inmóvil, expectante, inexpresivo como un busto de piedra.

—¿Recuerdas el caso de Omar? Los interrogatorios a las chicas, la muerte de Kira.

—Claro. Quizá no me afectara tanto como a ti, pero es difícil de olvidar.

—Ya. Me temo que perdí la cabeza.

—Puede pasarnos a todos. ¿Qué quieres que te diga? No estuvo bien, eso es obvio. Sin embargo, no sé cómo habría reaccionado de haber sido yo quien la estuvo interrogando, quien la convenció para que declarara.

Héctor bajó la voz, algo que resultaba absurdo dado que no había nadie más en el despacho. No pudo evitarlo.

—Estos días he estado pensando en todo eso. Después de... Bueno, después de que me plantara en la consulta de Omar, me apartaron del caso.

—Era lo más lógico. Lo dejaste bastante hecho polvo, si no recuerdo mal.

En la cara de Héctor se dibujó un gesto de contrariedad teñido de vergüenza. Odiaba lo que había hecho, ese arrebato violento, esa absoluta falta de control. Algo que nunca debería haber sucedido y que, en el fondo, estaba pagando muy caro.

—Sí. Pero... —vaciló unos instantes y luego prosiguió, ya sin detenerse—: ¿Qué pasó después? ¿Seguisteis investigándole? ¿Descubristeis algo más?

—No te entiendo.

—Digamos que han llegado hasta mí noticias de que Omar se dedicaba a otros negocios, aparte de los que conocíamos.

—¿Qué clase de negocios?
—Muertes... por encargo.
Guasch soltó un silbido.
—¿De dónde lo has sacado?
—¿No sospechasteis nada de eso?
—No, Héctor. Estoy convencido de que ese tipo era un cabrón, pero no consigo verlo como un asesino a sueldo.
La mirada de Guasch expresaba un sentimiento cercano a la compasión.
—Oye —prosiguió—, ¿no te estarás obsesionando con ese hombre?
Héctor desoyó la pregunta e ignoró el tono amable; ya había empezado, tenía que seguir.
—¿El nombre de Juan Antonio López Custodio te dice algo? ¿En relación con el caso?
Jordi Guasch negó de nuevo. Luego carraspeó y, por un instante, Héctor tuvo la impresión, equivocada, de que deseaba dar la charla por concluida.
—Hay sólo una cosa —dijo por fin, y su voz se había convertido, como la de Héctor, en algo que sobrepasaba en poco al susurro—. Después de darle la paliza, fuiste apartado del caso y te marchaste a Argentina durante tres semanas. En ese tiempo nosotros seguimos investigando a Omar. Al fin y al cabo, aunque estuviera convaleciente en el hospital, era sospechoso de la muerte de Kira y estaba implicado en la trama de tráfico de mujeres. Y... nos frenaron.
—¿Os pararon?
—Más o menos. Tenía su lógica, y lamento decir que en parte fue por ti: con la agresión lo habías convertido en una víctima. Desde comisaría se intentaron esquivar los golpes de la prensa, de los políticos. No fue nada oficial, por supuesto. Ya sabes cómo van estas cosas: directrices de investigar otro ángulo del asunto, alguna insinuación velada al final de una reunión de trabajo. —Sonrió—. Llevo demasiado tiempo aquí para no reconocer esas señales. Le partiste la cara al tipo, sí, y eso lo situó en un pe-

destal. Por otro lado —prosiguió—, durante los últimos días de la investigación, quedó bastante claro que detrás de esa consulta de curandero había más cosas. Y no hablo de sus tratos con los proxenetas. A ese tipo le tenían miedo todos, incluso ellos, y eso tenía que ser por algo, aunque nadie mencionó nunca asesinatos.

Se calló, como quien intuye que ha hablado más de la cuenta; después, sin percatarse, subió la voz en sus últimas palabras:

—Luego volviste, a Omar se lo cargó su abogado y todo acabó.

—No —replicó Héctor—. No todo.

—Perdona. No quería decir eso.

—Está bien. En realidad, tienes razón. El caso de Omar terminó ahí, con su muerte. Pero empezó otro que aún está por resolver.

En los ojos de Guasch leyó una mezcla de comprensión y advertencia: estaba seguro de lo que intentaban decirle. Sin embargo, no podía, debía hacer oídos sordos. Quizá arrepentido por su metedura de pata, Guasch se decidió a añadir:

—Yo sólo puedo decirte que en ningún momento se barajó esa posibilidad que has mencionado. Y si no se investigó entonces, difícilmente puede empezarse ahora. —Hizo una pausa—. No sé a qué viene esto, ni qué tienes en la cabeza, pero creo que ese caso ya te ha afectado bastante. A tu vida, a tu carrera. Pasar página a veces es una buena opción.

—Hay páginas que se te quedan pegadas en los dedos —dijo Héctor—. Y no hay forma de seguir adelante.

—Arráncala, Héctor. Arráncala y rómpela en pedazos o esa página te destruirá.

«Quizá tiene razón», pensó. Quizá él le habría respondido lo mismo de haber estado en su lugar, pero en la vida las posiciones no son intercambiables. Y si no se podía cambiar el presente, ni el pasado, ¿por qué éramos tan arrogantes para confiar en nuestra capacidad para alterar el futuro? Avanzábamos siguiendo la línea de nuestro carácter y nuestras circunstancias, como si nos manejaran mediante hilos invisibles.

Héctor regresó a su despacho embargado por la extraña sensación de que alguien lo vigilaba; echó un vistazo a la mesa de Leire, que estaba vacía, y se metió en su despacho. Por suerte, tenía otro caso del que ocuparse. Concentrado, fue añadiendo al panel carteles con los últimos datos: DINERO, FURGONETA, VICENTE CORTÉS/ISAAC RUBIO? Le habría gustado tachar el signo de interrogación, pero honestamente no podía hacerlo. Y luego, para rematar, estaba esa historia del Artista que decoraba casas abandonadas con cuadros escalofriantes. En las próximas veinticuatro horas esperaban recibir información sobre la dirección desde donde se habían colgado las fotos.

Estaba claro que el siguiente paso era ir a por Rubio, y de él a los demás del grupo. Aprovechando que Hugo Arias tenía previsto viajar a Barcelona ese fin de semana, hizo que Fort concertara una cita con los tres el sábado por la mañana en comisaría. Durante el transcurso del día, él y Leire Castro estarían ocupados recabando información financiera de aquellos chicos, una tarea en absoluto sencilla.

Cronológicamente, si empezaba a contar desde la bronca del padre de Daniel, el siguiente evento era el concierto cancelado, el día 18 de junio; la denuncia del robo de la furgoneta era del 21, y Cristina se había despedido de su familia alrededor del 25. Se marchaban de vacaciones, según había dicho su padre. Remarcó con un círculo los diez mil euros. Dinero. Muchas veces todo se reducía a dinero, aunque en esta ocasión la historia con Ferran Badía, su motivo evidente y, como había apuntado Savall, su perturbación emocional parecían encaminar el móvil hacia algo más «pasional». Héctor odiaba ese adjetivo, que en general había servido como atenuante por parte de energúmenos que no aceptaban un no por respuesta.

El relato y la figura de Santiago Mayart resultaban más difíciles de encajar en el conjunto, aunque estaba claro que alguien se había tomado muchas molestias para meterlo en el rompecabezas. Los cuadros, las llamadas al escritor, el libro dedicado. Sí, no cabía duda de que alguien no apreciaba demasiado a Mayart, o bien estaba convencido de que existía alguna relación entre él y las muertes de Cristina y Daniel.

Intentó concentrarse en el caso, pero fue en vano. Media hora después su mente volvía hacia la conversación mantenida la tarde anterior, hacia la carta. Hacia Ruth.

32

«Los trayectos en tren, aunque sea de alta velocidad, conservan el aire de viaje de verdad», pensó Hugo. Uno era consciente del avance de la máquina, de cómo el paisaje corría en sentido contrario a su marcha; sentía que se acercaba cada vez más a un destino final, a pesar de que aquel viernes por la mañana el AVE parecía estar realizando un retorno al pasado. Lo que le aguardaba después de las casi tres horas de trayecto no era el final sino el principio. Un encuentro organizado por Leo, que había insistido en esa reunión después de la visita de los mossos y que él había aceptado. Al día siguiente irían todos a comisaría y sería la hora de contar la verdad. Por lo que a él se refería, no pensaba seguir callando más tiempo. No ahora que los cuerpos de Cris y Dani habían sido hallados, ahora que sabía a ciencia cierta que estaban muertos.

A su lado, Nina llevaba toda la mañana sumida en un silencio hosco, roto sólo por monosílabos y alguna queja inconexa, sin fundamento. En ese momento estaba siguiendo la película, una comedia americana que ya habían visto, con el mismo desinterés con que antes había hojeado una revista o la desgana con que había mordisqueado un cruasán insípido durante el desayuno en la cafetería del tren. Al volverse hacia ella, observó un arañazo que le cruzaba la mano, y aunque se había prometido media hora antes no dirigirle la palabra hasta que cambiara de actitud, no pudo evitar darle un codazo suave y preguntar:

—¿La gata te ha hecho eso?

Nina llevaba los auriculares puestos y no le escuchó, así que repitió la cuestión en tono más alto.

—No es nada —contestó ella, y volvió a concentrar su atención en la pantalla.

—Puta gata, deberíamos haberla dejado sin comida —masculló él entre dientes, antes de cogerle la mano y llevársela a los labios para darle un beso fugaz.

Ella disimuló una sonrisa pero le dejó hacer, y Hugo continuó resiguiendo el arañazo con la punta de los dedos. No soportaba que nadie le hiciera daño a Nina. Desde la primera vez que hablaron se había despertado en él un sentimiento protector hacia aquella chica especial, «manchada», el patito feo al lado de una amiga que la incitaba a beber y a divertirse cuando estaba claro, al menos para él, que Nina sólo se dejaba llevar. Cristina era así: a veces le gustaba desfasarse, perder el control, y arrastraba en ese viaje veloz a cualquiera, sin detenerse, sin preguntar si su acompañante quería o no montarse en aquella montaña rusa. A Hugo no le había extrañado que ella y Dani iniciaran una historia con aquel pobre chico; les gustaba exhibirse y, en secreto, él se alegraba ahora de que el escogido hubiera sido Ferran, el tímido compañero de piso de Daniel, en lugar de Nina, porque intuía que ella habría caído en esa misma trampa del juego a tres si se lo hubieran propuesto entonces. Bueno, ¿y quién no? Con sexo o sin él, Cris y Dani desprendían un magnetismo al que resultaba difícil resistirse; eran conscientes de su atractivo y daban una impresión de seguridad en sí mismos que convertía al resto en meros espectadores. Por eso a él le había sorprendido tanto ver a Dani hecho polvo durante los días en que Cris decidió largarse.

—Esto es una mierda.

Lo dijo como si cada palabra fuera el final de la frase y se paró al llegar a la última sílaba. Hugo desvió la mirada y Leo puso los ojos en blanco. Detrás de la batería, Isaac se encogía porque los ojos de Dani al pronunciar «mierda» se habían clavado en él y porque vio cómo el cantante se dirigía, deliberadamente despacio, hacia él.

—¿Qué coño te pasa? —preguntó Dani, e Isaac se removió, nervioso.

Era el más joven de todos, diecinueve años recién cumplidos, y a veces lo trataban como al hermano pequeño del grupo. Además, sentía una admiración incondicional por Dani. La familia de Isaac era reducida, sus padres habían muerto y sólo le quedaba un hermano que, por lo que se veía, no le hacía demasiado caso. Incómodo, golpeó uno de los platos y el chasquido metálico sonó, a oídos de todos, casi como una burla. Hugo se volvió y vio que el batería había empezado a hacer girar la baqueta izquierda entre los dedos a toda velocidad. Era algo que se le daba bien, un truco vistoso con el que pretendía congraciarse con Dani. Isaac era así: no plantaba cara ni discutía; durante una bronca hacía una gracia para desviar la atención.

—¿A qué juegas? ¿A ser una puta majorette?

Dani agarró a Isaac de la muñeca y por un segundo el palo adquirió el aspecto de una cuerda lacia. La imagen le recordó a Hugo un número de magia que había visto de pequeño, y eso le hizo pasar por alto que la cara de Isaac expresaba dolor. Sólo cayó en la cuenta al oír a Leo.

—¡Eh! Tranquilos. Cálmate, Dani.

—¿Que me calme? —Tal vez no se daba cuenta, pero seguía apretando la muñeca de Isaac, que ahora le miraba repentinamente serio. La baqueta rodó por el suelo—. ¿Cómo coño voy a calmarme si esta batería en lugar de rock parecía tocar una bossa nova?

Cuando por fin lo soltó, Isaac se acarició la muñeca.

—A todos os da igual, ¿no? —Daniel dio media vuelta y volvió a su sitio—. Os importa una mierda sonar como una puta banda de pueblo. Faltan sólo seis días y yo paso de salir a hacer el ridículo. Si las cosas siguen así, no contéis conmigo.

295

Leo se agachó a recoger la baqueta del suelo y al incorporarse soltó una carcajada que tenía poco de alegre.

—Eso no te lo crees ni colocado, Dani. Saldrías hasta en una silla de ruedas. ¿Cómo ibas a privar al mundo de tu maravillosa voz?

Había cambiado el tono y caminó hacia Dani con la baqueta en la mano. Había algo en Leo que imponía respeto. Seguramente fuera su ropa, más clásica de lo normal, o el aire de alguien acostumbrado a vivir en una casa con servicio. También ayudaba el hecho de que el local donde ensayaban, en la calle Moianés, perteneciera a su padre. En ese instante parecía un profesor joven de la vieja escuela encarándose con un alumno insolente.

—Pero ¿sabes lo que te puede pasar? —prosiguió Leo—. ¿Sabes lo que puede pasarte si sigues portándote como un capullo? Que te quedes solo ahí arriba. Por imbécil.

Estaban muy cerca y Leo apoyó la baqueta en el pecho de Dani. Con suavidad, pero con un mensaje inequívoco.

—Eh, chicos, ya vale —intervino Hugo—. Lo que deberíamos hacer es repetir el tema, en lugar de discutir como críos.

—Repetidlo vosotros. Yo me abro. Ahí os quedáis.

—No seas capullo, Dani —rezongó Leo.

Pero éste parecía totalmente decidido a largarse, y los tres le vieron dirigirse a la puerta. Su salida quedó enfatizada por un fuerte golpe en los platos, una rúbrica que extendió su eco sobre el grupo en silencio. Obedeciendo a un impulso, por temor a que aquella partida fuera más definitiva que otras, Hugo dejó la guitarra y le siguió, sin decir nada. Lo vio caminar hacia Gran Via y aceleró el paso.

—¡Eh, Dani! ¡Dani!

El otro no lo esperó ni dio señales de oírlo. Sin embargo, los semáforos no jugaron a su favor y tuvo que pararse, con lo que no pudo evitar que Hugo lo alcanzara. Se situó a su lado, sin decir nada; simplemente le ofreció un cigarrillo y Dani, tras dudarlo un momento, lo aceptó.

—Venga, ¿qué te pasa? —Buscó con la mirada un lugar donde sentarse y sólo vio una parada de autobús, vacía—. Ven, nos fumamos el cigarro con calma y luego, si quieres, te vas.

Dani accedió, se sentó en aquel banco de plástico endeble y estiró las piernas. A pesar de su aspecto derrotado, indiferente, había algo en él que seguía resultando interesante. Otro, con esa misma pinta, habría parecido un colgado. Daniel, en cambio, conseguía dar el aspecto de rebelde urbano, un poco a lo Gallagher: el pantalón deshilachado por los bajos, una camiseta que pedía a gritos una lavadora, el pelo despeinado, mechas de un castaño claro que ese día le llegaban casi por debajo del cuello. Sin hacer nada, unas chicas recién llegadas a la parada lo observaban de reojo. «Siempre será así —pensó Hugo mientras ambos fumaban en silencio—. Hay gente que nace para atraer miradas de admiración.» Él mismo había intentado, de manera consciente, copiar su estilo, ese aire descuidado, pero los resultados no eran comparables, probablemente porque, a pesar de sus gritos, su madre se empeñaba en plancharle los tejanos y las camisetas como había hecho siempre.

Un autobús se detuvo y descendieron dos o tres personas. Las chicas, que eran muy jóvenes, se subieron, y una lanzó un último guiño hacia Daniel, que sin prestarle atención hizo volar la colilla en el aire justo después de que el autobús prosiguiera su marcha. Ésta dibujó un arco y acabó atropellada por un coche que pasaba a toda velocidad.

—¿No te dan ganas a veces de ir cogiendo autobuses, o trenes, da igual hacia dónde? ¿Empalmando uno con otro? —preguntó Daniel.

—Hombre, no sé si llegarías muy lejos. Igual acababas dando la vuelta y apareciendo en el punto de origen —respondió Hugo medio en broma.

—Sí. Supongo que sí. Uno siempre acaba en el mismo sitio de donde salió. Es difícil salir del círculo.

La frase sonó exagerada, dramática. Hugo pensó que, en definitiva, abría la puerta a las confidencias, así que se animó a profundizar.

—Va, ¿qué te pasa? ¿Es por la bronca de tu padre? ¿Es por Cris?

—¿Me das otro? —Se inclinó hacia delante y apoyó los codos en los muslos—. Es por todo. No puedo dejar de pensar que mi padre tenía razón. Es un capullo, pero la tenía.

—Todos son unos broncas, tío.

—No, Hugo. Tengo veinticuatro años, joder. ¿Y qué he hecho? Dejar una carrera a medias, ensayar con vosotros, colocarme, follar...

—Bueno, no está tan mal, ¿no?

—A veces me digo que es verdad, que mi padre tiene razón, que no sirvo para nada. Canto bien las canciones de otros, como uno de esos niñatos del concurso de la tele, y dicen que follo de puta madre. Ya está. Aquí se acaba todo lo que sé hacer.

Hugo sonrió.

—Ya es algo. Hombre, de lo otro no puedo opinar, pero sí que cantas bien, Dani. Tú lo sabes. Podrías... podríamos.

Dani meneó la cabeza.

—No te engañes, tío. —Fumaba con ansia, masticando el humo mientras hablaba—. No sonamos mal y nos lo hemos pasado bien ensayando. Eso es todo; daremos el concierto en la sala Salamandra y después del verano Leo se pondrá a currar con su viejo, Isaac igual se mete demasiadas rayas y yo... —Se paró para dar otra calada—. Yo no sé dónde coño quiero estar después del verano.

Aunque no la había mencionado, la ausencia de Cristina flotaba en el aire, más presente que aquellas volutas de humo que se desvanecían al momento.

—¿Dónde está Cris?

Dani se encogió de hombros.

—Se ha ido. Ni siquiera sé adónde, me dijo que se marchaba unos días, que la dejara en paz.

—Ya. Las tías son así: si estás pendiente de ellas, necesitan espacio; si no, se quejan de que pasas de todo. No hay quién las entienda.

—En parte es por mi culpa. Mi padre nos pilló, a los tres. Fue un palo, la verdad. Y luego yo les dije que aquello se tenía que terminar. Que no podíamos seguir así.

Hugo encendió otro cigarrillo. Nunca había hablado con Dani de su trío, él no era de los que hacían preguntas.

—Eso tenía que pasar algún día, ¿no? —dijo por fin—. Supongo que está bien lo de montarse alguna fiestecita de vez en cuando, pero estar así, liados, para siempre...

Dani se encogió de hombros.

—Mira, entiendo que estés hecho un lío —insistió Hugo—. Y supongo que ella también lo estará. Creo que este tema se os ha ido de las manos. ¿Por qué no os tomáis unas vacaciones? La semana que viene es el concierto. Cuando haya pasado, coges a Cris y os largáis por ahí. Solos. Sin nadie más. Y luego ya veis qué queréis hacer.

—No es mala idea. No lo sé, Hugo. Tampoco sé si ella querría irse conmigo o con Ferran.

Eso era algo que a nadie se le había ocurrido; todos habían asumido que Cris y Dani formaban la pareja, el núcleo de aquella historia, y que el tercero en discordia era reemplazable y prescindible, un accesorio que sólo pasaba por allí.

—No lo dirás en serio.

—Pensarás que soy un gilipollas, pero tampoco sé si quiero dejarlo atrás, si podemos pasar de él y seguir los dos solos. No es que me molen los tíos, en serio, pero Ferran es un tipo listo. Centrado. Sabe lo que quiere y va a por ello. A veces creo que es el único que merece la pena, el único que será capaz de hacer algo con su vida. —Suspiró—. Quizá lo mejor sería que nos distanciáramos, los tres; que Cris y yo lo dejáramos en paz.

Y en ese instante Hugo comprendió que en el equilibrio de poderes de esa historia no había dos claros vencedores y un vencido, dos líderes y un seguidor, dos amantes y un invitado. El tema, en realidad, era mucho más complejo de lo que él había llegado a imaginarse desde fuera. Y sin poder evitarlo, la aureola que envolvía a Dani se desvaneció un poco.

—Además —prosiguió Dani—, me preocupa Cris. Y sé que a Ferran también. Anda por la casa como un fantasma asustado. Cris… Cristina a veces no está bien, ¿sabes? Dice cosas raras, cosas que no llego a entender. Habla de la belleza de la muerte, de lo hermoso que sería morir al lado de quien amas. No… no la comprendo, de verdad.

Hugo no se atrevió a repetir que las chicas eran todas iguales. El comentario se le antojó fuera de lugar ante lo que Dani le contaba.

—Lo importante ahora es el concierto, ¿no te parece? —dijo cambiando de tema—. Estará guay. Y nosotros también te necesitamos. Está claro que no podemos tocar sin ti.

Tras despedirse, Hugo se había quedado convencido de que, pasara lo que pasara, Dani no les fallaría.

«Pero lo hizo», se dijo justo cuando el tren salía de la estación de Zaragoza. Lo hizo: pasó de ellos, los abandonó, los dejó colgados sin avisar. Dani tal vez no le dio demasiada importancia, y en cambio era algo que los había jodido mucho, no porque pensaran que de ese concierto iba a salir nada más, sino porque les robó sus quince minutos de gloria a sabiendas de que, con toda probabilidad, ésa sería la única ocasión de vivirlos. No, eso había sido imperdonable, y cuando llegó el momento, Dani tuvo que pagar por ello. No se arrepentía de la decisión tomada, aunque a veces pensaba que quizá las cosas habrían sido distintas si le hubieran perdonado, si le hubieran dado una parte de aquel dinero que tampoco era de ellos.

33

La biblioteca del Ateneu estaba casi vacía el viernes por la tarde. Al parecer, ni siquiera el tiempo, que había refrescado aquella tarde de primavera en Barcelona, incitaba ya a la lectura, ni alentaba a los socios a disfrutar de ese templo modernista dedicado a la cultura escrita, con altares de madera noble repletos de objetos sagrados encuadernados en piel y protegidos por puertas de cristal. De vez en cuando, pasos aislados resonaban sobre el elegante suelo de escaques. Poco a poco, según pasaban las horas, Santiago Mayart, que corregía los ejercicios literarios de sus alumnos sentado frente a una de las mesas de estudio, fue quedándose solo.

No le molestaba la soledad; a lo largo de los años se había acostumbrado a ella y la consideraba más un aliado cómodo que un enemigo a combatir. Además, estaban los libros: los de los demás, que leía con fruición y espíritu crítico, y los suyos, sus volúmenes de cuentos, tres hasta la fecha. Dos hasta que llegó *Los inocentes* y lo cambió todo. Muchas veces le habían preguntado por qué cultivaba un género tan poco popular en España como el relato breve, y a pesar de que solía ofrecer una respuesta tan intelectual como difusa, en el fondo sabía que lo hacía porque así, con toda probabilidad, no tendría que enfrentarse a las exigencias del éxito. Los relatos se leían poco y se vendían menos; eran, pues, perfectos para alguien que prefería pasar desapercibido.

Sin embargo, ahora que las cosas habían dado un giro tan sorprendente, él no tenía motivos de queja. El éxito era mucho más goloso de lo que sospechaba, sobre todo porque había llegado de improviso. No es que el libro de relatos le hubiera dado suficiente dinero para cambiar de vida ni mucho menos, pero resultaba más que gratificante escuchar elogios, ser invitado a pronunciar conferencias a las que antes sólo asistía de oyente, y, por supuesto, firmar libros o saludar a gente a la que él admiraba y que de repente parecían haber descubierto su existencia. Todo por unos relatos mucho menos complicados que los anteriores; efectistas, incluso. Cuando se los entregó a su agente pensó que los rechazaría; fue el primer entusiasmado. Desde ese momento no habían dejado de darle alegrías. Hasta el otro día, durante la charla con el inspector.

Santiago dejó a medias el último ejercicio, porque los temores se agolpaban en su cabeza y no podía concentrarse. Intentó analizar con frialdad la charla mantenida. Había empezado siendo cordial, sin duda, y aunque a él no le apetecía en absoluto hablar de Cristina Silva, capeó la conversación lo mejor que pudo. Hasta el final. Aquel policía que hablaba con un levísimo acento argentino no se había andado por las ramas. Mayart estaba convencido de que volvería con más preguntas. Suspiró, esforzándose por encontrar una respuesta, pero no lo logró, de la misma manera que, por mucho que se empeñase, no conseguía ver a Cristina Silva amortajada y muerta.

Al contrario: volvió a oír su risa, aquel sonsonete hiriente y mordaz que le había perseguido durante meses y que ahora regresaba como las nubes que se cernían sobre la ciudad. Volvió a verla, con los ojos de la memoria, y a odiarla casi con la misma fuerza. ¿Cómo había podido dejar que todo aquello sucediera? Y lo que era peor, ¿por qué había llegado a trastornarlo tanto?

—Estás aquí. Me han dicho en secretaría que querías verme.

Cristina entró en el aula donde se impartían las clases. Aunque apenas eran las seis de la tarde, ya había oscurecido, y en los cristales repicaba una lluvia tenaz, que había empapado las calles y el cabello de la chica. Le brillaban las mejillas del frío y eso contrastaba con el resto de su cara, que lucía más pálida que de costumbre.

Él se encontraba junto a la ventana, contemplando el patio encharcado y oyendo el murmullo agitado de las palmeras, que se quejaban de aquel aguacero inclemente que había comenzado a primera hora de la mañana y amenazaba con no tener fin.

—Sí. Disculpa que te haya hecho venir con este tiempo.

—No pasa nada.

—¿Te importa cerrar la puerta?

Santiago intentaba mantener un tono afable, a pesar de que no había ni rastro de amabilidad en lo que pensaba decir.

—Cristina, no voy a andarme con rodeos. Creo que sería mejor que dejaras el curso.

La chica aún no había tenido tiempo de alejarse de la puerta. Se dirigió hacia el centro del aula, donde estaban las sillas dispuestas en torno a la mesa, escogió una y se sentó, sin decir nada. Actuaba con la misma indiferencia que caracterizaba sus movimientos habituales, como si nada le importara, y por eso a él le sorprendió notar un atisbo de llanto en su voz.

—¿Y por qué? ¿Tan mal lo hago?

—No. No es eso. —Él fue hacia ella pero no se sentó; necesitaba ese punto de distancia, de autoridad, para representar su papel—. Cristina, no se trata de tus escritos. Es que no me parece que te estemos ayudando en nada. Sinceramente, tengo la impresión de que este sistema no va contigo, de que estás perdiendo el tiempo aquí.

Ella no respondió. Se mordió el labio inferior con fuerza y desvió la mirada.

—No has entregado ni la mitad de los ejercicios. Estas clases se basan en la participación activa, no puedes limitarte a leer lo que hacen los otros y opinar. No puedo aceptar que sigas así el último trimestre.

—¿Es sólo por eso? —Cristina le miró con desconfianza—. No te preocupes, los tendrás todos en la próxima clase.

—No es así como quiero que se hagan las cosas —insistió él.

A ella le estaba costando retener las lágrimas. Se esforzaba por tragarlas y el resultado era una voz ronca, estrangulada. Dolorosa.

—Ya te he dicho que los tendrás todos. No sé qué más quieres.

—Lo que quería era que te integraras en el grupo. Cristina, admítelo, tú vas por libre. Te aburre leer los trabajos de los otros y no haces ni el mínimo intento de disimularlo.

—Me aburro de leer estupideces —replicó ella—. Igual que tú, pero a ti te pagan por hacerlo. A mí no.

—¿Lo ves?

El profesor se convenció, más aún, de que no había otra solución. Esas palabras le afianzaron en la decisión tomada: el grupo estaría mejor sin ella. Pero Cristina prosiguió, en un intento de defenderse:

—Y no me aburro cuando alguien trae algo interesante. Estoy atenta cuando analizamos los textos de Ferran, por ejemplo.

Algo en la cara de él cambió al oír el nombre.

—No es que él esté trabajando mucho en las últimas semanas, la verdad —dijo Santi en un tono más hosco del que pretendía usar—. Ha perdido constancia.

El agua golpeó los cristales con más brío y la luz del fluorescente parpadeó, zarandeada por la tormenta. Santiago se volvió hacia la ventana esperando el restallar de un trueno que no llegó, y los ojos de Cristina se afilaron, como si por la ventana entrara en efecto una cascada de luz cegadora. Entonces ella se rió, y la carcajada súbita se extendió por todo el aula, rebotó en los rincones y abofeteó las mejillas del hombre que, consciente del ardor súbito que le había estallado en la cara, no se atrevió a mirarla.

Cristina se levantó; en su actitud no había ya ni un ápice de timidez.

—Vaya. ¿De eso se trataba? —Era una pregunta mordaz, sin respuesta posible—. Lo que te jode no es que yo vaya por libre, sino que Ferran se haya liberado de ti.

Tenía que protestar. Lo sabía y lo intentó, pero ella se avanzó, implacable, sepultando cualquier esbozo de dignidad con una lluvia de comentarios sarcásticos.

—Pobre Santi, ¿te has quedado sin mascota? Con lo que te gustaban esas reuniones con Ferran después de clase, esos intercambios de opiniones, de lecturas. Ya veo que te pone cachondo el papel de mentor. Eso en sí mismo ya sería patético en un hombre de tu edad, porque no eres tan viejo, ¿sabes? Sin embargo, el numerito de celos que acabas de organizarme te convierte en alguien despreciable.

—Basta. —Fue lo único que consiguió decir. Tomó aire para articular un alegato que encerrara la verdad, pero ésta es un animal inquieto que tiende a escaparse por cualquier resquicio—. No entiendes nada. Ferran podría llegar a ser un gran escritor: tiene el potencial, la dedicación, la disciplina y el bagaje para ello. Lo único que quiero es ayudarle. No hay nada de lo que insinúas.

—¿No? Entonces ¿por qué te jode tanto que no se quede a charlar contigo? ¿Que prefiera irse en cuanto acaba la clase, que tenga los domingos por la tarde ocupados y ya no pueda pasar por tu piso a intercambiar opiniones sobre los relatos de Carver o de Kjell Askildsen? No comprendía por qué me mirabas tan mal en clase, por qué eras tan duro con mis opiniones. Me quitabas las ganas de entregarte nada. Ahora lo sé. Tienes celos. Eres un miserable impotente que se siente despechado.

—Estás loca —replicó él con la misma debilidad que la luz del techo, que tembló hasta apagarse del todo.

—¿Yo? —Volvió a reírse, y a oscuras el sonido era más perverso, más punzante—. Dejemos esta conversación estúpida. Yo seguiré con el curso porque me gusta, a pesar de todo. Eres el ejemplo de que un escritor mediocre y un tipo detestable puede ser a la vez un buen profesor. Y tendrás que aguantarte o convenceré a Ferran de que no vuelva más.

Santiago no tenía respuesta. Se limitó a oír cómo ella se marchaba, dejando la puerta abierta. Fuera, la tormenta seguía azotando las palmeras, inundando el patio, desbordando el estanque. Riéndose de los incautos que se atrevían a desafiarla.

La vergüenza es un sentimiento que tiende a resistir el paso del tiempo, y Santiago Mayart, sentado en la biblioteca, lo revivió exactamente igual que años atrás. No sólo por lo sucedido ese día, sino porque durante lo que quedaba de curso la mirada de Cristina, sus gestos, sus palabras, demostraban una segunda intención que sólo percibían él y, quizá, Ferran. Nunca supo si Cristina había hablado con el chico de aquello y, por supuesto, él nunca se atrevió a preguntárselo.

La última vez que lo vio, ingresado en el hospital, comprendió lo que habría sentido el viejo Aschenbach de no haber muerto frente al mar de Venecia; la decepción que le habría invadido al ver que Tadzio se hacía mayor. Y no sólo eso: Ferran seguía siendo joven, pero con una juventud entre cínica y apática, la misma que había mostrado Cristina. Alejada de la inocencia, la pureza, la ingenuidad intelectual que le habían fascinado cuando lo conoció. A pesar de lo que ella había dicho, nunca hubo nada carnal entre ellos, ni hubiera existido. Quizá porque para Santiago Mayart amor y sexo no eran conceptos compatibles. Él se había sentido atraído por la mente de ese chico, halagado por ser objeto de su confianza, necesitado porque podía darle unos consejos que otros escritores menos generosos se habrían guardado para sí mismos. El sexo, ese simple intercambio de sudor y fluidos, era algo infinitamente más básico.

Miró el reloj, sin saber muy bien qué hacer. Se decidió a salir de la biblioteca y del Ateneu. Ya llovía.

34

A Nina siempre le habían gustado las películas sobre reencuentros: antiguos compañeros de la universidad que celebran el vigésimo aniversario de su graduación, amantes que compartieron un verano lujurioso en su adolescencia o amigos que se reúnen para llorar a uno de ellos, prematuramente fallecido. En esas historias, los triunfadores del instituto alcanzaban una madurez mediocre mientras que los descastados, la gordita o el cuatro ojos aparecían siempre mejorados, irreconocibles, relucientes por el éxito y por la sensatez que aporta el haber sufrido el desprecio ajeno. «Claro que, una vez más, la vida real se parece bien poco al cine», pensó, abstrayéndose durante largos minutos de la conversación que los chicos mantenían sentados en torno a una mesa, con cervezas de por medio.

Las cosas no cambiaban tanto: los perdedores, como Isaac, parecían genéticamente incapaces de salir del pozo de la derrota, y los ganadores, nacidos bajo el signo del dinero, por ejemplo Leo, conservaban esa seguridad que les garantizaba al menos una supervivencia digna aun en tiempos peores. Y en cuanto a ella, la «amiga fea» por definición, la que desaparecía de las fiestas sin que nadie se percatara de su ausencia o la que, por el contrario, tenía que esperar hasta el final, hasta ese momento en que el alcohol nublaba los sentidos y activaba los instintos, si quería disfrutar de un intercambio sexual que luego se contaba a los colegas entre risas de disculpa, seguía observando las escenas desde fuera, como una invitada por compromiso.

Años atrás, antes de conocer a Cris, Nina había tenido que escuchar frases dolorosas —«Coño, ¿qué quieres, tío? Estaba ahí, pidiendo guerra. Y al final tampoco les ves la cara mientras te la chupan, ¿no?»—, a las que se añadía un elogio envenenado, del estilo de «Y no creas que lo hace mal, se ve que tiene práctica», frase que ella decodificaba y traducía por «Sabe que no sirve para otra cosa».

«Esa misma frase podría haberla dicho Leo», pensó Nina observándolo de reojo, de no haber sido porque el encuentro erótico entre ambos fue tan fugaz que dudaba que él se lo hubiera referido a nadie, por vergüenza propia. Era el típico tío que achacaba esos fracasos al alcohol o a la visión súbita, devastadora de erecciones, de su cara marcada. Un recurso también muy socorrido para justificar los gatillazos.

—¿Y hasta cuándo os quedáis? —preguntaba entonces Leo.

Hugo la miró, dando la impresión de que ella tenía la respuesta, y Nina volvió a la conversación sin saber bien qué se le había preguntado.

—Leo pregunta hasta cuándo nos quedamos —repitió Hugo.

Ella se encogió de hombros.

—La gata puede estar sola tres o cuatro días, no más. Y lo mismo puede decirse del bar.

—Ya. Hostia, siempre pienso en pasarme por allí cuando voy a Madrid y al final nunca encuentro el hueco. ¿Dónde está?

—No sé si es mucho tu estilo, Leo —repuso ella, repentinamente irritada.

—Está en la calle del Fúcar —explicó Hugo—, no muy lejos de Huertas. En el Barrio de las Letras.

Leo sacudió la cabeza. La verdad era que tampoco iba con tanta frecuencia a Madrid y los nombres de las calles o barrios le decían poca cosa.

—Pues si quieres venir, hazlo pronto. No sabemos cuánto durará abierto —añadió Nina.

—¿Tan mal os va? Es este estúpido gobierno y sus leyes antitabaco —dijo Leo.

Nadie le replicó ni prosiguió la conversación. Isaac se terminó la cerveza y miró hacia la barra; la camarera estaba en la puerta, fumando y hablando por el móvil. Nina sintió unas ganas incontenibles de levantarse y alejarse de aquel grupo, de estar sola, de pensar en Cristina, la amiga que ya no estaba, mientras paseaba por una ciudad que ya tampoco sentía como propia. Cogió a Hugo de la mano e intentó transmitirle sus deseos, pero él entendió que quería también otra cerveza, como Isaac, y se volvió hacia la puerta para llamar a la camarera. Ésta regresó y les sirvió otra ronda.

—¿Más? —protestó Leo—. Yo ya no aguanto lo mismo que antes.

—Nunca has aguantado mucho, en general —murmuró Nina con mala intención. Si él captó la indirecta, fingió no hacerlo.

—Es verdad. Mucho menos que Dani, o que vosotros.

—¡Eh! Que yo te recuerdo bastante bebido alguna vez —exclamó Hugo.

—Y yo —remachó Nina, acercándose la botella a los labios.

Algo en su tono hizo que los tres la miraran y que Hugo frunciera levemente el ceño. Ella se llevó la botella a los labios, imperturbable, aunque, como siempre que era el centro de atención, lo que sucedía pocas veces, tuvo la sensación de que su mancha se hacía más intensa, más visible. Antes de que tuviera tiempo de beber, Leo alzó la cerveza con aire solemne y dijo:

—Creo que deberíamos brindar por Dani.

Los otros dos asintieron y Nina, que seguía con la botella rozándole los labios, añadió:

—Y por Cris.

Se hizo un silencio breve e incómodo, como si aquellas últimas palabras hubieran sido una provocación.

—Cristina no era un miembro del grupo —puntualizó Leo, aunque nadie comprendió si era una excusa por haberla olvidado en el brindis o una acusación.

—Pero está muerta. —Nina, que no había llegado a beber, golpeó la mesa con la botella—. Están muertos, los dos, ella y Dani. No se marcharon, no han estado escondidos durante todo este tiempo. Alguien les partió la cabeza.

Hugo fue a cogerle la mano; ella la retiró.

—Leo, ¿por qué finges que Cris te caía tan mal?

—No me gusta criticar a los que ya no pueden defenderse.

—¿Criticar? ¿Ponerla a parir porque no quiso acostarse contigo? Joder, Leo, Cris tenía razón. Aunque vas de buen chico, eres un capullo.

—¡Nina! —la increpó Hugo.

Leo no era de los que dejaban pasar un insulto, y menos de una mujer.

—¿Tú qué sabes lo que es la verdad, Nina? ¿Qué coño sabes? ¿Lo que te contó tu amiguita?

—Eh, chicos, vale —intervino Isaac.

—Sé que querías tirártela. Sí, Leo, lo sé. Las chicas nos contamos estas cosas. Y ahora vas de gran amigo de Dani. Brindemos por Daniel, nuestro colega, el cantante de Hiroshima. ¿Pensabas en él cuando intentaste ligar con Cris?

—Cristina coqueteaba con todo el mundo. Conmigo también —dijo Leo, e incluso a sus oídos eso sonó a confesión involuntaria—. Además, si hubiera querido hacerlo, no me habría costado demasiado. Ni a mí ni a nadie.

—Nina —intervino Hugo con ademán conciliador—, me consta que tú la apreciabas mucho, pero entiende que nuestro amigo era él.

—Un amigo que jamás nos habría dejado colgados de no haber sido por ella —sentenció Leo.

—¿Qué sabéis vosotros? —De repente, Nina alzó la voz—. ¿Qué coño sabéis vosotros de lo que le pasaba a Cris? Ninguno tenéis ni idea. Ni siquiera Dani lo sabía. Ni tampoco Ferran.

Entonces se percataron de que, igual que sucedía siete años atrás, Ferran Badía era el gran ausente en todas las conversaciones sobre Dani y Cris. Nina se levantó de la mesa, agarró el bolso y, tras darle un beso rápido a Hugo en la mejilla, se despidió con un «Nos vemos luego, voy a dar una vuelta».

—No recordaba que tuviera tanto carácter —murmuró Leo. Notó la mirada de Hugo, que le advertía no seguir por ese camino y se apresuró a rectificar—: De todos modos, es mejor que se haya marchado. Así podemos hablar tranquilos, ¿no? ¿Y tú adónde vas ahora?

La pregunta, en tono inquisidor, iba dirigida a Isaac, que acababa de levantarse.

—A fumar, Leo. Y a que me dé el aire. ¿Algún problema?

El tiempo había refrescado y, después de caminar unos cinco minutos, Nina echó de menos la chaqueta que se había dejado olvidada en el bar. Unas nubes grises empañaban el cielo de la ciudad, la misma que ahora recorría con ojos de hija pródiga, reconociéndola y redescubriéndola a la vez. Habían quedado en un bar de Gràcia, no muy lejos de casa de Leo, y Nina, que hacía años que no paseaba por la zona, anduvo sin rumbo por las callejuelas estrechas, llenas de tiendas nuevas para ella, que desembocaban en plazas bulliciosas y arboladas, tan distintas a las que ella frecuentaba en su ciudad de adopción. Intentaba no pensar, dejar la mente en blanco, sacudirse de encima aquella sensación de desasosiego que la había llevado a huir del bar. Era imposible. Tal y como había temido, reencontrarse con el pasado tenía algo de catártico, pero en su caso éste no era plácido sino tumultuoso: recuerdos en tropel que se agolpaban en su cabeza mientras caminaba despacio, tratando de controlar el alud de imágenes con movimientos lentos.

Los primeros meses de convivencia con Cris, los más divertidos, los meses locos; fines de semana, copas y fiestas en que, por primera vez, Nina se había olvidado de su marca de nacimiento e incluso, con Cristina al lado, había logrado reírse de ella. «Todos llevamos manchas desde niños», le había dicho Cris una noche, a las tantas, lo bastante borracha para ser sincera y no tanto como para soltar tonterías. «La tuya simplemente es más visible.» También hubo chicos en esa época, y Nina se acostumbró enseguida a salir con su amiga y regresar sola a casa. No le importaba demasiado, su papel secundario estaba asumido y ya no sentía la necesidad compulsiva de mendigar un rato de sexo a cualquier imbécil. Sabía que Cris llegaría a la mañana siguiente, normalmente antes de comer, y le contaría su aventura con todo lujo de detalles, con la ironía de quien usaba a los hombres como éstos habían usado a Nina hasta entonces. Fue así siempre, hasta que apareció Daniel y Nina supo, como sólo una amiga íntima puede llegar a adivinar, que por mucho que Cris se empeñara en negarlo, aquel chico era distinto. Nina había sonreído para sus adentros y desdeñado una punzada de tristeza cuando intuyó que las cosas cambiarían, que ya nada volvería a ser igual.

Lo que no se esperaba, y eso le dolió más que el progresivo alejamiento de Cris, fue la intervención de Ferran. Aquel triángulo inexplicable, para el que ni siquiera su amiga tenía respuesta, se le antojó raro: un capricho, una excentricidad. Años después entendió, o creyó entender, que tal vez Cristina había sentido tanto miedo de su atracción por Dani que había tenido que complicarla de algún modo. En el mundo de Cris, las cosas no podían ser sencillas.

Miró a su alrededor, desorientada, notando cada vez más el aire frío que parecía soplar sólo para castigarla. Estaba en una plaza que le era familiar, con una torre altísima coronada con un reloj. De repente, un vendaval empezó a sacudir los árboles, arrancando un alud de hojas que cayeron sobre su cabeza como un desplazado augurio de otoño. Unos niños que jugaban a fútbol con una pelota de plástico vieron cómo un gol se frustraba debido a aquella ráfaga traidora, y los que tomaban algo en las terrazas miraron al cielo. Los más previsores se apresuraron a pagar la cuenta o a buscar sitio en el interior; los indecisos, en cambio, tuvieron que huir apenas unos minutos después, cuando una lluvia torrencial empezó a caer convirtiendo la plaza en un mar de sillas abandonadas.

Nina contempló el aguacero, la gente que corría a su alrededor huyendo del agua como si fuera lluvia radiactiva. La pelota, que había quedado abandonada cerca de la base del reloj, rodaba hacia ella, pero se quedó atascada en un charco. Notaba el cabello empapado, las gotas frías lastimándole la espalda, la ropa pegada al cuerpo. Permaneció inmóvil bajo la lluvia, recordando que de pequeña solía hacerlo, convencida de que las gotas que caían del cielo tenían el poder milagroso de borrarle la mancha.

De pronto, resolvió el dilema que la había ocupado las últimas semanas; avanzó deliberadamente despacio, como si la tormenta fuera un incidente sin importancia, hasta una calle algo más ancha donde aguardó a que un taxi con luz verde la recogiera y la llevara hacia donde quería ir.

35

A pesar de que oscurecía, Eloy Blasco se resistía a abandonar la tumbona en la que estaba leyendo, o al menos intentándolo. Había salido de una Barcelona ensombrecida por las nubes y había descubierto, sorprendido, que éstas parecían haberse establecido exclusivamente sobre la ciudad. En Vallirana, a veinte kilómetros de distancia, el cielo estaba despejado. Por eso, cuando llegó al chalet de sus suegros, decidió quedarse en la piscina, más por huir de las conversaciones que por ganas de nadar.

Se había llevado un libro al jardín para tener algo que hacer, pero su mente, incapaz de concentrarse, desconectaba de la lectura y deambulaba por los pasillos sinuosos de los últimos acontecimientos. Frente a él, el agua plácida de la piscina invitaba a darse un baño aunque la temperatura era más bien fresca. Indeciso, cerró el libro, lo dejó en la tumbona de al lado, donde hasta hacía poco había estado Belén, y siguió mirando el agua; la pereza se debatía con el placer de sumergirse y nadar un rato, así que dejó que el azar decidiese. Si Belén, que había ido a vestirse, no aparecía antes de cinco minutos, se metería en el agua.

Mientras esperaba, se levantó. La valla que rodeaba el jardín, lo bastante alta para preservar la privacidad, no le impedía ver el paisaje, que con la luz del crepúsculo tomaba un nuevo tono de verde, casi negro. A lo lejos, las nubes iniciaban su avance hacia ellos, como un ejército cargado de rencor, decidido a extender su cerco. El silencio era absoluto y sosegado. Eloy nunca podía terminar de creerse que Barcelona, con su tráfico y su gentío, estuviera sólo a media hora en coche. Aquellos pinos altos, impasibles, le situaban mentalmente mucho más lejos de la ciudad.

Regresó a la piscina y se zambulló enseguida, sin pensarlo más. El agua estaba helada. Nadó con ganas de un extremo a otro, eran veinte metros, y dio la vuelta sin detenerse. Hizo dos largos más y en su cabeza pretendía repetir el ejercicio otra vez, para llegar a los cien metros, que era un número redondo, perfecto, cuando distinguió a Belén al borde de la piscina, esperándolo con una toalla grande en la mano.

—Vas a coger frío —le gritó ella.

Eloy siguió en el agua, con las manos apoyadas en la piedra y los pies en la pared.

—No está tan mal.

Ella se estremeció exageradamente.

—Yo no lo soporto ni cuando hace sol.

—Hago un largo más y salgo.

—Tú mismo. Pero no te quiero resfriado en la boda —dijo ella sonriente.

«La boda», pensó él mientras nadaba. El único tema de conversación, la coletilla de cualquier frase. La nube de color rosa que se cernía sobre ellos todos los días, derramando gotas de sabor dulzón. Aceleró el ritmo de sus brazadas en un sprint final, nadando los últimos metros como si estuviera compitiendo contra un fantasma en la piscina vacía. Salió y anduvo despacio hacia la toalla que Belén había dejado doblada en el suelo. Se secó, de pie, y la contempló: ella se había sentado, sin recostarse, y su vestido color crema se confundía con la colchoneta; ocupaba la misma tumbona que solía elegir cuando tomaba el sol, siempre por la tarde, para no quemarse, porque sólo quería coger un bronceado suave. Para la boda, claro.

Eloy tiró la toalla sobre su tumbona y se sentó encima. Observó a Belén, que se había arreglado y maquillado para cenar en casa, con sus padres y con él. Su cabello liso, castaño y brillante, el rostro ovalado, los ojos pequeños —«ojos de ardilla», le decía él a veces, años atrás, para hacerla rabiar—, y unos labios finos que ella realzaba con un pintalabios color fresa excesivamente untuoso.

—Deberías ir a vestirte. Vas a coger frío —repitió ella.

—Ya voy... —Llevaba todo el día con ganas de decírselo, pero con sus suegros delante no había podido—. Belén, ¿no crees que deberíamos aplazarlo todo?

—¿El qué?

—La ceremonia. Es que me temo que va a coincidir...

—No.

Si Belén hubiera disparado un arma, la contundencia no habría sido mayor que aquella negativa directa. Sus ojos se convirtieron casi en líneas brillantes. Y por si acaso él no la hubiera oído, repitió:

—No. Ni hablar.

—Pero, Belén, cariño.

Ella sonrió. Se inclinó hacia él y le cogió las manos. Las de ella, pequeñas, casi se perdían en las suyas; sin embargo, había fuerza en aquel agarre y las uñas, largas y pintadas del mismo tono fresa, eran diminutos alfileres que dejaban huella.

—Ya lo hemos hablado, ¿qué te crees? Es una pena que después de tanto tiempo los resultados de esos terribles análisis lleguen casi a la vez que la boda. No importa. Como le he dicho a mamá, si llegan antes, perfecto. Celebramos el entierro rápidamente y ya está. Si llegan poco después, harán lo mismo pero sin nosotros.

Era el momento en que él tenía que decir, lo sabía, «No, claro, esos días estaremos en las Seychelles», sonreír y darle un beso. En su lugar, sin poder evitarlo, soltó:

—Cristina tenía razón. No la queríais mucho.

—¿Qué quieres decir?

—Eso. Era tu hermana.

Eloy hablaba en un tono mortecino, quizá contagiado por la atmósfera, nocturna y apacible, por el leve temblor del agua en la piscina, o porque temía que, si no la controlaba, la voz saliera en forma de grito. Acusador, claro y potente. «Era tu hermana. No la querías ni siquiera para plantearte ahora la remota posibilidad de aplazar tu preciosa boda.»

Belén apartó la mirada con un gesto deliberado. Sus manos se alejaron. Miró hacia la valla, hacia las nubes que cabalgaban en dirección al pueblo.

—Si te soy sincera, apenas me acuerdo de ella —dijo—. De pequeña, me daba miedo. No sé por qué, no creo que nunca me hiciera nada, pero aún conservo esa sensación. Siempre estaba en el colegio y venía sólo en vacaciones. Supongo que tienes razón —concluyó—. No la quería mucho.

Lo dijo con tal sinceridad que era ridículo acusarla de ello.

—En el fondo, la conocías mejor tú —prosiguió Belén, y su voz, como los labios y las uñas, era de un fresa afilado.

—Cris y yo siempre nos llevamos bien. Tampoco nos veíamos demasiado. Yo me quedé en el pueblo, ella estaba aquí. De hecho, no volví a verla hasta los dieciocho años, cuando tu padre empezó a pagarme la carrera en Barcelona. Teníamos recuerdos de infancia en común, pero poco más. Nos escribíamos. Pero no creo que nos hubiéramos reconocido de habernos cruzado por la calle.

Mentía. Habría reconocido a Cristina en cualquier momento, en cualquier sitio. A veces, incluso, le parecía verla en la calle, a lo lejos, caminando sin percatarse de su presencia. En esas ocasiones el corazón le daba un vuelco y casi llegaba a llamarla. Casi, porque sabía que no era Cris.

—Me está entrando frío —dijo Belén.

Eloy comprendió lo que quería decir con eso: la conversación se ha acabado, cambiemos de escena. A él no le apetecía entrar en la casa; prefería seguir allí, hablando con Belén, de Cris, de su infancia, de todo. Reviviéndola por unos minutos antes de que la enterraran para siempre.

—Me gustaría que vinieras conmigo a Vejer, algún día —susurró Eloy—. Mostrarte los lugares adonde iba de pequeño. Hay una ermita antigua, en Barbate, que...

317

—Claro —le atajó ella—. Tu madre vendrá para la boda. Podemos organizarlo entonces. Papá sigue teniendo la casa allí; estaría bien ir en verano, no creo que nos apetezca hacer otro viaje largo después del de novios.

Él cerró los ojos, contó hasta diez mentalmente y se obligó a sonreír.

—Perfecto.

—Eloy, por favor, no saques el tema del aplazamiento. Con mis padres, quiero decir. —Belén hablaba despacio, sin mirarlo—. Como te he dicho antes, ya lo hemos hablado nosotros y papá se ha alterado al oírlo. Ya sabes cómo se pone cuando está nervioso. Además, supondría un follón enorme cambiar la fecha ahora, así que ya está decidido. Siempre me ha hecho ilusión casarme el 25 de junio, el día de mi cumpleaños. Es una tontería, ya lo sé.

Él se levantó y le tendió la mano. Belén, que apenas le llegaba a la barbilla, se puso de puntillas para darle un beso.

—Estás helado. Venga, vamos.

Lo arrastró de la mano, como una niña paseando a un san bernardo. Eloy sabía que ella tenía razón: el baño y la toalla mojada lo habían dejado helado. Él se resistió un momento, se agachó para recoger el libro que había dejado sobre la tumbona. «Yo no me olvido de ti, Cris», pensó mientras fingía una sonrisa y seguía dócilmente a Belén hacia la casa.

36

Había caído la tercera ronda de cervezas y la cuarta estaba en fase terminal. Leo ya no protestó cuando Isaac fue a pedirlas. La lluvia quizá había vaciado las calles, pero no había atraído clientes al bar, de manera que seguían solos, en una mesa arrinconada donde podían hablar con libertad.

—Están buscando información sobre el dinero —dijo Leo, aunque tanto Hugo como Isaac ya lo sabían—. No tienen ni idea de cómo aparecieron esos diez mil euros en la mochila, con los cadáveres, pero les extraña.

—¿Cómo sabes que son diez mil? —preguntó Isaac—. A mí no me lo dijeron.

Leo le miró con el mismo aire de superioridad que solía adoptar años atrás.

—Hablé con la madre de Dani. Ella me lo contó.

—Bueno, ¿y qué pasaría si lo descubrieran? —preguntó Hugo. Había dejado la cerveza en la mesa y le arrancaba la etiqueta con una concentración inusitada—. Quiero decir, ¿a quién le importa ya? Ha pasado un porrón de años.

—Claro que importa —replicó Leo, y se inclinó hacia su amigo para poder bajar la voz—. ¿No te das cuenta? Tenían diez mil euros encima. Nosotros sabemos por qué. Lo que ignoramos, al menos yo, es dónde está el resto. Los sesenta y cinco mil que faltan de su parte.

Hugo dejó la botella en la mesa. La etiqueta se le había pegado a la mano y él se la sacudió.

—¿Habéis pensado alguna vez qué habría pasado si no hubiéramos encontrado ese dinero?

—¿Te vas a poner filosófico ahora? —La pregunta de Leo era más bien un comentario mordaz—. ¿Es por la perilla o por la edad?

—No seas gilipollas.

—Al parecer, para ti y para tu novia yo soy el malo de la película. Muy cómodo adjudicar el papel a alguien y eludir cualquier responsabilidad. Tú mismo lo dijiste entonces: «El dinero no tiene nombre». Todos estuvimos de acuerdo en quedarnos la pasta.

—Yo no quería dejar fuera a Dani —intervino Isaac—. Vosotros os empeñasteis en eso. Tú te empeñaste, Leo.

Había hablado poco durante toda la tarde, tal y como solía hacer en el pasado. Entonces era un chaval que aún no había cumplido los veinte, algo acomplejado ante Leo y Dani, universitarios más o menos flamantes.

—Ah, claro —exclamó Leo—. Ahora échale la culpa a…

—Tito León. —Hugo acabó la frase y todos se rieron, incluso el objeto de la burla. La risa destensó un poco el ambiente—. No, en serio, nadie te echa la culpa de nada. Sólo quería decir que nuestras vidas cambiaron, que de algún modo lo dejamos todo a un lado. Lo que queríamos, nuestros proyectos.

—Tampoco teníamos tantos —remachó Isaac—. Al menos yo. Empecé a tenerlos a partir de ese momento, si os digo la verdad.

—¿Y cuáles han sido? ¿Qué hemos hecho? Hablo por mí: tengo un bar que está a punto de cerrar. En realidad, estoy como hace siete años. Eso es lo que quería decir. Entonces pensamos que el dinero sería eterno, que nos ayudaría a alcanzar un sinfín de metas. Que cien mil euros nos resolverían, si no la vida, sí al menos una buena parte del futuro.

—Éramos unos ingenuos, eso es cierto. Pero ¿quién no lo es a los veintitantos? Joder, cien mil euros eran una pasta, Hugo —dijo Leo.

—Al final fueron menos —repuso éste.
—Sí. El cabrón de Dani se llevó lo que consideraba su parte.
—¿Estás seguro? —dudó Hugo.
—Ahora más que nunca. ¿De dónde hubieran sacado él y Cris esos diez mil si no fue así?

Hugo se calló, no tenía respuesta para eso. Isaac bebió, jugueteó con el mechero.

—A ver, tampoco cometimos ningún delito —terció Leo.
—¿Ah, no? —Isaac sonrió—. Venga, Leo; ese dinero era de Vicente. De su mujer, de su hijo.
—¡Anda ya! La pasta estaba en la furgoneta y él estaba muerto cuando lo encontrasteis. Quizá pensara compartirlo con su mujer o quizá pensara largarse y fundírselo en putas y drogas. No, esos trescientos mil euros estaban ahí y, como dijo Hugo, no tenían dueño.
—Si tú lo dices… —cedió Isaac.
—Creo que en parte fue la cantidad, ¿no lo habéis pensado? —preguntó Hugo—. Lo que nos hizo pasar de Dani a la hora de repartirlo. Cien para cada uno. Sonaba perfecto.
—No te hagas el ingenuo, Hugo —exclamó Leo—. No se lo dimos porque no se lo merecía. Porque nos dejó colgados y reapareció en el local tres días después con su cara de niño bonito, como si no hubiera pasado nada. «Chicos, he tenido un problema. Tranquilos, ya habrá otros conciertos.» Fue entonces cuando decidimos no dárselo, y sé que volvería a hacerlo ahora.
—¿También volverías a pegarle? —preguntó Hugo.
—Se había ganado un buen par de hostias —repuso Leo—. Llevaba tiempo buscándolas y se las llevó. Además, Dani no era tonto; se olía que algo pasaba. Estábamos demasiado emocionados y habría acabado averiguando el porqué. La pelea sirvió al menos para que se fuera y no hiciera más preguntas.

A pesar de la explicación, ninguno de los otros dos había olvidado la rabia que embargaba a Leo cuando se lanzó contra Dani; sus puñetazos cargados de un rencor que no se avenía con ese discurso lógico.

—Lo que no me entra en la cabeza es cómo se enteró de que lo teníamos —concluyó Leo.

La última frase había sonado a acusación. La misma que se había lanzado siete años atrás cuando descubrieron que faltaba una cuarta parte exacta del dinero encontrado. En aquel momento vivieron el mismo malestar, aumentado porque no lograron localizar a Dani ni a Cris. Cuando se percataron del robo, si es que podía llamarse robo a esa sustracción proporcional, la pareja ya se había marchado.

—Ya hablamos de eso, Leo. —Hugo no tenía ganas de volver a discutirlo—. La pasta se quedó en el local y Dani tenía una llave, como todos. Pudo ir cuando no había nadie, encontrarlo por casualidad y pensar que una cuarta parte le pertenecía.

Leo asintió a regañadientes.

—Estaba bien escondido.

—No teníamos por qué decírselo. Todos perdíamos con ello, ¿no crees?

—Isaac quería darle una parte.

—¡Eh! —protestó el aludido—. Ya os dije que no lo hice, ni se lo conté a nadie.

—Ahora no importa —insistió Hugo—. Mañana iremos a comisaría, y quiero que sepáis que pienso contar la verdad.

—¿La verdad? —preguntó Leo.

—Al menos la parte que sé. Escuchad, era distinto cuando creíamos que Dani y Cris se habían largado. Ya sabemos que no fue así. No pienso ocultar nada esta vez.

—¿Estás loco?

—Hoy he quedado con vosotros para decíroslo. Chicos, ya no tenemos veinte años. Esto es una investigación por asesinato u homicidio, o como se llame. No voy a meterme en un lío por un dinero que, al menos en mi caso, ya ni siquiera existe. Dani y Cris están muertos, joder. Alguien se los cargó a golpes. Sin piedad. Quedarse callado es, de algún modo, convertirse en cómplice de un asesino.

Esa verdad irrefutable cayó sobre los tres. Fuera seguía el diluvio. Un temporal potente, de esos que dejaban las calles limpias y olor a hierba incluso en plena ciudad. Dentro del bar, en cambio, se respiraba un calor tedioso, cargante; un ambiente que encharcaba las conciencias y despedía un hedor culpable, temeroso. Desconfiado.

—Nadie tiene por qué averiguarlo —dijo Isaac—. Si hemos guardado el secreto, todo depende de nosotros. —Buscó la confirmación en los ojos de los otros dos.

—Nina no sabe nada de esto —repuso Hugo—. Le dije que había cobrado una herencia de mi abuela y que no lo comentara demasiado porque a mi hermano no le había dejado nada. Pero tampoco me queda mucho. Entre arreglar el bar, los viajes, algún capricho... A la mierda. Parecía tanto entonces, ¿verdad? Y al final no ha durado ni siquiera unos años. Pero eso ya no importa. Os repito que pienso contárselo todo a los mossos. ¿Tú qué dices, Leo?

Leo respiró hondo y no respondió enseguida. Luego, sin levantar la vista de la mesa, admitió lo que le preocupaba desde que los mossos lo interrogaron, desde que recordó que, en una noche de sexo y confesiones, había presumido ante Gaby de sus aventuras juveniles. La vida de ella parecía tan azarosa, tan apasionante en comparación con la de un chico bien de la Barcelona postolímpica, que no había podido evitar dárselas de gamberro, de granuja metido en líos juveniles, de canalla que quemaba coches y se quedaba con una pasta encontrada por azar. Eso excitaba a las mujeres y él lo adornó cuanto pudo, dándoselas de líder ante su novia, que lo miraba estupefacta y un poco escéptica.

—Genial —dijo Isaac cuando el otro hubo terminado—. ¿Y esa tía? ¿Es de las que saben guardar un secreto?

—Ya no estamos juntos. No acabamos bien —concedió Leo.

—Entonces más a mi favor —dijo Hugo—. Prefiero contar la verdad a que lo averigüen por otra vía. Os guste o no, será lo mejor para todos. Y lo más decente.

—No me vengas con decencias ahora, Hugo —objetó Leo—. Es demasiado tarde para eso. He estado pensando y tengo una idea mejor que contar la verdad. Escuchadme bien antes de decidir.

Le escucharon, y, como de costumbre, la seguridad de Leo empezó a erosionar sus propias convicciones. Éste supo que terminarían accediendo: así lo habían hecho en el pasado. Hugo se mostró más reticente, embargado por aquel ataque de sinceridad que parecía haberle nublado el juicio. Isaac permaneció en silencio y sólo asintió al final, cuando Leo hubo expuesto toda su teoría. Por una vez se puso automáticamente de su lado, y su postura acabó derrumbando las dudas de Hugo.

Lo que ninguno de los otros dos sabía era que Isaac tenía sus propias razones para estar de acuerdo. «A la mierda con el dinero —pensó—. Si todo sale bien, si mañana los mossos se creen esta historia, romperé con todo. Es lo más decente que puedo hacer.»

Nina no había visitado un centro psiquiátrico en su vida, de manera que no sabía muy bien qué se encontraría. No esperaba, sin embargo, la visión de aquel espacio cuidado, de amplios jardines empapados por la lluvia. Se dio cuenta de que ella misma seguía mojada y de que el taxista le dirigía una mirada de reprobación en cuanto la dejó en la puerta, al comprobar las huellas húmedas en el asiento de atrás.

Pagó, añadiendo algo de propina a modo de disculpa, y cruzó la puerta de lo que parecía la recepción de un hotel vetusto, con solera. La única diferencia era el uniforme blanco de la recepcionista. Por lo demás, tuvo la impresión de acudir a una cita en lugar de visitar a un paciente. Sí, Ferran Badía la esperaba, le indicó con amabilidad la enfermera. En la biblioteca.

Hacía siete años que no le veía, y ni siquiera en aquella época se habían frecuentado en exceso.

—Me alegro de que hayas venido —le dijo en cuanto cruzó la puerta.

Ella, en cambio, no estaba tan segura de querer estar ahí. Ferran la había llamado semanas atrás con una petición inusual.

Ese chico nunca le había resultado simpático; o peor, en su momento, su irrupción en la historia de Cris y Dani le había molestado. Le costaba admitirlo; en aquellos días ella también se habría conformado con un tercer puesto, con ser un vértice del triángulo. Cris y Dani habían escogido a Ferran y eso, entonces, le había dolido. Era absurdo. Ahora, con el tiempo, se alegraba de cómo habían sucedido las cosas: ella estaba con Hugo, era feliz; Ferran, por contra, se encontraba allí, encerrado en una clínica con aires de balneario anticuado.

—¿Cómo estás? —le preguntó.

—Mucho mejor —dijo él—. ¿Has traído lo que te pedí?

Ella abrió el bolso. Sacó el cuaderno.

—Espero que no se haya mojado. —Dudó antes de dárselo—. Ferran, ¿sabes que han encontrado los cuerpos?

—Por supuesto. Un inspector vino a verme ayer.

Lo dijo con una calma pasmosa.

—Yo no los maté, Nina. Los quería. Igual que tú. Supongo que no me crees, pero es la verdad.

Eso mismo le había dicho en sus llamadas, que empezaron tres semanas atrás. Lo había repetido hasta que ella había comenzado a creerle. Aun así, ignoraba para qué quería el cuaderno donde escribía Cristina. Ella lo había leído sin encontrar nada raro en aquellos relatos que no conseguía comprender del todo. Se lo dio, y Ferran se abalanzó sobre él como si de un tesoro se tratara. Pasó las páginas hasta encontrar lo que buscaba y luego sonrió. Era raro, su boca sonreía y sus ojos se llenaron de lágrimas.

—Ya falta poco —murmuró él.

—¿Poco para qué?

—Poco para terminar el libro. Para que la historia llegue a su desenlace.

Estaba loco; el brillo de sus ojos y el énfasis en sus palabras la asustaron. Se arrepintió de haber ido, de haberle entregado el cuaderno, que había quedado abierto en la mesita, e injustamente culpó a Hugo por empeñarse en viajar a Barcelona.

325

—¿Qué historia, Ferran?
—La de ellos. La nuestra. La de su asesino. —La sonrisa se había esfumado—. Mañana a estas horas todo habrá terminado.
—Me das miedo.
—Nunca te caí bien, ya lo sé. Pero tú y yo los queríamos. Eso nos convierte en aliados, de algún modo.

Nina se sintió incómoda, porque era cierto y a la vez no lo era. Lo que en su día la turbaba tenía poco que ver con el sosiego de vivir junto a Hugo. En aquellos momentos, cuando Cristina y Daniel regresaron de dondequiera que estuvieran y se instalaron en el piso de ellas, Nina había optado por huir. Eran sólo una pareja, pero ella sabía desde siempre que no podría convivir con ellos sin caer en aquel triángulo tentador, como Ferran. Ahora, al pensarlo, dudaba cuál de los dos sentimientos la hubiera llenado más.

—¿Qué buscabas en el cuaderno? —preguntó. Aquel pasado deliberadamente enterrado afloraba y la sumía en la misma inseguridad de siete años atrás. Como la mancha, aunque a ratos se olvidara de ella, siempre seguía allí.

Él sonrió de nuevo.
—¿Lo has leído?
—Sí.
—Entonces deberías saberlo. —La cogió de la mano y la apretó con fuerza—. Prométeme que no dirás nada de esto hasta mañana. Quiero que el libro acabe a mi manera.
—Ferran, no estamos en ningún libro.

Él aumentó la presión.
—Me haces daño.
—Perdona. —La soltó al instante, aunque su mirada siguió fija en ella, casi hipnotizándola—. ¿Me lo prometes?
—Te lo prometo.

Antes de marcharse Nina intentó ver la página por la que Ferran había dejado abierto el cuaderno. Sólo consiguió leer la primera línea, escrita en mayúsculas. Era un título: «Los amantes de Hiroshima».

37

Hacía mucho que no visitaba su tumba, pero aquel viernes por la tarde, antes de salir hacia la casa de Pals, Lluís Savall sintió la necesidad de esa compañía intangible que dan los muertos. Condujo hasta el cementerio de Collserola y una vez allí, protegido por el paraguas viejo que llevaba en el coche, caminó entre las tumbas hasta encontrar el panteón de su familia. «Panteón —pensó—, una palabra rimbombante que en poco se adecúa a la realidad de este sepulcro austero, casi abandonado.» Helena era de esas personas que cumplía con las tradiciones y se molestaba en llevar flores cada 1 de noviembre; en mayo, seis meses después, lo único que quedaba en los jarrones era agua sucia y tallos muertos. Allí reposaban sus padres, ambos fallecidos años atrás. Allí yacían también los restos de su hermana.

Savall estaba seguro de que su hermana no habría querido pasar la eternidad, si es que existía, enterrada con su familia. Sin embargo, cuando llegó el momento de decidir, había sido la solución más práctica. Él no creía demasiado en la otra vida, y sostenía que le importaba poco lo que hicieran con su cuerpo una vez muerto. «No es del todo verdad», pensó. En el fondo todos deseamos que nos echen de menos, y un lugar físico donde centrar esa añoranza lo hace mucho más fácil.

«María del Pilar Savall i Lluc, 1951-2003.» Su hermana había fallecido con menor edad de la que él tenía ahora, aunque, si era sincero consigo mismo, Pilar había muerto mucho antes. El cáncer había puesto fin a una existencia vivida con desgana; había destrozado el cuerpo, sí, pero cuando el alma ya estaba hecha pedazos. A veces pensaba que, antes de extenderse, el mal había empezado por ahí, royendo su espíritu desgajado y frágil.

Ojalá lo hubiera sabido antes. El muro de silencio que habían edificado en su familia era tan impenetrable como el mármol de la lápida y había tenido como consecuencia la casi ruptura de relaciones entre él y Pilar, que en realidad nunca habían estado demasiado unidos. Cuando echaba la vista atrás, intentaba recordar alguna frase, alguna palabra que él hubiera podido interpretar, y llegaba a la conclusión de que, si las hubo, el joven Lluís no les había prestado atención. Su padre se había empeñado en enviar al chico a estudiar a un internado religioso, y cuando Pilar sufrió su tragedia, esa que la marcó de por vida, él seguramente estaba saltando aquel maldito potro o haciendo flexiones. Los siguientes recuerdos que tenía de su hermana le mostraban a una joven marchita e insatisfecha que había amargado la vida de sus padres. A él, de hecho, no le dirigió la palabra durante años, desde que se enteró de sus intenciones de ingresar en el cuerpo. Cabe añadir que el silencio de su hermana tampoco le había importado mucho.

Pilar había abandonado la casa familiar y apenas volvía, salvo para pedir dinero a su madre. Nunca tuvo un trabajo con futuro, ni una pareja estable, ni un detalle con la familia. Ni siquiera había asistido a la boda de su hermano. A los entierros de sus padres sí, aunque no se había dignado a derramar una sola lágrima por ellos. Por eso le sorprendió su reaparición a finales del verano de 2002, nueve años atrás. Estaba muy enferma, la visión de su rostro demacrado le impresionó: la piel parecía una capa de cera; los pómulos, dos picos agudos, capaces de atravesar aquellas mejillas hundidas. Se había negado a recibir quimioterapia y había optado por ridículos tratamientos alternativos que lo único que conseguían era que el dolor la consumiera. No había ido a verlo para quejarse ni para intentar una reconciliación con el único hermano que tenía antes de dejar una vida que no le importaba demasiado. Había ido a pedir ayuda y a reclamar venganza; había ido a contarle una historia del pasado que la devoraba por dentro igual que el cáncer.

Pilar tenía diecinueve años cuando la detuvieron y la llevaron a las dependencias policiales de Via Laietana. Diecinueve jóvenes y revolucionarios años. Savall meneó la cabeza; los indignados que clamaban por la falta de democracia deberían haber vivido la época en que esa consigna era la pura verdad. Ella no había sido la única; con la llegada de la democracia fueron muchos los que contaron una historia parecida: el simple pánico que inspiraban las salas del segundo piso de la comisaría hacía que muchos contaran lo que sabían y lo que no; a los más reticentes, a los que plantaban cara, les esperaba una paliza. Pero el caso de Pilar había sido distinto, en parte porque el tipo que la denunció, aquel poli con cara de ángel, se ensañó con ella, quizá porque ya la conocía de la universidad y le tenía ganas. No se había contentado con golpearla, no; aquel cabrón quería otra cosa, y en una celda aislada, sin posibilidad de salida, entre las burlas de los cuatro amigotes fieles que lo jaleaban desde el otro lado de la puerta, la había violado durante dos días consecutivos, hasta que un mando decente —alguno había también incluso entonces— había puesto fin a la tortura.

«No puedo soportar que él me sobreviva —le dijo aquella tarde—. Si voy a morir, quiero ver pasar su cadáver primero.» Su hermano supo entonces quién era ese «él» con nombres y apellidos, el hombre que había golpeado y violado a su hermana en comisaría, un policía de cuando el cuerpo empleaba sádicos con licencia para torturar: Juan Antonio López Custodio. El Ángel, que, según Pilar, había regresado desde el infierno.

No debería haber accedido; tendría que haber frenado la compasión y la rabia, pero no pudo. Averiguar cosas sobre ese hombre fue el primer error. Si sus pesquisas le hubieran ofrecido la figura de un derrotado, él habría ignorado los deseos de su hermana. No fue así. Juan Antonio López era rico, vivía bien. A medida que fue conociendo al personaje su odio se hizo más fuerte. Ordenar una muerte era fácil si uno sabía a quién acudir. Y él conocía al hombre perfecto para ello.

«Fue lo único que pude darte y sé que lo apreciaste», murmuró frente a la tumba de su hermana. La lluvia volcó los jarrones y los restos de las flores se deslizaron sobre la lápida. Lo último que ella le dijo, antes de que la inconsciencia se apoderara de los restos de su maltrecho cuerpo, fue un sentido «gracias». Durante años, hasta que volvió a oír ese nombre en labios de Omar, Savall estuvo convencido de que se había hecho justicia.

Pagar por la muerte de otro le convertía moral y legalmente en un asesino, y sin embargo nunca se sintió así. Él no le había visto morir, no había disparado un arma o empuñado un cuchillo. Sólo había entregado una buena suma de dinero a cambio de un servicio, y en el pago se incluía la discreción. Estaba claro que, por alguna razón, la persona a quien había contratado se había ido de la lengua con Omar. Aquel viejo parecía saberlo todo.

«Ojalá te pudras en el más oscuro de los pozos», musitó.

En los días que siguieron a aquella extraña propuesta del viejo curandero, él había vivido con el alma en vilo, hasta que, constatada la desaparición de Omar, había decidido intervenir de manera activa. Proteger a Ruth, llevándola a una casita que había sido la única propiedad de su hermana en el momento de su muerte y que él se había negado a vender por un sentimiento de romanticismo absurdo. Allí estaría segura, había pensado Lluís Savall. Nadie podría encontrarla en una casita de Tiana en los tres días que faltaban para que se cumpliera el maldito plazo puesto por Omar. Eran setenta y dos horas. Sólo tres días.

Nunca se había sentido tan culpable como en ese momento. La oración acudió a sus labios a pesar de que no se consideraba creyente. Lluís Savall rezó por él, por Pilar. Y por Ruth Valldaura.

38

El llanto sonoro de Abel pidiendo su ración de comida había llegado justo a tiempo. Después de una tarde entera de argumentaciones, de hipótesis que se estancaban, de sospechas que rozaban la paranoia, el niño había reclamado alimento con instintiva sensatez y ella se había apresurado a proporcionárselo. Entretanto, Héctor fumaba en el diminuto balcón, apenas cuatro baldosas con vistas, en una muestra de discreción que ella apreciaba.

A última hora ella había entrado en su despacho, donde él permanecía encerrado desde la mañana. No era una conducta habitual, y menos a puerta cerrada, aislado de todo. Enseguida había notado que algo le ocurría y, tras una breve vacilación, le había pedido que confiara en ella. Ya en su piso, habían repasado una historia que se sabían de memoria. Unos hechos que no cambiaban y que dejaban poco margen a la especulación. El tráfico de mujeres; la muerte brutal de Kira, la chica nigeriana; la paliza al doctor; la suspensión temporal de Héctor; la visita de Ruth a la consulta. Luego, el asesinato de Omar a manos de su abogado, algo que en teoría dejaba el caso más que cerrado. Un final falso, que tuvo un epílogo trágico y desconcertante cuando Ruth desapareció de su casa, y al que ahora se sumaba ese capítulo inesperado, esa carta salida de la nada. La identidad del remitente era un nuevo interrogante en una historia que ya tenía demasiados, y al que se incorporaba, además, la figura de un policía de la época franquista.

Leire contempló a Abel, pensando que en aquellos días, cuando Ruth desapareció, el niño era apenas una posibilidad, una sospecha leve. Una presencia ausente, al revés que Ruth ahora; su ausencia era tan palpable que casi dolía pensar en ella. Juan Antonio López Custodio, alias el Ángel. Un episodio añadido al misterio. Y había algo más que ella no había querido explicar a su jefe para no inquietarle. Leire tampoco conseguía olvidar la cara de Bellver de días atrás: una mirada rencorosa, de esas que los tipos como él sólo lanzaban por la espalda. Cobarde, en definitiva.

Abel terminó entonces y ella se levantó, con el niño apoyado en el hombro; sabía que le encantaba descubrir el mundo desde aquella atalaya privilegiada. Héctor se volvió a medias y, al sonreírle, ella fue consciente de que, después de estar toda la tarde allí, discutiendo sobre un caso como lo habrían hecho en una de las salas de comisaría, se sentía extraña en su propio comedor. Quizá por eso se dio la vuelta y paseó con Abel en brazos mientras Héctor entraba de nuevo.

—Creo que es hora de que me vaya. Ya ha dejado de llover y llevo toda la tarde invadiendo tu casa.

—¿De okupa? —bromeó ella—. Bueno, mientras no pintes cuadros macabros en las paredes, puedes quedarte. Aunque un toque de decoración no me vendría mal.

Él se rió, casi a su pesar.

—Pese a mis múltiples talentos, dudo que en eso pueda ayudarte.

«Al menos le he sacado una sonrisa», pensó Leire, imaginando lo solo que debía de haberse sentido en las últimas horas. La idea la conmovió un poco, así que forzó enseguida un cambio de tema.

—No has llegado a contarme qué impresión te causó Ferran Badía.

Era verdad; habían estado tan absortos que se habían olvidado del otro caso durante esas horas.

—Desde luego es un chico perturbado —dijo él, después de una pausa, escogiendo las palabras con cuidado—. E intuyo que sabe más cosas de las muertes de sus amigos de las que cuenta.

—Pero ¿les quería? No acabo de imaginarlos juntos. Por lo que han dicho los otros, eran tan distintos...

—Yo creo que sí. A veces esas cosas suceden: la gente se enamora de quien menos le conviene. O de quien no debe. O simplemente de quien no le da bola.

—Sí. —Leire notó que Abel se había dormido y lo acostó en la cuna—. En eso todos somos igual de complicados.

—No siempre —dijo él—. A veces las cosas surgen de forma natural: eres joven, te enamoras, te casas. Claro que eso no significa que vaya a durar para siempre, sólo que sus inicios son fáciles o eso nos parece ahora. Cuando nos conocimos, Ruth y yo, éramos unos críos. Yo tenía veintiún años y ella dieciocho recién cumplidos.

—¿Dónde fue?

—En un concierto. Bueno, nos habíamos visto antes, pero fue allí donde... Ya sabes. Era larguísimo, patrocinado por Amnistía Internacional o algo así. Actuaban los mejores del momento. Al final salió Bruce. Cantó *The River*. Te *imaginás*. Ríos de hormonas juveniles, la chica más guapa del lugar, un *pibe* argentino sin demasiados amigos. La corriente nos llevó —añadió con una sonrisa triste—. Pero la boda nunca es el final de nada, a pesar de lo que dicen las películas y los cuentos de hadas.

Leire sonrió para sus adentros. A su jefe se le escapaba el acento argentino sólo en determinados momentos, y la nostalgia debía de ser uno de los detonadores. Tenía razón en algo: la boda no era el desenlace, sino el comienzo de otra película.

—No me digas esto ahora.

—¿Planes de matrimonio?

—De momento sólo eso, planes por decidir —admitió Leire.

No comprendía por qué la conversación, que durante la tarde había sido impecable y profesional, se empeñaba en deslizarse despacio por una pendiente más íntima. Quizá fuera la noche, la sala en semipenumbra para que la luz no molestara a Abel, o la tormenta de primavera que había azotado por sorpresa la ciudad. Quizá simplemente que, más allá de sus trabajos, eran dos personas que atravesaban situaciones personales delicadas por motivos distintos.

—¿Quieres cenar algo? La canguro no sólo cuida de maravilla a Abel, a veces le sobra tiempo para dejarme comida preparada.

Lo había dicho sin pensar y mientras hablaba se arrepintió.

—No. Debo volver a casa. Ya está bien por hoy.

—Como quieras. —¿Había una nota de decepción en su propia voz o sólo se lo había parecido?

Tal vez él había notado algo, porque en lugar de marcharse dijo en voz súbitamente baja:

—No tengo nada de hambre, pero te agradecería un café.

—Claro. Ven a la cocina. Éste es café de verdad, no como el de comisaría.

Leire metió una cápsula en la máquina y la cocina, diminuta, se llenó de un aroma reconfortante que a ella siempre le recordaba al desayuno de los mayores.

—¿Leche, azúcar?

—Todo —dijo él sonriente.

Sin saber muy bien por qué, se sentía rara en su cocina, preparándole un café a su jefe.

—Gracias, Leire. —Él estaba apoyado en la encimera y cogió la taza—. Por todo. De verdad.

La miró fijamente al decírselo, y en sus ojos cansados ella vio que, de alguna forma, aunque las cosas estuvieran igual, Héctor se había quitado durante unas horas el peso que llevaba encima. Compartirlo no resolvía nada, por supuesto, sólo aliviaba la carga.

—Seguiremos en ello, inspector —dijo Leire—. Aclararemos esto.

—A veces pienso que no es posible. Que la muerte de Omar me robó la posibilidad de hacer justicia, además de a Ruth.

—No. —Ella dio un paso hacia Héctor y en aquella cocina reducida, un paso, en cualquier dirección, era significativo—. Confía en ti, inspector Salgado. Y confía un poco en mí también.

No vamos a dejar que nos ganen esta partida. Estamos juntos en esto, Héctor.

Lo que sucedió a continuación no estaba previsto, aunque después Leire no pudo decir que la hubiera sorprendido tanto. Fue un encadenamiento de pequeños gestos que se inició tal vez con ese plural, ese paso adelante, con la mano de ella suspendida en el aire sin atreverse a apoyarse en su brazo, y siguió con una mirada de Héctor que mezclaba el deseo con la sorpresa, como si viera a la agente Leire Castro por primera vez, como si la palabra «juntos» tuviera un significado implícito que acababa de descubrir. El primer beso fue un simple roce de labios, y ahí hubieran podido detenerlo, aquél debería haber sido el momento en que uno de los dos aplicara el sentido común, la prudencia, la más pura precaución; conceptos que cruzaron por sus mentes en un segundo y fueron descartados en menos tiempo aún, lanzados al suelo como la ropa y pisoteados sin miramientos, porque en ambos casos no eran sino barreras que entorpecían el avance ansioso de sus manos y la súbita necesidad del contacto piel con piel.

39

Desde el otro lado del espejo, Héctor observaba a sus agentes interrogando a Leo Andratx sin poder evitar que sus ojos se fijaran más de la cuenta en Leire. Aún no podía creer lo sucedido la noche pasada, aquel arrebato que los había llevado a desnudarse en la cocina y pasar de allí, con ella en brazos, al dormitorio. En todos sus años de carrera nunca se había acostado con una compañera, mucho menos con alguien a su cargo, y le había dejado atónito comprobar lo sencillo que había resultado todo. Como si lo esperaran desde hacía tiempo, los cuerpos de ambos se habían acoplado a la perfección. Lo único incómodo, sin duda, fue el despertar. Se había sentido desubicado al contemplar el cuerpo desnudo de alguien con quien trabajaba, a quien tenía que dar órdenes. Como un actor en la escena equivocada. Héctor se había duchado y, al salir del baño, la mujer que cuidaba de Abel ya había llegado. No dijo nada, no hacía falta: las bragas de Leire en el suelo de la cocina contaban toda la historia sin necesidad de que ninguno de ellos aportara nada.

Por suerte, los interrogatorios de los tres miembros de Hiroshima los habían tenido ocupados, aunque, para su sorpresa, los tres se habían mostrado muy dispuestos a colaborar. Los informes que Fort y Leire habían confeccionado en los últimos días apuntaban a unos gastos superiores a sus ingresos, y en el caso de Isaac Rubio, sin oficio conocido, resultaba evidente que existía una fuente no declarada de efectivo. No obstante, podrían haber pasado horas justificándose y no lo habían hecho.

Hugo Arias había sido el primero y había admitido todo el asunto del dinero, exponiendo lo sucedido con una coherencia a ratos teñida de remordimiento. En líneas generales, se había mostrado convincente en su historia, que empezaba cuando Vicente Cortés le había pedido a Isaac la furgoneta de Leo que el resto de los miembros del grupo también usaban de vez en cuando. «Sólo durante un par de horas», le había dicho, y el chaval finalmente les prestó las llaves porque en el barrio nadie le negaba nada a Vicente. Horas después, cuando vio que no regresaba, había empezado a inquietarse. Leo le montaría un escándalo si el vehículo sufría algún daño, de manera que, harto de esperar, había llamado a Hugo y le había pedido que lo acompañara a buscarlo en moto. Aunque a Hugo le había parecido una idea absurda, Isaac estaba tan desesperado que aceptó acercarse y, con el otro de paquete, dar vueltas por el barrio. Un par de horas más tarde, cuando Hugo ya estaba decidido a tirar la toalla, encontraron la furgoneta.

Estaba detenida en el arcén de la carretera de Montjuïc, como si el conductor se hubiera parado para ver la ciudad desde lo alto. Vicente, claro, ya estaba muerto. Tumbado sobre el volante, sin rastros de violencia. La muerte parecía haberle pillado a traición. A la impresión inicial había seguido un segundo impacto. En el asiento trasero había un maletín de cuero viejo. En su interior estaba el dinero: trescientos mil euros. Una cantidad mayor de la que Héctor o sus agentes habían imaginado. Dejar el cadáver en la montaña, donde luego fue hallado, y llevarse el vehículo a un descampado alejado donde prenderle fuego impunemente habían sido decisiones de los tres.

La declaración de Isaac Rubio había estado más o menos en la misma línea. Fort se había encargado del interrogatorio, ya que Héctor pensó que aquel chaval se sentiría menos intimidado con él que con Leire. Isaac se había mostrado más parco en palabras y había confirmado con monosílabos o frases breves la versión de Hugo. Lo que Héctor no conseguía creerse del todo era el relato de lo que habían hecho con el dinero una vez encontrado, una versión que, estaba seguro, Leo Andratx contaría de nuevo en unos momentos a sus dos agentes.

—¿A qué hora le llamaron Hugo e Isaac? —preguntó Leire, mientras Fort permanecía en un segundo plano.

Leo titubeó, y su gesto expresó entre duda y desgana.

—No lo recuerdo con exactitud. Ya dormía, debían de ser al menos las dos.

—¿Y se reunió con ellos? ¿A pesar de lo intempestivo de la hora?

Él sonrió.

—Claro. El tema lo merecía, ¿no creen?

—Supongo que sí. ¿Cuándo decidieron quedarse con el dinero?

Leo desvió la mirada hacia Fort, buscando una complicidad que, al parecer, sólo esperaba encontrar con alguien de su mismo sexo.

—Creo que no lo dudamos en ningún momento. —Hizo un intento por sonreír—. Miren, Isaac nos dijo quién era el muerto. Se trataba de un delincuente y aquel dinero, evidentemente, no procedía de nada legal.

—Por eso se lo preguntamos —intervino Fort, acercándose a la mesa—. ¿No sintieron miedo?

—Teníamos veintipocos años, agente. ¿Usted sabe lo que significaba ese dinero para nosotros? El miedo no le llegaba a los talones a otras sensaciones: emoción, expectativa. Solamente teníamos que dejar el cuerpo entre los arbustos, deshacernos de la furgoneta y guardar el dinero durante un tiempo. Según Isaac, nadie sabía que Vicente le había pedido el vehículo. —Suspiró—. Y en el peor de los casos, si las cosas se ponían feas, siempre podíamos devolverlo. Por eso insistí en guardarlo, al menos hasta pasado el verano. Por si algo salía mal.

—Comprendo —dijo Leire—. Esa noche estaban los tres, Hugo, Isaac y usted. ¿Y Daniel?

—Dani no estaba. Hacía días que no le veíamos.

—¿No sabían nada de él?

Leo meneó la cabeza.

—No se presentó en el concierto y no reapareció hasta dos días después de que encontráramos la pasta.

—Esto fue, entonces, ¿el día 22 de junio?

—Lo siento, no recuerdo las fechas.

—Así que quemaron el coche y se llevaron el dinero. ¿Adónde?

—Al local donde ensayábamos. —Sonrió—. Ya sé que suena absurdo, pero tampoco teníamos otro sitio. No es que pudiéramos coger los trescientos mil euros e ingresarlos en el banco.

—¿Trescientos mil? —preguntó Fort.

—Claro. ¿Le parece poco, mucho?

—Bastante —repuso el agente.

—No estaba mal. ¿Se imaginan lo que es encontrarse esa cantidad, así, de la nada? Claro que repartido impresionaba mucho menos.

—¿Con Daniel incluido en el reparto? —inquirió Leire.

—Por supuesto.

La afirmación fue hecha de un modo que pretendía zanjar cualquier duda y, en realidad, consiguió el efecto contrario.

—¿Por supuesto? Vamos, Leo; Daniel los había dejado colgados en un momento en que le necesitaban. ¿Por qué iban a contar con él?

—Éramos amigos. ¿No lo entienden? Claro que nos jodió, con perdón, que Dani no viniera al concierto, pero seguíamos siendo un grupo. Y llegamos a un acuerdo —repitió.

—Entonces ¿lo repartieron a partes iguales?

—No de inmediato. Miren, yo no quería que Isaac empezara a gastar como un loco y llamara la atención. Los convencí para que esperaran hasta después del verano, por si alguien venía a buscarlo. Daniel quería marcharse, con Cris, así que pensé que no habría problema en que se llevara un adelanto. Diez mil euros. Si se marchaba lejos, me daba lo mismo.

Fort y Leire se miraron. Eso explicaba los diez mil euros que se habían encontrado junto a los cadáveres. Ambos dudaban de que el reparto se hubiera decidido de una forma tan pacífica como Leo quería dar a entender. Sin embargo, nadie podía negar que esa pieza del puzzle encajaba como un guante con lo que contaban los chicos.

—Así que con la desaparición de Daniel, la cantidad por cabeza aumentó —insinuó Leire.

—¿Qué quiere decir? Ah, claro, nos tocaron unos veinte mil euros más a cada uno, es verdad. Pero ¿en serio cree que habríamos matado a Dani, y a Cristina, por eso?

—Hay gente que mata por menos —repuso Leire.

—Ya, agente. No lo dudo. ¿Y cree que esa gente capaz de matar por esa cantidad dejaría otros diez mil con los cadáveres?

—Cualquiera de los tres pudo matar a Dani y a Cristina y ganar veinte mil euros en el reparto.

Estaban en el despacho de Héctor, los tres, y Leire acababa de hacer ese resumen de la situación.

—¿Y dejar diez mil con los cadáveres? —preguntó Salgado—. En eso Leo tenía razón. ¿Por qué?

—Ya, eso no encaja.

—Ni el tipo de asesinato tampoco, ¿no? —dijo Fort—. Se ensañaron con Cristina Silva. A Daniel sólo le dieron un golpe, que resultó mortal.

Se miraron, sin llegar a ninguna conclusión clara.

—¿Y qué les han parecido? Me refiero a los chicos y su relación con las víctimas.

Los dos dudaron. Héctor lo comprendió. El tiempo transcurrido hacía que cualquier opinión fuera eso, una mera conjetura.

—Diría que a Leo no le caía bien Cristina, ni las mujeres en general —comentó Leire—. No obstante, creo que apreciaba a

Dani, y que el hecho de que los dejara colgados le cabreó más de lo que está dispuesto a admitir.

—Hugo parece el más normal. Ha reconocido que admiraba a Dani, que incluso le imitaba en cosas como la ropa —añadió Fort.

—Sí. ¿E Isaac?

—Es un poco limitado, ¿no? —dijo Leire—. A veces parece un crío grande. Mi madre diría que le falta un hervor.

Héctor sonrió.

—Sin embargo, quería a Daniel —repuso, y los otros asintieron—. De hecho, creo que lo veía como a un hermano mayor. Tenía que andar muy perdido ese chico a los diecinueve años. Sin familia, sin ocupación. Y en el barrio donde vive había mucha droga por aquel entonces. Podría haber salido mucho peor; por lo que figura en su historial no se ha metido en líos, y era el que más probabilidades tenía de desmadrarse con un montón de dinero en las manos.

»De todos modos, algo me dice que ese reparto no se hizo de manera tan serena como pretenden vendernos. En realidad, no tenían por qué contar con Daniel, ni siquiera tenían que decírselo.

—¿Usted cree, inspector? —dijo Leire, sonrojándose un poco—. A los veintipocos, contar lo que te ha pasado es parte del placer de vivirlo.

Héctor sonrió otra vez. Quizá a él la veintena le quedaba ya demasiado lejos para acordarse.

—Señor, durante la mañana nos ha llegado la dirección desde la que postearon las fotos de los cuadros —anunció Roger Fort.

Héctor miró el reloj. Los interrogatorios habían sido más breves de lo previsto, pero él aún quería hablar personalmente con Nina Hernández, a quien había citado por la tarde.

40

«El Artista tiene ubicado su taller en uno de los barrios menos bohemios de Barcelona», pensó Leire de camino hacia la calle Casals i Cuberó, paralela a Via Júlia. Se alegraba de estar fuera de comisaría. Hacía fresco y la lluvia había limpiado la atmósfera de la ciudad, aunque no era eso lo que provocaba en ella esa sensación de alivio. La verdad era que tener tan cerca a Héctor, horas después de haber estado realmente cerca, empezaba a hacérsele incómodo. Ella y Fort habían salido de la Ronda de Dalt y callejearon hasta dar con el parque de la Guineueta, mientras charlaban sobre lo que sería de sus vidas si encontraran trescientos mil euros abandonados en un maletín sin dueño.

La calle que buscaban terminaba en dicho parque, y era de agradecer el espacio verde en una zona de inmuebles altos y una gran densidad de población. Nou Barris, el nombre de la zona, era un barrio tradicionalmente obrero. A veces sus habitantes aún decían que «iban a Barcelona» cuando se desplazaban al centro de la ciudad, como si la zona donde residían fuera otra cosa y tuviera poco que ver con el resto de la capital.

Localizaron el taller sin dificultad, pero se encontraron con una persiana metálica bajada. Por suerte, justo al lado había una puerta y, en el portero automático, un timbre algo separado del resto. Leire llamó y abrieron poco después con un zumbido, sin que nadie preguntara quién era. Ante ellos se alzaba una escalera estrecha y, a la izquierda, una puerta entreabierta que, por lógica, tenía que comunicar con aquel espacio que desde fuera se veía cerrado a cal y canto.

—¿Hay alguien? —dijo Fort en voz alta.

Una chica muy joven y bastante delgada se acercó al oírlo, después un perro ladró sin demasiada convicción.

—¿A quién buscáis? —preguntó la chica al tiempo que sujetaba al animal—. Creo que os habéis equivocado de piso.

Su tono de voz era amable, casi dulce, lo que contrastaba con una imagen que habría podido ilustrar un manual sobre el movimiento okupa. Rastas rubias, dos piercings, uno en la ceja y otro en la nariz, y un tatuaje en forma de mariposa que se insinuaba en su hombro. Tenía unos ojos tan azules que eran casi translúcidos y olía a perfume fresco, a limpio.

—Estamos buscando a un hombre al que llaman el Artista —dijo Leire, y se identificó como mosso.

La chica cambió de expresión al ver la placa. Leire no habría sabido decir si su rostro demostraba antipatía o miedo.

—¿Se han quejado los vecinos otra vez? —dijo en un tono que mostraba su hartazgo del tema—. No se cansan nunca...

—No es eso —le aseguró Fort—. ¿Podemos pasar?

—Lucas no está. —Y el perro reforzó la frase con una salva de ladridos.

—Es importante y no tiene nada que ver con los vecinos ni sus quejas, de verdad —repuso Leire.

La chica se apartó de la puerta. En cuanto los dejó pasar, el perro los olisqueó y, asumiendo que su dueña les permitía el acceso, se alejó de ellos enseguida, sin dejar de observarlos. El interior estaba en la más absoluta oscuridad. Sólo unas velas dispersas alumbraban lo justo para no tropezar.

—Estaba trabajando —dijo—, y me concentro mejor a oscuras. Un momento, voy a encender la luz.

Lo hizo, y ambos se lo agradecieron, a pesar de que la iluminación, un fluorescente en el techo, daba un aire desangelado al local. De repente se encontraron en lo que, sin duda, había sido una especie de garaje y ahora habían habilitado como estudio.

Había una mesa larga, arrinconada contra una de las paredes, y varios lienzos a medio terminar.

—Por las tardes vienen los otros, pero a estas horas suelo estar sola. Con Lucas.

—¿Viven aquí? —preguntó Leire.

Ella se rió.

—No. Tenemos un piso cerca. Este local estaba vacío y llegamos a un acuerdo con el propietario. Le pagamos muy poco y a cambio viene a las clases. Es un pintor aficionado.

—Ya.

—Si no vienen por los vecinos, ¿se puede saber para qué buscan a Lucas? —preguntó por fin la chica, claramente nerviosa.

—¿Te dicen algo estas fotos? —preguntó Leire acercándose a la mesa, donde depositó las imágenes tomadas en la casa. Aunque ya se había acostumbrado a verlas, al ponerlas de nuevo una al lado de otra revivió la sensación rara que había experimentado la primera vez que las vio, en directo, cuando no eran meras reproducciones sino cuadros que decoraban una estancia lúgubre.

La joven se puso aún más tensa y desvió la mirada.

—Será mejor que esperen a Lucas.

—¿Cómo te llamas? —inquirió Leire. Quería aprovechar el hecho de haberla encontrado a solas y no sabía muy bien cómo ganarse su confianza.

—Diana —respondió, y tanto Leire como Fort sonrieron: el nombre le encajaba a la perfección.

—Diana, estas fotos fueron tomadas en una casa abandonada. Son cuadros que pintasteis vosotros, lo sabemos. No sé si los hiciste tú o Lucas, o alguno de los chicos.

La joven siguió sin decir nada.

—El problema no son los cuadros —prosiguió Leire en tono amistoso—, sino los cadáveres que encontramos en el sótano de ese lugar.

Diana se alejó un paso de la mesa. Su mirada imploraba ayuda, pero no la encontró en los ojos de Roger Fort.

—Vamos, los cuerpos llevaban muchos años allí y no tienen nada que ver con vosotros. Sólo quiero saber por qué escogisteis esa casa y por qué pintasteis esto en particular.
—Lucas decide qué casas decorar —murmuró Diana, reticente—. Y nos dijo que no habláramos de ello. Que lo olvidáramos.
Se pellizcaba con los dedos el labio inferior, como una chiquilla.
—Pero no lo has olvidado, ¿verdad que no? —intervino Fort.
Quizá fue porque notó tensión en el ambiente; lo cierto es que tras esas palabras el animal se acercó a ellos y emitió un gruñido sordo, amenazante.
—¡Sujeta a ese perro! —le ordenó Leire, y la chica lo intentó, pero estaba claro que su tono no expresaba la suficiente convicción.
Fue una voz masculina la que le calmó con un rotundo: «¡Klaus, sit!».
Los tres se volvieron hacia la voz y el perro ladró, entonces de alegría, aunque sus saltos de bienvenida se vieron frustrados por una segunda orden que el animal obedeció al instante. «Vaya —pensó Leire—, Lucas es un hombre que sabe mandar. Y no es en absoluto feo», se dijo a continuación.
El individuo que había entrado sin hacer ruido debía de rondar el metro noventa de altura y había en él algo que hacía pensar en un dios vikingo. Intensamente bronceado, el sol le había dejado muchas arrugas en la piel de alrededor de los ojos, que eran azules aunque no tan diáfanos como los de Diana, sino más apagados, tirando a grisáceos. Llevaba una barba larga y descuidada, y vestía con tejanos y una camiseta ancha. Era difícil calcular su edad; más cerca de los cuarenta y cinco que de los cuarenta, decidió Leire. Además, era atractivo y lo sabía.
—Buenos días. —Ése fue el saludo de la deidad escandinava de la pintura—. Diana, ¿por qué no te vas a dar un paseo con Klaus? Parece nervioso.

El tono afable no conseguía esconder la orden subyacente. Y ella, entre obediente y aliviada por salir de allí, se disponía a hacer lo que le decían cuando Fort la detuvo con un gesto.

—Será mejor que te quedes. Queremos hablar con los dos.

Al dios nórdico no le gustó nada que alguien frustrara sus deseos, pero, aparte de lanzar una mirada incendiaria, no insistió.

—Como queráis —dijo sin sonreír—. ¿Podéis decirme a qué habéis venido?

Lo enunció como si fuera un emperador cuyo palacio ha sido invadido por la chusma, exactamente el tono que irritaba mucho a alguien como Leire Castro.

—Estamos aquí porque estáis metidos en un lío. Y porque queremos que tengáis la oportunidad de explicaros aquí en lugar de llevaros a comisaría.

—¿A comisaría? ¿Acusados de qué? —La pregunta era irónica—. ¿De pintar en casas vacías?

—No. De complicidad en un caso de homicidio. O de obstrucción a la justicia. Depende.

—¿Qué? No me hagas reír.

—¿Nos estamos riendo? —Roger Fort dio un paso al frente.

—Vale, vale. Tranquilo. —El gigante se dejó caer en un sofá destartalado que apenas parecía poder aguantar su peso—. Nosotros no tenemos nada que ver con los muertos. Supongo que venís por eso, ¿no? Por los cuadros de la casa del aeropuerto.

Los miró con el aplomo de quien ha tratado en otras ocasiones con agentes de la ley. Diana se había sentado en el suelo con las piernas cruzadas, y observaba la escena con aquellos increíbles ojos azules extremadamente abiertos mientras acariciaba al perro, que se había tumbado a su lado.

—Nos dedicamos a intervenir en casas vacías en señal de protesta —continuó Lucas—. Dejamos nuestro arte allí, para demostrar que esos lugares merecen ser habitados. Al mismo tiempo, nos da la posibilidad de mostrar nuestra obra. No me digan que no son buenos. —Sonrió—. Éstos los hice yo personalmente.

Leire tenía las fotografías en la mano.

—Diría que los hiciste por alguna razón. Esas imágenes podrían ser las ilustraciones de un relato.

—¡Qué lista! Lo son. Fue un encargo. Alguien me hizo llegar un libro con un relato señalado, «Los amantes de Hiroshima», y me pidió que creara lo que ese cuento me sugiriera a cambio de una buena propina. El dinero me da igual, suelo hacerlo gratis, pero el cuento me gustó. Además, cobrar me pareció una buena idea, para variar: los artistas también comemos todos los días.

—¿Quién los encargó?

El pintor meneó la cabeza.

—Ni idea. Me dijo que prefería no darme su nombre y que recibiría el dinero en efectivo. También me pidió que me ocupara personalmente de los cuadros, tanto de realizarlos como de colgarlos en la dirección que me dio.

El perro soltó un gruñido y Fort advirtió que Diana había interrumpido sus caricias.

—¿Y tú, Diana? ¿Sabes de quién se trataba?

—Ella no sabe nada —respondió el pintor.

—Ella es capaz de hablar por sí sola —repuso Leire, y dirigiéndose a Diana, repitió la pregunta en un tono más suave—. Oye, es importante que averigüemos la verdad. ¿Tienes alguna idea de quién estaba detrás de ese encargo?

La joven no contestó y Leire se acercó a ella.

—Ya os he dicho que no tiene nada que decir —dijo Lucas interponiéndose entre ellas.

—Muy bien —intervino Fort sacando las esposas—; en vista de la falta de colaboración, nos vamos todos a comisaría.

—¡No! —El grito había salido de la garganta de Diana y resonó en aquel espacio casi vacío con tanta fuerza que el perro se escondió, asustado—. No me encierren en ningún sitio. No lo soporto.

Temblaba, aterrada.

—¿Veis lo que habéis conseguido? —dijo Lucas, y se agachó para coger a la chica por los hombros—. Tranquila, no dejaré que te lleven a ninguna parte.

Ella se levantó y se dejó abrazar. Al lado del dios parecía una mortal débil y asustada.

—¿Por qué no nos decís la verdad? —dijo Leire en tono razonable—. Toda la verdad.

—Ya te la hemos dicho. Nos pagaron por pintar y colgar esos cuadros en la casa. Ya está.

—¿Y qué hicisteis con el libro? —De pronto, Fort había recordado la descripción que Mayart había hecho de la chica que le pidió que firmara el ejemplar de *Los inocentes*.

Por una vez, Lucas pareció no tener respuesta. Diana seguía en silencio, protegida por los brazos fuertes del pintor.

—Diana, tú fuiste a ver a Santiago Mayart, el autor del libro, y le pediste que lo dedicara a Daniel y Cristina. —Hablaba en un voz baja y serena—. Sabemos que lo hiciste. Sólo queremos que nos digas por qué.

También Lucas miró a la chica, con una expresión entre curiosa y enojada. Sin duda, no estaba acostumbrado a que ella le ocultara algo.

—Diana, ¿lo hiciste? —inquirió el Artista.

Ella asintió.

—Era un favor. No te lo conté porque no me gusta hablar de esos meses y de la gente que conocí allí. Me pidió que le diera tu e-mail, Lucas, para hacerte llegar el encargo. Sabía que nos iría bien un poco de dinero. Perdóname.

—Ahora entiendo por qué insististe en que me leyera el dichoso cuento. ¿Y quién coño te lo pidió?

—Calla —dijo Leire—. Aquí las preguntas las hacemos nosotros. Diana, dinos, ¿quién fue?

—Ferran. —Los ojos azules de Diana se habían empañado por las lágrimas—. Lo conocí en la clínica Hagenbach, cuando me ingresaron en octubre, por el principio de anorexia. Nos hicimos amigos y, cuando salí, seguimos en contacto.

Volvió a mirar a Lucas, que se había alejado un paso de ella y la observaba como si no pudiera creer que la chica tuviera vida propia.

—Lo hice por ti, por nosotros... No te enfades —repitió—. Yo no sabía nada de los muertos, ¡te lo juro! Ferran sólo me dijo que nos encargaría los cuadros si yo luego conseguía el libro firmado y se lo hacía llegar a la policía. No me dijo por qué, sólo me lo pidió como favor. Cuando entras en un sitio como ése necesitas amigos, y él estuvo a mi lado.

Miró a Fort y añadió, en voz baja:

—Después de que fuerais a la escuela donde yo estudiaba, un amigo me avisó y... Te seguí hasta tu casa y te vi con el perro; era el mismo que rondaba la casa mientras estuvimos allí. Al día siguiente volví con Klaus. Tu perro se escapó al reconocerlo. Ya sabéis el resto.

—Yo no tengo nada que ver con toda esta locura —afirmó el dios nórdico, que parecía haber descendido de su pedestal—. Sólo pinté los cuadros y los colgué en la casa. Cuando me enteré de lo de los cadáveres eliminé cualquier rastro de las fotos en nuestra página.

Diana le miró, y en sus ojos azules se leía algo que podía ser tristeza o decepción.

41

Nina apareció en comisaría a las tres en punto, tal y como habían quedado. Caminó hacia el despacho, sin vacilar, y le saludó, gélida.

—En lugar de ir a una de las salas de interrogatorios, nos quedaremos aquí. Estaremos más cómodos.

Por alguna razón, Héctor no quería que el entorno definiera los roles: él a un lado, en posición dominante, inquisitiva; ella al otro, sintiéndose vulnerable e interrogada. En su oficina tenía una mesa redonda que usaba con su equipo en las reuniones informales. Héctor dejó que Nina escogiera una silla y se sentó a su lado. Se disponía a seguir indagando en la vida de Cristina Silva a través de la única mujer que, al parecer, había sido su amiga.

—¿Cómo era Cristina? —preguntó sin ambages.

—Qué difícil es contestar a eso. Cris... —Nina suspiró—. Cris era complicada. No caía bien a todo el mundo. A veces actuaba de una forma demasiado directa, como si no le importara nada. Lo estoy haciendo fatal. Tengo tantas cosas que contar que no sé por cuál empezar, o qué es importante.

—¿Qué fue importante para usted?

Nina casi sonrió.

—Todo. No, no me entienda mal. —Se señaló la mejilla izquierda—. ¿Ve esto? Siempre me había acomplejado. Cris consiguió que me olvidara de ella de verdad. Y no es fácil ignorar algo que ves reflejado en los ojos de todo el mundo.

Hizo una pausa, Héctor presintió que el pudor podía cerrar el grifo de las confidencias. No fue así; Nina tomó aire y siguió hablando:

—Poco después de que empezáramos a vivir juntas, empecé a trabajar en un McDonald's. No era nada maravilloso, sólo un sueldo con el que pagar las facturas durante unos meses. Trabajaba en la caja, atendiendo pedidos, hasta que un día pasó la supervisora de zona. —Sacudió la cabeza, como si le costara seguir—. Y me despidieron, muy educadamente, claro. La oí hablar con el encargado antes. «¿Acaso no se entera de cuál es nuestra filosofía? Esto es un establecimiento feliz, atendemos a familias felices y tenemos empleados felices. Joder, hasta dibujamos una puta sonrisa con ketchup en las hamburguesas. ¿Usted cree de verdad que esa chica de ahí fuera proyecta felicidad?»

Héctor no supo qué decir. El mundo moderno se mostraba tolerante con muchas cosas; sin embargo, los defectos físicos visibles seguían siendo imperdonables. El miedo al rechazo era algo que se aprendía rápido cuando los adultos esbozaban una sonrisa compasiva y los niños, una mueca cruel.

Nina debió de notar su incomodidad porque prosiguió:

—Tranquilo. Sólo se lo cuento para que se haga una idea. Cris me ayudó a pasar de eso. —Sonrió—. Se lo expliqué un par de días después, tuve que decirle que me había quedado sin trabajo. Más tarde salimos de casa, ya era de noche. Me había preguntado el nombre de la supervisora y había conseguido su dirección. Quizá no debería decirle esto. Llevaba un par de botes de pintura en spray, como los de los grafiteros, y nos dedicamos a dibujar caritas sonrientes en la puerta de su casa. Luego le añadió algo más: «Be happy, hija de puta». Un vecino estuvo a punto de pillarnos al salir del ascensor; nos fuimos corriendo, escaleras abajo. Fue una gamberrada y no solucionaba nada, ya lo sé.

—Pero ¿la hizo sentirse mejor?

—Sí. Bastante mejor, si le digo la verdad. Cristina era así: decidida, descarada, divertida. «Soy mala», decía a veces, como si no pudiera evitarlo.

—¿Era una chica fuerte?
—Mucho. La mayoría de la gente sólo veía eso de ella, su fuerza. Su convicción, su falta de tabúes. Cris hacía lo que quería, iba directa a su objetivo. Y te ayudaba si podía.
Héctor asintió con la cabeza.
—Ha dicho que la gente sólo percibía eso, la fuerza. ¿Quiere decir que existía otra Cris? ¿Una más insegura?
—No sé si era inseguridad. Yo diría que era tristeza. Tristeza de verdad, de esas que duelen.
Héctor repitió el gesto. El retrato obtenido hasta el momento de Cristina Silva rozaba casi lo irreal: la mujer joven del siglo XXI, liberada, sincera, asertiva. Nadie en su juventud podía ser del todo así, y después de haber leído sus cartas y de la conversación con Eloy, no le sorprendió la palabra «tristeza» aplicada a ella.
—¿Qué la ponía triste?
—No lo sé. Nunca lo supe. No es que se echara a llorar ni nada de eso; a veces, un buen día, se encerraba en sí misma, no hablaba. Yo ya la conocía y la dejaba en paz.
—¿Trató de averiguar alguna vez qué le sucedía?
—Si la hubiera conocido, no preguntaría eso. Cris tenía la capacidad de transmitir que no quería hablar con una sola mirada.
—¿En alguna ocasión mencionó Cristina a un hermano? —La pregunta fue hecha en un tono neutro, motivada por la mención a la melancolía de Cristina Silva, pero la reacción de Nina fue evidente.
—¿Hermano? ¿Cris? Tenía una hermana, ¿no?
—En realidad, sí. —No quiso dar más explicaciones y cambió de tema—: ¿Quiere hablarme de ella y de Dani?
Nina sonrió, y esa sonrisa no tenía nada de malicioso.
—Cris estaba muy enamorada. Más de lo que le gustaba admitir. No hubo, antes, en el tiempo que vivimos juntas, nadie tan importante para ella como Dani. Y formaban una pareja estupenda.
—¿Y Ferran?

La pregunta tuvo la virtud de borrar la nostalgia del rostro de la chica al instante y cambiarla por una sombra de aprensión.

—No tengo ni idea. Cris le admiraba: le encantaba lo que escribía, le fascinaba lo mucho que había leído, su cultura. No sé por qué se liaron los tres. Se marcharon cuatro o cinco días juntos a Ámsterdam y de allí volvieron enrollados.

—Y Cris dejó de vivir con usted. En la práctica.

—Sí. No dejó el piso definitivamente, pero pasaba casi todo el tiempo con ellos. Con los dos. Luego, más adelante, las cosas se complicaron.

—¿Por qué?

—Supongo que esas cosas nunca son fáciles de llevar. En realidad, por lo que me contó Cristina, el padre de Daniel apareció un día en su casa y los pilló a los tres en la cama. Eso podría haber sido incómodo y nada más; sin embargo, después de hablar con su padre, Dani cambió. El viejo le había cascado el rollo típico: qué estás haciendo con tu vida y todo eso. A Dani le afectó; empezó a distanciarse, no sólo de Cris, también de los chicos, del grupo.

—¿Y ellos le echaron la culpa a...?

Nina sonrió de nuevo.

—Los hombres siempre se protegen. Para ellos, Cris era la mala de la historia.

—Creo que hubo un concierto al que Dani ni se presentó. ¿Hubo alguna pelea? ¿Alguna discusión? ¿Entre los miembros de Hiroshima?

Nina titubeó. Ella no había ido a hablar de aquello y la pregunta la hizo sentir incómoda. Como si estuviera traicionando a Hugo.

—Supongo. Eso es mejor que se lo pregunte a ellos.

Era obvio que no quería seguir hablando del tema. De hecho, súbitamente miró el reloj. Héctor no estaba dispuesto a dejarla ir aún.

—Tranquila, ya lo he hecho. —Abrió el expediente y sacó la declaración de Nina, de siete años atrás—. En su momento dijo que Cris tenía miedo de Ferran. ¿Lo recuerda?

—Sí.

El ambiente de confidencia se había desvanecido y Nina había adoptado una postura tensa, defensiva.

—¿Cómo fue? ¿Le importa contármelo?

—Todo empezó cuando Cris se marchó unos días. De repente, sin avisar a nadie. Ni siquiera a Dani. A mí me dejó una nota diciendo que se iba, que ya volvería.

—¿Cuándo fue eso?

—Poco después de que hubiera pasado lo del padre de Dani. Unos días antes del concierto.

—¿Sabe adónde fue? ¿O por qué?

Nina meneó la cabeza.

—Supuse que se había peleado otra vez con Dani. Él estaba hecho polvo. Vino a casa a preguntarme por el paradero de Cris porque llevaba días sin noticias de ella. Le dije la verdad: no tenía ni idea de dónde se encontraba.

—¿Estaban preocupados por ella? ¿Pensaban que podía haberle sucedido algo?

Nina desvió la mirada.

—Dani estaba aterrado. Se le había metido en la cabeza que Cris podría haberse hecho algo a sí misma. Yo le tranquilicé. Lo intenté, al menos. Cristina hablaba mucho de la muerte, pero eso no significaba que quisiera morir.

—¿Supo adónde había ido Cristina?

—No. Dani recibió un mensaje mientras estaba en casa y se marchó enseguida sin decir nada. Deduje que Cris le había escrito. Sea como sea, no volvió a tiempo para el concierto. No regresaron hasta varios días más tarde, y cuando lo hicieron, Cris estaba rara.

—¿Tensa?

—Nerviosa. —Nina frunció el ceño al recordarlo, sus hombros descendieron, su cara se llenó de dudas—. Como arrepentida de haberse ido y al mismo tiempo eufórica. Lo que estaba claro era que pensaban instalarse en casa. Preferí dejarlos solos y marcharme con mis padres al apartamento de la playa. Pasé la verbena y me quedé varios días con ellos. Ya no volví a ver a Cris. El día 25, me llamó para decirme que se iban juntos, ella y

Dani. Estaba contenta y me alegré. Era lo que les convenía. No me dijo adónde, sólo que primero pasarían unos días en su refugio y luego estarían fuera todo el verano, o más. Dijo que les iría bien alejarse de todos y deduje que se refería sobre todo a Ferran.

—Ha mencionado el refugio. ¿Tenía idea de dónde estaba?

—No. Y fue ese día, antes de irse, cuando Cristina mencionó que lo mejor era que se separaran de Ferran. «Tiene que olvidarse de nosotros.» Eso me dijo.

—¿Añadió algo más? ¿Expresó algún temor concreto hacia él?

—Cristina no era de las que confiesan tener miedo, inspector. Repitió varias veces que ella y Dani le estaban haciendo daño, que en su nueva vida no había espacio para él. Después del verano, cuando me interrogaron, pensé que Ferran pudo sentirse traicionado.

Aquello matizaba mucho la declaración de años atrás y Héctor se sintió obligado a insistir.

—Entonces, ¿expresó Cristina tener miedo de Ferran o no? —preguntó directamente.

—Supongo que no. Ha pasado mucho tiempo —dijo en tono de excusa—. Entonces pensé que cualquier otra chica hubiera sentido miedo de aquel amante abandonado.

Héctor asintió. Ya había averiguado lo que quería saber y había llegado el momento de cambiar de tema.

—¿Sabía algo del dinero que encontraron los miembros del grupo?

Habría jurado que Nina se indignaba al oír la pregunta, no tanto porque se la formulara, sino porque se veía obligada a admitir que había vivido en la ignorancia.

—No. Hugo me lo contó el viernes por la noche.

—¿Cristina no le había dicho nada?

Ella negó con la cabeza. Sí, sin duda estaba enfadada. Nadie había confiado en ella: ni su amiga, ni su novio, ni ninguno de los otros.

—No, inspector. ¿Necesita algo más de mí?

Era obvio que el tema la había puesto incómoda.

355

—Una última pregunta, por favor. ¿Le habló Cris alguna vez de Santiago Mayart, su profesor de escritura?

—¿El reprimido? Cris lo llamaba así. Se burlaba bastante de él, aunque seguía asistiendo a sus clases.

—¿Se burlaba?

—Bueno, siempre lo llamaba así: el «reprimido».

—¿Hubo algo... algún problema con él, por parte de Cris?

—¿De Cris? No, inspector. Ella no tenía esa clase de problemas con los hombres. Y además, por lo que me contaba, dudo que al profe ese le gustaran las chicas.

—¿Es homosexual? —La idea no le parecía imposible, simplemente no se le había ocurrido.

—Según Cris, vivía dentro de un armario más grande que todo el Ateneu.

—¿Y ella cómo lo sabía?

—Las mujeres sabemos estas cosas, inspector. Las notamos enseguida. Sobre todo si el tipo en cuestión anda medio enamorado de nuestro chico o de algún amigo.

—¿Qué quiere decir con eso?

Nina se rió.

—Cris estaba convencida de que el profe sentía algo especial por Ferran y no la soportaba por esa causa.

De repente, después de que Nina le hablara de Santiago Mayart, el teléfono del despacho de Héctor interrumpió la conversación. Habló brevemente con Fort, quien le contó lo averiguado en el estudio del Artista. A continuación, poseído por un impulso súbito, marcó el número de la clínica Hagenbach. Su presentimiento no le había engañado. Ferran Badía no se encontraba en el hospital. Había salido esa mañana y no había regresado. Ante una Nina atónita, Héctor buscó en el expediente el teléfono y la dirección del domicilio de Santiago Mayart. Cuando levantó la cabeza, Nina estaba junto al panel, observando las anotaciones y las fotografías. La mancha de su rostro se había oscurecido. Se sobresaltó y se apartó enseguida, como si la hubieran sorprendido haciendo algo que no debía.

—¿Y esos cuadros?
—Estaban ahí —respondió él—. En la casa donde los encontraron. La casa que ve también en la foto.

Pero ella no la miró. Seguía observando aquel lecho de flores amarillas, aquellos cuerpos abrazados, y luego la única foto que había colgado Héctor de los cadáveres. Apenas se les veía, estaban cubiertos con el hule de plástico, pero Nina se estremeció.

—¿Alguien pintó... esos muertos?
—Me temo que sí. Y ahora, si me disculpa, tendremos que continuar esta conversación en otro momento.

42

La calle Padilla era una de esas que siempre se confundían con sus paralelas, la típica del Ensanche barcelonés, agradable y sin demasiados rasgos distintivos. Héctor conducía a toda prisa en esa tarde destemplada de sábado, confiando en que Fort y Leire hubieran llegado al domicilio del profesor. El presentimiento que le había dominado en su despacho seguía presente. Había llamado a Mayart y nadie había atendido el teléfono. Por alguna razón, temía lo peor.

Si Ferran había encargado esos cuadros era porque albergaba un resentimiento profundo hacia su antiguo mentor. Sospechas, incluso, de que pudiera haber matado a sus amigos. Héctor no sabía qué pensar. Mientras conducía, no podía obviar un hecho evidente: Mayart tendría que estar muy loco para publicar un relato donde se recrearan unas muertes que él hubiera causado, aun disfrazándolas de ficción.

Cuando llegó al número en cuestión se percató de que sus agentes ya estaban allí. Fort le esperaba junto a la puerta.

—Leire está arriba, señor. No contestan. Quizá no haya nadie.

—Espere aquí, por si sale alguno de los dos.

Subió en el ascensor, desesperantemente lento, hasta el tercer piso, donde se encontraba la vivienda de Mayart. Por última vez, Héctor llamó al móvil del escritor, que seguía desconectado. Ante la duda, se dejó llevar por su instinto. Algo le decía que detrás de esa puerta cerrada no había precisamente un piso desierto. Miró a Leire, dedicándole un guiño de complicidad, y le hizo señas para que retrocediera unos pasos. Él hizo lo mismo y se lanzó contra la puerta, pero ésta no cedió. Héctor repitió la operación y en esa ocasión consiguió abrirla.

Los recibió un pasillo vacío, que hacia la derecha conducía al salón. Avanzaron deprisa. A primera vista todo parecía tranquilo. Al encender la luz, sin embargo, la impresión cambió. En aquel salón se había producido una pelea: había un ordenador portátil en el suelo, así como algunos papeles desparramados. Héctor tardó unos instantes en distinguir a Santiago Mayart tumbado sobre la alfombra. Se acercó corriendo y le tomó el pulso.

—¡Está vivo! Llama a una ambulancia. Enseguida.

Mientras Leire cumplía sus órdenes, él echó un vistazo rápido a su alrededor; imaginó la escena: una pelea entre dos adultos, un forcejeo que terminaba en un empujón. Una caída. Buscó con la mirada y descubrió un leve rastro de sangre en el pico de una mesita antigua, afilado como un cuchillo, sin duda responsable de la herida que sangraba en la nuca del escritor. Luego contempló los papeles arrugados que rodeaban el cuerpo de Mayart. Se inclinó para poder leerlos sin necesidad de tocarlos. Sólo necesitó un par de líneas para reconocer el texto de «Los amantes de Hiroshima».

Dejó a Leire junto al cuerpo y salió de nuevo al pasillo, aunque esa vez lo siguió en dirección contraria. Fue abriendo las puertas del corredor, bruscamente, de una en una. Todo estaba vacío. Todo menos el dormitorio del escritor.

La luz estaba apagada, pero Héctor supo al entrar que aquel chico acurrucado en uno de los rincones del cuarto era Ferran Badía.

—Éste no es el final que yo quería —susurraba Ferran, cuyo cuerpo se agitaba por un temblor nervioso incontrolable—. La historia no tenía que terminar así.

359

Tartamudeaba. Le fallaba la voz a ratos. No dejaba de repetir lo mismo, una y otra vez. La ambulancia había llegado muy rápido y se había llevado a un Santiago Mayart inconsciente, gravemente herido. La calma había vuelto al piso y Héctor se dijo que quizá no volvería a tener otra oportunidad igual de presionar a Ferran para sacudir su máscara, de obtener una confesión sincera.

—Ferran, ¿por qué has venido aquí hoy?

El chico lo miró como si le hablara en un idioma extranjero, una jerga incomprensible.

—Ferran, respóndeme. ¿Qué ha pasado?

—Nos hemos peleado —dijo por fin—. Al acusarlo de haber robado el relato, se ha puesto como loco. Ha intentado quitarme el cuaderno. —Se pasaba la mano por el pelo una y otra vez—. Lo siento, lo siento. No era el final que había pensado. No ha salido como yo quería.

—¿Robado el relato? ¿De quién? ¿De qué cuaderno hablas?

—«Los amantes de Hiroshima» —balbuceó el chico—. Lo escribió Cristina. Yo lo leí, en su cuaderno. A ella no le gustaba que nadie leyera sus cosas, pero lo hice.

Héctor intentó procesar la información. Si aquel relato lo había escrito Cristina, ¿cómo es que lo tenía Mayart?

—Ella... ella me dijo que pensaba entregarle a Santi todos los trabajos del año antes de irse de vacaciones. Y él se apropió del relato. ¡Lo incluyó en su libro como si fuera suyo!

Héctor empezaba a comprender; aquellas frases comenzaban a conformar una historia con sentido. Quedaban, sin embargo, muchas preguntas.

—Espera un momento. Necesito que me lo expliques bien. —Héctor le hablaba despacio, recurriendo a un tono sereno que incitaba a la sinceridad—. Tú leíste el libro de Mayart hace tiempo, ¿no es así? Y supiste que él había usado el cuento de Cristina.

Ferran asintió.

—La nueva terapia me deja la cabeza mucho más despejada. Cuando lo leí, lo reconocí al instante.

—¿Hablaste con él?
—No. Al principio no supe qué hacer. Luego... luego empecé a pensar. A recordar. Cristina me había hablado del refugio, al que solía ir a veces, antes sola y en ocasiones con Daniel. Yo... yo sabía más o menos dónde estaba aunque no me había invitado nunca.
—¿Por qué no nos hablaste del refugio? Habríamos encontrado sus cuerpos hace años.
Ferran lo miró con la superioridad de quien sabe más, de quien lo sabe todo.
—Cristina quería morir, inspector. Era su sueño. Lo habíamos hablado muchas veces, lo bello que sería descansar para siempre en brazos de tu amante. Yo... yo sólo deseaba que me escogiera para eso, pero ella eligió a Dani.
—Cristina y Daniel no se suicidaron. Alguien los golpeó en la cabeza hasta matarlos. ¿Lo entiendes?
Héctor intuyó que durante años Ferran se había montado una versión de la historia a su medida, en la que la muerte de sus amigos, sus amantes, obedecía a un motivo romántico. O eso, o le estaba mintiendo con la frialdad de un psicópata.
—Hace un par de meses busqué el refugio. Los encontré, en el sótano. Los vi abrazados, eternamente juntos, como en el relato. Vi sus cráneos partidos, y sentí rabia, mucha rabia. Contra ellos y contra quien había utilizado su historia en provecho propio.
—¿No habías ido hasta entonces?
—No me había atrevido. Yo pensaba que ellos me habían dejado fuera, y tampoco había tenido el valor de matarme. Lo intenté.
—Lo sé. Sigue.
—Entonces pensé que Santi debía pagar por lo que había hecho. Que merecía que el mundo supiera lo que era. Un mediocre. Un plagiador. O quizá algo peor.
—¿Creíste que los había matado?
Ferran se encogió de hombros.

—Siempre pensé que se habían suicidado, pero al verlos, después de haber leído el relato, recordé lo mucho que Santi odiaba a Cristina. Por mi culpa.

—¿Y encargaste esos cuadros? ¿Para vengarte de él?

Por primera vez, el temblor remitió del todo y en el rostro de Ferran apareció una ligera sonrisa.

—Sí. En la clínica conocí a una chica.

—Diana —dijo Fort, que asistía al interrogatorio desde un segundo plano.

—¿Lo saben? Diana me contó que ella y su novio decoraban casas vacías con cuadros pintados por ellos. Les envié el relato y les pedí que pintaran ilustraciones para colgarlas en las paredes de la casa. También necesitaba la firma de Santi en el libro.

—Lo sabemos. ¿Fuiste tú quien llamó a Mayart para atemorizarlo?

La sonrisa se hizo más amplia.

—Sí. Puedo cambiar bastante la voz cuando quiero, y él hacía años que no hablaba conmigo.

—Bien —dijo Héctor—, ¿y qué ha pasado hoy?

—Lo de hoy no ha salido bien. Yo... —El temblor volvió a empezar—. Yo sólo quería que Santi confesara lo que había hecho. Cuando usted me dio el libro, comprendí que lo estaban investigando y quise... Quise ser yo quien le hiciera confesar antes de que lo hicieran los mossos. Sólo necesitaba el cuaderno de Cristina para asegurarme de que tenía en mi poder la prueba principal contra él.

—¿No lo tenías?

—Se lo había quedado Nina, me lo trajo ayer. Por eso he venido a verlo esta tarde. Ya lo tenía todo, ya podía obligarlo a decir la verdad.

—Pero él no confesó.

—Se puso furioso. Intentó arrancarme el cuaderno de las manos. Nos peleamos y lo empujé. ¿Está... está muerto?

—No. No lo está, pero se encuentra muy grave. Y tú te has metido en un buen lío.

Héctor se dijo que necesitaba tiempo para valorar la historia. Tiempo y una mente más despejada. «Al menos, la parte de los cuadros ha quedado explicada», se dijo. Los cuadros y, si los chicos no mentían, también el dinero. Pero seguía existiendo un interrogante, ahora más que nunca. Si Ferran decía la verdad, si había creído durante años que sus amigos se habían suicidado, él era inocente de sus muertes. Y por mucho que se esforzara en imaginar el escenario, tampoco veía a Santi Mayart usando el relato de una joven a la que había asesinado.

—Tienes que acompañarme. El juez querrá hablar contigo.

Ferran Badía se dejó llevar con la mansedumbre de los débiles. ¿Lo era realmente o su cabeza, capaz de idear y poner en práctica toda esa trama, también le había llevado a elaborar una historia en la que Cristina y Daniel morían, por su mano, porque ella había fantaseado con esa idea morbosa y romántica de pasar la eternidad en brazos de su amante?

43

Cuando despertó, Héctor no sabía muy bien qué hora era, ni si era domingo o lunes. De hecho, hacía muchos días que no dormía tan profundamente y la desorientación se mantuvo durante unos minutos, antes de que el reloj y los ruidos le confirmaran que seguía siendo domingo, ya que Guillermo andaba por casa. Se dio una ducha larga, necesaria para borrar del cuerpo los últimos residuos del cansancio de los días anteriores. Santiago Mayart había sido trasladado al Hospital de Sant Pau de Barcelona y su pronóstico, cuando se lo llevaron, era grave. Había entrado en coma y los médicos aseguraban que las siguientes veinticuatro horas serían críticas. Ferran Badía había sido detenido, acusado de la agresión al escritor. De momento. Salió al comedor, pensando en la posibilidad de volver a comisaría esa tarde; la visión de su hijo, sentado a la mesa, comiendo solo, le detuvo.

—Buenos días.

Como si la tuviera delante, Héctor vio los ojos de Ruth mirándolo con severidad, y con toda la razón del mundo. Asintió: podía tomarse unas horas de descanso.

—Te he dejado macarrones —le dijo su hijo—. Ah, y te han llamado por teléfono. Dos veces. Lo dejé sonar.

Héctor se sentó y contempló el plato, sin hambre; luego desvió la mirada hacia el móvil. El nombre de Lola aparecía en la pequeña pantalla, en un rojo acusador. Un mensaje le indicó que estaba en Barcelona, había venido de improviso y, claro, le apetecía verlo.

—Lola es una amiga. Una buena amiga —dijo a modo de explicación.

Su hijo asintió.

—Guille... —Empezó la frase sin saber muy bien cómo terminarla—, no sé si lo crees, pero la vida sigue.

—No para todos —murmuró su hijo.

—No. Sólo para los vivos.

Se arrepintió al instante, pero ya estaba dicho. El silencio que acompaña a las palabras indeseadas invadió el comedor. Guillermo se levantó, con el plato en la mano, y se dirigió a la cocina.

Héctor lo siguió. Apoyó las manos sobre sus hombros y le obligó a darse la vuelta. Apenas pudo resistir la mirada dolida que le disparaba acusaciones difíciles de rebatir.

—Escucha. Escúchame bien. Nadie aquí ha olvidado a tu madre. Ni tú, ni yo, ni Carol. Nadie que la conociera ha podido conseguirlo. Sin embargo, tenemos que seguir adelante. Tú debes continuar estudiando, divertirte. Hacer una vida normal. Eso no significa que no la quieras ni que no la eches de menos. Eso sólo quiere decir que vives.

—¿Vas a decirme que es lo que ella habría querido?

—Sí.

Guillermo bajó la mirada. A sus catorce años, llorar ante su padre ya le daba vergüenza. Héctor lo atrajo hacia sí para abrazarle y se dijo que pronto no podría hacerlo. Su hijo era ya casi tan alto como él. Sin embargo, en ese momento lo acogió como si fuera un niño y sintió su rabia, el dolor que se transmitía por todo su cuerpo, esa clase de dolor que no se liberaba fácilmente.

—He tenido mucho trabajo últimamente. —«Y no sólo trabajo», pensó con remordimiento—. Pero hoy vamos a pasar el día juntos. Nos lo merecemos.

—¿Y las llamadas?

Héctor dudó un instante.

—Veré a Lola luego. Y, si quieres, tú también —decidió de repente—. Es una amiga, Guillermo. Una periodista muy inteligente y muy buena persona.

—¿Estáis... saliendo?

—Supongo que sí. Las cosas son complicadas: ella vive en Madrid, yo aquí. Nos reencontramos hace unos meses; ambos estamos solos y necesitamos compañía a veces. De momento es todo cuanto puedo decirte. —No quería seguir hablando de eso y, al mismo tiempo, presentía que la sinceridad, el hacer partícipe a su hijo de su vida, era la clave para lograr entenderse. Ya había suficientes secretos en el aire para añadir otros, innecesarios—. ¿Y tú? ¿No hay ninguna chica en tu vida?

La respuesta lo pilló por sorpresa.

—Bueno, hay alguien.

—¿Sí?

Su hijo se había sonrojado, aunque en sus ojos ya no había la misma expresión dolorosa de antes.

—Se llama Anna. Creo que... Bueno, me gusta.

—Vaya. Definitivamente, *tenés* muchas cosas que contarme.

Guillermo se encogió de hombros. Ya se había soltado, y Héctor supuso que la simple mención de esa chica le había devuelto la compostura. Los adolescentes con novia no lloraban en la cocina, en brazos de sus padres.

Fue una tarde agradable, de esas que suceden cuando los planes se improvisan y todos los implicados se dejan llevar sin pensárselo demasiado. Héctor y Guillermo dieron un paseo por el barrio y más tarde, a eso de las seis, recogieron a Lola en la esquina de plaza Catalunya con paseo de Gràcia. Los manifestantes seguían en la plaza, habían sobrevivido al diluvio y se les veía animados por el éxito y el eco que estaban obteniendo en diversos medios. Las pancartas eran, en opinión de Héctor, de lo más variopintas y demostraban una insatisfacción global: desde los que clamaban contra los desahucios hasta la más popular, criticando la democracia como un sistema de bipartidismo. Le sorprendió comprobar que no sólo eran jóvenes: personas de mayor edad rondaban por allí, y el ambiente era de protesta alegre y caótica. Lola, por supuesto, estaba exultante, pero él no pudo evitar ver los dispositivos policiales que rodeaban la plaza, un asedio uniformado, agentes dispuestos a actuar en cuanto se recibiera la orden.

—Esto ya no se puede parar —comentó ella más tarde, mientras tomaban algo en un bar del Barrio Gótico, no muy lejos de la catedral.

La cara de Héctor debió de reflejar un escepticismo integral, porque ella añadió:

—No me refiero a lo de la plaza, que terminará de forma natural o forzada, sino al mensaje de fondo. La gente está harta, Héctor, y ya no le importa decirlo en voz alta.

Él no tenía ganas de discutir, y menos aún delante de Guillermo, así que se limitó a decir:

—La protesta contra todo nunca suele ser útil. Aunque estoy de acuerdo en que es bastante sana.

Lola le miró con una sonrisa irónica y levantó la jarra de cerveza para brindar.

—¡Por la protesta sana, pues!

Guillermo se mantenía al margen de la conversación. Observaba a Lola y su padre dedujo que no le caía mal. Al revés. Buscaron un lugar para cenar, al gusto de Lola, que afirmaba que cerca de allí, en Via Laietana, hacían las mejores pizzas de Barcelona. Eran casi las once cuando rematar on la pizza, inmensa además de buena, con un par de postres caseros.

—¿Quieres acompañar a Lola a su hotel? —le preguntó Guillermo aprovechando que ella había ido al cuarto de baño.

Héctor tardó unos segundos en responder. La verdad, pura y simple, era que le apetecía dormir con ella, y al mismo tiempo sabía que no se sentiría bien haciéndolo. No cuando había estado con Leire dos noches antes. No sin hablar con ella y decidir, de una vez por todas, hacia dónde iba esa historia.

—Esta noche no —contestó por fin—. Mañana ambos tenemos que trabajar.

No habría sabido decir si a Lola le molestó que se limitara a escoltarla al hotel, emplazado en la calle Pelai, acompañado por su hijo como carabina, pero no dijo nada al respecto. Sólo un «mañana hablamos», seguido de un beso que habría superado los estándares de castidad de las citas decimonónicas.

—Ha sido un placer, Guillermo —le dijo con una sonrisa—. Espero que podamos repetirlo.

La despedida fue breve; no hacía buena noche, el aire soplaba y Héctor y su hijo se apresuraron a llegar a casa antes de que la lluvia atacara de nuevo ese fin de semana.

Hacía muchas noches que no se tumbaba en el sofá a ver una película, algo que siempre le relajaba, y en cuanto llegó a casa no lo dudó. Esa vez tampoco escogió una al azar sino que buscó en su filmoteca, que ocupaba varios estantes de la casa, hasta dar con la que tenía en mente. Guillermo había decidido dar por finalizada su etapa sociable del día y se había refugiado en su habitación y su ordenador, aunque él tampoco podía decir que eso le molestase demasiado.

Había leído que *Suspense*, el absurdo título de la película, era una adaptación más que fiable de la novela *Otra vuelta de tuerca*, con guión de Truman Capote. Recordaba vagamente haberla visto años atrás, y fue acordándose de la trama a medida que avanzaba el metraje. Era claramente una historia de terror, rodada con la elegancia de un melodrama gótico. Deborah Kerr, una actriz hermosa en un estilo contenido, viajaba a una casa de campo a ocuparse de dos niños huérfanos, Miles y Flora. Pronto quedaba claro que el chico, Miles, tenía una conducta extraña y lo mismo podía decirse de su hermana. La propia institutriz empezaba a tener visiones de una mujer, antigua niñera, que había muerto. Los niños parecían haber visto cosas entre aquella dama fantasmal y un criado, también fallecido; escenas que unos críos no deberían ver. La trama de la película le absorbió absolutamente, y sin poder evitarlo pensó en el relato de Cristina Silva. En las imágenes eróticas que aquella mujer veía en el espejo, en los fantasmas que parecían añorarla y después castigarla.

Le invadió un nerviosismo extraño, el mismo que suele agarrarse al estómago cuando uno está a punto de recordar algo, un nombre, una situación, y la memoria no termina de ayudar. Encendió un cigarrillo y se levantó a abrir la ventana, pero la sensación de hormigueo mental no cedió. El cielo preparaba las armas para una nueva tormenta que tampoco se decidía a estallar. Inquieto, se tumbó de nuevo a tiempo de ver una escena que no habría pasado la estúpida censura de los tiempos modernos. El niño, Miles, seducía a la institutriz: sus labios se posaban en los de ella con un beso sensual, adulto. La idea estaba clara; aquellos niños, él sobre todo, estaban marcados, condenados a la perversidad, quizá poseídos por los espíritus de la pareja. Pero la duda seguía existiendo en él, como espectador: ¿no podía ser que la institutriz, obviamente reprimida en su sexualidad, estuviera imaginando todo aquello? ¿Quién besaba a quién?

El cigarrillo le quemó los dedos y lo soltó, cada vez más tenso. Le pareció ver el destello de un relámpago lejano y, al mismo tiempo, el teléfono móvil sonó con fuerza. El pitido fue como una alarma en la noche y contestó enseguida.

44

«A Barcelona, como a muchas otras ciudades mediterráneas, la lluvia no le sienta bien», se dijo Ginés por enésima vez en los últimos dos días. Deslucía los mosaicos gaudinianos, amortiguando sus colores, y entristecía una arquitectura pensada para brillar al sol. Esa noche, sentado en el único bar de su barrio, Poble Sec, donde servían una imitación decente del pulpo gallego, Ginés veía llover a través de los cristales del local mientras pedía otra copa de vino. La dueña, una de esas mujeres enjutas y silenciosas que en otra vida debió de ser sacerdotisa de algún culto extraño, se la puso sin decir palabra.

Los domingos eran un buen día para los negocios de Ginés: muchos ejecutivos casados tenían reuniones en la ciudad el lunes y les contaban a sus esposas el cuento de que era mejor viajar la noche anterior para evitar imprevistos. Algunos, viejos conocidos, ya lo avisaban a media semana para que les reservara a la chica que deseaban; otros se conformaban con la que estaba libre o preferían ir variando. A Ginés no le importaba; de hecho, con el tiempo, había desarrollado un instinto eficaz a la hora de emparejar, aunque fuera sólo durante unas horas, a sus trabajadoras con los clientes. En general, todo hay que decirlo, ni unos ni otras se mostraban demasiado exigentes, pero él, por prurito profesional, se sentía satisfecho cuando uno de esos hombres le pedía expresamente la misma chica de la vez anterior: era señal de que había acertado y se había ganado un ingreso más o menos fijo.

Ginés dio un trago corto al vino y consultó el móvil. Las chicas le mandaban un mensaje cuando llegaban al hotel asignado para informarle de que todo iba según lo previsto y otro a la salida. Eran las doce de la noche, una hora tranquila, puesto que la mayoría de las empleadas a tiempo parcial estaban ya en plena faena y no terminarían hasta un par de horas más tarde. No solía haber problemas, aunque siempre existía la posibilidad de que algún cliente se pusiera tonto o exigiera servicios no incluidos en la carta. Hacía ya tiempo que Ginés había tachado de su lista a aquellos que deseaban sexo que se alejaba mucho de lo convencional, no por prejuicios, sino porque así se evitaba problemas. En alguna ocasión había tenido que irrumpir en una habitación de hotel, o en un apartamento, para sacar de allí a una supuesta sumisa a la que un amo imbécil con complejo de capataz sureño estaba castigando más de la cuenta. No, prefería perder un cliente antes que arriesgarse. «Total —se dijo con una mezcla de alivio y añoranza anticipada—, pronto los perderé a todos.»

De repente tuvo la sensación de sentirse observado y dirigió la mirada a la barra, donde la dueña hablaba con una joven y, efectivamente, lo señalaba con la cabeza en un gesto poco disimulado. «Otra que viene a pedir trabajo», pensó él. En las últimas semanas se había encontrado con más de una mujer que se le acercaba por ese motivo. La última, un ama de casa con el marido en paro y tres niños pequeños, era lo menos parecido a una puta profesional que él había visto nunca, y estuvo a punto de negarse a darle trabajo. Luego lo pensó mejor: ninguna nacía siendo puta y si esa mujer necesitaba el dinero, ¿quién era él para juzgar? Al menos podría garantizarle clientes decentes.

La chica de la barra se volvió hacia él y, al verle la cara, Ginés se percató de que estaba perdiendo ojo clínico. Por mucho maquillaje que se pusiera, por mucho contoneo con que sensualizara sus movimientos, la persona que se acercaba a él no podía ocultar que había nacido hombre: la nuez, las manos, e incluso la exageración de esa feminidad aprendida, subida en tacones altí-

simos, lo delataban a gritos y convertían aquellas tetas generosas, apenas contenidas por un top de lentejuelas doradas, en dos piezas de *atrezzo* que parecían tener vida propia.
—Me han dicho que eres Ginés.
Hablaba en voz baja, casi sin mover unos labios pintados de rojo rabioso.
Él se levantó y le señaló la silla libre que tenía delante.
—Ahora sé que lo eres —prosiguió ella—. Cuando te describieron me hablaron de tus buenos modales.
—Mi madre me educó bien —repuso Ginés sin sonreír.
—A mí también. Me enseñó a reconocer a un caballero.
—¿Quieres tomar algo? ¿Vino? ¿Cerveza?
—No bebo. Una Coca-Cola zero, por favor.
Ginés se acercó a la barra y regresó con la bebida.
—Aquí tienes —le dijo—. ¿Y puedo saber cómo te llamas?
—Candela. —Se sonrojó un poco, sobre todo cuando Ginés empezó a reírse—. Oye, no me parece bonito…
—No, no es eso —consiguió decir él, sin parar de reír—. Es que hacía tiempo que no oía ese nombre. Candela —repitió—. Así se llamaba mi madre.
Candela sonrió entonces y él dio un trago largo al vino.
—¿Qué te trae por aquí? ¿Buscas trabajo?
Ella negó con la cabeza y se pasó una mano ancha por los rizos falsos, que permanecieron inmutables.
—No sabía si venir o no. De hecho, no sabía qué hacer.
—Ahora estás aquí. Dime en qué puedo ayudarte.
—No es por mí. Mira, no me gustan los líos. Bastante tengo con salir adelante. Pero… Mierda, ¿por qué no se podrá fumar ya en sitios como éste?
—Fumar es malo.
—Digamos que hay adicciones peores.
—Seguro. Pero lo mío es el tabaco, no te equivoques.
Candela volvió a mover la melena, que se agitó como una cortina tiesa. Ginés pensó que debía de haber sido un chico guapo, de ojos grandes y rasgos clásicos. También se percató de que

su interlocutor era muy joven: debajo de las pinturas de guerra había un chaval, o chavala, de apenas veinte años.

—Yo sólo fumo. No me meto nada. Todo esto es demasiado caro —dijo mientras señalaba las tetas.

—Ya. —Empezaba a sentir curiosidad; si no buscaba trabajo, ni drogas, no alcanzaba a entender qué podía querer de él—. Dime, ¿por qué has venido?

Candela miró a su espalda antes de contestar.

—Me dijeron que andabas preguntando por un tipo. Un tal Charly.

—Cierto. —Ginés se puso repentinamente serio.

—No sé para qué lo buscas, ni en qué lío anda metido.

—¿Lo conoces?

Sonrió.

—Nos conocimos brevemente ayer. Bueno, no tan brevemente, la verdad.

—¿Está por aquí?

Candela asintió.

—No eres el único que pregunta por él, ¿lo sabes?

—Sí. Pero yo no quiero encontrarlo para hacerle daño.

—Los otros sí, ¿verdad?

—Me temo que así es. Y ahora dime todo lo que sepas. Es importante.

—Me lo temía. ¿Es amigo tuyo, ese Charly?

—Amigo de un amigo. Así que supongo que podríamos decir que sí.

Candela volvió a mirar a su espalda y bajó la voz más aún:

—De verdad que no quería meterle en un lío. Ayer por la tarde contactó conmigo por una web y me citó en su casa. Bueno, no era su casa; da igual, el sitio donde vive. Estuvimos juntos.

—¿Y luego?

—Luego el muy idiota me dijo que no tenía dinero para pagarme. La verdad es que no me importó demasiado, a los que no me gustan les cobro por adelantado, y con él no lo pasé mal, pero me jodió que intentara tomarme el pelo.

—Ya.
—Hace un rato fui a tomar algo, con las chicas, y unos tipos nos abordaron. Me enseñaron la foto: era Charly. Pensé que el muy capullo no se merecía mucha lealtad, así que les dije dónde podían encontrarlo. Me dieron una propina.
—¡Mierda! —exclamó Ginés.
Candela frunció el ceño y arrugó los labios en un mohín poco natural.
—Metí la pata, ¿verdad? Por eso he venido a buscarte. Una de las chicas me dijo que tú también le habías preguntado días atrás por ese tal Charly.
—Dime dónde está. ¡Ya!
Ginés había sacado el móvil del bolsillo y buscaba el número de Salgado. Lo que oyó a continuación en boca de Candela lo dejó aún más asombrado y tardó unos instantes en procesarlo todo antes de hacer la llamada. Estaba seguro de que el destinatario de ésta se encontraría despierto. Héctor era un ave nocturna.
—¿Ginés?
—Jefe, me temo que lo que voy a decirle no le va a gustar. Creo que sé dónde está el hijo de su vecina. Charly.
—¿Ah, sí?
Ginés le resumió muy deprisa la conversación que acababa de tener con Candela y luego tomó aire antes de añadir:
—Y ahora tómese con calma lo que voy a decirle. Charly está instalado en el piso de su ex. Sí, en el loft de Ruth.
—¿Qué? ¿Cómo diablos se ha metido ahí?
—Por lo que sé... —Ginés titubeó e intentó darle la mejor versión—. Por lo que me ha dicho la chica esta, Charly le dijo que el hijo de un amigo le había dejado las llaves del loft de su madre.
—¿Y se refería a Guillermo? —El tono expresaba incredulidad y enfado a la vez.
—Supongo que sí, pero ahora no hay tiempo para broncas. Han pasado al menos tres horas desde que el travelo les dijo

dónde estaba. Si esos tipos han entrado en el piso, el hijo de su amiga puede estar pasando un rato muy malo.

No había tiempo que perder y Héctor lo sabía. Aun así, no pudo evitar entrar en la habitación de su hijo. Guillermo dormía, y quizá fue eso, la visión de un adolescente durmiendo con la inocencia de la juventud, lo que detuvo sus ganas de sacudirlo y preguntarle a voces cómo diablos se le había ocurrido semejante disparate. Cómo diablos se había dejado convencer para alojar a Charly en el piso de Ruth. Héctor jamás había puesto una mano encima a su hijo, pero esa noche no habría puesto esa misma mano en el fuego si le hubieran obligado a jurar que, de haber encontrado despierto a Guillermo, no le habría dado una buena bofetada.

Buscó la pistola en el armario, arrinconada en el estante superior por falta de uso y porque, en su día, Ruth no soportaba verla. Era la única señal de que el trabajo de su marido implicaba violencia, armas de fuego, cosas que ella prefería ignorar. La sacó del fondo, junto con las balas, y antes de salir llamó a comisaría pidiendo refuerzos. No quiso que uno de los coches lo recogiera allí, de manera que tomó un taxi y le ordenó que fuera, a toda velocidad, a la calle Llull, al loft de Ruth, seguro de que, dada la proximidad, llegaría antes que ellos.

Así fue. Sabía que lo prudente era esperar; sin embargo, la mera idea de permanecer en la calle mientras algo terrible podía estar sucediendo arriba se le antojaba más difícil de asumir que el riesgo que corría entrando allí. Subió a pie por las escaleras y acercó el oído a la puerta. No se percibía ruido alguno. Por un instante respiró tranquilo: tal vez no fuera demasiado tarde; tal vez aquello se zanjara con Charly a buen recaudo y una bronca monumental para su hijo.

Llevaba la llave del apartamento y se decidió a usarla, maldiciendo al mundo en general y a los refuerzos que se demoraban en particular. Empujó la puerta con cuidado, intentando hacer el menor ruido posible. El largo pasillo del loft que comunicaba la zona de vivienda con el estudio estaba a oscuras y, después de echar un vistazo rápido al comedor vacío, Héctor se deslizó por el corredor hacia el otro lado. El silencio era el que correspondía a un piso deshabitado y, mientras avanzaba, comenzó a dudar de la historia de Ginés. Quizá había entendido mal la dirección, o quizá aquel travesti había mentido. O quizá todo hubiera terminado ya.

La puerta del estudio estaba abierta y lo primero que le llamó la atención fue, en el centro de la gran sala, una silla colocada de espaldas a la entrada. Lo segundo fue el olor, el leve pero inconfundible hedor a carne quemada.

Entró corriendo y se plantó delante de la silla. A Charly lo habían atado, amordazado con cinta aislante y luego se habían dedicado a quemarle las piernas y los brazos con un soplete. Respiraba, pero débilmente.

Por fin llegaron los refuerzos. Oyó claramente las sirenas de los coches y la ambulancia, justo antes de que un ruido en el otro extremo del loft le pusiera alerta. Había alguien más allí dentro.

Salió a toda prisa, sin pensar en nada que no fuera atrapar a los hijos de puta capaces de hacerle eso a un tipo atado a una silla. Vio una sombra huyendo por la puerta y comprendió que, quienquiera que fuese, no iría muy lejos. Lo atraparían en la calle, sin duda. Perseguirlo era un riesgo inútil.

Oyó los gritos que acompañaron a la detención y optó por regresar junto a Charly al tiempo que pedía por el móvil que subiera enseguida el personal sanitario. No llegó a terminar la frase. Justo cuando iba a cruzar la puerta del estudio, una figura enorme le embistió, lanzándolo contra la pared. El ataque fue tan imprevisto, tan potente, que el móvil salió volando por los aires y él sólo pudo encajar el golpe, que lo dejó sin aliento durante un segundo. Lo siguiente fue un dolor punzante, una mordedura que se adentraba en el interior de su carne. El presente se desdibujó entre ruido de pisadas y gritos de alarma. Escuchó un disparo.

Fue lo último que oyó antes de perder el conocimiento.

Los verdugos

45

Leire ve llegar a Tomás desde el banco donde se ha sentado, a la sombra de un árbol. El uniforme de trabajo, traje y corbata a pesar de ser verano, le da un aire clásico que ella siempre ha encontrado atractivo. «Abel se parece a ti cada vez más», piensa al tenerlo cerca: la forma de la cara, los ojos de color miel, incluso las cejas. Él se sienta a su lado y se afloja la corbata en un gesto automático. No corre ni una gota de aire y ese nudo debe de ser como una soga al cuello. En otras circunstancias, él la habría besado, piensa Leire, y en cierto modo lo echa de menos.

—Gracias por venir —le dice, y a sus oídos la frase suena tan ridícula como a los de él.

—Nunca le niego una cita a una chica guapa. —Le guiña un ojo, sonriente.

Si hay algo que ella jamás podrá reprocharle es una tendencia al dramatismo. Cuando le dijo finalmente que no se casaría con él, sin darle más explicaciones, Tomás no insistió; y cuando ella añadió que, por supuesto, eso no cambiaba nada en relación con Abel, él la había mirado, muy serio y le había dicho: «De eso no me cabe duda». Desde ese día, sin embargo, han ocurrido muchas cosas y Leire ya no está segura de ser la misma. Tampoco está segura de que él sienta lo mismo por ella. De hecho, si antes se dejaba caer por su casa todos los días, ahora lleva tres días sin ver a su hijo.

—¿Cómo está el Gremlin?

—Bien. Hace días que no vienes. No… no es un reproche.
—Pensaba ir. Es sólo que me cuesta verte. Me cuesta más de lo que había imaginado. Pero lo superaré.

La franqueza de Tomás siempre la desarma.

—¿Me has llamado por eso?
—No, claro que no. Te he llamado porque quería hablar contigo. Fuera de casa.
—¿En terreno neutral?

Los coches siguen circulando bajo un sol de justicia. Leire nota la boca seca, aunque no está segura de que sea debido al calor. Piensa en el verano anterior, en su embarazo, en unas croquetas recalentadas y un montón de decisiones por tomar. Si alguien le hubiera dicho entonces lo que iba a sucederle en los próximos doce meses, le habría tildado de loco.

—Estamos cerca de tu trabajo. Como terreno, es poco neutral.
—¿Qué quieres, Leire?

Ha pensado mentir. Últimamente no se le da mal, ha adoptado el engaño como parte de su realidad. Incluso, a ratos, se ha mentido a sí misma. No obstante, a él no puede embaucarle.

—Quiero que vivas en casa. Quiero que Abel tenga un padre con él, todo el tiempo. Bueno, cuando no estés trabajando. No me gustaría que… —Se interrumpe porque no debe seguir.
—¿Y a mí? ¿Me quieres?

La cuestión es simple y es aquí cuando ella sabe que debería mirarlo a los ojos y decirle que sí, con una voz firme que disipe cualquier duda. No. Tomás no se merece una actuación de doncella enamorada, y seguramente tampoco se la creería.

—Te quiero menos de lo que debería. Pero te quiero mucho. Ya… ya sé que no es una buena respuesta.
—Siempre nos hemos dicho la verdad.

«Echarse a llorar no es una opción», piensa Leire, e inclina la cabeza hacia atrás en un gesto brusco.

—¿Lo que me propones es que vivamos juntos sin mantener una relación? Si es eso, no creo que pueda soportarlo. Ni por Abel. Y no me parece justo que me lo pidas.

—No. No es eso.
—¿Entonces?
Leire se vuelve hacia él; le coge de la mano. Siempre le han gustado sus manos. Son distintas a las de Héctor y, a la vez, comparten rasgos como la fuerza y la delicadeza.
—¿Quieres casarte conmigo? —le pregunta, y aunque Tomás intenta soltarse, ella no le deja—. Ser mi marido, vivir a mi lado. Criar juntos a nuestro hijo. Espera, antes de que digas nada, deja que añada algo más. Antes me has preguntado si te quería y te he dicho que no tanto como debería. Es la verdad. Pero lo nuestro nunca ha sido una historia de película romántica. Tú lo dijiste: hemos follado como locos, hemos tenido un hijo sin apenas conocernos. Ni siquiera nos hemos peleado como hacen todas las parejas. Creo que si no lo probamos, nunca sabremos qué habría pasado, y creo que Abel se merece que lo intentemos. No sé si te quiero de esa forma en que nos venden el amor, ni sé si ese amor existe o si soy capaz de sentirlo.

Él la mira, entre divertido y perplejo.
—Te voy a decir que sí por una razón —le responde—. Pase lo que pase, de lo que estoy seguro es de que la vida a tu lado nunca será aburrida. Aunque tengo una condición —añade.
—¿Ya estamos negociando?
—Hay algo que echo de menos desde que nació Abel.

Señala un hotel, un monstruoso y rancio edificio de cuando la reina aún era princesa.
—Sólo me casaré contigo si ahora cruzamos la calle y pedimos una suite en ese hotel, donde pienso pasar toda la tarde follándote como un salvaje. Sin bebés que lloran o piden comida o tienen cólicos.

Ella sonríe. Desde luego, su historia nunca serviría de ejemplo para una novela rosa y duda que pueda contársela a sus nietos, si es que llega a tenerlos. Pero, sea lo que sea, es auténtica.
—¿Ahora debería decir que seré tuya hasta la medianoche? —pregunta en tono irónicamente inocente.
—Ahora cállate, Leire Castro, y déjame hacer a mí.

Los silencios son significativos en cualquier interrogatorio. Hablan por sí solos, expresan a veces más que las palabras, son difíciles de sostener por parte del entrevistado. Teorías que Héctor conoce y que otras veces le han servido de apoyo. Ahora que está en la silla opuesta, en el lugar donde se centran los focos, comprende que no todas esas ideas son ciertas. La pausa que ha seguido a la última parte de su relato, la que aconteció en el piso de Ruth como un prólogo de lo que vendría después, le tranquiliza. Seguramente porque, aun con ciertos olvidos deliberados, todo lo que ha contado es la pura verdad y ésa es un arma poderosa cuando se sabe que en algún punto a partir de ahí empezarán las mentiras.

—¿Y qué me dice de la pistola?

La pregunta no le coge por sorpresa y lo que responde sigue siendo cierto.

—¿La de Charly? Como comprenderá, me olvidé de ella. Salí de ahí en ambulancia, casi inconsciente; lo último que recuerdo es a un agente inclinado sobre mí. De hecho, no había vuelto a pensar en ella desde que Carmen la mencionó, ni tampoco me acordé de su existencia después.

—¿Así que la pistola se quedó en la casa? ¿Ninguno de los agentes la encontró?

—Obviamente fue así. En ese momento la prioridad era atendernos a Charly y a mí, y perseguir a los tipos que nos habían atacado. Los atraparon ese mismo día.

El hombre asiente y se reafirma con un seco:

—Me consta.

Carraspea, mira la hora en su reloj y luego, de reojo, a su compañero.

—Si me disculpa, tengo que hacer una llamada urgente. Serán sólo quince minutos y proseguiremos.

—Claro. No me voy a marchar a ninguna parte.

Un intercambio de sonrisas que podrían pasar por cordiales. En cuanto se cierra la puerta, Héctor se vuelve hacia el otro, un individuo que ha permanecido callado durante todo el interrogatorio.

—¿Sería posible fumar un cigarrillo?

Su interlocutor duda antes de otorgarle el favor.

—Aquí dentro no. Venga conmigo.

Lo escolta por el pasillo, hasta el fondo, y luego descienden. Un piso más abajo salen por la puerta de emergencia, que a su vez da a una especie de repisa exterior y a una escalera. «La nicotina es cancerígena, no hay duda, pero pocos venenos sientan tan bien», piensa Héctor, y súbitamente se le ocurre una de esas promesas de las que luego se arrepiente: si todo sale bien, si todo termina de acuerdo con sus deseos, mandará el tabaco al carajo. Con esa decisión apura el cigarrillo y, antes de que su acompañante proteste, enciende otro. Por si acaso.

—El último —le advierte éste—. Tenemos que volver.

—Ya.

—Tiene que haber sido una época dura —comenta mirándolo a los ojos con algo parecido a la simpatía—. La herida, el hospital y después... Bueno, ya se acaba.

«¿Se acaba?» Héctor sin querer esboza una medio sonrisa irónica.

—Ha muerto un hombre. Eso no se olvida fácilmente.

—Supongo que no. —El tipo parece azorado—. Me refería a todo esto. Los interrogatorios, las sospechas...

El tabaco le deja mal sabor de boca, como si se vengara por sus intenciones de abandonarlo con un regusto agrio. Toma aire y abre la puerta que conduce de nuevo al interior. Sí, desea que todo termine cuanto antes. Por un segundo cruza por su cabeza la idea de que esa necesidad, la de acabar rápidamente, es la peor de las compañías en ese viaje que se acerca a su tramo final, el más peligroso, el más comprometido. Sabe que la prisa lleva al error y el error aboca directamente al desastre. Pero no puede evitar que sus pasos de regreso a la sala se aceleren ni que su corazón bombee un poco más fuerte. Es poco lo que le queda por contar y quiere hacerlo ya, sin interrupciones, sin dilación.

46

«Las habitaciones de hospital parecen cárceles blancas de las que uno no puede escapar», pensó Héctor. Le era imposible evitar a las enfermeras, guardias uniformados y dictatoriales que iban apareciendo a intervalos regulares para comprobar que todo seguía en orden; a los médicos, encargados de unidades con tendencia a decir lo mínimo con semblante serio; a las visitas, que intentaban animar la estancia cuando lo que uno habría deseado era salir de allí. Le costaba ignorar el olor a enfermo, a espera nerviosa, a desasosiego, que flotaba por los pasillos. «Y, sobre todo, asusta pensar en ese centímetro, esa distancia ridícula y a la vez trascendente que separa la vida de la muerte. Un centímetro más arriba, más a la izquierda, y la herida habría sido letal. Un centímetro de diferencia y todo habría terminado. La vida no puede ser tan valiosa si depende de una distancia tan pequeña», se había dicho Héctor más de una vez en sus ratos de convalecencia, tras la operación. No demasiados, la verdad; por suerte, el ambiente le provocaba también una somnolencia constante, imprescindible para soportar la estancia y para ir retomando la vida a pequeñas dosis. Dormir se había convertido en el mejor pasatiempo, la manera más útil de empujar unos días que a veces se empeñaban en atascarse, indiferentes a la angustia que creaban con su ritmo lento y holgazán.

Esa mañana, sin embargo, el efecto adormecedor del ambiente hospitalario brillaba por su ausencia. El sol entraba a raudales por la ventana y en lo único que podía pensar Héctor era en el final de la condena o, cuando menos, en el inicio del período de libertad vigilada.

—¿Se puede, jefe? —La cabeza de Ginés Caldeiro asomó por la puerta.

—Vaya, creía que estos sitios te daban alergia.

Se alegraba mucho de verlo. El sentido común de ese hombre era un buen antídoto contra las tonterías.

—No es alergia —dijo Ginés—. Sólo malas vibraciones. Estoy convencido de que los virus que sacan de los pacientes a base de medicinas buscan otro cuerpo donde alojarse.

—Las puñaladas no se contagian —repuso Héctor, conteniendo una carcajada. Aún le dolía reírse, pero al menos ese dolor obedecía a una buena causa.

—No, ésas no. Por eso he venido. No hay riesgo.

Ginés se sentó a su lado, en la silla de los acompañantes, un mueble que había acomodado las posaderas de un montón de personas en los últimos días. Guillermo, Fort, Carmen. Lola se había instalado en Barcelona y pasaba a verlo con una frecuencia que le hacía sentir agradecido y un poco culpable. También había notado ausencias, y alguna, en especial la de Leire, le había afectado un poco.

—Tengo que decirle que hoy le veo mejor que otros días. Al menos aquí duerme y come como es debido. Y seguro que no le dejan fumar.

—¡No seas pesado, Ginés! Te aprovechas de que estoy débil.

—Usted no ha estado débil en su vida, jefe. Cuando no puede más, aguanta y sigue. Debería tomarse esto como un descanso. Y como un aviso también.

Héctor asintió. En esos últimos días había tenido que aguantar sentencias parecidas y no tenía ganas de volver a discutirlas.

—Te aseguro que me doy por descansado y por advertido. ¿Estás contento?

—No.

Héctor se volvió hacia su visitante; Ginés estaba inusualmente serio.

—No dejo de pensar que un poco más y la palma por lo que le dije, jefe. Ya, ya sé que no es culpa mía, sino de esos matones, pero...

«Matones de verdad», pensó Héctor. Gente con la que Charly no debería haberse mezclado nunca y a los que había intentado dejar atrás. A Carmen quizá le serviría de consuelo pensar que su Charly se había alejado de esa gentuza cuando, después de un atraco, comprobó que eran mucho más violentos de lo que decían. Sin embargo, esa clase de gente no olvidaba fácilmente y, desde luego, no practicaba el perdón, sino la venganza. Charly podía dar gracias de haber salido de ésa con vida, aunque Héctor dudaba mucho de sus palabras de arrepentimiento. Con un poco de suerte le habría servido para no meterse en líos por una temporada, no más.

—Bueno, en realidad he venido a verle y a despedirme también. Se acabó mi etapa aquí —prosiguió Ginés.

—¿Te vas a Galicia? ¿Con los grillos?

—Con los grillos, con la lluvia y con mi huerto.

—No se te ve muy ilusionado.

—Cuesta irse, no se lo niego. Había muchas cosas que arreglar: quería dejar a mis chicas bien colocadas, cerrar un par de asuntos... —Le guiñó un ojo.

—No me lo cuentes —dijo Héctor sonriendo—. ¿Y todo esto lo has decidido en estas dos semanas?

—Sí. Decidido y llevado a la práctica. El próximo fin de semana me largo.

—¿Volverás alguna vez?

—Ahora mismo le diría que no, pero yo qué sé. Al menos digamos que tardaré en volver. Pero puede venir a verme.

—No soy mucho de pueblos.

Ginés se inclinó hacia él. Había apoyado las manos en las rodillas y bajó la voz para seguir hablando:

—Hay que saber cuándo parar, jefe. Mire a ese Charly. Salvado por los pelos. Mírese usted. Lo mismo. Existe otra clase de vida en alguna parte. Sólo hay que tener cojones y dar el salto. Recuerde lo que voy a decirle ahora que aún no es viejo: olvídese del pasado, corte por lo sano con todo lo que no importa, agarre a su hijo y márchese.

—No puedo llevarme a Guillermo como si fuera un crío. Toma sus propias decisiones ya.

—Usted verá. Dicen que no hay peor sordo que el que no quiere oír. Yo sólo le digo lo que yo haría si estuviera en sus zapatos: pillar a ese chaval suyo del pescuezo y largarme bien lejos.

—Ya he hablado con él. Todo está aclarado. Sabe que metió la pata. Y bastante mal lo está pasando viéndome aquí; creo que no hacen falta más castigos.

Era verdad. Guillermo había metido la pata, se había dejado embaucar por Charly, pero Héctor estaba seguro de que esa lección sería indeleble. Las consecuencias para Charly, que se recuperaba lentamente de la sesión de tortura, y para él mismo eran de aquellas que dejaban huella.

—¿Quién habla de castigos? Lo he visto muchas veces, inspector: el pasado se enreda como la mala hierba y ahoga a las plantas jóvenes. Su chaval no es ningún delincuente, es sólo eso, un chaval. Por eso aún está a tiempo de cortar esos hierbajos y empezar en otro lado.

—Huir no es la solución, Ginés. Nunca lo fue.

—Habló el sheriff de la ciudad —se burló Ginés—. Huir es una opción tan inteligente como otra cualquiera. Mire a los animales, ¿acaso los ciervos no escapan de los leones?

—De poco les sirve. Y gracias por lo de ciervo, siempre me consideré a mí mismo más bien un león.

—¿Usted? —Se rió con una mezcla de afecto e ironía—. Muerde, claro, como lo hacemos todos. Pero los leones son otros. Los leones han nacido para reyes de la selva. Usted no.

—Entonces concédeme al menos el papel de cazador.

Ginés suspiró.

—Allá usted, jefe. Salga de caza, dispare contra las fieras. Ya me contará cómo le ha ido y si le compensa tener la cabeza del bicho colgada de la chimenea.

Héctor iba a contestar cuando se abrió la puerta. Eran Carmen y Guillermo, de manera que Ginés dio su visita por finalizada. Deslizó con un guiño un par de paquetes de tabaco en la mesita de noche; luego vio cómo Carmen sacaba un envoltorio del bolso y aspiró el aroma a estofado que ganó por goleada al ambiente aséptico que flotaba allí.

—¡Dios, hacía tiempo que no olía nada tan glorioso!

Carmen sonrió, orgullosa.

—Pues no es para usted.

—Ya. —Sacudió la cabeza—. A mí nadie me prepara guisos.

La mujer lo miró de arriba abajo.

—Seguro que más de una se los preparó con cariño alguna vez. Y que usted prefirió..., ¿cómo lo diría?, unos sabores más modernos.

—Tocado y hundido, señora. Pero a mi edad uno aprende a reconocer los platos auténticos.

—A su edad, caballero, lo que le corresponde es hacer dieta.

Héctor y Guillermo asistían al intercambio de frases sin decir palabra. Un sonrojado Ginés se despidió de todos con un gesto que era más una rendición que un adiós.

—¿Quién era ése? —preguntó Carmen mientras sacaba un juego de cubiertos del bolso.

—Alguien a quien debería haberle presentado antes —dijo Héctor.

Sin embargo, ante la mirada feroz que le lanzó su casera se decidió a obedecer sus órdenes: incorporarse, comer hasta que no quedara ni rastro de carne en el envase y luego echarse una siesta. Sin rechistar.

Héctor ha cruzado la entrada del cementerio y deambula perdido, incapaz de orientarse en aquellas calles marcadas por nichos y tumbas. Camina deprisa, casi corriendo, porque sabe que tiene que encontrarla antes de que oscurezca del todo, antes de que las nubes que se ciernen sobre él sean devoradas por el manto nocturno. Sus pasos crujen sobre hojas secas y el viento compone una melodía disonante de silbidos furiosos. Deja atrás un panteón enorme, barroco, flanqueado por ángeles sucios. Nunca le han gustado estos sitios, ni entiende la perversión de intentar embellecerlos con figuras simbólicas, querubines alados de mirada perdida o damas de mármol pálido que sollozan sin lágrimas. Al lado de estas muestras de arte necrófilo, las cruces se le antojan más sinceras, muestras austeras de buen gusto entre tanta ostentación mortuoria. Pese a la urgencia, cae en la inevitable tentación de detenerse frente a alguna y leer el nombre del ocupante, la fecha de su muerte y la de su nacimiento, el epitafio que lo acompaña al otro mundo como si fuera una rúbrica. «Juan Antonio López Custodio», lee en una de ellas antes de seguir adelante, y el nombre le resulta vagamente familiar. Una de las tumbas está cubierta de flores amarillas, frescas aunque carentes de fragancia; con sólo verla, sabe que en ella yacen enterrados dos amantes jóvenes a quienes la muerte se llevó demasiado pronto.

No hay más visitantes, únicamente él y algún pájaro oscuro, de alas largas, que sobrevuela el lugar. El viento no amaina y sacude las nubes, las rompe en jirones, y él empieza a temer que no conseguirá llegar a tiempo. Acelera el paso con determinación; ignora ya a los enterrados y sus circunstancias, se preocupa nada más por encontrarla, por sacarla de allí aunque sea a rastras. Mira hacia el cielo, calcula el rato de luz que le queda, y es entonces cuando se percata de que una bandada de aves se acerca a él, despacio. Vuelan tan cerca unas de otras que se diría que son una sola, gigante y negra. Una sombra lenta e implacable que le vigila desde lo alto. Corre, ya sin disimulo, algo que se le antoja una falta de respeto hacia el lugar y lo que significa. Se interna en el laberinto de caminos y presiente que ella se halla cada vez más cerca.

Cuando la ve, de espaldas e inmóvil, con los cabellos oscuros agitados por el viento, el corazón le da un vuelco. No tanto por el hecho de encontrarla, como por la magnífica estatua que ella observa con atención y que él tampoco puede pasar por alto. Representa a un joven de rodillas, desnudo y exangüe, sostenido por un esqueleto alado y de líneas abruptas que le besa en la sien, dándole la bienvenida a su reino gélido. El joven se ha rendido, yace sin fuerzas y se deja acoger por aquella figura horrenda, la Muerte, agradecido por aquel beso tan descarnado como sensual.

Él camina hacia Ruth, hipnotizado tanto por ella como por aquella pareja de piedra; lo único que desea es abrazarla, retenerla en el mundo de los vivos y ofrecerle un beso largo y vital. Mientras se acerca piensa que es curioso que ese esqueleto, esa representación clara de la muerte, parezca estar más vivo que ellos.

Entonces oye el aleteo de los pájaros, un rumor sordo y amenazante, y levanta la vista durante sólo un segundo, no más. Las aves están descendiendo y se posan sobre la estatua sin el menor reparo. Un hermoso pájaro de alas blancas apoya sus garras sobre el hombro de Ruth, que no parece en absoluto molesta. Al revés, inclina la cabeza hacia el animal y éste la acaricia con sus alas suaves, abre el pico como si le cuchicheara algo al oído. Ella se ríe, quizá por el roce o las cosquillas. Él los observa y sabe, con una certeza instintiva, que ese bicho no es bueno.

El ave aleja un momento la cabeza y luego, de repente, con un chillido histérico, clava su pico afilado en la sien de Ruth, que lanza un grito ahogado y se agita, convulsa, mientras el animal sigue prendido a ella, ávido y voraz, hundiendo la cabeza en la herida, succionándole la vida. Con un último esfuerzo, antes de desplomarse, ella consigue arrancarlo de su cuerpo; el maldito pájaro emprende el vuelo, con el pico goteando sangre, y ésa es la señal que esperaba el resto para entonar un coro salvaje de graznidos antes de desaparecer en un cielo que los acoge y los oculta entre nubes densas.

Cuando llega hasta ella, Ruth yace en el suelo; ya no se mueve. Y él sabe que lo único que puede hacer es darle un beso de despedida en la frente.

47

La comisaría se le antojaba vacía sin Héctor y, aquella mañana, Leire no tenía ánimos para soportar esa puerta cerrada, el despacho que le recordaba a su dueño. O quizá lo que no aguantaba era precisamente la sensación de echarlo de menos. Después de enterarse de que había resultado herido y de cerciorarse de que estaba fuera de peligro, se había dicho que eso era lo mejor que podía pasarles. Una temporada de separación forzosa pondría las cosas en su sitio antes de que se descontrolaran del todo.

Leire se conocía bien: podía acostarse con un hombre y olvidarse de él; la repetición del acto solía complicar mucho las cosas. Y en el caso de Héctor, no podía negarse que había existido ese momento especial que transforma un encuentro erótico en otra clase de conexión. Más potente incluso que sus primeras veces con Tomás, porque su pareja no era un desconocido sino su jefe, y un amigo con quien antes había compartido mucho más que sexo desenfrenado. La mezcla de deseo y ternura resultaba explosiva, y la sensación de hacer algo prohibido estimulaba su libido. Aquella noche juntos no sería fácil de olvidar ni poniéndole todo el empeño del mundo.

No obstante, lo sucedido con Héctor también había tenido una ventaja innegable y le había servido para tomar una decisión: aunque la aventura no fuera a ninguna parte, estaba claro que no podía casarse con Tomás. Era lo bastante honesta para reconocer eso y ya había pasado el trago de decírselo. Él se lo había tomado con deportividad y ella se alegró; pese a la firmeza de la resolución, Leire no podía obviar que deseaba seguir teniéndolo cerca, como amigo, como padre de Abel, aunque no como marido.

La visión de Dídac Bellver acabó de cuajo con cualquier ensoñación remotamente sensual. El inspector la miraba con una intención que no supo discernir. Lo vio pasar frente a su mesa antes de que entrara en el despacho del comisario y cerrara la puerta. Leire intentó concentrarse, con poco éxito, en lo que estaba haciendo. La reunión entre Bellver y Savall duró un buen rato, y la cara seria que lucía el primero al salir la inquietó aún más.

La falta de una investigación de la que ocuparse tampoco facilitaba las cosas. Ferran Badía había sido detenido y acusado de intento de homicidio de Santiago Mayart, a la espera de que un interrogatorio con el escritor terminara de aclarar el caso de los amantes muertos. Mayart había salido del coma, setenta y dos horas después, pero no recordaba nada de los acontecimientos previos a la pérdida de conocimiento. En realidad, durante los primeros días su memoria se había desvanecido por completo hasta que, poco a poco, empezó a saber quién era y a qué se dedicaba. Según los médicos, existían muchas posibilidades de que en un plazo relativamente corto regresaran los recuerdos. Entretanto, lo único que podían hacer era matar el tiempo: Badía había repetido su historia hasta la saciedad, delante de ellos y del juez de instrucción. Leire no podía decir que le creyera; algo en aquel chico la conmovía y exasperaba.

—Leire —la llamó Fort desde su mesa; en los últimos días, desde el ataque al inspector, había estado más taciturno de lo habitual—. No consigo quitarme de la cabeza a Jessy García.

—¿Por qué? —Era la última persona en quien pensaba Leire. La habían interrogado, días atrás, y ella no había observado nada raro.

—Tú no la conocías. La primera vez que hablé con Jessy me pareció una mujer amargada. Insatisfecha, desconfiada, lista para despotricar contra el mundo y montar en cólera ante la menor provocación. El otro día, en cambio, se tomó el tema con una tranquilidad pasmosa.

Eso era verdad. Necesitaban una declaración escrita de Jessica en la que constaran las intenciones de Cortés de ir a buscar su recompensa. Era un mero trámite, puesto que los del grupo ya habían confirmado lo del dinero.

—Estaba repasando sus palabras: «La vida es así. ¿Qué le voy a hacer ahora? No se puede volver atrás. Vicente murió, lo material me importa poco».

—Bueno, en parte tiene razón. Si espera sacarles algo a esos tres me temo que pierde el tiempo. Reclamarlo implicaría una inversión en abogados y pleitos, y no serviría de nada; en estos siete años se lo han fundido todo.

—Ya, pero revela una actitud muy filosófica, ¿no crees? Yo me esperaba un chorreo de insultos, de quejas. Incluso de amenazas. No tenía a Jessy por una mujer capaz de asumir la noticia con tanta calma.

—Las mujeres reaccionamos con más entereza ante las crisis de lo que vosotros suponéis —comentó Leire medio en broma.

—Quizá sea eso —repuso él.

No sonaba muy convencido, y siguió en silencio el resto de la jornada. Cuando llegó la hora de marcharse, Leire respiró aliviada. Aquella mañana no podría haber soportado ni un minuto más de lo exigible sentada a su mesa. Intentó sacudir esas sombras de camino a casa y lo consiguió a medias cuando cogió a Abel. «Dicen que los niños extrañan el calor materno —pensó—, pero es al revés: somos las madres las que de verdad necesitamos sentirlos cerca, abrazarlos, olerlos como lobas a sus cachorros.» La mención del animal le hizo pensar en Bellver y su sonrisa falsa.

—¿Todo bien hoy? —preguntó a Teresa.

—Sí. Perfecto, como siempre. De hecho ha dormido casi toda la mañana. Se despierta y llora un poco unos quince minutos antes de que llegues. Como si supiera que vas a venir.

—Y porque tiene hambre también, ¿verdad, Gremlin? Teresa se marchó como era su costumbre: cerraba la puerta con suavidad y desaparecía hasta el día siguiente. Abel había recibido a su madre con un grito ansioso. Luego, el ritual solía proseguir siempre de la misma manera: manoteaba con locura y, tras unos segundos de expectación frenética, se le aferraba al pecho como si fuera a acabarse el mundo. Minutos después, cuando el bebé ya había regresado a su segunda actividad diurna preferida, los pensamientos de Leire volvieron a esa escena en comisaría, a esa mirada dura de Bellver, esa sensación de que estaba sucediendo algo que no iba a gustarle. La incomodidad persistía y no la dejaba en paz hasta que, de repente, una llamada de teléfono convirtió lo que era un simple presagio en algo real y tangible. Era Carol Mestre, la ex de Ruth, a quien había conocido brevemente cuando se dedicó a investigar la desaparición de su pareja. Quería verla, esa tarde si era posible, así que Leire quedó con ella en una de las terrazas de la avenida Gaudí a las seis.

Carol no era de las que se andaban por las ramas. Leire no la había visto desde hacía meses, y al primer vistazo constató que aquella chica seguía sin recuperarse de su pérdida, aunque no era la tristeza o la nostalgia lo que la había llevado a descolgar el teléfono aquel día de principios de junio.

—Te he llamado porque no sabía qué hacer —le soltó después del intercambio de saludos que exigía la buena educación y de que Carol hubiera admirado, con poco interés, al bebé que se esforzaba inútilmente desde el carrito por atraer su atención—. Hace un par de días me interrogaron de nuevo, por lo de Ruth. —Tomó aire y su tono adquirió un tinte brusco—. De hecho, querían saber cosas sobre Héctor. Cómo se llevaban, qué clase de relación tenían, cómo había reaccionado él a la separación. Ya me entiendes.

—¿Sobre Héctor? —Lo que acababa de oír la había dejado tan asombrada que le costó disimular su reacción—. ¿Ahora?

—Eso pensé, y se lo dije al inspector que me interrogó. Un tal Bellver.
—¿Y qué te contestó?
—Nada concreto, la verdad. Que seguían investigando el caso y que los ex maridos o ex mujeres son siempre sospechosos. Leire asintió con la cabeza. Eso era lógico, pero no explicaba la actitud de Bellver aquella mañana. Un sentimiento de preocupación fría comenzó a recorrerle la espina dorsal.
—¿Qué les contaste? —preguntó en voz baja.
—¿Qué iba a decirles? La verdad. Se llevaban tan bien que yo me moría de celos. Quizá no debí expresarme así, ahora pensarán que yo...
—¿De veras tenían tan buena relación? —Leire sabía que su interés era más personal que profesional y se sonrojó un poco al formular la pregunta.
—¿Cómo te lo diría? No es que se llamaran todos los días ni nada por el estilo. Se trataba más de una conexión, un vínculo que parecía indestructible. —Carol desvió la mirada, era obvio que volver a abordar ese tema no le sentaba nada bien—. Mira, hay algo que no te dije. Ruth y él se acostaron una vez más, después de separarse. Ella me lo contó después. Según Ruth, ese polvo le sirvió para confirmar que ya no sentía esa clase de amor por él. No es que me gustara nada oírlo, claro, pero ¿qué iba a hacer?
—Todas las ex parejas se acuestan alguna vez. Creo que forma parte del ritual, como un epílogo.
—Pues a las nuevas parejas no nos hace ninguna gracia. Sobre todo en este caso.
—Ya.
—No te lo cuento para lamentarme. Ruth estuvo muy preocupada tras ese encuentro, no por el hecho en sí, sino por lo que sucedió a continuación. Al día siguiente fue cuando encontraron el cadáver de esa niña nigeriana, Héctor perdió la cabeza y se lió a golpes con el tipo aquel.
Leire masticó la información sin tener muy claro si el sabor le gustaba. Le costó tragarla.

—¿Quieres decir que Ruth creía que, por alguna razón, ese polvo de despedida había afectado a Héctor más de lo que parecía?
—Exactamente. Supongo que por eso ella fue a ver a Omar.
—Carol suspiró—. Ruth tendía a responsabilizarse de todo, Leire. No terminaba de cortar amarras con el pasado, y no era sólo por Guillermo. Tenían un hijo en común, sí, pero no era lo único que les unía.
«El amor genera deudas eternas», pensó Leire y casi lo dijo en voz alta.
—En realidad —prosiguió Carol—, no sé por qué le conté esto al inspector. No se lo había dicho a nadie. Supongo que quería demostrarle que Ruth se preocupaba por él, que la relación entre los dos era buena. Tengo la impresión de que él no lo entendió así.
«Seguramente no», pensó Leire. Más bien le habría hecho pensar que, en cierto modo, el estallido de violencia de Héctor estaba relacionado con su ex. Como si hubiera descargado su furia sobre aquel individuo por sentirse abandonado. Una rabia que podía haber seguido ahí, creciendo, hasta volver a explotar con la persona que de verdad la provocaba.
—Has hecho lo que debías, Carol —le dijo. La frase no sonó convincente ni para sus propios oídos.
—Entonces ¿por qué tengo la impresión de haber metido la pata?
—No te agobies. En serio. Si tuvieran algo contra Héctor, alguna prueba real, no estarían interrogándote. —Pensaba al mismo tiempo que hablaba, con la intención de tranquilizarse a sí misma y a la mujer que tenía delante—. Gracias por decírmelo.
—De nada. No sabía a quién acudir. Héctor está en el hospital y no me apetecía ir a contarle esto. Por cierto, ¿está mejor?
Leire asintió.
—Mucho mejor, creo. He oído que no tardarán en darle el alta.
—Me alegro. Nunca pensé que lo diría, pero es un tipo decente.

—Sí. Héctor es buena gente.

Si Carol notó algo especial en su tono de voz, no dio señales de ello. Se despidieron y Leire regresó a su piso, empujando el carrito. Por una vez, sus pensamientos estaban muy lejos del bebé que iba dentro. Estaba convencida de que Bellver no encontraría ninguna prueba real contra Héctor, pero también de que no se daría por vencido fácilmente. El nombre de Juan Antonio López Custodio volvió a su cabeza, aunque a lo largo de esos días no había logrado llegar más allá de los datos que el propio Héctor había recabado. No conseguía entrever la conexión que podía existir entre aquel subinspector de otra época y el caso de Ruth Valldaura. Ella ni siquiera había nacido cuando el tipo estaba en activo, y él había abandonado el país muy poco después.

Se paró en mitad de la calle, desconcertada. Casi paralizada por una idea que de repente surgió en su cabeza. Difusa, oscura, improbable. Pero el único cabo que podía seguir.

48

Desde que decidió unirse a los mossos, Roger Fort había oído hablar del instinto policial, esa especie de sexto sentido difícil de definir y que acaba distinguiendo a los buenos investigadores de los agentes del montón. Escuchaba hablar sobre ello y temía no poseer ese don, esa capacidad de intuir o de dejarse llevar por una corazonada hasta las últimas consecuencias.

Sin embargo, esa tarde, Fort empezó a sentirse intranquilo, inquieto; era incapaz de permanecer sentado más de diez minutos o de concentrarse en el papeleo que había quedado aparcado los últimos días y que se había propuesto terminar antes de irse. Su mente regresaba una y otra vez al caso de los chicos muertos, y aunque la parte disciplinada de sí mismo le ordenaba dejarlo a un lado, algo indefinible le impedía obedecer.

Por fin llegó a una tregua interna: terminaría parte de lo que debía hacer, a conciencia y sin interrumpirse, antes de retornar a lo que de verdad ocupaba su cabeza. Se le antojó justo y, ya más sosegado, se dispuso a cumplir con el pacto. Fue una buena disposición que le duró cinco minutos exactos. Luego se levantó de la silla y se marchó.

Una vez desatado, el instinto es pertinaz. Como le había dicho a Leire, hacía días que no podía quitarse de la cabeza a Jessica García. Se dirigió hacia el paseo de la Zona Franca; dada la hora, dedujo que Jessy estaría trabajando, así que se encaminó de nuevo a la peluquería.

—Espero que hoy venga a cortarse el pelo —le soltó la dueña en cuanto cruzó la puerta.

Roger miró a su alrededor. El local estaba casi vacío: una de las chicas lavaba el cabello a una clienta y la otra estaba sentada con la propietaria, ojeando una revista a medias.

—¿Jessica García no está?

—Jessy ya no trabaja aquí —dijo la dueña en un tono que quería ser neutro—. Se despidió hace unos días.

—¿Se despidió ella? ¿Por qué?

—No me lo dijo. A juzgar por su cara, yo diría que le había tocado la lotería o algo así. Y hablo en sentido literal. Dijo que ya había trabajado bastante en su vida, que su suerte por fin había cambiado.

La empleada que estaba a su lado soltó un bufido.

—Sí. Y ya no se habla con las pobres. Me crucé con ella ayer y ni me saludó. Va diciendo por el barrio que piensa mudarse. Lo que le digo: o le ha tocado la Primitiva o se ha ligado a un viejo con pasta.

Roger no esperó a que siguieran criticando a la nueva rica. Salió a toda prisa y se dirigió hacia la dirección que tenía de Jessica García. Había mucho dinero flotando en esa historia. Demasiado. Y el de Jessy, al menos, sólo podía proceder de Isaac Rubio. No consiguió localizarla; en el piso sólo estaba su hijo, un chaval obeso llamado Pablo que le dijo que su madre volvería tarde. «No tiene edad para estar solo», pensó Fort, que era muy tradicional en cuanto a familias y madres se refería. Frustrado, la llamó al móvil y nadie contestó. Irse a casa sin respuestas no era una opción viable. Por primera vez en su carrera como investigador, Fort sentía lo que los deportistas llaman la descarga de adrenalina que precede al triunfo, la sensación de que nada ni nadie podría pararlo. Y mucho menos alguien tan limitado como Isaac Rubio, al que esperó en su portal, con paciencia perruna, hasta que éste llegó, un par de horas después.

—Podemos ir a comisaría o podemos empezar a hablar por aquí —le dijo cuando lo vio aparecer. En ese tiempo había estado reordenando las ideas, intentando anticipar las respuestas para formular las preguntas correctas. Le habría gustado hablar con Jessy antes; sin embargo, no pensaba dejar escapar la oportunidad.

Isaac se encogió de hombros.

—Ya les contamos todo —dijo con desgana.

—No. Tú no. ¿Por qué no me dices la verdad?

—¿La verdad sobre qué?

—Sobre el dinero. El que le diste a Jessica hace unos días.

—Me quedaba algo y me dio lástima. Se lo regalé.

—Trata de ser más convincente. Ese tono no suena nada creíble. Y no salen las cuentas, Isaac.

El chaval estaba asustado. Roger pensó que había algo infantil en él: en el chándal, en sus ademanes, incluso en su cara.

—Mira, estás metido en un lío y tienes todos los números para pringar más que los otros. ¿Me vas a decir la verdad? Puedo llevarte a comisaría y retenerte setenta y dos horas si es necesario. Acabarás cantando y lo sabes. ¿Por qué no lo haces ahora?

—Yo no tuve nada que ver con sus muertes.

—Nadie ha insinuado tal cosa. De momento. —Recalcó las últimas palabras con fuerza—. Pero podemos acabar pensándolo si te empeñas en seguir mintiendo. No es sensato ocultar información en casos de homicidio: le hace a uno parecer culpable.

Isaac se mordió el labio y bajó la cabeza.

—Vamos a un sitio donde podamos hablar tranquilos —dijo por fin.

Al fondo, la torre de comunicaciones del Estadio Olímpico se alzaba como una clave de sol. Caminaron juntos hacia un campo de fútbol cercano. Comenzaba a decaer el día y unos chavales terminaban el entrenamiento. Cuatro padres formaban un pequeño grupo en una de las gradas y ellos los evitaron, buscando un lugar lo bastante alejado para hablar sin ser oídos.

—¿Jugabas al fútbol aquí?

—Le daba patadas al balón más que jugar. —Isaac sacó un cigarrillo y lo encendió—. Nunca he sido muy bueno en nada.

—A mí tampoco me gustaba mucho el fútbol —repuso Roger—. El rugby se me daba mejor.
—Bueno, yo tocaba la batería. Algo es algo.
—Ya. Todos tenemos alguna habilidad. Cuéntame lo del dinero. No lo repartisteis con Dani, ¿verdad que no? Leo no quiso.

Isaac lo miró, entre asombrado y temeroso.

—¡Claro que sí! Ya oyó a los otros.
—¡No me mientas! Tú apreciabas a Daniel, era como tu hermano, o eso dijiste. ¿Acaso no quieres que atrapemos al culpable de su muerte? Isaac, cuéntame la verdad.

El chico que tenía ante él tenía aspecto de cachorrillo asustado cuando murmuró en voz casi inaudible:

—No... no se lo dimos. Ni siquiera se lo contamos. Leo y él se pelearon por lo del concierto, y Dani se fue, magullado y cabreado con todos.

—Pero tú no estabas de acuerdo. Te parecía mal; tú querías a Dani.

—A mí todos me tomaban por tonto. Todos. Yo... en esa época me drogaba mucho. No siempre pensaba con claridad. Leo y Hugo estuvieron discutiendo sobre la pasta, sobre si dársela o no a Dani. A mí no me hicieron ni caso. Joder, había un montón. ¿A qué venía ese mal rollo? De hecho lo hice por ellos. Por Dani y por Cris. —A pesar de la falta de luz, Roger vio cómo Isaac se sonrojaba—. Ella... ella me estaba ayudando en un tema. Algo personal. Me cuesta leer, ¿sabe? Cris se dio cuenta y me echaba una mano. Sin decir nada a nadie. Pensé que merecía saberlo, así que fui a verla y se lo dije. Yo estaba seguro de que, si Dani insistía, los otros dos acabarían claudicando.

—¿Cómo reaccionó Cristina?

—Me miró con esos ojos tan grandes que tenía, como... como despreciándome. A mí y al resto. Me dijo que Dani no necesitaba mendigarnos nada. Que podíamos quedarnos ese dinero y dejarlos en paz. Que ella se ocuparía de él. No... no entendí muy bien de qué estaba hablando.

—¿Qué pasó después?

—Ya le he dicho que en esos días yo estaba colocado la mayor parte del tiempo. Para colmo, era la noche de la verbena de San Juan. Estuve dos días de desfase. Cuando me recuperé, tuve un momento de lucidez, pasé por el local y cogí su parte. Para él.
—Pero no llegaste a dárselo. —Fort lanzó la frase al aire, convencido de que si existía aún suficiente dinero para que Jessy se mostrara tan contenta como decían sus compañeras de la peluquería, Isaac había tenido que quedarse con bastante más del que le correspondía.
—No pude —repuso Isaac—. Se habían ido de vacaciones. Fui a su casa y ya no me abrió nadie.
—¿Y no lo devolviste?
—Me lié, y con el agobio decidí meterme algo para relajarme. Era lo que hacía todos los días entonces. Cuando... cuando se me pasó, los otros ya se habían enterado de lo del dinero y pensaban que había sido cosa de Dani. Llegué y Hugo estaba convenciendo a Leo de que no había para tanto. Leo estaba tan cabreado que daba miedo, pero al final cedió. Supongo que se convenció de lo que le decíamos los dos desde hacía días: que había bastante para todos, para los cuatro. Y pensé que, ya que había entrado en razón, les daría esa pasta a Dani y a Cris después de vacaciones.
—Pero ellos no volvieron.
—No. Ya no volvieron. —Isaac se volvió hacia el agente—. Yo no les hice daño. No quería que les pasara nada, me caían muy bien. Tiene que creerme. Yo... hacía esas cosas. Intentaba hacer algo bien, pero siempre la acababa cagando. Incluso ahora. Le entregué el dinero a Jessy y le dije que fuera discreta, que no hiciera preguntas ni explicara nada a nadie.
Fort iba recomponiendo la trama, pero le faltaban datos. Y no pensaba irse sin ellos.
—El otro día, antes de declarar, os pusisteis de acuerdo en esa versión tan bonita en la que los cuatro erais amigos y lo compartíais todo.
—Eso fue idea de Leo. Él había hablado con la madre de

Dani y ella le había contado lo de los diez mil euros. Dijo que era la única forma de no parecer sospechosos: decir que les habíamos dado ese dinero y que les habíamos guardado el resto. Hugo no estaba muy por la labor.

—Y él os convenció.

—Siempre ha mandado. Yo pensé que era una buena solución; tampoco quería que ellos averiguaran que yo tenía más dinero de la cuenta.

Por primera vez, a Roger Fort le cuadró una versión de la historia de esos chicos. Y eso abría otro interrogante: estaba claro que el dinero encontrado en posesión de Cristina Silva y Daniel Saavedra tenía que haber salido de otro sitio. La pregunta era de dónde demonios lo habían sacado.

49

—¡No! Llevaban horas discutiéndolo en aquel salón que en los últimos días se había convertido en escenario de conversaciones inauditas, y Lluís Savall quiso zanjar la disputa con ese monosílabo pronunciado con toda la energía que su cuerpo era capaz de concentrar. Habría acompañado la respuesta con un puñetazo sobre la mesa o un golpe en la pared si se hubiera atrevido. Helena, sin embargo, se mostraba inmune a sus arranques y abordaba un tema que él, una vez se lo hubo confesado todo, habría preferido ver olvidado. Para colmo, la idea que ella acababa de expresar, con una serenidad abrumadora, era demencialmente arriesgada.

—¿Por qué no?

Cuando ella adoptaba ese tono, su cuerpo, de aspecto frágil y flácido por la edad, se endurecía. Lluís Savall sabía que cualquier respuesta chocaría contra aquel muro, despiadado e incluso cruel, capaz de desviarla hacia rincones insospechados de su vida en común.

—Ya te lo he dicho. No serviría de nada y daría alas a un caso que quiero ver enterrado. ¿No lo entiendes? ¿No eres capaz de comprenderlo?

—Lo único que sé es que Bellver está seguro de que Héctor Salgado mató a su mujer. Te ha pedido hoy mismo que des tu consentimiento para solicitar una orden de registro de su casa.

El móvil de Ruth Valldaura sería la prueba que necesitarían para armar un caso en su contra. Eso no puedes negarlo.

—¿Y qué quieres que haga? ¿Que le limpie las huellas y lo deje allí mientras los agentes efectúan el registro?

—Exactamente.

La miró como si no la conociera. Desde que le había confesado la verdad, a Helena se le había metido en la cabeza esa idea absurda. Parecía ignorar los riesgos, y se mostraba obstinada ante cualquier razonamiento.

—Hacer eso sólo tendría una consecuencia: Héctor se metería en el caso a fondo y no habría manera humana de impedírselo.

Ella valoró la respuesta durante unos segundos, antes de volver a la carga:

—Héctor estaría en la cárcel, y desde allí iba a poder investigar poco.

—¡Basta! Escucha, no quiero volver a discutir este tema. Esto es asunto mío y lo resolveré a mi manera.

—No es que hayas sido muy hábil en tus resoluciones, ¿no crees? Es tu futuro el que está en juego, Lluís, pero también el mío. El de tus hijas. Da la impresión de que no eres consciente de eso.

—Helena, te lo he repetido mil veces. Mi única posibilidad es que ese caso se archive. Mierda, se lo asigné al inútil de Bellver que en su vida ha trabajado en un tema como Dios manda.

Helena meneó la cabeza, condescendiente, como si estuviera hablando con una de sus hijas en pleno ataque preadolescente.

—Si crees que Héctor se olvidará de Ruth es que eres más ingenuo de lo que aparentas.

En eso tenía razón. Salgado jamás había dejado un caso a medias; le constaba que incluso esos días, desde el hospital, seguía dirigiendo a sus agentes en aquel tema de los chicos asesinados, a pesar de que, en teoría, ya tenían al presunto culpable entre rejas.

—Tú única posibilidad —insistió Helena— es que el caso se cierre de verdad. Para siempre.

Lo había dicho con la misma calma con que habría evaluado un cambio de menú o enunciado su destino preferido de vacaciones. En los últimos días, su esposa le asustaba. Al fugaz desahogo que supuso contarle la verdad, había seguido una zozobra constante que casi le hacía añorar los momentos en que él, y sólo él, cargaba con sus pecados. Helena no se había molestado en absolverle, aunque debía reconocer que se había puesto de su lado al instante con una lealtad feroz y, a juzgar por sus sugerencias, completamente amoral.

—Prefiero no preguntar qué has querido decir con eso.

—No, nunca has tenido en cuenta mi opinión. En cambio, a tu hermana sí que le hiciste caso, después de años sin dirigiros la palabra.

—Deja a Pilar fuera de la conversación —masculló él.

—¿Cómo voy a hacerlo? Ella nos metió en esto. Ella te convenció para que te embarcaras en esa venganza ridícula. Ella tiene la culpa de todo.

Él avanzó hacia su esposa. Nunca, en una rutina matrimonial más tendente a la guerra fría que al conflicto abierto, había sentido tantas ganas de hacerla callar. Alzó la mano, amenazante. Si esperaba que Helena se acobardase con el gesto, se equivocó.

—¿Vas a darme una bofetada? —Se rió sin moverse ni un centímetro y sin demostrar un ápice de temor—. Siempre has sido un cobarde, Lluís. Si al menos te hubieras encargado de ese policía por tu cuenta ahora no estaríamos en esta situación. ¡En esta vida hay que ensuciarse las manos!

Lluís Savall se paró en seco.

—Ya las tengo bastante sucias, ¿no te parece?

Estaban muy cerca. Era algo que habían recuperado en los últimos días. Una intimidad teñida de secretos y de culpas. Un acercamiento como el de dos fieras encerradas en una misma jaula, que se retaban, disputándose el espacio y la preeminencia, pero al mismo tiempo acababan sucumbiendo al afecto que se tenían. Helena le cogió la muñeca, con suavidad, y se acercó los dedos de su marido a los labios.

—Eso fue casi un accidente —susurró—. No pierdas el tiempo culpándote. Tú hiciste cuanto pudiste para salvarla.

«El camino al infierno está empedrado de buenas intenciones», pensó él. Aun así dejó que Helena se le abrazase y apoyase la cabeza sobre su pecho.

—No discutamos más, Helena, por favor. Yo me encargaré de esto —murmuró, porque necesitaba convencerse de ello, persuadirse de que todo saldría bien.

Como aquel domingo del que pronto se cumpliría un año. El domingo en que aquel caos parecía haber terminado. Omar estaba muerto y su abogado, detenido y encarcelado. La pesadilla tocaba a su fin. Apenas quedaban unas horas para que se cumpliera el plazo impuesto por aquel viejo loco, y mientras conducía hacia Tiana, a buscar a Ruth y sacarla de su encierro protector, se había sentido tan eufórico que habría deseado que el coche volase por la autopista. Había ganado. Habían ganado. «Púdrete en el infierno, puto Omar.»

La voz de su esposa lo devolvió al presente, a unos ojos que lo miraban teñidos de dudas.

—¿Qué decías, Helena?

—Te decía que en el fondo es lo único que importa, Lluís, ¿no te das cuenta? La familia, nuestras hijas, los nietos que vendrán. Los días que nos esperan. Vejez, sí, pero tranquila, sin amenazas. Los dos juntos. No quiero quedarme sola en este último tramo, no quiero ser una vieja solitaria que camina por la playa de Pals.

Él le dio un beso en la frente.

—Está claro —prosiguió Helena—. Héctor no parará hasta descubrir la verdad. Por eso las cosas tienen que hacerse al revés.

—No te entiendo.

—El registro ahora sería una mala idea. Como bien has dicho, le daría un motivo más para seguir investigando. No, está claro. Tiene que hacerse al revés. El móvil de su mujer debe encontrarse después.

—Sigo sin comprenderte. ¿Después de qué?
Continuaban abrazados. Lluís tenía frente a él las fotos de sus hijas sonriendo. Y una de ellos dos celebrando su vigésimo aniversario de bodas. Recordaba el día, la comida en el restaurante, y su memoria paseó por imágenes de una vida compartida, momentos que parecían haber sido vividos sólo para desembocar allí, en aquel salón, en aquel abrazo. La Helena maquillada y arreglada que levantaba una copa de cava frente a la cámara de su hija mayor era la misma que él estrechaba entre sus brazos en ese instante, la misma que, tras una breve pausa, se apartó de él unos centímetros y dijo:
—Después de que lo mates, por supuesto.

50

—¿Has dormido bien? La enfermera de esa mañana era de las más simpáticas. Héctor no tenía queja de ninguna, sobre todo desde que, en general, todas ellas habían abandonado aquel plural insultante que las incluía en sus preguntas y que él encontraba de lo más irritante.

—Me dormí tarde —respondió él.

—Ya. Me han dicho que por las noches te escapas para fumar. —Lo dijo en tono alegre, mientras le hacía la cama y él esperaba sentado, sintiéndose como un inútil—. Que no se entere el médico o te pondrá puré de zanahorias en la dieta. Es lo que hacemos con los pacientes díscolos.

—¿Tan malo es?

—Peor. —Sonreía—. Además, no creo que tarden mucho en darte el alta, así que pórtate bien. Es un consejo. Sólo te quedan un par de días por aquí. O quizá menos, tal vez el doctor te deje marchar mañana mismo, si no se entera de tus correrías nocturnas, claro.

Le divertía que aquella chica, que podría ser su hija, lo tuteara y regañara con tanta familiaridad. Era pelirroja natural y bastante guapa; se llamaba Sonnia, con dos «enes», y él había pillado a Guillermo observándola un par de veces. Iba a responderle algo cuando sonó el teléfono móvil. Era tan temprano que le extrañó.

—¿Sí?

—Inspector, soy Fort. No sabía si molestarle, pero...

—No me molestas —le aseguró Héctor—. Al revés, empiezo a necesitar algo de actividad.

La enfermera le miró de reojo y meneó la cabeza. Sus labios dibujaron tres palabras: «Puré de zanahorias».

Fort le relató todo lo acontecido la tarde anterior, incluida una última conversación con Jessica García, en la que había admitido que Isaac Rubio le había dado una parte del dinero.

—Esto es el colmo de la coherencia: le roban trescientos mil, le devuelven menos de una cuarta parte y los dos tan contentos —dijo Héctor después de escuchar la historia—. Lo bueno, o no, es que por fin sabemos a ciencia cierta que esos diez mil euros no salieron de los que encontraron los chicos en la furgoneta.

—Me temo que sí, señor.

—Y también sabemos que había alguien muy cabreado con Daniel y probablemente también con Cristina.

—Leo.

—Y quizá también el otro, Hugo Arias.

Héctor permaneció en silencio unos instantes. Los hechos se acumulaban y cada pieza parecía desplazar a las otras. Nunca había creído que el móvil de aquel crimen fuera el dinero, y a pesar de todo, las pruebas parecían confirmarlo. Tenía que conseguir ver el caso desde otro ángulo, y eso no le resultaba sencillo.

—Fort, hágame un favor —decidió por fin—. Acérquese al hospital y tráigame el relato. Sí, el de Hiroshima. Y otra cosa: busque un ejemplar de *Otra vuelta de tuerca*.

—Creo que no debería trabajar, señor.

—No voy a trabajar. Voy a leer. ¿No es eso lo que le recomiendan a uno que haga en el hospital?

El silencio de Fort fue bastante significativo, pero Héctor estaba seguro de que haría lo que acababa de pedirle. Antes de terminar la conversación, no pudo resistir la tentación y preguntó:

—¿La agente Castro está por ahí?

—No, señor. Es decir, sí, ha venido pero no está en su mesa ahora mismo. ¿Quiere que le diga algo?

«No», pensó Héctor. Lo que le apetecía decirle no admitía intermediarios.

—Por cierto, hoy vamos a interrogar a Mayart, señor. Los médicos nos han dicho que ha recobrado la memoria.

—Bien; cuando pase a traerme lo que le he pedido, me informa de cómo ha ido. Muchas gracias y buen trabajo, Fort.

A Héctor le habría gustado ver la cara del agente y su sonrisa de satisfacción cuando colgó el teléfono.

No esperaba recibir muchas visitas, pero Héctor se empeñó en vencer esa somnolencia que le asaltaba a media tarde por puro aburrimiento y que luego le provocaba eternas noches en vela. En esos días había tomado una decisión: en cuanto se cerrara el caso de los amantes muertos se tomaría una temporada para él. Para él y para Guillermo. Necesitaba espacio mental y tiempo real si quería acabar de una vez con los fantasmas que le acosaban. Con los interrogantes que rodeaban a Ruth. Si hacía falta, pediría una baja temporal, algo que debería haber hecho desde hacía un año. Desde que ella desapareció. Tal y como le había dicho a Ginés, la cercanía de la muerte restablecía el orden de prioridades, y si de algo estaba seguro era de que no quería irse de este mundo sin haber averiguado la verdad. Antes, sin embargo, debía ocuparse del caso que tenía entre manos. No era capaz de dejarlo a medias tras las nuevas revelaciones.

El teléfono vibró en la mesita y él atendió la llamada. Nunca había imaginado lo mucho que se aprecia cualquier distracción cuando uno está hospitalizado. Se levantó para contestar, tanto tiempo tumbado empezaba a agobiarlo. Para su sorpresa, resultó ser Celia Ruiz.

—¿Sí?

—Salgado. Veo que ha recuperado su tono de siempre.

—¡Celia! Estoy muy enojado con *vos*. *Viniste* a verme el primer día y ya no *volviste*.

—Ya. Seguro que me ha echado mucho de menos.

—Cada minuto, doctora. Recorro la habitación muerto de impaciencia.

—Pues si está de pie, será mejor que se siente, inspector. No sabía si llamarle, pero me han dicho que ya está mejor, así que... Bueno, creo que le interesará saberlo.

—Me está poniendo nervioso. Tendré que avisar a la enfermera.

—Obedezca y siéntese. Han llegado los resultados de las pruebas de ADN en el caso de Saavedra y Silva. Y hay sorpresas.

—¿Sorpresas?

—Corrijo, en singular. Sólo una. Ningún problema con el chico. Es Daniel Saavedra, sin duda.

—¿Y Cristina?

—Ahora voy a ello. El ADN de la chica no coincide con el del padre. Vamos, genéticamente ni se le parece. Atendiendo a las pruebas realizadas, ese cadáver no sería el de Cristina Silva.

No se había sentado. Lo hizo entonces, mientras la doctora Ruiz seguía hablando de porcentajes, repetición de análisis y pruebas de fertilidad. Luego, cuando terminó la conversación, se quedó tumbado en la cama, mirando al techo, evaluando ese dato nuevo. Esa inesperada brecha que se abría en un caso que se empeñaba en no cerrarse.

La paz del hospital le ofrecía una oportunidad única para pensar sin ser interrumpido y la conversación con la doctora Ruiz había abierto una puerta imprevista hacia terrenos inexplorados. La posibilidad de que la víctima encontrada no fuera Cristina Silva se le antojaba remota, pero era algo que no podía descartarse. Con los ojos de la memoria repasó su conversación con el padre de la joven. El hombre no le había resultado especialmente simpático, y aun así, no habría querido encontrarse en su lugar: había gente a la que el destino se empeñaba en flagelar sin la menor misericordia, y aquel hombre endurecido que había perdido a toda una familia llevaba años pensando que su hija estaba muerta. Sin embargo, en vista de los acontecimientos, su agonía se prolongaba.

Recordó la cara de Cristina Silva, aquella mirada intensa y poderosa, y los comentarios que sobre ella habían ido haciendo quienes la conocían. Para Eloy Blasco había sido un amor platónico, aunque no por ello menos profundo; una especie de hermana menor por la que albergaba sentimientos contradictorios. Para Nina, su amiga, Cris era una persona fuerte, alguien en quien apoyarse, y también triste, algo que pocos, por no decir ninguno, habían mencionado. Santiago Mayart la había acusado de indisciplinada, y Ferran... Ferran la quería, pura y simplemente. No conseguía cambiar esa percepción por mucho que los datos y las evidencias lo señalaran como culpable. En el fondo, la historia de Ferran, por perturbada que pareciera, o quizá precisamente por eso, podía ser cierta.

Revisó una vez más la secuencia de los hechos, con calma. El trío había vivido su historia en relativa armonía hasta que el padre de Daniel enfrentó a su hijo con sus propios prejuicios: ahí habían comenzado las tensiones. Luego Cristina se había mostrado afectada en las clases de Mayart mientras analizaban *Otra vuelta de tuerca* y hablaban de las pesadillas; se había ido, abandonándolo todo por unos días. Daniel había ido a buscarla, y en ese intervalo se había perdido el concierto, dejando colgados a sus amigos. Los otros habían encontrado el dinero y, según ellos, lo habían repartido. Si aquella declaración era falsa, tal y como acababa de saber gracias a Fort, si los otros tres habían decidido excluir a Dani del botín conseguido en su ausencia, ¿se habría sentido Cristina obligada a compensarle económicamente de algún modo? Y en ese caso, ¿de dónde había sacado el dinero en tan poco tiempo? Existía también otra pregunta: Cristina se había marchado a algún lugar lo bastante alejado para que Daniel no pudiera desplazarse para cumplir con sus amigos. Cristina, Cristina. Todo el maldito caso se centraba en ella. La chica que había entregado sus relatos a Mayart, la verdadera autora de esos amantes de Hiroshima. Amantes muertos como serían después ella y Daniel. Amantes asesinados por una amiga, por alguien que decía amarlos. No, no debía dejarse llevar por esas ideas; aquello no era un relato de fantasmas. Cristina no podía saber lo que iba a ocurrirle, ni mucho menos plasmarlo fríamente en un relato. Cristina sólo podía usar su imaginación o recrear lo que ya había sucedido. Miró el reloj. Fort tenía que estar a punto de llegar. Necesitaba a alguien con quien intercambiar impresiones. Se dio cuenta de que, injustamente, a quien deseaba ver en realidad era a Leire Castro. Sin embargo, ella no apareció.

Cuando Roger Fort llegó al hospital, se le veía algo incómodo al tener que despachar con su jefe en pijama. Llevaba consigo lo que le había pedido, el relato y el libro de Henry James, y le contó la visita a Mayart. «Sólo unos minutos», les habían advertido los médicos con severidad. No había hecho falta más: el escritor había confirmado punto por punto la historia de Ferran Badía. Éste se había presentado en su casa con el cuaderno de Cristina, le había acusado de haber utilizado los trabajos de su alumna. «No creo que quisiera hacerme daño —había dicho Mayart—. Recuerdo que me enfadé, que intenté quitárselo. Me empujó y ya no sé nada más.»

—Así que al menos esa parte de la historia es cierta —concluyó Fort—. El tipo me ha dado lástima; en algún momento de la conversación he tenido la impresión de que perdía el hilo. Los médicos dicen que se recuperará, aunque puede quedarle alguna secuela importante.

Ferran había admitido haber encargado los cuadros y haber dispuesto un escenario que involucrara a su antiguo profesor. Si hacía poco tiempo que había ido a la casa del Prat y encontrado los cadáveres, o si todo ocurrió mucho antes, era algo que aún estaba por averiguar.

Héctor siguió escuchando a Fort en silencio, concentrado, intentando encajar unas piezas que se le resistían, como si pertenecieran a un escenario distinto. Ferran y los cuadros, la venganza contra el profesor que había usado el trabajo de su alumna muerta. El dinero. Cristina y Daniel. Los amantes de Hiroshima, un triángulo extraño y letal. Vio que Fort se levantaba para marcharse y se despidió de él, distraído, absorto en sus pensamientos. Luego se puso a leer.

Comenzó por el relato, por las páginas plagiadas que, por primera vez, procesaba como pertenecientes a la imaginación de Cristina Silva y no de Santiago Mayart. Ella había escrito esa historia de amor y muerte. Ella había recreado un triángulo que podía ser el que vivía en su propia carne con Daniel y Ferran Badía. Pero no lo era. No. Ferran había perdido la cabeza, como la protagonista del relato, pero no podía aplicarse a él una descripción como ésa:

> A pesar de mi juventud y de mi inexperiencia, creo que sabía ya entonces que esos instantes que Takeshi y Aiko compartían formaban parte de algo que a mí, por razones desconocidas, me estaría vedado siempre. Intuía que, aunque pasaran los años y ellos se convirtieran en recuerdos difuminados por el tiempo, mis amigos continuarían amándose en la vejez o queriendo a otros, mientras que yo seguiría igual: intacta, acorazada, siempre al otro lado de esa puerta, incapaz de seducir o de ceder a la seducción.

No. Ferran Badía había amado, había vivido. Ferran Badía no era esa mujer sin nombre, celosa del amor ajeno, que acababa encerrando a sus amigos para que no huyeran. La única de los tres que sobrevivía a la bomba, a ese engendro llamado Little Boy que caía del cielo para devastar la ciudad. La casa. Las vidas de esos jóvenes y de tanta gente. Hombres, mujeres y niños. Los niños. Los niños de la novela de James. Miles y Flora, pervertidos por lo que veían, por aquellos adultos que cometían actos terribles ante sus ojos inocentes. Cristina había estado obsesionada con la muerte y el sexo; incluso Mayart, que la detestaba, lo había admitido. Y también Nina Hernández. Y Ferran, a su manera, citando «Los muertos», afirmando que a veces ésos estaban más vivos que los que respiraban. A Cristina le encantaba aquel cuento, había dicho. Luego, en su última entrevista, Ferran había afirmado que siempre creyó que Cristina y Daniel se habían suicidado, que ella había arrastrado al amante escogido a su lecho de muerte, dejándolo a él en este mundo. Cristina. Siempre, por muchas vueltas que le diera, regresaba a ella. A su tristeza escondida, a su fascinación por la muerte, a su euforia de los últimos días; a sus planes de vacaciones, de una nueva vida. Planes. Cambios. Para eso hacía falta dinero. Dinero que los compañeros de Daniel se habían negado a darle. Nina había dicho que su amiga estaba contenta, no angustiada ni preocupada, sólo contenta. Ella misma se había alegrado, a pesar de que sus sentimientos hacia la pareja eran más que ambivalentes.

Detuvo aquel flujo desordenado de pensamientos e intentó centrarse. Habría dado lo que fuera por tener a mano aquel panel donde su mano podía plasmar de manera sintética los datos y las suposiciones. Lo intentó de todos modos. Sólo hacía falta concentrarse. Dejar la mente en blanco y reflexionar.

Dato número 1: Cristina, Daniel y Ferran formaban un trío amoroso desigual pero bien avenido. Dato número 2: Cristina había desaparecido poco antes de su muerte y nadie sabía adónde había ido. Había estado varios días fuera, sola, y desde allí había llamado a Daniel. Éste había corrido a buscarla y habían regresado, más unidos que antes. Dato número 3: Los compañeros de su grupo de música no habían querido darle ni un euro del dinero. Dato número 4: Los amantes habían sido encontrados con diez mil euros. En ese período de tiempo, él o ella los habían conseguido. Dato número 5: El asesino se había ensañado con ella y había dejado el dinero allí, por lo que, si entrábamos en el terreno de las suposiciones, cabía decir que, o bien desconocía su existencia, o bien no le importaba. Dato número 6: El ADN del cadáver encontrado no coincidía con el de su único familiar vivo.

«Los amantes de Hiroshima.» La historia de dos enamorados víctimas tanto de la bomba como de los celos de un tercero. Víctimas de Little Boy, un nombre inocente de consecuencias letales: humo, desolación, dolor. Obsesión. Little Boy, la bomba que cayó del cielo sembrando la destrucción, destrozando una casa, unas vidas, una ciudad. Cambiando el mundo.

El teléfono le interrumpió la reflexión, y a punto estuvo de no responder al comprobar que no se trataba de ningún número conocido. Pero lo hizo.

—Inspector. Soy Nina, Nina Hernández.

Hay veces en que Dios, los astros o la suerte se alinean a favor de uno. La escuchó, oyó lo que la chica quería decirle, lo que la había impulsado a llamarle.

Media hora después, mientras se vestía, se percató de que no recordaba ni cuándo había entrado la enfermera con la bandeja de la cena, que seguía intacta. No recordaba casi nada de los últimos minutos aparte de esa idea, esa intuición abrumadora que había surgido de repente y que ahora brillaba en la penumbra de aquella habitación de hospital. No sería capaz de comer, ni de dormir, ni de descansar siquiera, hasta que no hubiera hecho lo que debía. Abandonó el hospital ante la mirada atónita de las enfermeras de guardia, sin pararse a escuchar sus protestas. No podía esperar al día siguiente. No podía aguardar a que el médico le autorizara una salida que necesitaba más que el aire o la comida.

No podía soportar la incertidumbre.

Tomó un taxi en la puerta. Si de algo estaba seguro era de que debía hablar cuanto antes con Ferran Badía.

Había varias cosas que Leire odiaba con toda su alma. La primera era que no le contestaran al teléfono, sobre todo si ella albergaba un interés especial en la llamada. La segunda, derivada de la anterior, era que no se molestaran en devolvérsela. Obviamente el desinterés ya podía considerarse una respuesta en sí mismo —ella misma había utilizado ese argumento con algunos ligues que se ponían más insistentes de la cuenta—, pero esa vez debía tragarse el orgullo e insistir. La tercera, mucho más molesta que las anteriores, era que, una vez lograda la comunicación, y después de explicar e incluso suplicar, la persona al otro lado de la línea se negara a ayudarla. Desde la noche anterior se habían producido dos de esos tres hechos, en ese orden exacto, y cuando intuyó que el tercero tenía todos los visos de suceder, sintió que su ánimo decaía al nivel del suelo. Andrés Moreno, el periodista que le había hablado de los bebés robados, se estaba revelando como un hueso muy difícil de roer.

—Leire, mi respuesta hubiera sido la misma hace seis meses que ahora. Esta profesión mía se está yendo a la mierda, pero deja que conserve al menos algo que se llama honradez personal. Esa pobre mujer me facilitó la información y le juré que la mantendría en el anonimato. Y así será.

—Andrés, por favor, no te lo pediría si no fuera importante.

—No. Si es tan necesario, existen mecanismos judiciales para obligarme a dar ese dato. Úsalos. Te prometo que no soy irracional: si recibo las indicaciones legales adecuadas os daré toda la información que necesitéis. Hasta entonces, no voy a cambiar de opinión.

Leire había repetido sus argumentos, consciente ya de que los lanzaba al aire. Sólo le pedía el nombre de la ex monja, y no para encausarla ni para nada parecido; lo único que quería era hablar con ella por razones que ni Leire misma llegaba a comprender.

—Mira, Leire —le soltó él con ganas de cortar una comunicación que empezaba a moverse en círculos—. No me pidas un favor personal como si fuéramos amigos, porque no lo somos. Y en cuanto a colaborar contigo en calidad de agente de los mossos... Si te digo la verdad, después de vuestra carga en plaza Catalunya, no gozáis de mis simpatías. ¿Está claro?

Unos días atrás la concentración había sido disuelta de una manera expeditiva, por decirlo finamente. Y aunque en su fuero interno ella le comprendía, la frustración ante la mezcla de unos temas que no tenían nada en común la enervaba. Estaba a punto de darle una respuesta cortante cuando él concluyó la conversación. Leire se quedó mirando la pantalla del teléfono, odiando el secreto profesional, a los periodistas con ética y al mundo en general. Aun así, a pesar del fracaso, la idea seguía dándole vueltas en la cabeza y supo que necesitaba hablar de ella con alguien. Con Héctor, admitió a regañadientes. Por eso llamó a Teresa, le pidió que fuera a su casa durante un par de horas y salió en dirección al hospital.

Mientras se dirigía hacia allí se sintió culpable por no haber ido a visitarlo antes, por aquella deserción voluntaria. No esperaba, sin embargo, encontrarse con una cama vacía, y menos aún que en la habitación hubiera una mujer.

—Hola. Debo de haberme equivocado... —dijo.
—¿Buscas a Héctor? —le preguntó la desconocida.
—Sí.
—Entonces no te has equivocado, aunque no lo vas a encontrar. Parece que se ha ido por su propio pie.

Leire observó a la mujer sin saber muy bien qué decir, y entonces recordó las palabras de Guillermo, semanas atrás, cuando la informó de que su padre tenía una «novia».

—Pero ¿le han dado el alta ya? —preguntó.
—No. Las enfermeras están bastante cabreadas. —Sonrió mientras meneaba la cabeza, como si los hombres en general y Héctor en particular se dedicaran a molestar a las mujeres a propósito—. Me ha pasado lo mismo que a ti. He llegado y me he encontrado la cama así.

Leire sabía que lo más normal sería despedirse educadamente, dar media vuelta y desaparecer de aquel encuentro inesperado, pero la mujer que tenía delante se le acercó tendiéndole la mano.

—Yo soy Lola —dijo—, una amiga de Héctor.
—Leire Castro.
—Ah, eres Leire. Héctor me ha hablado de ti.

Se dieron la mano y notó la mirada de Lola, teñida de curiosidad. Sin saber muy bien qué decir, preguntó:

—¿Hace mucho que os conocéis?
—Bueno, hace años, sí. Yo cubría la información de los juzgados cuando vivía en Barcelona, y él andaba bastante por allí.
—Claro.

Se quedaron en silencio durante unos segundos, en los que Leire percibió que la invadían una serie de emociones distintas: celos, incomodidad, y también, por raro que pareciera, empatía hacia aquella mujer. Solidaridad ante su desconcierto.

—¿Y sabes dónde ha ido? —preguntó—. Debería hablar con él por un tema urgente.

—Ni idea. Al parecer no le ha dicho nada a nadie de por aquí. Hace una hora más o menos se vistió y se fue. Le he llamado al móvil, pero no contesta. Quizá tú tengas más suerte.

¿Le había parecido advertir un matiz de ironía en esa conjetura? Leire estaba segura de que sus mejillas se enrojecían por momentos.

—No. Da lo mismo. Ya hablaré con él otro día. —Decidió marcharse—. Encantada de conocerte.

—Espera, yo también me voy. No pienso quedarme aquí. Ya me han echado la bronca dos enfermeras, como si yo tuviera la culpa de que Héctor se hubiera escapado.

Leire sonrió a su pesar. Bajaron juntas en el ascensor y juntas cruzaron la puerta de salida. «Un par de minutos y cada una tomará su camino», pensó ella, deseosa de que llegara ese momento. Pero cuando se disponía a improvisar una despedida cortés, Lola la sorprendió con una pregunta inesperada:

—Tú estuviste investigando por tu cuenta el caso de la ex de Héctor, ¿verdad? Tranquila, él me lo contó.

—Sí. No puedo decir que fuera un éxito.

—Héctor me dijo que le habías puesto mucho empeño. Que te lo habías tomado de una manera casi personal.

La miraba a los ojos con tanta franqueza que resultaba difícil mentirle. Además, ¿de qué iba a servir?

—No sé si yo lo llamaría personal —dijo—. A medida que la investigaba, Ruth me parecía cada vez más interesante, una mujer excepcional.

Lola asintió.

—Lo era. Y siempre estará ahí, ¿sabes? Entre Héctor y el resto del mundo. Él no se da cuenta, pero es así. Su desaparición la ha convertido en un fantasma perpetuo. Aunque quizá no sea sólo eso.

—Estoy segura de que el caso se resolverá algún día —afirmó Leire, pasando por alto esa última frase.

—Eso espero. —Lola suspiró y esbozó una sonrisa de resignación—. Es hora de irse. Buenas noches.

Entonces se le ocurrió. Extendió la mano para detener a Lola, que ya se iba.

—Escucha. No… no sé cómo pedírtelo. Es importante y no puedo darte muchas explicaciones. Necesito un favor, y creo que tú eres la persona indicada para hacérmelo.

51

Leo Andratx sabía que no debía estar ahí. Frente a esa misma puerta, apostado en su moto, haciendo acopio de valor para atreverse a llamar a aquel timbre. Gaby estaba en casa, podía ver la luz encendida desde la calle.

En las últimas semanas apenas había pensado en ella, su vida había estado demasiado llena de acontecimientos y emociones: el reencuentro, la declaración, las mentiras. El temor a ser descubierto. Sin embargo, no todo había sido negativo. Esa misma mañana había asistido a una entrevista de trabajo, uno mucho mejor que el que había desempeñado durante años, mientras el dinero encontrado compensaba un sueldo mediocre. Uno de sus contactos del cybermundo le había citado en una empresa de marketing online, y le había ofrecido un puesto que, estaba seguro, desempeñaría sin problemas. Se trataba de un empleo mejor remunerado, a pesar de que los salarios en el sector, y en todos, habían caído en picado. Leo se sentía contento, satisfecho de ver mejorar su situación en un momento en que el país andaba hacia el desastre. Rodearse de la gente adecuada tiene su recompensa, pensó. La inquietud surgió esa noche cuando, al llegar a casa, se percató de que tenía una gran noticia en su haber pero nadie con quien compartirla.

Por eso estaba allí. No quería violentar a Gaby, ni agobiarla, ni siquiera insinuarle una noche juntos. Sólo deseaba hablar con ella, explicarle su progreso. Invitarla a cenar. Existían muchas posibilidades de que ella no quisiera verlo, claro, pero nada se perdía por intentarlo. Se dirigió a la puerta e iba a llamar cuando los vio salir al balcón. Ella llevaba aquellos shorts que convertían sus piernas en columnas esbeltas. Y él, porque había un él a su lado, la abrazaba por los hombros mientras pasaba un cigarrillo de sus labios a los de ella. El gesto no dejaba lugar a dudas.

Permaneció un rato, observándolos, protegido en el portal. No se atrevía a salir hasta que ellos entraran de nuevo en el piso, ya que al menos, donde estaba, no podían verlo. Los oyó reír, o quizá lo imaginó. De la misma forma que luego, solo en su cama, los imaginaría follando; oiría incluso los gemidos de Gaby, acariciaría sus pechos en el aire y la penetraría con fuerza, hasta saciarla, hasta que de sus labios gruesos salieran aullidos de placer.

—¿Se lo has dicho ya? —preguntó Hugo, y Nina asintió.

Él estaba recogiendo la única mesa que había estado ocupada durante esa tarde, dos cafés con leche eternos. Ella levantó la tapa de la quesera donde guardaba las tartas, respiró hondo, sacó la que había y la tiró a la basura. El pastel rebotó contra el fondo con un quejido brusco. Hugo volvió la cabeza al oírlo.

—¿Crees que es importante?

Ella suspiró.

—No lo sé, Hugo. Quiero dejar de pensar en todo esto. Simplemente me acordé de repente que había visto antes ese mantel de flores. No tengo la menor idea de si tiene importancia o no.

Hugo bajó la cabeza. Isaac los había llamado para explicarles su charla con el agente, y para advertirles que esperaran una citación, o como se llamara, por obstrucción a la justicia, algo que tampoco sabían muy bien qué significaba. Para Hugo, lo peor no había sido eso, sino tener que confesarse con Nina, que se había mostrado implacable. Él le había recordado lo del cuaderno, y ella se había puesto más furiosa aún, como si ambos hechos no pudieran compararse. Quizá fuera así. Se acercó a la barra y dejó las tazas y los platillos en el lavavajillas.

—¿Qué vamos a hacer? —le preguntó, echando una mirada al local vacío.

Los carteles de superhéroes parecían reírse de ellos desde las paredes, y Hugo se sintió ridículo, como si aquella decoración estuviera fuera de lugar en tiempos de crisis.

—Irnos a casa, ¿no? Hay que darle de comer a la gata.
—Nina...
—¿Qué?
—Nada.

Cerraron el bar y subieron al piso. Desde que habían vuelto de Barcelona, no lo abrían por las noches, porque el dinero que sacaban de las cuatro copas no pagaba la luz y el aire acondicionado. La cena transcurrió en silencio. Tampoco Nina era la misma esos días. A veces Hugo pensaba que el hallazgo de los cadáveres de sus amigos le había llenado el alma de fantasmas del pasado.

Sofía maulló, impaciente, a pesar de que ya le habían echado la comida. Nina la hizo callar con un grito seco y se acostó enseguida. Hugo se quedó en el sofá, escuchando música con los cascos puestos hasta el amanecer. Entonces fue a la cama y se tumbó con cuidado para no despertarla. Se sorprendió al notar que ella le abrazaba y le atraía hacia sí, que le buscaba con avidez silenciosa, como si quisiera satisfacer un deseo que poco tenía que ver con él. Hugo se dejó llevar y follaron sin palabras y sin besos. Luego, Nina dio media vuelta y los dos fingieron dormir.

Encerrado en el cuarto de baño de un bar, Isaac contempló la raya de cocaína, perfectamente recta, que acababa de prepararse. No se engañaba. Sabía que no sería la primera sino la penúltima. Siempre era así. Se miró la cara en el espejo desconchado y sucio que colgaba de la pared, y se vio a sí mismo, años atrás, como si la coca lo rejuveneciera incluso antes de tomarla. «Acabarás en la calle —se dijo—, tirado como un perro.» Tal vez fuera ése su destino. Por mucho que se empeñara en lo contrario, aunque se hubiera engañado durante años con el tacto acogedor del dinero, su historia quizá estaba escrita. Su madre lo había sabido, con ese instinto natural que ellas parecen tener. «Tampoco es que la calle sea tan mal sitio», pensó al recordarla, subida en la escalera, limpiando frenéticamente los estantes de la cocina para terminar con una plaga de cucarachas que, en realidad, se reducía a un único ejemplar que ya había eliminado. Era la imagen que tenía de ella desde su muerte, desde la tarde en que la escalera cedió y ella perdió su última batalla contra los bichos, partiéndose la nuca contra el suelo de la cocina.

Había hecho muchos esfuerzos por esquivar ese final que, según parecía, era inevitable. Ni el dinero, conseguido por azar, ni haber cambiado el barrio por otros distintos y alejados de los escenarios de su adolescencia, habían servido de nada. Le habían concedido una tregua, eso sí, un aplazamiento a lo que tenía que llegar. Lo había comprendido de manera repentina el día en que se reencontró con los chicos. Su oportunidad real, la única que había tenido en su vida, se había dado con ellos. Con el grupo.

Hiroshima se perdió, y con esa desaparición se desvaneció también la posibilidad de hacer algo que mereciera la pena, algo que llenara su vida. Durante años había creído que el dinero lo compensaba, que en realidad había salido ganando, pero no era así. Ahora lo sabía. Lo curioso era que, durante el tiempo en que lo tuvo, las drogas habían dejado de apetecerle. O eso creía. La verdad era que se había limitado a sobrevivir sin ellas, diciéndose que así aquella calle fría que le habían augurado como hogar quedaba definitivamente lejos. Al volver a ver a sus antiguos amigos, supo que el destino de todos estaba escrito desde mucho antes y entendió que el dinero sólo estaba aplazando el suyo propio, el que ya intuía cuando era un chaval angustiado. Quizá a Jessy le fuera más útil, aunque en el fondo también lo dudaba. Ambos pertenecían al mismo mundo sin futuro. Sin esperanza.

Cuando aspiró la raya, cuando notó que aquella lluvia de cristales diminutos ascendía por sus fosas nasales hasta estallarle en el cerebro, Isaac sintió, por primera vez desde su regreso a Barcelona, que su vida estaba en orden.

Que había vuelto a casa.

52

«Assumpta Canals, sesenta y cuatro años, residente en Cubelles, provincia de Barcelona.» Leire se iba repitiendo los datos averiguados la noche anterior, en parte gracias a Lola, que había aplicado la teoría de los seis grados de separación para descubrir que entre ella y Andrés Moreno quedaban reducidos a dos. No lo conocía personalmente, pero una búsqueda rápida le había proporcionado un par de publicaciones suyas en medios a cuyos responsables sí había tratado durante sus muchos años como periodista. En menos de media hora de llamadas, Lola había conseguido que Moreno le diera el nombre que buscaban. «Alguna ventaja tiene que haber en ser veterana», había dicho sin sonreír. El resto de la información la había obtenido Leire poco después. En el coche que había cogido de comisaría, la agente tomó la autovía y luego cruzó los túneles del Garraf. Hacía un día precioso, y por un momento, al notar la proximidad del mar, casi olvidó el motivo que la llevaba hacia allí.

Cubelles era un municipio de catorce mil habitantes situado en la costa del Garraf, a unos cincuenta kilómetros de Barcelona. Leire no recordaba haber estado nunca allí, de manera que, sin saber muy bien por dónde empezar, se dirigió hacia el centro del pueblo, claramente señalado por la iglesia. Aparcó el coche y se encaminó a la dirección que había conseguido, rezando para que la mujer estuviera en casa. Los dioses no hacen caso a quienes se acuerdan de ellos sólo para pedirles cosas: nadie respondió al timbre. Una vecina tuvo a bien decirle que Assumpta había salido, como cada mañana, a ayudar en la rectoría. Leire regresó a la iglesia y no tardó en descubrir un edificio situado muy cerca de ésta; no sabía si era el mejor lugar para abordar a Assumpta, pero tampoco tenía demasiadas opciones. La puerta estaba abierta, y entró.

Se oían voces al fondo, así que las siguió. Por el camino se cruzó con una mujer con la cabeza cubierta por el típico pañuelo musulmán. Llevaba a una niña de una mano y un carro de la compra lleno en la otra. Cuando entró en la sala de donde procedía el ruido, Leire comprendió que aquella rectoría se dedicaba al reparto de comida: estantes llenos de tarros de legumbres, latas de conserva, azúcar, sal, cartones de leche y sopa, cajas de galletas... Había más mujeres musulmanas esperando turno, aunque no eran las únicas que hacían cola; a esas otras se las veía más incómodas, como si nunca hubieran creído que la necesidad alcanzaría también a la población autóctona.

Un par de voluntarias distribuían los alimentos en función del número de integrantes de la familia que los pedía. Leire se preguntó cuál de las dos sería Assumpta Canals: la más alta y delgada, con gafas y el cabello gris muy corto, o la otra, algo más entrada en carnes y con un curioso moño en la cabeza. Aguardó pacientemente a que terminaran; notó que las dos mujeres la miraban, en algún momento, sin prestarle la menor atención. Por fin, avanzó hacia el mostrador improvisado y, dirigiéndose a las dos a la vez, dijo:

—Disculpen. Estoy buscando a Assumpta Canals.

La mujer del moño se volvió hacia su compañera, que justo en ese instante se metía en una especie de pequeño almacén adyacente a la sala.

—Assumpta, preguntan por ti.

La aludida no pareció muy contenta de recibir visitas. Respondió con un seco «que esperen» y se tomó su tiempo antes de salir. Mientras esperaba, Leire entabló conversación con la otra. De hecho, más bien se limitó a asentir cortésmente a las quejas y comentarios que escuchó durante un buen rato.

—¿Ha visto la cantidad de gente que viene? ¡Es horrible! Y cada día son más. No sé adónde vamos a llegar. Desde aquí hacemos lo que podemos, pero está claro que no es suficiente. La mayoría de los maridos de estas mujeres trabajaban en la construcción, y claro, ¡a ver qué hacen ahora! Y eso que muchos están volviendo a sus países. ¡Qué remedio, pobres! Yo lo siento sobre todo por ellas, qué quiere que le diga… Y por sus niñas. ¡Vaya a saber qué vida les espera!

Assumpta Canals regresó del almacén secándose las manos con un pañuelo de papel que luego dobló y guardó en el bolsillo. A pesar del calor, llevaba una chaqueta de punto fino, de color gris, a juego con la falda.

—¿Me buscaba?

—Sí. —Había algo intimidatorio en su forma de hablar, por lo que Leire se dijo que sería mejor mostrar sus cartas cuanto antes. Se identificó como agente y, en tono serio, añadió—: Soy Leire Castro. Creo que será mejor que vayamos a un sitio más tranquilo.

En eso su interlocutora estuvo de acuerdo; lanzó una mirada rápida a su compañera, que no perdía detalle de la charla, y asintió.

—Vivo muy cerca. Vayamos a mi casa, si no le importa.

Leire la siguió. No cruzaron una sola palabra durante el camino, y al cabo de diez minutos estaba sentada en un patio pequeño, lleno de plantas. Assumpta le había ofrecido una taza de café, que ella aceptó. Entonces le dijo lo que la había llevado hasta allí.

—¿Por qué no me dejan en paz? —dijo Assumpta en voz baja—. Ya le conté a Andrés Moreno todo cuanto sabía de aquello. Y es una época de mi vida que preferiría olvidar, por mucho que me cueste.

—Escuche, sólo estoy buscando información sobre una de esas adopciones. No… no pretendo juzgarla, de verdad.

—Ese chico me prometió que no diría nada de mí, que mantendría mi nombre en secreto. Está claro que una ya no puede fiarse de nadie.

Leire quiso ser justa.

—Andrés hizo cuanto pudo por dejarla fuera de esto. Pero, Assumpta, créame: si estoy aquí es porque estoy convencida de que puede ayudarme en un caso que quizá se inició entonces, en el Hogar de la Concepción.

—El Hogar... —Assumpta sonrió—. Me ha costado un horror superar lo que pasaba allí. Pero cada vez que oigo su nombre, el «Hogar», me entran ganas de echarme a reír.

—¿Cómo era? ¿Cómo...?

—¿Quiere que le diga la verdad? ¿La pura verdad? Lo peor de todo es que durante unos años ni siquiera tuve la sensación de hacer nada malo. En el Hogar acogíamos a chicas embarazadas, normalmente solteras, que no deseaban tener a sus hijos, y buscábamos una casa para ellos. Una buena familia, sólida, cristiana, deseosa de acoger en su seno a un recién nacido al que su madre no quería o no podía criar. Hoy en día nadie puede imaginar lo que era para una chica ser madre soltera en los años sesenta, sobre todo en los pueblos. El país ha cambiado mucho. La sociedad ha cambiado más aún. Los pecados vergonzantes de entonces son actos normales hoy en día.

—Lo sé. Pero, Assumpta, no estamos hablando de madres que renunciaban a sus hijos. O no sólo.

—Eso... eso vino después. O al menos yo lo supe más tarde. No pretendo disculparme. Simplemente fue así.

Dejó la taza sobre el platillo, en la mesita.

—Recuerdo muy bien la primera vez que pasó. Era una muchacha que había llegado como las demás, embarazada y sin marido. El proceso fue el mismo de siempre. Sor Amparo, la madre superiora, buscó a una familia. Y sin embargo, a medida que avanzaba el embarazo, aquella joven cambió de opinión. Me lo dijo, quería quedarse con su hijo, pese a la oposición de sus padres. Hay una fuerza en la gestación de un bebé que se contagia a las mujeres que los llevan dentro.

—¿Qué pasó?

—Sor Amparo se mostró inflexible. Afirmó que si aquella

chica había cambiado de opinión una vez, volvería a hacerlo. Y que, en definitiva, el niño estaría mejor en manos de una familia normal. Protesté, pero fue en vano. Cuando nació el bebé, sor Amparo se lo llevó enseguida. No había sido un parto complicado, lo habitual en una primeriza. La joven estaba agotada, y aun así pedía ver a su hijo. Sor Amparo entró en su habitación, estuvo hablando con ella, rezaron juntas. Luego supe que le había mentido: le había dicho que el bebé había nacido muerto y que era aconsejable que no lo viera. ¿Para qué? Ver a un recién nacido muerto sería una imagen imposible de borrar. Dios había dispuesto las cosas así, no hacía falta castigarse más acumulando recuerdos dolorosos e inolvidables. —Suspiró—. Sor Amparo era muy convincente, y tenía muy claros sus objetivos. Un niño, una familia. Y dinero, por supuesto. Me horroriza decir que el dinero jugaba un papel en todo esto, aunque fuera disfrazado de buenas intenciones.

Leire asentía. Era más o menos como lo había imaginado.

—Ese día empecé a llevar una lista de nombres. Familias adoptivas, madres naturales. Dinero. No sólo de los adoptados de manera ilegal, sino de todos ellos. No sé por qué lo hice. Supongo que pensé que quizá algún día resultaría útil. La he leído tantas veces que casi me la sé de memoria. Además, no fueron tantos. A partir de los años setenta el tema empezó a variar. Las mujeres nos volvimos más... valientes.

—¿Le suena el nombre de Valldaura? En 1971 adoptaron a una niña en ese Hogar. Quizá fue uno de esos bebés robados...

—Andrés Moreno me lo contó la segunda vez que vino. Me habló de la desaparición de Ruth Valldaura. —Se paró como si intentara ordenar sus recuerdos—. No. Lamento decir que la madre de esa niña no puso ninguna objeción a renunciar a su hija. Tardé un poco en recordarla, son muchos nombres, muchos dramas. Pero la historia de aquella chica era especial.

—¿Por qué?

—Llegó al Hogar acompañada por sus padres y se hallaba casi en estado de shock. No entiendo cómo la dejaron allí; parecían buena gente. A lo largo de los días que estuvo con nosotras llegué a hablar con ella bastantes veces. Al principio ni siquiera respondía; luego, poco a poco, empezó a abrirse conmigo. A contarme cosas. Cosas terribles.

—¿Qué le había sucedido?

—La habían detenido, en la universidad. En esa época era común, muchos estudiantes se oponían al régimen. Y el Estado hacía cuanto podía por acabar con ellos. Ha oído hablar de la Brigada Político Social, supongo.

—Sí.

—¡Dios, hablamos de hace cuarenta años y sin embargo lo recuerdo como si fuera ayer! Según me contó esa chica, la llevaron a la comisaría de Via Laietana, donde la interrogaron. No eran muy delicados en aquellos tiempos. Pero lo peor no fue eso: uno de los policías abusó de ella. —Assumpta enrojeció—. La... la violó repetidas veces y la dejó embarazada. Como comprenderá, no sentía el menor cariño por el bebé que llevaba dentro.

Leire asentía, pensando que los cabos comenzaban a unirse, a formar un todo con sentido. Incompleto y, sin embargo, coherente.

—¿El subinspector que la violó pudo ser un tal Juan Antonio López Custodio?

—No me pida tanto. Sólo sé que a Pilar la violó un tipo al que apodaban el Ángel. Una vez, cuando intenté que rezara conmigo, me lo soltó: «Déjese de ángeles, madre. Yo ya recibí la visita de uno, y me hizo esto. Así lo llamaban en comisaría. El Ángel».

—¿Y ella? ¿Se acuerda de su apellido? ¿Pilar qué más?

Se levantó y entró en la cocina, de la que regresó con una caja de lata, redonda y azul. Al abrirla, Leire vio que aquella antigua caja de galletas se había convertido en costurero. Y en el lugar donde la ex monja guardaba sus secretos. Leire se reprimió para no abalanzarse y quitársela de las manos.

—Tengo el nombre completo anotado en la lista. Octubre de 1971. Ernesto Valldaura. La madre natural se llamaba Pilar Savall.

Leire se inclinó hacia la mujer.

—¿Ha dicho Savall?

—Sí. ¿Por qué?

Leire intentó ordenar sus ideas, frenar un razonamiento que quizá la llevaba a conclusiones anticipadas. Un apellido era sólo eso, no era prueba de nada más.

—¿Alguien más le ha preguntado alguna vez por Ruth Valldaura?

—¿Por los Valldaura? No. —Hizo una pausa y dobló la hoja de papel, uniéndola al resto—. Pero antes de Andrés Moreno vino una persona a preguntarme por Pilar Savall. Era un hombre de color, viejo, y muy extraño. No me inspiró la menor confianza y lo eché. Unos días después me encontré toda la casa revuelta. Pensé que habían entrado a robar, pero no faltaba nada. Oiga, ¿le pasa algo? ¿Le ha sentado mal el café?

«Sí —pensó Leire—. No me encuentro bien.» El café le volvía a la boca en forma de jarabe agrio. Tuvo el tiempo justo de llegar al cuarto de baño antes de vomitar.

53

El edificio de medicina legal y forense no era el lugar más adecuado para lo que iba a hacer, y Héctor lo sabía. La mirada de Celia Ruiz, que habría hecho palidecer de miedo a un regimiento de soldados, se posaba sobre él sin la menor compasión. Él había fingido no verla y le había asegurado que se encontraba bien, algo que era, a todas luces, una mentira descarada. Los días de reposo valían un imperio y estaba seguro de que echarse a la calle antes de tiempo significaría una recaída. Quince horas después de haber abandonado la tranquila habitación del hospital ya estaba a punto de desfallecer.

—Tengo camillas libres, por si acaso te asalta una muerte súbita —le soltó la doctora.

—Mala hierba nunca…

—Usted el primero. Mire, ahí viene.

Héctor se volvió hacia donde le señalaba Celia Ruiz y, de repente, recobró la fuerza perdida. Aunque fuera sólo durante un par de horas la necesitaba toda.

—Buenos días —saludó Salgado al recién llegado.

—Buenas. No pensaba encontrarle aquí. Me dijeron que estaba herido. ¿Cómo se encuentra?

—Mejor —respondió Héctor.

—Me han llamado esta mañana para que viniera a recoger los resultados de…

—Sí. Acompáñeme, señor Silva.

Por suerte, la doctora les había cedido una sala donde podrían hablar tranquilos y Héctor escoltó a su visitante hasta ella.

—Siéntese.

Ramón Silva ocupó la silla con gesto cansado.

—Usted dirá. Supongo que se trata de Cristina.

—Sí. Por supuesto. Antes que nada, quiero agradecerle que haya venido esta misma mañana.

—No faltaba más. Todos tenemos ganas de terminar con esto, inspector. En casa estamos a pocas semanas de celebrar una boda. Es difícil concentrarse en esos preparativos teniendo un entierro pendiente y no quiero que ese enlace quede empañado. Belén y Eloy se merecen un día feliz, sin sombras.

Héctor asintió y sonrió, en un gesto pensado para infundir confianza.

—Como le ha dicho la doctora por teléfono, se han realizado los análisis pertinentes al cadáver de Cristina, se ha comparado su ADN con el de usted, su único familiar vivo. Su padre.

—Muy bien. Entonces ¿podemos llevárnosla ya? Me gustaría enterrarla cuanto antes. Todo esto ya ha durado demasiado.

Si esperaba un gesto de asentimiento por parte de Héctor, éste no se produjo.

—Lo que sucede es que, una vez evaluados los resultados, se ha llegado a una conclusión... inesperada. Me temo que será un golpe para usted saber que ese cuerpo no es el de su hija.

—¿Cómo? No puede ser. ¿Y el chico?

—Él es Daniel Saavedra, sí, no cabe duda.

—¿Y ella? No, no lo entiendo. ¿No estaban juntos? ¿Dónde... dónde está Cristina?

—No he dicho que no sea Cristina, señor Silva. Lo que he afirmado es que no es su hija. Los análisis no mienten.

El rostro de Ramón Silva se congestionó: los ojos muy abiertos, las mejillas sonrojadas. «Incluso los que no tienen corazón pueden sufrir un infarto», pensó Héctor.

—No quiero ser indiscreto, pero ¿cabe la posibilidad de que su esposa le engañara?

—Está... Está insinuando que... ¡Esto es vergonzoso, inspector! ¿Cómo se atreve a sugerir semejante... obscenidad?

Se había puesto de pie. Le latía la vena del cuello y saltaba a la vista que le faltaba el aire.

—Cálmese, señor Silva. Por favor. Entiendo que esto sea duro para usted y por eso he querido ocuparme personalmente de decírselo. Entre hombres, estas cosas son más llevaderas.

Silva se dejó caer de nuevo en la silla. Se sacó un pañuelo del bolsillo de la chaqueta y se enjugó el sudor.

—No esperaba esto, inspector. Sinceramente. Disculpe, ¿tiene un poco de agua?

—Sí, por supuesto.

Ramón Silva se acercó el vaso de plástico a los labios con mano temblorosa.

—Entonces ¿no había sospechado nunca que su esposa pudiera serle infiel?

—¿Quién sabe, inspector? —Estrujó el vaso vacío entre las manos, sin darse cuenta—. ¿Cómo se puede estar seguro de eso?

—Es cierto. No se puede. —Héctor usaba un tono amable—. Supongo que se trata de un golpe duro. No se preocupe, no será usted el primero ni el último en criar a hijos que no son suyos. Las mujeres pueden engañarnos en eso, y en muchas otras cosas.

—Las mujeres pueden mentirnos en eso, sí —afirmó Silva—. ¿Y qué va a pasar ahora? ¿Puedo confiar en su discreción?

—Podría contar con ella si no estuviéramos en un caso de homicidio. Lo siento, pero la investigación requiere que saquemos toda la verdad a la luz.

—Pero seguramente esto no cambia nada, ¿no? Quiero decir que si ese chico mató a Cristina, poco importa que ella fuera hija mía o no.

Héctor asentía, comprensivo.

—Ya. El problema es que el caso no está cerrado. No del todo. —Sonrió—. Aparecen nuevas pruebas, nuevas hipótesis.

—¿Ah, sí?

—En efecto. Ahora sabemos, por ejemplo, adónde fue Cristina días antes de su muerte. Estuvo en Vejer, en la casa donde pasaban los veranos.

Silva se alteró, la mención del lugar no le traía, obviamente, buenos recuerdos.

—¿Y por qué fue allí? ¡Debería haber vendido esa casa!

—Eso es lo que me pregunté yo también. Su futuro yerno me contó lo que había pasado en ella: el incendio, el accidente. ¿Por qué querría Cristina regresar a un lugar al que no había ido desde que era una niña?

—Cristina era así. Le gustaba remover el pasado.

—¿No lo sabía?

—¿Que había estado en Vejer? No, por supuesto. ¿Cómo iba a saberlo?

—Bueno, se lo podía haber explicado ella cuando se vieron. En el cumpleaños de su otra hija, a finales de junio.

—Pues no, no me lo dijo. No es que Cristina fuera muy habladora conmigo. Con nosotros.

—Lo entiendo. Entonces, ese día, ¿sólo le pidió dinero?

—¿Dinero? ¡No, no me pidió nada!

—Escuche, intente comprenderme usted a mí. Encontramos diez mil euros con los cadáveres, y está claro que tuvieron que conseguirlos de algún modo.

—¿Y cree que se los di yo? ¿Diez mil euros? ¿Se los daría usted a su hijo, así por las buenas? ¡No me haga reír!

—No, desde luego. No sin un buen motivo. Pero a veces uno tiene motivos para pagar. Para comprar el silencio.

—¿De qué está hablando?

—De esto. —Héctor sacó de su carpeta el cuaderno de Cristina, y del interior unas páginas dobladas. Se aclaró la garganta y se dispuso a leer.

Hoy he vuelto a la casa de Vejer, allí donde empezó todo. Hacía años que no regresaba a ella aunque, en realidad, me he dado cuenta de que nunca me fui. De que siempre, todo este tiempo, he estado allí.

—Oiga, inspector, ¿a qué viene esto?
—Cállese y escuche. Lo escribió Cristina, así que debería interesarle.

> He subido al cuarto de los niños, a la habitación donde dormíamos cuando íbamos allí en verano. No he entrado. Aún no. No me siento con fuerzas para cruzar ese umbral, recorrer la habitación y abrir la ventana. En su lugar, he pasado de largo y he ido a la habitación de mamá. Siempre pensé en ella así, el cuarto de mamá, no de mis padres. Desde la puerta he entrevisto su cama, aquel lecho que en las tardes de julio se agitaba como poseído por un huracán. He recordado las sábanas, arrugadas, y ese olor especial que salía de allí. Y los gemidos, la fricción constante de los cuerpos desnudos. Me he acordado de mamá y del hombre que venía a verla, he entrecerrado los ojos y he visto aquello que no he olvidado jamás. Sus brazos, sus besos, la lucha de sus cuerpos que entonces me fascinaba y que ahora sé bien a qué obedecen. Follaban. Mamá y ese hombre follaban todas las tardes de verano, a la hora de la siesta, mientras Martín y yo dormíamos. O, en mi caso, fingíamos dormir.
> He cerrado esa puerta y con ella las imágenes de amor, o de sexo. Y, por fin, me he decidido a entrar en mi cuarto.

Héctor levantó la vista. Ramón Silva lo observaba, aunque no habría sabido decir si le escuchaba o su mente estaba perdida en esa misma casa, en ese mismo pasado. Decidió proseguir:

> La ventana. Esa ventana. La misma que me persigue en sueños, a veces llena de pájaros. Aves de pesadilla que vienen a llevarse lo que no es suyo. Cruzo la estancia y me dirijo a ella. «No la abras», me digo. Me lo habían dicho mil veces, y esa tarde no hice caso, porque la casa estaba llena de humo negro. La abrí, y fui a buscar a mamá, a pesar de que sabía que no le gustaría. A pesar de que sabía que no estaba sola. Al ir hacia allí lo vi: entre el humo, en la planta de abajo, una sombra que se iba. Una sombra que yo conocía bien. La sombra de papá.

—¡Basta!
—Señor Silva, entiendo que tuvo que ser duro descubrirlo. ¿Qué le pasó por la cabeza? ¿Quemar la casa? ¿Matarlos a todos?

No respondió. Héctor notó también que la voz empezaba a fallarle. Sintió un ligero mareo que alejó con decisión.

—No sé qué está diciendo.

—Lo sabe. Lo sabe perfectamente. Sabe que Cristina le vio aquella tarde, aunque durante años ese recuerdo permaneció sepultado. Oculto bajo todo lo que sucedió después. La ventana abierta, la caída del niño. Todos se esforzaron para que Cristina olvidara, sobre todo usted. Su mujer se volvió loca y murió sin saber que alguien había provocado aquel incendio. Cristina no se acordó hasta mucho después, porque la muerte de su hermano pequeño la obsesionaba. Se sentía mala, culpable. Otro la habría llevado a un psicólogo, pero usted optó por enviarla fuera. Alejarla. Según sus palabras, «Cristina no se hacía querer».

Estaba a punto de vencer. Lo sabía.

—Tuvo mala suerte, señor Silva. Lo único que le pidió Cristina fue un curso de escritura y usted se lo pagó. Y allí, en ejercicios diversos, empezó a recordar. No del todo, por supuesto. Algunas lecturas la desconcertaban, sobre todo si en ellas salían niños. Niños que veían lo que no debe verse. Aun así, ella no tuvo la certeza hasta que se fue a Vejer, poco antes de su muerte. Allí sí. Allí lo recordó todo. No sé qué pensaba hacer cuando regresara. Quizá no le hubiera llegado a decir nada o quizá, más probablemente, le habría acusado públicamente de todo. Me parece que eso habría sido más propio de ella. Pero no. Se plantó ante usted y le pidió dinero.

Héctor seguía un razonamiento lógico con la esperanza de que el hombre que tenía delante se hundiera. No podía asegurarlo, sólo podía intuir que el peso de la verdad comenzaba a abrumar a Ramón Silva. Y había cosas que, simplemente, sólo podía suponer. A Daniel enojado con sus amigos que no querían saber nada de él porque, y eso debía de cabrearle aún más, les había fallado. A Cristina intentando compensarle porque, en definitiva, él había faltado a ese concierto y se había ganado la exclusión del grupo por ir a buscarla a Vejer cuando ella le llamó. Cristina, que, armada con la verdad recordada, se había enfrentado a su padre y le había exigido diez mil euros por callar. ¿Quién si no podía darle tanto dinero en tan poco tiempo? ¿De dónde podían sacarlo ella o Daniel?

—Dinero —masculló Silva—. La habría respetado si hubiera pedido cualquier otra cosa. Si le hubiera contado la verdad a todos. Pero ¿dinero? Era como Nieves, y como Eloy. Yo trabajando como un burro mientras ellos fornicaban, mientras planeaban dejarme.

Héctor intentó no mostrar ninguna reacción al oír el nombre del amante. Podía entender la reacción de desear matar al falso amigo, a la esposa infiel. Prender fuego a la casa y que los dos ardieran. Pero ¿y los niños?

—¿Cuándo supo que era estéril? —preguntó de repente.

—Me hicieron unos análisis, por otro tema. Yo ya sospechaba de ella, pero cuando me dieron los resultados me quedaron pocas dudas. Lo duro fue descubrir quién era él.

—Su amigo, el padre de Eloy, ¿podría ser también el padre de Cristina?

—Hijo de puta. Se la follaba todos los veranos, desde hacía años... Cristina también había nacido en primavera así que Nieves tenía que haberse quedado embarazada durante las vacaciones, aunque en esos años yo no sospechaba nada. —Sonrió—. Merecían morir. Y, de hecho, todos están muertos.

Héctor se estremeció. A lo largo de su carrera había tratado con criminales despiadados, pero pocas veces se había encontrado con esa falta absoluta de empatía, de remordimiento. De humanidad.

—Nieves enfermó y usted colaboró en que empeorara, ¿no es así?

—No hizo falta mucho. Estaba follando mientras su hijito caía al vacío. ¿Qué madre podría soportarlo?

—Y el padre de Eloy...

—Me jodió tanto que mi amigo me traicionase, que lo habría matado con mis propias manos, pero Dios se puso de mi parte: él murió de un infarto poco después. ¡Ahora su hijo me llama padre a mí!

—Pero Dios no fue quien se llevó a Cristina. La mató usted, a ella y a Daniel. Los siguió hasta esa casa y los machacó a golpes. ¡Era su hija, por el amor de Dios!

—No, inspector. No lo era.

Parecía ofendido, como si aquel reproche fuera peor que la acusación.

—Era hija de esa zorra y del bastardo de Eloy. Había salido a ellos. Me chantajeó y luego se fue a follar con su novio. Los vi. Los estuve mirando mientras se revolcaban en aquella cama vieja. Como Nieves y Eloy, disfrutando como cerdos. Por eso oculté los cuerpos así, abrazados. Por eso dejé el dinero ahí. Que se pudrieran juntos, ellos y los billetes. Hay otras cosas que importan en la vida, inspector. Cosas como el honor.

Héctor no podía soportarlo más. Era debilidad, o tal vez asco, lo que inundaba su cuerpo y le hacía desfallecer.

Por suerte, Fort estaba en la puerta, listo para entrar a detener a Ramón Silva. Con sinceridad, él no habría sido capaz.

—Estás pálido —le dijo la doctora Ruiz, tuteándolo por primera vez en su vida, en un tono casi maternal.

—Se me pegó del ambiente.

—No sé cómo aún te quedan ánimos para bromear.

—¿No lo hacéis vosotros? ¿Con los cadáveres?

—Eso es una leyenda negra —repuso ella—. Con franqueza, prefiero lidiar con muertos que con tipos como ése.

—No creo que Ramón Silva aguante mucho. Y tampoco creo que nadie llore mucho por él.

—Lo del relato fue todo un acierto.

Héctor sonrió. Había trucos que no debían contarse, ni siquiera a los colegas. Después de que Nina le llamara para decirle que había visto el mantel cuando Cristina regresó de aquel viaje con destino desconocido y le dijo que era un recuerdo de infancia, el relato encajó por fin en un escenario distinto y todo empezó a cobrar sentido. Un sentido perverso, monstruoso: la pareja de amantes, el niño muerto, los miedos de Cristina, el dinero conseguido con tanta rapidez. Claro que no existía ninguna prueba, de manera que la noche anterior había ido a ver a Ferran Badía y le había pedido que le escribiera el relato ficticio. Afortunadamente, el chico estaba lúcido y había hecho un buen trabajo. Ahora estaría mejor. La verdad, el hecho de sacar a la luz lo que había sucedido realmente, le ayudaría a recobrar la cordura.

—Por cierto, tus agentes no te dejan en paz.

—¿Por qué?

—Ha llamado Leire Castro. Dice que quiere hablar contigo. Que es urgente. Chico, yo de ti me habría quedado en el hospital.

54

El piso de Ruth. El loft donde empezó todo. «O no», pensó Héctor. ¿Cuándo empezaban a gestarse las tragedias realmente? Cuarenta años atrás, tal vez, con una chica violada y embarazada, cargada de odio, destrozada por dentro. O mucho después, el verano anterior a éste, cuando él arremetió contra Omar y le dio una paliza. O unos meses más tarde, el día que Ruth desapareció. Buscar el inicio no era sencillo, y sin embargo estaba casi seguro de que ese espacio, ese piso amplio donde Ruth había vivido sus últimos meses, sería el escenario del final.

Leire se había empeñado en acompañarle a pesar de que él le había rogado que no lo hiciera. «Estás demasiado débil para enfrentarte a esto solo», le dijo. Él no se sentía débil, aunque debía admitir que en ocasiones su mente se mostraba incapaz de asumir todo lo que había descubierto en las últimas horas. «Piezas sueltas como las de un puzzle —pensó irónicamente—, que componen un retrato definitivo.»

Naturalmente, quedaban huecos, piezas perdidas en el tiempo, detalles que carecían de explicación. Una cosa estaba clara: si el mensaje no mentía, si el hombre que había encargado la muerte de aquel subinspector tenía las respuestas a la desaparición de Ruth, ese hombre podía ser el que él estaba esperando. El mismo que había accedido a reunirse con él aquella mañana soleada. Y que, en menos de diez minutos, llamaría al timbre.

Contempló a Leire, que le observaba, tensa, sin ánimos para

sonreír. Habían pasado juntos todo el día anterior, asegurándose de que la coincidencia de apellidos no era sólo eso. Pilar Savall i Lluc, muerta años atrás, era hermana de Lluís Savall. Ése, y la declaración de que ella había sido violada por el Ángel, eran los únicos elementos sólidos que apuntalaban sus sospechas. El resto era un fondo difuso, desdibujado, poblado de recodos oscuros. Héctor no olvidaba a Omar, su venganza, una capacidad para el mal que se le antojaba cada vez más aterradora. Más retorcida. Claro que aún existía la posibilidad de que el hombre a quien esperaba fuese inocente, una víctima más en ese rompecabezas siniestro.

Leire avanzó hacia él y apoyó una mano en su hombro. Habían hecho el amor esa noche, por segunda vez, lo que, al parecer, los convertía en amantes. Había sido tan distinto a la primera noche..., un sexo reposado, necesario, casi curativo, alejado del arrebato pasional de la otra ocasión.

—Tiene que estar a punto de llegar —dijo ella.

—En cuanto llame, ve a la otra parte del piso. —Frenó lo que ella iba a objetar con un gesto—. Sí, no protestes. Tengo que hablar con él a solas.

El timbre sonó a la hora exacta.

Lluís Savall había dudado mucho antes de decidirse a aceptar ese encuentro. La llamada de Héctor, recibida la noche anterior, le pedía una cita a las diez en punto. «Sé que Bellver ha estado interrogando a mi gente —le había dicho—. Quiero hablar contigo fuera de comisaría. Fuera de casa también. Tengo algo importante que contarte y prefiero hacerlo en un lugar tranquilo, donde podamos hablar sin que nos molesten.» Él no se engañaba: el piso de Ruth no podía considerarse territorio neutral.

No le había dicho nada a Helena. No quería oír sus advertencias, ni sus insinuaciones. Pese a todo, pese a haber descartado las ideas de su esposa como propuestas descabelladas, iba armado. Coger la pistola había sido un gesto instintivo y, mientras subía hacia el piso, la palpó con la mano. Las armas, como el dinero, proporcionan seguridad.

Por un instante, Héctor se arrepintió de haber pedido a Leire que se alejara. Su cercanía le daba ánimos. No, tenía que ser así. Él y el comisario Savall debían hablar cara a cara, sin testigos.

—Héctor, tienes mala cara. ¿Estás seguro de que te encuentras bien?

La misma afabilidad de siempre, acompañada de una expresión de desconcierto en la cara.

—¿Por qué has querido que nos viéramos aquí?

—Es un lugar como cualquier otro, Lluís. Y, como te dije anoche, lo que tengo que contarte tiene mucho que ver con Ruth.

—Escucha, puedes estar tranquilo por lo que se refiere a Bellver. Tu posible implicación en el caso era algo a investigar, y lo sabes. Él sólo está cumpliendo con su trabajo, pero debo decirte que es una hipótesis que empieza a caer por sí sola. Como yo esperaba, ni más ni menos.

Héctor asintió. No sabía si tendría fuerza suficiente para encarar todo lo que vendría. Por alguna razón, ambos seguían de pie. Él apoyado en la mesa, de cara a la puerta; Savall delante, mirándolo con expectación. El comisario Lluís Savall, con quien había compartido horas de trabajo, casos y decisiones. Intentó apartar todo eso de su mente y concentrarse en lo que debía hacer.

—Te he hecho venir porque he descubierto algo que te concierne, Lluís. Algo que quizá no sepas y que puede afectarte personalmente.

—Va, déjate de preámbulos, Héctor. Suéltalo ya. Me estás poniendo nervioso. —Sonrió—. Y a mi edad no estoy para impresiones de buena mañana.

Sí, pensó Héctor. No podía demorarlo más. Había llegado el momento de la verdad.

—Sabes que nunca he dejado el caso de Ruth, a pesar de tus órdenes al respecto. No podía hacerlo. Y por fin creo que tengo un dato que puede aclarar parte del misterio. —Tomó aire, notó que la rodilla derecha le temblaba de manera incontrolable—. ¿Tú sabías que Ruth había sido adoptada?

Savall no se esperaba eso. Su cara de sorpresa lo demostró sin lugar a dudas.

—No tenía ni idea. ¿Tú sí? Nunca dijiste nada.

—No, yo tampoco lo sabía. Y creo que ella lo ignoraba. Ruth fue adoptada por los Valldaura poco después de nacer.

—Vaya. Bueno, esas cosas pasaban antes. Los padres adoptivos muchas veces no decían nada a sus hijos. Es peor, según he oído. Pero ¿tiene eso algo que ver con lo que le pasó?

—No estoy seguro. He averiguado quiénes fueron sus verdaderos padres. Es una historia larga y terrible. —Miró a su jefe fijamente—. Una historia que, en cierto sentido, te concierne a ti.

—¿A mí?

—Hace cuarenta años una chica fue detenida por la policía franquista. Interrogada. Violada por uno de los subinspectores del cuerpo. Un cabrón llamado Juan Antonio López Custodio, al que apodaban el Ángel.

Ahora ya no le cabía duda de que Savall sabía de qué le estaban hablando. Sus ojos demostraban que cada palabra era un golpe, un directo a un cuerpo que se esforzaba por blindarse ante ellos.

—Juan Antonio López murió, en 2002, en un sospechoso accidente de automóvil. Lo curioso es que un amigo del subinspector recibió hace poco una carta en la que se le decía que la persona que había encargado su muerte era también responsable de la desaparición de Ruth.

Se calló. Savall seguía rígido, imperturbable.

—Todo esto es un poco extraño, Héctor. ¿Qué tiene que ver la pobre Ruth con ese tipo?

—Eso pensé yo. Hasta que descubrí el nombre de la chica. La estudiante violada. La chica que quedó embarazada de ese energúmeno.

—¿Embarazada?

La verdad se abría paso, espontáneamente. La mirada de Savall denotaba una extrañeza teñida de pesar.

—Sí. La chica quedó embarazada y dio a luz a una niña en el Hogar de la Concepción, en Tarragona, que fue dada en adopción. El bebé era Ruth, Lluís, y esa chica… Ella se llamaba Pilar. Pilar Savall. Tu hermana.

Savall dio un paso atrás. Su cabeza se negaba a aceptar aquello y el corazón aceleró su ritmo. Se llevó una mano hasta él y rozó la pistola. Ahí estaba. Dura, resistente. Útil. Sin darse cuenta, la sacó y vio cómo Héctor se tensaba al verla.

—¡Maldito cerdo! Él lo sabía. Lo sabía todo.

—Lluís, ¿estás bien? Suelta eso, suelta la pistola.

—¡No! —El comisario se oyó gritar a sí mismo y no reconoció su voz, alterada por un odio y un dolor que jamás pensó que llegaría a sentir—. ¡Él lo sabía! Omar tuvo que investigarnos a todos.

—Sí. Creo que lo sabía. Creo que utilizó esa información. Y creo que tú puedes decirme cómo la usó.

El aire se negaba a entrar en sus pulmones. Lluis Savall abrió más la boca, intentando atraparlo. Intentando respirar.

—Yo… yo sólo quería protegerla. Protegerla de Omar. Y casi lo conseguí. Sí, estuve a punto de lograrlo. A punto de salvarla.

Recordó su cara, el alivio y la satisfacción que sentían ambos ese domingo por la tarde cuando él fue a buscarla.

—Ya está, Ruth. Se acabó. Ese viejo tarado ha muerto y tú estás a salvo.

Iban en el coche, camino de Barcelona. Aún cruzaban la urbanización de casas aisladas, un camino asfaltado y solitario. Al fondo, la carretera los devolvería pronto a la ciudad, al orden, a la tranquilidad.

—¿Me devuelves el móvil? Quiero llamar a Guillermo. Debe de estar esperándome.

Él se llevó la mano al bolsillo interior de la americana.

—Ostras, lo siento. Debe de haberse quedado en la otra chaqueta. Si sabes el número, puedes usar el mío.
—La verdad es que no. Pero debes de tener en la agenda el de Héctor, ¿no?
—Claro.
Se disponía a dárselo cuando ella dijo, mirando el reloj del salpicadero:
—Es igual. Llegaremos en media hora. De hecho, todavía me da tiempo de coger el coche e ir a buscar a Guillermo tal y como habíamos quedado. A ver si así todo empieza a volver a la normalidad.
—Lo siento, Ruth. De verdad. Por absurdo que te parezca todo esto era necesario.
—Ya, lo supongo. —En su voz, sin embargo, se advertía una nota escéptica.
—¿Te has aburrido mucho? En la casa, me refiero.
—No, he estado leyendo. Había algún libro interesante.
—Permaneció pensativa, unos instantes, y luego prosiguió—: Es curioso, ¿sabes? El día que fui a ver a Omar me soltó un montón de tonterías.
—Olvídalo. Ese monstruo está muerto. Sácalo de tu cabeza.
Odiaba conducir de noche. La edad se notaba en esas cosas; las luces en la lejanía le molestaban.
—Sí. Será lo mejor. Pero hay cosas que no son fáciles de olvidar. La tarde que lo vi me soltó un discurso rarísimo. Según él, todos en la vida tenemos un némesis. Alguien que puede destruirnos. Podíamos intentar esquivarlo si sabíamos su nombre. Me dijo que él, por ejemplo, había sabido que el suyo era Héctor Salgado antes de conocerlo.
—¡Bobadas, Ruth! Quería impresionarte, nada más.
—Sí. Eso pensé yo.
Un bache traicionero disparó el coche hacia delante.
—Perdona —dijo él.
—No pasa nada. —Ella se agarró a la manecilla y siguió hablando—. Según Omar, mi némesis, el hombre que podía causarme un

daño irreparable, era un tal Juan Antonio López Custodio. Me dio incluso su apodo: el Ángel. Nunca había oído ese nombre, pero...
　　Savall aceleró sin querer. No quería oír lo que ella estaba diciendo, no quería oír ese nombre en sus labios. Algo debió de reflejarse en su semblante porque ella añadió:
　　—¿Estás bien? Te decía que no había oído hablar de ese hombre, ni antes ni después... hasta este fin de semana. Bueno, en realidad, no lo oí. Estaba buscando un libro y me encontré con una esquela de su muerte. Al parecer, había sido policía. Alguien había escrito un mensaje horrible en el margen, insultos obscenos dedicados al fallecido. Bueno, al menos creo que puedo estar tranquila. —Se rió—. Si ya ha muerto, no supone ningún peligro, ¿no? Aunque me gustaría saber más cosas de él. ¿Te dice algo ese nombre?
　　Habría dado cualquier cosa por que se callara. Para cortarle la voz de raíz. Para enterrar a ese Ángel para siempre. Un monstruo que se empeñaba en regresar a su vida. Un fantasma que, al parecer, nunca le abandonaría, nunca le dejaría en paz. Fue una maniobra rápida, un volantazo para no pillar otro bache que resultó más brusco de lo necesario como consecuencia de los nervios acumulados. Enderezó la dirección justo a tiempo de no salirse de la carretera, en otro golpe de volante que lanzó a Ruth contra la puerta; luego frenó, en seco. A su lado, Ruth soltó un gemido de dolor y él suspiró, aliviado.
　　Había sido sólo un golpe, la cabeza de Ruth había chocado contra el cristal de la ventanilla.
　　—Lo siento —murmuró.
　　Y mientras lo decía pensó que ella podía haber muerto en ese accidente estúpido, y con ella todas las preguntas. ¿Qué haría Ruth ahora? ¿Olvidaría a ese desgraciado o buscaría la manera de saber más sobre él? Y, lo que era peor, estaba seguro de que el maldito Omar, a su manera, había planeado todo esto. Le había dado a Ruth un nombre y lo había desafiado a él a salvarla. Los había unido con la esperanza de que llegara ese momento. ¿Qué había dicho? «Yo nunca he matado a nadie. Como usted, prefie-

ro que otros se encarguen del trabajo sucio.» Sí, incluso después de muerto, sus actos seguían teniendo consecuencias.

En esos segundos maldijo a su hermana por guardar la dichosa esquela, y a sí mismo por haber caído en el juego de Omar. Por haberla llevado allí. Él tenía la culpa, y pronto comprendió que en sus manos estaba también la solución. Acercar los dedos a su cuello fue un impulso que no pudo controlar. Cuando ella abrió los ojos, extrañada, él vio el temor en su mirada. Ya no había marcha atrás. Y apretó con fuerza su garganta hasta que notó que la resistencia se desvanecía, que aquel cuerpo había dejado de respirar.

—Todo había terminado. Todo. Omar estaba muerto, Ruth se hallaba a salvo. Yo me sentía feliz —murmuró con voz temblorosa—. Supongo que me volví loco, Héctor. Cuando ella dijo ese nombre, perdí la cabeza. Te confesaré algo: pagar para matar a aquel cerdo fue un acto del que no me arrepiento, pero la muerte de Ruth... ¡Dios, te juro que no he conseguido olvidarla ni un solo día!

Héctor seguía en pie, pálido, consciente de que por fin había llegado al final. Un año de interrogantes cerrados con esa verdad, obscena y dolorosa. Su mirada se posó en las manos de Savall, armas asesinas de un falso amigo que habían cercado sin piedad el cuello de Ruth. Durante el relato del comisario, Héctor había viajado mentalmente hasta ese coche, esa conversación, ese instante en que el crimen se impuso a la cordura. Estaba seguro de que, si cerraba los ojos, sólo vería la cara exangüe de Ruth. Un rostro amado, vencido, muerto... Fue consciente de la rabia que empezaba a arder en su interior: el calor intenso de ese fuego contrastaba con el sudor helado que le bañaba la piel. La habitación se desdibujó y se vio a sí mismo atrapado en una especie de túnel oscuro, rodeado de un silencio inflamable. Frente a él, al fondo de aquel pasadizo recto y angosto, irrespirable, se encontraba Lluís Savall, con los brazos extendidos, pidiendo un perdón indecente que él no estaba dispuesto a concederle.

Héctor intentó disipar esas imágenes, enfocar la mirada en el hombre que tenía ante sí, y al hacerlo se percató de que el gesto que esgrimía no sugería piedad, sino amenaza. Lluís Savall temblaba como un animal acorralado, y su mano derecha sujetaba la pistola con una firmeza que contradecía la agitación que azotaba el resto de su cuerpo.

—Lo siento, Héctor —le dijo, y de repente la aflicción había desaparecido, sustituida por un tono resolutivo, amenazante. El cañón de la pistola se elevó hacia él—. Nunca pensé que llegaríamos a esto. Ya no tengo nada que perder.

El grito de «suelte el arma» le sorprendió tanto a él como a Savall, que se volvió, armado. Leire fue la primera en disparar.

Los descendientes

55

—Leire fue la primera en disparar —repite Héctor, y se hace el silencio.

La historia ha terminado y él nota que parte de la tensión que le atenazaba se esfuma a través de esa última frase. Aun así, vuelve a ver la escena en su cabeza. Su grito. La detonación inesperada. El cuerpo de Savall desplomándose tras el impacto. La sangre. Intenta alejar las imágenes, rememorar la escena exacta sólo puede causarle problemas. Es mejor no desviarse del relato fabricado, casi cierto. Las cosas podrían haber ocurrido así.

—La agente Castro ha declarado que encontró la pistola en el estudio de su ex esposa. Y que, cuando vio que Savall le amenazaba, decidió intervenir.

—Exactamente.

—¿Cree que el comisario hubiera disparado contra usted? ¿O contra la agente Castro?

—Estaba desquiciado. Llevaba un rato blandiendo la pistola y yo... —Le avergüenza confesar su debilidad—. Un momento antes de la aparición de Leire estuve convencido de que el comisario iba a matarme, sí.

Su interrogador saca la pistola, debidamente precintada, y comenta:

—En la pistola se encontraron otras huellas, además de las de la agente Castro.

—Supongo que el arma ha pasado por un montón de manos.

El otro asiente y, durante unos segundos, se queda pensativo.

—Hay algo que no llego a entender en esta historia. Hemos investigado la muerte de Juan Antonio López. En su día ya se sospechó del accidente, aunque no pudo probarse nada. Y, como sabe, hemos encontrado los restos de su ex esposa, Ruth Valldaura, enterrados en los alrededores de la casita que el comisario tenía en Tiana.

—Sí. —Lo dice con firmeza para deshacer el nudo que se le ha formado en la garganta.

—Dada la confesión del comisario Savall, oída por usted y por la agente Castro, podemos afirmar que él fue el responsable de ambas muertes. Sin embargo —se detiene y Héctor presiente lo que va a decir a continuación—, si el doctor Omar deseaba vengarse de usted escogió un modo muy complicado para hacerlo. Las cosas podrían haber salido de manera totalmente distinta.

Sí. Héctor lo ha pensado mil veces. Su mente ha recorrido un montón de escenarios diferentes, aunque está seguro de que Omar había previsto que el temperamental inspector Salgado se dejaría llevar por la ira y mataría al asesino de Ruth con sus propias manos. En eso, al menos, había fallado.

—Supongo que Omar disponía de planes alternativos. Quizá pensara ocuparse de la muerte de Ruth por otros medios. O de la mía. ¿Quién sabe? Lo cierto es que murió poco después, así que no podemos saber cuáles habrían sido sus pasos si el comisario no se hubiera llevado a Ruth. En cualquier caso, me alegro de que no haya podido disfrutar de todo el mal que ha causado. Creo que es mi único consuelo.

—Entiendo. ¿Se ha parado a pensar que Omar debía de tener un cómplice? Alguien que envió la carta a ese hombre, Collado.

—Por supuesto. Aunque pudo ser cualquiera de sus clientes, o pacientes. Estoy seguro de que él pensaba marcharse. No se habría arriesgado a quedarse por aquí si le ocurría algo a Ruth. Así que debió de dejar ese encargo a alguien. Si a Ruth no le hubiera sucedido nada, esa carta no habría tenido valor alguno.

—Pese a todo, ¿no cree que se trata de una venganza muy retorcida? Maquiavélica, diría yo.

—¿Sabe una cosa? Llevo un año pensando en ello, intentando esclarecer la desaparición... la muerte de Ruth. No quiero darle la satisfacción de seguir obsesionado con ello o ese tipo habrá ganado desde su maldita tumba. Ruth murió a manos del comisario Savall; su cuerpo descansa ahora en paz. No puedo permitirme el lujo de seguir dándole vueltas a esa historia. La vida debe continuar, para mí y para mi hijo.

—¿Cómo está su hijo? —Por primera vez Héctor percibe una nota de sincero interés en el otro. Y en este mismo instante sabe que ha ganado.

—Bien. Ha estado en casa de sus abuelos maternos durante unos días y le envié a Buenos Aires después del entierro de Ruth. Mi hermano vive allí y yo me reuniré con ellos en cuanto termine todo esto. —Sonríe—. En cuanto ustedes me dejen. Los dos necesitamos pasar un tiempo lejos de aquí.

—Bueno, debo admitir que su declaración y la de la agente Castro coinciden en los aspectos fundamentales. En la chaqueta del comisario Savall encontramos, además, el teléfono móvil de su ex mujer. ¿Tiene la menor idea de por qué lo llevaba encima?

—No. No lo sé.

—Entonces... creo que hemos terminado. Inspector, le agradecería que mantuviera la discreción sobre todo esto en la medida de lo posible. Haremos cuanto esté en nuestra mano para cerrar este caso cuanto antes. Lo comprende, ¿verdad?

—Créame, no tengo ningún interés en prolongarlo más allá de lo inevitable. Y estoy seguro de que la agente Castro opina lo mismo.

—Sí. Yo también. No es fácil para un agente abrir fuego contra un superior, aunque dadas las circunstancias no veo qué otra cosa podría haber hecho. Habrá un juicio, claro, pero no creo que tenga problemas.

—No se merece tenerlos. La agente Leire Castro me salvó la vida. Si me necesitan, estaré aquí hasta que se celebre el juicio.

«Engañar al sistema. Sobrevivir.»

56

Álvaro Saavedra esperaba a su amigo en el sitio de siempre. Ya había llegado el calor de verdad, unas indiscretas gotas de sudor le caían por la frente. No se debían sólo a la temperatura. Aquella mañana, la puerta de la entidad bancaria donde trabajaba había amanecido con una pintada. «Asesinos.» Era ya la tercera en lo que llevaban de verano, aunque los mensajes, todos insultantes, variaban. Y Álvaro Saavedra sabía por qué. La noticia del fallecimiento de uno de los padres de familia que iban a ser desahuciados, el mismo con quien se había cruzado en el puente semanas atrás, había corrido como la pólvora en Girona. Pocos discutían que la presión ejercida desde la caja había contribuido al infarto de aquel pobre hombre. El propio Álvaro apenas albergaba dudas al respecto.

Se alegró de ver a su amigo, que se acercaba. En las últimas semanas su aspecto había mejorado. Ferran se enfrentaba a una condena por agresión, pero eso era mucho mejor que saber que era un asesino. Además, la detención de Ramón Silva parecía haberle devuelto parte de la cordura: Cristina no le había abandonado para suicidarse, sino que ella y Dani, su Daniel, habían muerto a manos de aquel animal a quien Álvaro odiaba con todas sus fuerzas, con un sentimiento tan intenso, tan visceral, que de madrugada le hacía fantasear con la posibilidad de matarlo a golpes él mismo.

—¿Cómo estás? —le saludó Joan.

—Ya ves —respondió—. Capeando el temporal.
—Son tiempos duros. ¿Y Virgínia?

Ya no tenía ánimos para eufemismos, así que respondió escuetamente:

—Alcoholizada la mayor parte del tiempo. Estoy intentando convencerla para que siga algún tratamiento, pero se niega en redondo.

El silencio puede ser a veces la mejor respuesta. Joan lo sabía, y por eso se limitó a apoyar una mano en el brazo de su amigo.

—¿Has oído lo de las pintadas en el banco? —le preguntó él.
—Sí. Tienes que entenderlo, Álvaro. Se les pasará con el tiempo, pero ahora mismo el ambiente está muy tenso. Ese hombre…
—Sí. No creas que no lo pienso yo también.
—Estoy seguro.

Contemplaron el caudal escaso del torrente. A lo lejos se oían gritos de chiquillos que corrían hacia ellos. Veinte años atrás, Daniel también había jugado en aquel lugar. Álvaro lo recordó entonces como cuando era niño: activo, fuerte, desobediente y guapo. La gente decía que se le parecía, aunque a él siempre le había costado verlo, quizá porque distinguía en su hijo una parte indolente, caprichosa, que no le agradaba. «Eso no significa que no lo quisiera», pensó. Son cosas completamente distintas. Uno puede amar a un hijo y percatarse de sus defectos, o querer a una esposa y no soportar su aliento a ginebra. O sentir lástima por un padre de familia y a la vez exigirle que entregue la casa donde vive.

La vida era así de injusta, así de dura en ocasiones. Así de despiadada. Los chavales que entonces corrían hacia ellos aún lo ignoraban.

—¿Qué mierda de futuro tendrán esos críos, Joan? —preguntó Álvaro, de repente.

Si Joan dijo algo, el griterío infantil ahogó su respuesta.

57

Las maletas ya estaban hechas. Toda una vida metida en esos dos contenedores cerrados, listos para viajar primero hasta el aeropuerto y después a Buenos Aires, su destino final. Al menos por un tiempo. Al final, Ginés había tenido razón. Marcharse no era siempre una huida, a veces era la única forma de continuar. Le quedaba el día siguiente para despedirse una vez más de Carmen, pero ésa iba a ser la última noche que pasaría en mucho tiempo en aquel piso, su casa durante veinte años. También había hablado con Lola. Ahora que su relación había quedado definitivamente en una amistad, supo que la extrañaría. «Hay historias que nunca encuentran su momento», pensó. Y quizá era así como debía ser.

Subió a la azotea y contempló las plantas que crecían, ignorantes de su inminente orfandad. Carmen había prometido ocuparse de ellas, y a pesar de que la mujer no estaba ya para subir escaleras, Héctor sabía que cumpliría con su palabra. Las regó a fondo y luego hizo el gesto automático de buscar un cigarrillo. Aún le pasaba, cada vez menos. Sin embargo, había logrado dejarlo. Llevaba doce días sin fumar.

Contempló el cielo oscureciéndose sobre una ciudad que se le antojó vacía. Los fines de semana de verano las calles se quedaban abandonadas, entregadas al dominio de las hordas de turistas más o menos bárbaros. El mar fue abrazando al sol, apagándolo; Héctor sintió la caricia de la brisa engañosa que precede a la noche. En ese momento habría dado un año de su vida por una calada. Dirigió la vista a la acera. Las farolas se encendían, una estela de luces artificiales alumbrando el silencio. Entonces la vio y ella le saludó con la mano.

Sentarse en la azotea resultaba más agradable que hacerlo en un piso caluroso, y al mismo tiempo menos arriesgado. Ambos lo sabían. También eran conscientes de que se debían eso: un adiós sereno, un encuentro breve. Un beso de despedida.
—¿Ya lo tienes todo preparado? —preguntó Leire.
—Más o menos. Tampoco me voy para siempre.
—Eso nunca se sabe. Un año es mucho tiempo —dijo ella con una ligera sonrisa—. Te echaremos de menos, inspector Salgado.
—Y yo a vosotros. A ti.
No pudo evitar especificarlo a pesar de que se había prometido no convertir la escena en el final de un melodrama.
—Fort pasó ayer por aquí —prosiguió él para diluir el comentario anterior—. Tiene golpes escondidos. ¿Sabes que quería llamar Héctor al perro? Cuida de él. Es un buen tipo.
—Creo que sabe cuidarse solo, pero lo haré. No es él quien me preocupa. —Le miró a los ojos—. ¿Cómo está Guillermo?
—Bien, creo. Al menos mi hermano dice que está tranquilo. Tengo muchas ganas de verlo. Hay… hay muchas cosas de las que tenemos que hablar.
—Lo sé.
—Leire. Gracias. Ya, ya sé que te lo dije ese día y muchas otras veces. Pero nunca es bastante.
—Era lo que debíamos hacer. Lo tuve claro desde el principio, desde que llegué a casa de Ruth. Desde que encontré a Savall tendido en el suelo, muerto.
—Aun así, te arriesgaste mucho. Podríamos haber inventado otro relato, uno en el que fuera yo quien apretara el gatillo.
—No. Habrían terminado descubriendo la verdad. Nadie habría creído que tú permanecías escondido mientras yo me en-

caraba a Savall. La única mentira lógica era ésta. Que tú conservaras tu papel. Y que yo asumiera el otro rol, el papel de Guillermo.

Héctor lo sabía. Le había costado acceder, pero había tenido que reconocer que aquélla era la única opción viable, la que conservaba un alto porcentaje de verdad. Sólo tres hechos fundamentales cambiaban. Leire no le había acompañado al loft a pesar de su insistencia, aunque desoyendo sus órdenes se había acercado al barrio y andaba cerca. Savall había sacado la pistola, sí, pero la había dejado sobre la mesa, hundido ante la revelación de que había matado sin saberlo a la hija de Pilar. El mazazo emocional había sido definitivo, la confesión había brotado de sus labios espontáneamente y Héctor le había escuchado, absorto. Su mente se había sumergido tanto en la historia, en el momento final de Ruth, que casi podía decirse que la había visto morir. Quizá fue aquel dolor lacerante lo que mitigó las ansias de venganza, la ira que siempre había esperado sentir cuando encontrara a la persona que había matado a Ruth. O quizá fue la debilidad de un cuerpo que estaba aguantando más de lo que habría debido soportar. Volvió en sí justo a tiempo de descubrir que no estaban solos.

Guillermo debía de haber ido a pasar la mañana allí, como hacía tantas veces, y se encontraba entonces justo detrás de Savall, a un par de metros de distancia, con la pistola de Charly en la mano y una mirada que su padre no le había visto nunca. Héctor se oyó a sí mismo gritando: «¡Guillermo, no!», y vio a Savall volviéndose, desarmado, segundos antes de que sonara el disparo. Luego ambos habían caído: Savall herido de muerte, Guillermo derrumbado y casi inconsciente, como si al apretar el gatillo hubiera perdido las fuerzas.

—Todo ha salido como queríamos —aseguró Leire—. Al menos hemos logrado salvarlo. Ruth estaría satisfecha.

—Lo tuviste claro desde el principio.

—Y tú también. En el fondo, los dos lo supimos enseguida. No podíamos dejar que a Guillermo le arruinara la vida un proceso en el que nadie ganaba nada. No era justo. Y, por otra parte, tampoco ha resultado tan complicado. Sólo teníamos que ajustar las historias. Nadie ha sospechado ni remotamente que él estaba allí. Ahora te corresponde a ti ayudarle a vivir con ello.

—Tendrá que hacerlo. Olvidar no es la solución, debe aceptar lo que hizo y seguir adelante.

—Lo logrará. Es un chico fuerte. Como Ruth y como tú.

—Creo que si hay alguien realmente fuerte en esta historia no somos nosotros, Leire. Nadie habría corrido tantos riesgos como has hecho tú.

—La vida sin riesgos no merece la pena. A veces, una simplemente sabe lo que debe hacer.

Sí, pensó Héctor. Los argumentos de Leire le habían persuadido de que mentir era la mejor solución, la única posibilidad de rescatar a Guillermo de un destino que él no habría podido perdonarse. Los escrúpulos de conciencia se convierten en hojas secas cuando está en juego algo que quieres más que a ti mismo: se los lleva el viento, barriéndolos con un rumor leve que uno es capaz de ignorar, acumulándolos en una pila, junto a otros desechos.

Héctor la observó y se dijo que la auténtica belleza acababa siendo el reflejo de todo un mundo interior: seguridad, honestidad, valor. No es que Leire no hubiera sido guapa aun sin esas cualidades, sólo por sus rasgos físicos, pero era la combinación de todo ello lo que la hacía irresistible a sus ojos. Irresistible e inalcanzable. Ambos debían seguir con sus vidas lejos del otro. Eso, por desgracia, también formaba parte del pacto. A pesar de que odiaba el papel de galán maduro, Héctor estuvo tentado de quebrar ese acuerdo: se merecían una última noche, una despedida de verdad. Extendió la mano hacia la silla que ella ocupaba y, al mismo tiempo, Leire se levantó, alejándose. Él sonrió por dentro. De nuevo, Leire mantenía la cordura por los dos.

—Tomás y yo nos casaremos después del verano. —Héctor supo que el anuncio, que él ya se esperaba, contenía implícita una advertencia—. Quiero que Abel tenga un padre, una familia.

—Sonrió—. Nunca pensé que diría algo así, aunque me oigo hablar y pienso que no soy yo, que es otra Leire. Si te digo la verdad, no sé si todo esto acabará bien, si Tomás y yo pasaremos juntos un año, dos, o toda la vida. Sin embargo, estoy segura de que Abel se merece que lo intentemos. Quizá te suene anticuado, quizá en el fondo soy más tradicional de lo que parecía. O quizá sólo tengo miedo de no saber sacarlo adelante yo sola. No es fácil criar un hijo. Bueno, tú ya lo sabes.

Leire se acercó a la barandilla de la azotea, como si temiera que él comenzara a rebatirle unos argumentos de los que ni siquiera ella estaba plenamente convencida. Héctor optó por permanecer sentado, observándola. Estaba de espaldas a él, frente a la ciudad que pronto pertenecería a su pasado, y su silueta se fundía con las luces que centelleaban en el paisaje nocturno formando una imagen que Héctor se esforzó por imprimir en su memoria para evocarla en las largas tardes del invierno que le esperaban lejos de ella. Lejos de allí.

Agradecimientos

Cuando se llega al final de una novela y uno echa la vista atrás, se da cuenta de la cantidad de personas que han estado ahí, ayudando, en ocasiones sin tan siquiera ser conscientes de ello. Uno intenta ir reconociéndoselo en el día a día, pero nunca está de más dejar constancia por escrito de esa colaboración desinteresada y valiosa.

A mi familia y amigos, círculos imprescindibles para que uno no se pierda en los tentadores vericuetos de la ficción.

A los autores que he conocido a lo largo de estos años, colegas que, en muchos casos, se han convertido ya en amigos.

A los libreros y a los lectores, eslabones de esa cadena mágica que resiste, a pesar de todo.

Al personal de Penguin Random House. Ya sé que está de moda criticar a las grandes editoriales, pero creedme cuando os digo que no podría haber elegido mejores acompañantes en este viaje.

A Ana Liarás, por haber aceptado mis ausencias y haberme facilitado un camino que, sin ella, habría sido más arduo.

A Juan Díaz y María Casas, por haber estado a mi lado en el momento oportuno, diciendo las palabras justas y alentándome a seguir adelante.

Y, finalmente, a Jaume Bonfill. Resulta difícil sintetizar en pocas líneas todo lo que él ha aportado tanto a este libro como a los anteriores: una visión crítica, una lógica indiscutible, una inteligencia amable y colaboradora, y, sobre todo, una paciencia infinita y una implicación profesional que ha ido más allá de lo que nadie podría esperar.

Muchas gracias.

El papel utilizado para la impresión de este libro
ha sido fabricado a partir de madera
procedente de bosques y plantaciones
gestionados con los más altos estándares ambientales,
garantizando una explotación de los recursos
sostenible con el medio ambiente
y beneficiosa para las personas.
Por este motivo, Greenpeace acredita que
este libro cumple los requisitos ambientales y sociales
necesarios para ser considerado
un libro «amigo de los bosques».
El proyecto «Libros amigos de los bosques» promueve
la conservación y el uso sostenible de los bosques,
en especial de los Bosques Primarios,
los últimos bosques vírgenes del planeta.

Papel certificado por el Forest Stewardship Council®